MW01708572

CONTES NORMANDS ET PARISIENS

Classiques Hachette

CHOIX DE CONTES

Texte conforme à l'édition originale des différents recueils.

Notes explicatives, questionnaires, bilans, documents et parcours thématique

établis par
Edmond RICHER,
ancien élève de l'École Normale Supérieure,
agrégé des Lettres.

La couverture de cet ouvrage a été réalisée avec l'aimable collaboration de la Comédie-Française.
Photographie : Philippe Sohiez.

Crédits photographiques :
pp. 4, 8, 10 (Maupassant photographié par Nadar), 24 (B.N., Estampes), 47 (B.N., Est.), 64, 73 (B.N., Est.), 88, 90 (un sabotier), 99, 117, 125, 127 (moisson à la faux, photographie d'Aumenier), 136, 146, 156, 166, 186, 201 (Documentation Française), 208 (Guy de Maupassant à 30 ans, photographie d'Autin), 214 (*Les premières batteuses,* 1859, dessin de Lambert), 221, 222 (*Le battage au fléau,* dessin de Lambert), 231 (*La moisson en Seine et Marne,* août 1906), 241, 242 (*Présentation d'un futur venant de Paris,* gravure de F. Grenier), 251 (*Le repas des moissonneurs,* détail de la lithographie de V. Adam, Paris, B.N., Est.), 252-253 (*Boutique et arrière boutique à Paris,* dessin de E. Lorsay, B.N.) : photographies Hachette.
pp. 9, 26, 49, 97, 174 : photographies Roger-Viollet.
pp. 41 : photographie Harlingue-Viollet.
p. 110 : photographie Documentation française.
pp. 148, 256 (Guy de Maupassant, gravure de F. Desmoulin) : photographies Bibliothèque Nationale.

www.hachette-education.com

ISBN 2.01.017877.7

SOMMAIRE

Maupassant et ses *Contes* 4
Les *Contes* d'hier à aujourd'hui 6

CONTES NORMANDS ET PARISIENS

(Choix de textes intégraux)

UNE PARTIE DE CAMPAGNE 11
MADEMOISELLE FIFI 27
LA VEILLÉE 43
HISTOIRE VRAIE 50
LA REMPAILLEUSE 57
PIERROT 66
AUX CHAMPS 74
LES SABOTS 82
EN MER 91
SAINT-ANTOINE 100
REGRET 111
DÉCORÉ ! 119
LA FICELLE 128
LE VIEUX 138
LE PROTECTEUR 149
LA PARURE 157
L'AVEU 168
LA BÊTE À MAÎT'BELHOMME 176
AMOUR 187
LES ÉPINGLES 194

MAUPASSANT ET SON TEMPS

Chronologie 202
Écrire au temps de Maupassant 206

À PROPOS DE L'ŒUVRE

Les influences 209
La France de Maupassant 215
Critiques et jugements 218

PARCOURS THÉMATIQUE

Le monde rural 223
Paris 232
Index thématique 243

ANNEXES

Carte de la Normandie 254
Carte de Paris 255
Bibliographie, filmographie 256

Guy de Maupassant à 39 ans.

La fable, c'est La Fontaine ; le roman, c'est Balzac ; le conte, c'est Maupassant.
Deux amis d'enfance de sa mère, Gustave Flaubert et le poète Louis Bouilhet, son correspondant pendant qu'il était pensionnaire au lycée de Rouen, ont certes contribué à le pousser vers la littérature. Flaubert a même été son mentor, à la fois critique et chaleureux, et il lui soumettait régulièrement et respectueusement ses premiers essais. Mais il aurait pu être poète (il a d'ailleurs composé quelques vers) ou dramaturge (il est l'auteur de quelques petites pièces) ou, plus sûrement encore, vu l'époque où il vivait, romancier (et il a en effet écrit des romans dont certains sont restés célèbres comme Une vie, Bel Ami *ou* Pierre et Jean*), mais c'est dans le conte que son génie s'est épanoui. Entre ce genre et lui on dirait qu'il existe une affinité mystérieuse, et en quelque sorte organique. Il en a écrit près de trois cents au cours d'une période de production littéraire extraordinairement féconde mais qui n'a guère excédé quinze années. Bien qu'il ait su, à maintes reprises et avec succès, dilater son talent à la dimension d'une œuvre plus ample, Maupassant excelle surtout dans l'inspiration brève, dans le trait brillant et profond, dans l'esquisse instantanée que sa justesse impose. Il n'est pas l'homme d'une fresque immense à la Balzac ou à la Zola, mais les mille petites touches dont sont faits ses contes finissent par dessiner une société, traduire une humeur, une philosophie, bref, constituer une grande œuvre. Reprocherait-on aux peintres impressionnistes, ses contemporains, d'avoir su capter tant de lumière au prix de mille petits coups de pinceau ?*

SUR LE PATOIS NORMAND

Il ne convient pas de s'attarder longuement sur le patois que Maupassant prête à ses paysans : c'est un patois de langue d'oïl fort proche du français littéraire dont il ne se sépare que par des différences de prononciation et quelques fautes de grammaire. Ce n'est qu'exceptionnellement que les paysans utilisent des termes spécifiques, dont nous donnons le sens dans des notes infrapaginales.

Déformations de prononciation	Fautes de grammaire
• Voyelle *é* pour *oi*. Ex. : *mé, té, qué = moi, toi, quoi.* • Voyelle *a* pour *é*. Ex. : *a = elle.* • Élisions : *c'te* (pour : *cette*), *m'n* (pour : *mon*), *m's* (pour : *mes*), *l's* (pour : *les*), *d's* (pour : *des*), *qué que* (pour : *quelque*).	• Sujet à la 1re personne du singulier et verbe au pluriel. Ex. : *j'avions* pour *j'avais ; j'ferions* pour *je ferais.* • Complément de nom introduit par à (pour de). Ex. : *la bête à Mait' Behomme.*

En fait, ce patois est peu original, mais il donne à certains contes « normands » du pittoresque et une certaine couleur locale. Il a surtout une signification sociale : il distingue les paysans, même enrichis (M. Omont dans *Les Sabots*, Maître Hauchecorne dans *La Ficelle*), des bourgeois de vieille souche, instruits et bien élevés.

Maupassant a eu le bonheur, chichement accordé par le destin à un écrivain, de connaître la gloire de son vivant. Il est vrai qu'il n'a pas été un révolutionnaire briseur d'idoles ou maudit, mais qu'il s'est avancé dans un chemin fortement balisé par d'illustres prédécesseurs, celui du roman réaliste où Flaubert, son maître, s'était déjà engagé et illustré avant que Zola, son aîné de dix ans, aille plus loin encore et fonde avec succès le naturalisme et le roman « expérimental » comme les sciences dont il se proposait d'utiliser la méthode. Maupassant, lui, n'a jamais eu les excès d'un chef d'école, ce qui explique sans doute qu'il ait été apprécié d'emblée, dès la parution de son plus long conte Boule de Suif (1880). La société de la fin du XIXe siècle aimait à se reconnaître dans le miroir, dans les innombrables petits miroirs qu'il lui tendait avec ses contes. La critique, pourtant, était acerbe : Maupassant avait le sarcasme facile et le trait juste. On n'en finirait pas d'évoquer toutes les figures, souvent inoubliables, de paysans ou de notables normands, de bourgeois ou de boutiquiers parisiens dont il a saisi le ridicule ou l'ignominie, parfois aussi la détresse, avec une sobriété puissante. Mais justement on apprécie encore de nos jours l'acuité du regard sans complaisance qu'il portait sur ses contemporains, donc aussi sur les nôtres : il y a encore des paysans rusés, ou « près de leurs sous », des femmes coquines et des maris naïfs, des filles séduites et malheureuses. Maupassant nous parle d'eux et nous tient en haleine comme sait le faire un bon conteur. Un siècle après sa mort, nous ne nous lassons pas d'entendre sa voix. Le sultan des Mille et Une nuits ne se lassait pas non plus d'entendre Schéhérazade.

Guy de Maupassant portant ses œuvres.
Portrait-charge (B.N., Estampes).

GUY DE MAUPASSANT

ILLUSTRATIONS DE :

F. BAC
RENÉ LELONG
CA. LEROUX
CH. MOREL-JEANNIOT
GEO-DUPUIS
A. SURÉDA-CORTAZZO
LUCIEN DARBUT

Vingt-neuf
volumes in-16
illustrés

Dessin de L. Vallet pour *Mademoiselle Fifi.*

ILLUSTRATIONS DE :

V. ROTTEMBOURG
L. VALLET - LANOS
LUCIEN MÉTIVET
V. ROCCHINO
CH. HUARD
JULIAN-DAMAZY
LOBEL-RICHE

Chaque volume
in-16 jésus
Prix :
3 fr. 50

Publicité pour les œuvres de Maupassant (1904).

Une Partie de Campagne[1]

On avait projeté depuis cinq mois d'aller déjeuner aux environs de Paris, le jour de la fête de Mme Dufour, qui s'appelait Pétronille. Aussi, comme on avait attendu cette partie impatiemment, s'était-on levé de fort bonne heure ce matin-là.

M. Dufour, ayant emprunté la voiture du laitier, conduisait lui-même. La carriole, à deux roues, était fort propre ; elle avait un toit supporté par quatre montants de fer où s'attachaient des rideaux qu'on avait relevés pour voir le paysage. Celui de derrière, seul, flottait au vent, comme un drapeau. La femme, à côté de son époux, s'épanouissait dans une robe de soie cerise extraordinaire. Ensuite, sur deux chaises, se tenaient une vieille grand-mère et une jeune fille. On apercevait encore la chevelure jaune d'un garçon qui, faute de siège, s'était étendu tout au fond, et dont la tête seule apparaissait.

Après avoir suivi l'avenue des Champs-Élysées et franchi les fortifications[2] à la porte Maillot, on s'était mis à regarder la contrée[3].

En arrivant au pont de Neuilly, M. Dufour avait dit : « Voici la campagne, enfin ! » et sa femme, à ce signal, s'était attendrie sur la nature.

Au rond-point de Courbevoie, une admiration les avait saisis devant l'éloignement des horizons. À droite, là-bas, c'était Argenteuil, dont le clocher se dressait ; au-dessus apparaissaient les buttes de Sannois et le Moulin d'Orgemont. À gauche, l'aqueduc de Marly se dessinait sur le ciel clair du matin, et l'on apercevait aussi, de loin, la terrasse de Saint-Germain ; tandis qu'en face, au bout d'une chaîne de collines, des terres remuées indi-

---

1. Première publication dans *La Vie moderne* (2 et 9 avril 1881). Repris dans *La Maison Tellier* (1881 et 1891).

2. *fortifications* : ceinture de murailles qui entouraient et défendaient la place de Paris, à l'emplacement des actuels boulevards des Maréchaux.

3. *la contrée* : la banlieue nord-ouest de Paris, où sont situées toutes les petites villes dont il sera question dans la suite du texte.

quaient le nouveau fort de Cormeilles. Tout au fond, dans un reculement formidable, par-dessus des plaines et des villages, on entrevoyait une sombre verdure de forêts.

Le soleil commençait à brûler les visages ; la poussière emplissait les yeux continuellement, et, des deux côtés de la route, se développait une campagne interminablement nue, sale et puante. On eût dit qu'une lèpre l'avait ravagée, qui rongeait jusqu'aux maisons, car des squelettes de bâtiments défoncés et abandonnés, ou bien des petites cabanes inachevées, faute de payement aux entrepreneurs, tendaient leurs quatre murs sans toit.

De loin en loin, poussaient dans le sol stérile de longues cheminées de fabrique, seule végétation de ces champs putrides où la brise du printemps promenait un parfum de pétrole et de schiste mêlé à une autre odeur moins agréable encore.

Enfin, on avait traversé la Seine une seconde fois, et, sur le pont, ç'avait été un ravissement. La rivière éclatait de lumière ; une buée s'en élevait, pompée par le soleil, et l'on éprouvait une quiétude douce, un rafraîchissement bienfaisant à respirer enfin un air plus pur qui n'avait point balayé la fumée noire des usines ou les miasmes[1] des dépotoirs.

Un homme qui passait avait nommé le pays : Bezons.

La voiture s'arrêta, et M. Dufour se mit à lire l'enseigne engageante d'une gargote[2] : *Restaurant Poulin, matelotes et fritures, cabinets*[3] *de société, bosquets et balançoires.* « Eh bien ! madame Dufour, cela te va-t-il ? Te décideras-tu à la fin ? »

La femme lut à son tour : *Restaurant Poulin, matelotes et fritures, cabinets de société, bosquets et balançoires.* Puis elle regarda la maison longuement.

C'était une auberge de campagne, blanche, plantée au bord de la route. Elle montrait, par la porte ouverte, le

---

1. *miasmes* : émanations pestilentielles.
2. *gargote* : restaurant de campagne, simple et bon marché.
3. *cabinets* : salles pour réunions.

zinc brillant du comptoir devant lequel se tenaient deux ouvrier endimanchés.

À la fin, Mme Dufour se décida : « Oui, c'est bien, dit-elle ; et puis il y a la vue. » La voiture entra dans un vaste terrain planté de grands arbres qui s'étendait derrière l'auberge et qui n'était séparé de la Seine que par le chemin de halage[1].

Alors on descendit. Le mari sauta le premier, puis ouvrit les bras pour recevoir sa femme. Le marchepied, tenu par deux branches de fer, était très loin, de sorte que, pour l'atteindre, Mme Dufour dut laisser voir le bas d'une jambe dont la finesse primitive disparaissait à présent sous un envahissement de graisse tombant des cuisses.

M. Dufour, que la campagne émoustillait déjà, lui pinça vivement le mollet, puis, la prenant sous les bras, la déposa lourdement à terre, comme un énorme paquet.

Elle tapa avec la main sa robe de soie pour en faire tomber la poussière, puis regarda l'endroit où elle se trouvait.

C'était une femme de trente-six ans environ, forte en chair, épanouie et réjouissante à voir. Elle respirait avec peine, étranglée violemment par l'étreinte de son corset trop serré ; et la pression de cette machine rejetait jusque dans son double menton la masse fluctuante de sa poitrine surabondante.

La jeune fille ensuite, posant la main sur l'épaule de son père, sauta légèrement toute seule. Le garçon aux cheveux jaunes était descendu en mettant un pied sur la roue, et il aida M. Dufour à décharger la grand-mère.

Alors on dételа le cheval, qui fut attaché à un arbre ; et la voiture tomba sur le nez, les deux brancards à terre. Les hommes, ayant retiré leurs redingotes, se lavèrent

1. *chemin de halage* : chemin public emprunté par les chevaux qui tirent des péniches le long d'un cours d'eau.

les mains dans un seau d'eau, puis rejoignirent leurs dames installées déjà sur les escarpolettes[1].

Mlle Dufour essayait de se balancer debout, toute seule, sans parvenir à se donner un élan suffisant. C'était une belle fille de dix-huit à vingt ans ; une de ces femmes dont la rencontre dans la rue vous fouette d'un désir subit, et vous laisse jusqu'à la nuit une inquiétude vague et un soulèvement des sens. Grande, mince de taille et large des hanches, elle avait la peau très brune, les yeux très grands, les cheveux très noirs. Sa robe dessinait nettement les plénitudes fermes de sa chair qu'accentuaient encore les efforts des reins qu'elle faisait pour s'enlever. Ses bras tendus tenaient les cordes au-dessus de sa tête, de sorte que sa poitrine se dressait, sans une secousse, à chaque impulsion qu'elle donnait. Son chapeau, emporté par un coup de vent, était tombé derrière elle ; et l'escarpolette peu à peu se lançait, montrant à chaque retour ses jambes fines jusqu'au genou, et jetant à la figure des deux hommes, qui la regardaient en riant, l'air de ses jupes, plus capiteux que les vapeurs du vin.

Assise sur l'autre balançoire, Mme Dufour gémissait d'une façon monotone et continue : « Cyprien, viens me pousser ; viens donc me pousser, Cyprien ! » À la fin, il y alla et, ayant retroussé les manches de sa chemise, comme avant d'entreprendre un travail, il mit sa femme en mouvement avec une peine infinie.

Cramponnée aux cordes, elle tenait ses jambes droites, pour ne point rencontrer le sol, et elle jouissait d'être étourdie par le va-et-vient de la machine. Ses formes, secouées, tremblotaient continuellement comme de la gelée sur un plat. Mais, comme les élans grandissaient, elle fut prise de vertige et de peur. À chaque descente, elle poussait un cri perçant qui faisait accourir tous les gamins du pays ; et là-bas, devant elle, au-dessus de la haie du jardin, elle apercevait vaguement une garniture de têtes polissonnes que des rires faisaient grimacer diversement.

1. *escarpolettes* : balançoires.

Une servante étant venue, on commanda le déjeuner.

« Une friture de Seine, un lapin sauté, une salade et du dessert », articula Mme Dufour, d'un air important. « Vous apporterez deux litres et une bouteille de bordeaux », dit son mari. « Nous dînerons sur l'herbe », ajouta la jeune fille.

La grand-mère, prise de tendresse à la vue du chat de la maison, le poursuivait depuis dix minutes en lui prodiguant inutilement les plus douces appellations. L'animal, intérieurement flatté sans doute de cette attention, se tenait toujours tout près de la main de la bonne femme, sans se laisser atteindre cependant, et faisait tranquillement le tour des arbres, contre lesquels il se frottait, la queue dressée, avec un petit ronron de plaisir.

« Tiens ! cria tout à coup le jeune homme aux cheveux jaunes qui furetait dans le terrain, en voilà des bateaux qui sont chouet[1] ! » On alla voir. Sous un petit hangar en bois étaient suspendues deux superbes yoles[2] de canotiers, fines et travaillées comme des meubles de luxe. Elles reposaient côte à côte, pareilles à deux grandes filles minces, en leur longueur étroite et reluisante, et donnaient envie de filer sur l'eau par les belles soirées douces ou les claires matinées d'été, de raser les berges fleuries où des arbres entiers trempent leurs branches dans l'eau, où tremblote l'éternel frisson des roseaux et d'où s'envolent, comme des éclairs bleus, de rapides martins-pêcheurs[3] .

Toute la famille, avec respect, les contemplait. « Oh ! ça, oui, c'est chouet », répéta gravement M. Dufour. Et il les détaillait en connaisseur. Il avait canoté, lui aussi, dans son jeune temps, disait-il ; voire même qu'avec ça dans la main – et il faisait le geste de tirer sur les avirons – il se fichait de tout le monde. Il avait rossé en course plus d'un Anglais, jadis, à Joinville ; et il plaisanta sur le mot « *dames* », dont on désigne les

1. *chouet* : orthographe ancienne pour *chouette*.
2. *yoles* : embarcations légères, de forme allongée.
3. *martins-pêcheurs* : petits oiseaux qu'on trouve généralement au bord des cours d'eau et qui se nourrissent de petits poissons.

deux montants qui retiennent les avirons, disant que les canotiers[1], et pour cause, ne sortaient jamais sans leurs *dames*. Il s'échauffait en pérorant[2] et proposait obstinément de parier qu'avec un bateau comme ça, il ferait six lieues à l'heure sans se presser.

« C'est prêt », dit la servante qui apparut à l'entrée. On se précipita ; mais voilà qu'à la meilleure place, qu'en son esprit Mme Dufour avait choisie pour s'installer, deux jeunes gens déjeunaient déjà. C'étaient les propriétaires des yoles, sans doute, car ils portaient le costume des canotiers.

Ils étaient étendus sur des chaises, presque couchés. Ils avaient la face noircie par le soleil et la poitrine couverte seulement d'un mince maillot de coton blanc qui laissait passer leurs bras nus, robustes comme ceux des forgerons. C'étaient deux solides gaillards, posant beaucoup pour la vigueur, mais qui montraient en tous leurs mouvements cette grâce élastique des membres qu'on acquiert par l'exercice, si différente de la déformation qu'imprime à l'ouvrier l'effort pénible, toujours le même.

Ils échangèrent rapidement un sourire en voyant la mère, puis un regard en apercevant la fille. « Donnons notre place, dit l'un, ça nous fera faire connaissance. » L'autre aussitôt se leva et, tenant à la main sa toque mi-partie rouge et mi-partie noire, il offrit chevaleresquement de céder aux dames le seul endroit du jardin où ne tombât point le soleil. On accepta en se confondant en excuses ; et pour que ce fût plus champêtre, la famille s'installa sur l'herbe sans table ni sièges.

Les deux jeunes gens portèrent leur couvert quelques pas plus loin et se remirent à manger. Leurs bras nus, qu'ils montraient sans cesse, gênaient un peu la jeune fille. Elle affectait même de tourner la tête et de ne point les remarquer, tandis que Mme Dufour, plus hardie, sol-

---

1. *canotiers* : gens qui pratiquent l'aviron sur divers types d'embarcations. Ils étaient ordinairement vêtus d'un pantalon et d'un maillot de corps à manches courtes (cf. le célèbre tableau de Renoir, *Le déjeuner des canotiers*).
2. *pérorant* : parlant sentencieusement.

licitée par une curiosité féminine qui était peut-être du désir, les regardait à tout moment, les comparant sans doute avec regret aux laideurs secrètes de son mari.

Elle s'était éboulée[1] sur l'herbe, les jambes pliées à la façon des tailleurs, et elle se trémoussait continuellement, sous prétexte que des fourmis lui étaient entrées quelque part. M. Dufour, rendu maussade par la présence et l'amabilité des étrangers, cherchait une position commode qu'il ne trouva pas du reste, et le jeune homme aux cheveux jaunes mangeait silencieusement comme un ogre.

« Un bien beau temps, monsieur », dit la grosse dame à l'un des canotiers. Elle voulait être aimable à cause de la place qu'ils avaient cédée. « Oui, madame, répondit-il ; venez-vous souvent à la campagne ?

– Oh ! une fois ou deux par an seulement, pour prendre l'air ; et vous, monsieur ?

– J'y viens coucher tous les soirs.

– Ah ! ça doit être bien agréable ?

– Oui, certainement, madame. »

Et il raconta sa vie de chaque jour, poétiquement, de façon à faire vibrer dans le cœur de ces bourgeois privés d'herbe et affamés de promenades aux champs cet amour bête de la nature qui les hante toute l'année derrière le comptoir de leur boutique.

La jeune fille, émue, leva les yeux et regarda le canotier. M. Dufour parla pour la première fois. « Ça, c'est une vie », dit-il. Il ajouta : « Encore un peu de lapin, ma bonne. – Non, merci, mon ami. »

Elle se tourna de nouveau vers les jeunes gens, et, montrant leurs bras : « Vous n'avez jamais froid comme ça ? » dit-elle.

Ils se mirent à rire tous les deux, et ils épouvantèrent la famille par le récit de leurs fatigues prodigieuses, de leurs bains pris en sueur, de leurs courses dans le brouillard des nuits ; et ils tapèrent violemment sur leur poitrine pour montrer quel son ça rendait. « Oh ! vous avez

1. *s'était éboulée* : s'était effondrée, affaissée.

l'air solides », dit le mari qui ne parlait plus du temps où il rossait les Anglais.

La jeune fille les examinait de côté maintenant ; et le garçon aux cheveux jaunes, ayant bu de travers, toussa éperdument, arrosant la robe de soie cerise de la patronne qui se fâcha et fit apporter de l'eau pour laver les taches.

Cependant, la température devenait terrible. Le fleuve étincelant semblait un foyer de chaleur, et les fumées du vin troublaient les têtes.

M. Dufour, que secouait un hoquet violent, avait déboutonné son gilet et le haut de son pantalon ; tandis que sa femme, prise de suffocations, dégrafait sa robe peu à peu. L'apprenti balançait d'un air gai sa tignasse de lin et se versait à boire coup sur coup. La grand-mère, se sentant grise, se tenait fort raide et fort digne. Quant à la jeune fille, elle ne laissait rien paraître ; son œil seul s'allumait vaguement, et sa peau très brune se colorait aux joues d'une teinte plus rose.

Le café les acheva. On parla de chanter et chacun dit son couplet, que les autres applaudirent avec frénésie. Puis on se leva difficilement, et, pendant que les deux femmes, étourdies, respiraient, les deux hommes, tout à fait pochards, faisaient de la gymnastique. Lourds, flasques, et la figure écarlate, ils se pendaient gauchement aux anneaux sans parvenir à s'enlever ; et leurs chemises menaçaient continuellement d'évacuer leurs pantalons pour battre au vent comme des étendards.

Cependant les canotiers avaient mis leurs yoles à l'eau et ils revenaient avec politesse proposer aux dames une promenade sur la rivière.

« Monsieur Dufour, veux-tu ? je t'en prie ! » cria sa femme. Il la regarda d'un air d'ivrogne sans comprendre. Alors un canotier s'approcha, deux lignes de pêcheur à la main. L'espérance de prendre du goujon, cet idéal des boutiquiers, alluma les yeux mornes du bonhomme, qui permit tout ce qu'on voulut, et s'installa à l'ombre sous le pont, les pieds ballants au-dessus du fleuve, à côté du jeune homme aux cheveux jaunes qui s'endormit auprès de lui.

Un des canotiers se dévoua : il prit la mère. « Au petit bois de l'île aux Anglais ! » cria-t-il en s'éloignant.

L'autre yole s'en alla plus doucement. Le rameur regardait tellement sa compagne qu'il ne pensait plus à autre chose, et une émotion l'avait saisi qui paralysait sa vigueur.

La jeune fille, assise dans le fauteuil du barreur, se laissait aller à la douceur d'être sur l'eau. Elle se sentait prise d'un renoncement de pensée, d'une quiétude de ses membres, d'un abandonnement d'elle-même, comme envahie par une ivresse multiple. Elle était devenue fort rouge, avec une respiration courte. Les étourdissements du vin, développés par la chaleur torrentielle qui ruisselait autour d'elle, faisaient saluer sur son passage tous les arbres de la berge. Un besoin vague de jouissance, une fermentation du sang parcouraient sa chair excitée par les ardeurs de ce jour ; et elle était aussi troublée dans ce tête-à-tête sur l'eau, au milieu de ce pays dépeuplé par l'incendie du ciel, avec ce jeune homme qui la trouvait belle, dont l'œil lui baisait la peau, et dont le désir était pénétrant comme le soleil.

Leur impuissance à parler augmentait leur émotion, et ils regardaient les environs. Alors, faisant un effort, il lui demanda son nom. « Henriette », dit-elle. « Tiens ! moi je m'appelle Henri », reprit-il.

Le son de leur voix les avait calmés ; ils s'intéressèrent à la rive. L'autre yole s'était arrêtée et paraissait les attendre. Celui qui la montait cria : « Nous vous rejoindrons dans le bois ; nous allons jusqu'à Robinson, parce que Madame a soif. » Puis il se coucha sur les avirons et s'éloigna si rapidement qu'on cessa bientôt de le voir.

Cependant un grondement continu qu'on distinguait vaguement depuis quelque temps s'approchait très vite. La rivière elle-même semblait frémir comme si le bruit sourd montait de ses profondeurs.

« Qu'est-ce qu'on entend ? » demanda-t-elle. C'était la chute du barrage qui coupait le fleuve en deux à la pointe de l'île. Lui se perdait dans une explication lorsque, à travers le fracas de la cascade, un chant d'oiseau qui semblait très lointain les frappa. « Tiens ! dit-il, les rossignols chantent dans le jour : c'est donc que les femelles couvent. »

Un rossignol ! Elle n'en avait jamais entendu, et l'idée

d'en écouter un fit se lever dans son cœur la vision des poétiques tendresses. Un rossignol! c'est-à-dire l'invisible témoin des rendez-vous d'amour qu'invoquait Juliette[1] sur son balcon; cette musique du ciel accordée aux baisers des hommes; cet éternel inspirateur de toutes les romances langoureuses qui ouvrent un idéal bleu aux pauvres petits cœurs des fillettes attendries!

Elle allait donc entendre un rossignol.

« Ne faisons pas de bruit, dit son compagnon, nous pourrons descendre dans le bois et nous asseoir tout près de lui. »

La yole semblait glisser. Des arbres se montrèrent sur l'île, dont la berge était si basse que les yeux plongeaient dans l'épaisseur des fourrés. On s'arrêta; le bateau fut attaché, et, Henriette s'appuyant sur le bras de Henri, ils s'avancèrent entre les branches. « Courbez-vous », dit-il. Elle se courba, et ils pénétrèrent dans un inextricable fouillis de lianes, de feuilles et de roseaux, dans un asile introuvable qu'il fallait connaître et que le jeune homme appelait en riant « son cabinet particulier ».

Juste au-dessus de leur tête, perché dans un des arbres qui les abritaient, l'oiseau s'égosillait toujours. Il lançait des trilles[2] et des roulades[2], puis filait de grands sons vibrants qui emplissaient l'air et semblaient se perdre à l'horizon, se déroulant le long du fleuve et s'envolant au-dessus des plaines, à travers le silence de feu qui appesantissait la campagne.

Ils ne parlaient pas de peur de le faire fuir. Ils étaient assis l'un près de l'autre, et, lentement, le bras de Henri fit le tour de la taille de Henriette. Elle prit, sans colère, cette main audacieuse, et elle l'éloignait sans cesse à mesure qu'il la rapprochait, n'éprouvant du reste aucun embarras de cette caresse, comme si c'eût été une chose toute naturelle qu'elle repoussait aussi naturellement.

Elle écoutait l'oiseau, perdue dans une extase. Elle

1. *Juliette* : héroïne du drame de Shakespeare *Roméo et Juliette* : dans une des scènes les plus célèbres, où Juliette, sur son balcon, échange de tendres propos avec Roméo, on entend chanter le rossignol.
2. *trilles, roulades* : ornements de l'écriture musicale.

avait des désirs infinis de bonheur, des tendresses brusques qui la traversaient, des révélations de poésies surhumaines, et un tel amollissement des nerfs et du cœur, qu'elle pleurait sans savoir pourquoi. Le jeune homme la serrait contre lui maintenant ; elle ne le repoussait plus, n'y pensant pas.

Le rossignol se tut soudain. Une voix éloignée cria : « Henriette ! »

« Ne répondez point, dit-il tout bas, vous feriez envoler l'oiseau. »

Elle ne songeait guère non plus à répondre.

Ils restèrent quelque temps ainsi. Mme Dufour s'était assise quelque part, car on entendait vaguement, de temps en temps, les petits cris de la grosse dame que lutinait sans doute l'autre canotier.

La jeune fille pleurait toujours, pénétrée de sensations très douces, la peau chaude et piquée partout de chatouillements inconnus. La tête de Henri était sur son épaule ; et, brusquement, il la baisa sur les lèvres.

Elle eût une révolte furieuse et, pour l'éviter, se rejeta sur le dos. Mais il s'abattit sur elle, la couvrant de tout son corps. Il poursuivit longtemps cette bouche qui le fuyait, puis, la joignant, y attacha la sienne. Alors affolée par un désir formidable, elle lui rendit son baiser en l'étreignant sur sa poitrine, et toute sa résistance s'abattit comme écrasée par un poids trop lourd.

Tout était calme aux environs. L'oiseau se remit à chanter. Il jeta d'abord trois notes pénétrantes qui semblaient un appel d'amour, puis, après un silence d'un moment, il commença d'une voix affaiblie des modulations très lentes.

Une brise molle glissa, soulevant un murmure de feuilles, et dans la profondeur des branches passaient deux soupirs ardents qui se mêlaient au chant du rossignol et au souffle léger du bois.

Une ivresse envahissait l'oiseau, et sa voix, s'accélérant peu à peu comme un incendie qui s'allume ou une passion qui grandit, semblait accompagner sous l'arbre un crépitement de baisers. Puis le délire de son gosier se déchaînait éperdument. Il avait des pâmoisons prolongées sur un trait, de grands spasmes mélodieux.

Quelquefois il se reposait un peu, filant seulement deux ou trois sons légers qu'il terminait soudain par une note suraiguë. Ou bien il partait d'une course affolée, avec des jaillissements de gammes, des frémissements, des saccades, comme un chant d'amour furieux, suivi par des cris de triomphe.

Mais il se tut, écoutant sous lui un gémissement tellement profond qu'on l'eût pris pour l'adieu d'une âme. Le bruit s'en prolongea quelque temps et s'acheva dans un sanglot.

Ils étaient bien pâles, tous les deux, en quittant leur lit de verdure. Le ciel bleu leur paraissait obscurci ; l'ardent soleil était éteint pour leurs yeux ; ils s'apercevaient de la solitude et du silence. Ils marchaient rapidement l'un près de l'autre, sans se parler, sans se toucher, car ils semblaient devenus ennemis irréconciliables, comme si un dégoût se fût élevé entre leurs corps, une haine entre leurs esprits.

De temps à autre, Henriette criait : « Maman ! »

Un tumulte se fit sous un buisson. Henri crut voir une jupe blanche qu'on rabattait vite sur un gros mollet ; et l'énorme dame apparut, un peu confuse et plus rouge encore, l'œil très brillant et la poitrine orageuse, trop près peut-être de son voisin. Celui-ci devait avoir vu des choses bien drôles, car sa figure était sillonnée de rires subits qui la traversaient malgré lui.

Mme Dufour prit son bras d'un air tendre, et l'on regagna les bateaux. Henri, qui marchait devant, toujours muet à côté de la jeune fille, crut distinguer tout à coup comme un gros baiser qu'on étouffait.

Enfin l'on revint à Bezons.

M. Dufour, dégrisé, s'impatientait. Le jeune homme aux cheveux jaunes mangeait un morceau avant de quitter l'auberge. La voiture était attelée dans la cour, et la grand-mère, déjà montée, se désolait parce qu'elle avait peur d'être prise par la nuit dans la plaine, les environs de Paris n'étant pas sûrs.

On se donna des poignées de main, et la famille Dufour s'en alla. « Au revoir ! » criaient les canotiers. Un soupir et une larme leur répondirent.

Deux mois après, comme il passait rue des Martyrs, Henri lut sur une porte : *Dufour, quincaillier.*

Il entra.

La grosse dame s'arrondissait au comptoir. On se reconnut aussitôt, et, après mille politesses, il demanda des nouvelles. « Et mademoiselle Henriette, comment va-t-elle ? »

– Très bien, merci ; elle est mariée.

– Ah !...

Une émotion l'étreignit ; il ajouta :

– Et... avec qui ?

– Mais avec le jeune homme qui nous accompagnait, vous savez bien ; c'est lui qui prend la suite.

– Oh ! parfaitement.

Il s'en allait fort triste, sans trop savoir pourquoi. Mme Dufour le rappela.

– Et votre ami ? dit-elle timidement.

– Mais il va bien.

– Faites-lui nos compliments, n'est-ce pas ; et quand il passera, dites-lui donc de venir nous voir...

Elle rougit fort, puis ajouta : « Ça me fera bien plaisir ; dites-lui. »

– Je n'y manquerai pas. Adieu !

– Non... à bientôt !

L'année suivante, un dimanche qu'il faisait très chaud, tous les détails de cette aventure, que Henri n'avait jamais oubliée, lui revinrent subitement, si nets et si désirables, qu'il retourna tout seul à leur chambre dans le bois.

Il fut stupéfait en entrant. Elle était là, assise sur l'herbe, l'air triste, tandis qu'à son côté, toujours en manches de chemise, son mari, le jeune homme aux cheveux jaunes, dormait consciencieusement comme une brute.

Elle devint si pâle en voyant Henri qu'il crut qu'elle allait défaillir. Puis ils se mirent à causer naturellement, de même que si rien ne se fût passé entre eux.

Mais comme il lui racontait qu'il aimait beaucoup cet endroit et qu'il y venait souvent se reposer, le dimanche, en songeant à bien des souvenirs, elle le regarda longuement dans les yeux.

– Moi, j'y pense tous les soirs, dit-elle.

– Allons, ma bonne, reprit en bâillant son mari, je crois qu'il est temps de nous en aller.

avril 1881

Au bord de l'eau, *lithographie de A. Dreux (1878).*

Questions

Compréhension

1. *Quels détails indiquent la condition sociale de la famille Dufour ?*

2. *Que pensez-vous de la quantité de vin commandée par M. Dufour ? Quel est l'intérêt de cette précision ?*

3. *Relevez tous les détails qui opposent la famille Dufour d'une part et les deux canotiers de l'autre. Comment réagissent Mme et Mlle Dufour ?*

4. *Qu'est-ce qui nous montre que les deux canotiers sont des séducteurs ? En quoi se distinguent-ils toutefois l'un de l'autre ?*

5. *Qu'est-ce qui pousse Mlle Dufour à l'aventure ? Quels sentiments l'animent ? S'agit-il vraiment d'amour ?*

6. *Précisez les sentiments des personnages plusieurs mois après l'aventure.*

7. *Quelle tonalité la dernière rencontre entre Henri et Henriette donne-t-elle au conte ?*

8. *Beaucoup de Parisiens, du temps de Maupassant, allaient passer le dimanche aux bords de la Seine pour s'asseoir dans l'herbe, canoter ou se baigner : pourriez-vous citer des peintres de l'époque que ce thème a inspirés et rassembler quelques reproductions de leurs tableaux ?*

Écriture / Réécriture

9. *Quelles expressions sont particulièrement savoureuses dans la description de la descente de la carriole (l. 74 à 97) ?*

10. *Dans la description de Mlle Dufour, quels détails sont empreints de sensualité ?*

11. *Comparez la description de Mme Dufour avec celle de sa fille : ressemblances et différences.*

12. *Maupassant répète à trois reprises que le commis des Dufour a les cheveux* jaunes *: que pensez-vous de l'adjectif choisi ? Quel effet produit-il ?*

13. *En quoi l'écriture des lignes 157 à 164 les distingue-t-elle de ce qui précède ? Quel est l'intérêt de cette dissonance ?*

14. *En quoi consiste l'ambiguïté de l'expression :* son cabinet particulier ? *A-t-elle le même sens pour Henriette et pour le canotier ?*

15. *Comment l'union physique de Mlle Dufour et du canotier est-elle présentée ? Maupassant est-il réaliste ?*

16. *M. Dufour raconte à un de ses amis (sous la forme d'une lettre ou d'une conversation, au choix) sa partie de campagne.*

Deux dames dans une barque (1897).

Mademoiselle Fifi[1]

Le major, commandant prussien, comte de Farlsberg, achevait de lire son courrier, le dos au fond d'un grand fauteuil de tapisserie et ses pieds bottés sur le marbre élégant de la cheminée, où ses éperons, depuis trois mois qu'ils occupaient le château d'Uville[2], avaient tracé deux trous profonds, fouillés un peu plus tous les jours.

Une tasse de café fumait sur un guéridon de marqueterie maculé par les liqueurs, brûlé par les cigares, entaillé par le canif de l'officier conquérant qui, parfois, s'arrêtant d'aiguiser un crayon, traçait sur le meuble gracieux des chiffres ou des dessins, à la fantaisie de son rêve nonchalant.

Quand il eut achevé ses lettres et parcouru les journaux allemands que son vaguemestre[3] venait de lui apporter, il se leva, et, après avoir jeté au feu trois ou quatre énormes morceaux de bois vert, car ces messieurs abattaient peu à peu le parc pour se chauffer, il s'approcha de la fenêtre.

La pluie tombait à flots ; une pluie normande qu'on aurait dit jetée par une main furieuse, une pluie en biais, épaisse comme un rideau, formant une sorte de mur à raies obliques, une pluie cinglante, éclaboussante, noyant tout, une vraie pluie des environs de Rouen, ce pot de chambre de la France.

L'officier regarda longtemps les pelouses inondées, et, là-bas, l'Andelle[4] gonflée qui débordait ; et il tambourinait contre la vitre une valse du Rhin, quand un bruit le fit se retourner : c'était son second, le baron de Kelweingstein, ayant le grade équivalent à celui de capitaine.

Le major était un géant, large d'épaules, orné d'une longue barbe en éventail formant nappe sur sa poitrine ;

---

1. Première publication dans *Gil Blas* (23 mars 1882). Repris presque aussitôt dans le recueil qui porte son nom.
2. *Uville* : ville imaginaire.
3. *vaguemestre* : soldat chargé de la distribution du courrier.
4. *Andelle* : petite rivière de Normandie.

et toute sa grande personne solennelle éveillait l'idée d'un paon militaire, un paon qui aurait porté sa queue déployée à son menton. Il avait des yeux bleus, froids et doux, une joue fendue d'un coup de sabre dans la guerre d'Autriche[1] ; et on le disait brave homme autant que brave officier.

Le capitaine, un petit rougeaud à gros ventre, sanglé de force, portait presque ras son poil ardent, dont les fils de feu auraient fait croire, quand ils se trouvaient sous certains reflets, sa figure frottée de phosphore. Deux dents perdues dans une nuit de noce, sans qu'il se rappelât au juste comment, lui faisaient cracher des paroles épaisses, qu'on n'entendait pas toujours ; et il était chauve du sommet du crâne seulement, tonsuré comme un moine[2], avec une toison de petits cheveux frisés, dorés et luisants, autour de ce cerceau de chair nue.

Le commandant lui serra la main, et il avala d'un trait sa tasse de café (la sixième depuis le matin), en écoutant le rapport de son subordonné sur les incidents survenus dans le service ; puis tous deux se rapprochèrent de la fenêtre en déclarant que ce n'était pas gai. Le major, homme tranquille, marié chez lui, s'accommodait de tout ; mais le baron-capitaine, viveur tenace, coureur de bouges[3], forcené trousseur de filles, rageait d'être enfermé depuis trois mois dans la chasteté obligatoire de ce poste perdu.

Comme on grattait à la porte, le commandant cria d'ouvrir, et un homme, un de leurs soldats automates, apparut dans l'ouverture, disant par sa seule présence que le déjeuner était prêt.

Dans la salle ils trouvèrent les trois officiers de moindre grade : un lieutenant, Otto de Grossling ; deux sous-lieutenants, Fritz Scheunaubourg et le marquis Wilhem d'Eyrik, un tout petit blondin fier et brutal avec les

1. *guerre d'Autriche* : guerre gagnée par la Prusse sur l'Autriche en 1866.
2. *tonsuré comme un moine* : on rasait, sur un espace circulaire, le sommet du crâne des moines.
3. *bouges* : tavernes mal famées.

hommes, dur aux vaincus, et violent comme une arme à feu.

Depuis son entrée en France, ses camarades ne l'appelaient plus que Mademoiselle Fifi. Ce surnom lui venait de sa tournure coquette, de sa taille fine qu'on aurait dit tenue en un corset, de sa figure pâle où sa naissante moustache apparaissait à peine, et aussi de l'habitude qu'il avait prise, pour exprimer son souverain mépris des êtres et des choses, d'employer à tout moment la locution française – *fi, fi donc*, qu'il prononçait avec un léger sifflement.

La salle à manger du château d'Uville était une longue et royale pièce dont les glaces de cristal ancien, étoilées de balles, et les hautes tapisseries des Flandres, tailladées à coups de sabre et pendantes par endroits, disaient les occupations de Mademoiselle Fifi, en ses heures de désœuvrement.

Sur les murs, trois portraits de famille, un guerrier vêtu de fer, un cardinal et un président, fumaient de longues pipes de porcelaine, tandis qu'en son cadre dédoré par les ans, une noble dame à poitrine serrée montrait d'un air arrogant une énorme paire de moustaches faite au charbon.

Et le déjeuner des officiers s'écoula presque en silence dans cette pièce mutilée, assombrie par l'averse, attristante par son aspect vaincu, et dont le vieux parquet de chêne était devenu sordide comme un sol de cabaret.

À l'heure du tabac, quand ils commencèrent à boire, ayant fini de manger, ils se mirent, de même que chaque jour, à parler de leur ennui. Les bouteilles de cognac et de liqueurs passaient de main en main ; et tous renversés sur leurs chaises, absorbaient à petits coups répétés, en gardant au coin de la bouche le long tuyau courbé que terminait l'œuf de faïence[1] toujours peinturluré comme pour séduire des Hottentots[2].

1. *l'œuf de faïence* ; le foyer de la pipe.
2. *Hottentots* : peuple sauvage du Sud-Ouest africain.

Dès que leur verre était vide, ils le remplissaient avec un geste de lassitude résignée. Mais Mademoiselle Fifi cassait à tout moment le sien, et un soldat immédiatement lui en présentait un autre.

Un brouillard de fumée âcre les noyait, et ils semblaient s'enfoncer dans une ivresse endormie et triste, dans cette saoulerie morne des gens qui n'ont rien à faire.

Mais le baron, soudain, se redressa. Une révolte le secouait ; il jura : « Nom de Dieu, ça ne peut pas durer, il faut inventer quelque chose à la fin. »

Ensemble le lieutenant Otto et le sous-lieutenant Fritz, deux Allemands doués éminemment de physionomies allemandes lourdes et graves, répondirent : « Quoi, mon capitaine ? »

Il réfléchit quelques secondes, puis reprit : « Quoi ? Eh bien, il faut organiser une fête, si le commandant le permet. »

Le major quitta sa pipe : « Quelle fête, capitaine ? »

Le baron s'approcha : « Je me charge de tout, mon commandant. J'enverrai à Rouen *Le Devoir* qui nous ramènera des dames ; je sais où les prendre. On préparera ici un souper ; rien ne manque d'ailleurs, et, au moins, nous passerons une bonne soirée. »

Le comte de Farlsberg haussa les épaules en souriant : « Vous êtes fou, mon ami. »

Mais tous les officiers s'étaient levés, entouraient leur chef, le suppliaient : « Laissez faire le capitaine, mon commandant, c'est si triste ici. »

À la fin le major céda : « Soit », dit-il ; et aussitôt le baron fit appeler *Le Devoir*. C'était un vieux sous-officier qu'on n'avait jamais vu rire, mais qui accomplissait fanatiquement tous les ordres de ses chefs, quels qu'ils fussent.

Debout, avec sa figure impassible, il reçut les instructions du baron ; puis il sortit ; et, cinq minutes plus tard, une grande voiture du train[1] militaire, couverte d'une

1. *train* : corps militaire chargé des transports.

bâche de meunier tendue en dôme, détalait sous la pluie acharnée, au galop de quatre chevaux.

Aussitôt un frisson de réveil sembla courir dans les esprits ; les poses alanguies se redressèrent, les visages s'animèrent, et on se mit à causer.

Bien que l'averse continuât avec autant de furie, le major affirma qu'il faisait moins sombre, et le lieutenant Otto annonçait avec conviction que le ciel allait s'éclairer. Mademoiselle Fifi elle-même ne semblait pas tenir en place. Elle se levait, se rasseyait. Son œil clair et dur cherchait quelque chose à briser. Soudain, fixant la dame aux moustaches, le jeune blondin tira son revolver. « Tu ne verras pas cela, toi », dit-il ; et, sans quitter son siège, il visa. Deux balles successivement crevèrent les deux yeux du portrait.

Puis il s'écria : « Faisons la mine ! »

Et brusquement les conversations s'interrompirent, comme si un intérêt puissant et nouveau se fût emparé de tout le monde.

La mine, c'était son invention, sa manière de détruire, son amusement préféré.

En quittant son château, le propriétaire légitime, le comte Fernand d'Amoys d'Uville, n'avait eu le temps de rien emporter ni de rien cacher, sauf l'argenterie enfouie dans le trou d'un mur. Or, comme il était fort riche et magnifique, son grand salon, dont la porte ouvrait dans la salle à manger, présentait, avant la fuite précipitée du maître, l'aspect d'une galerie de musée.

Aux murailles pendaient des toiles, des dessins et des aquarelles de prix, tandis que sur les meubles, les étagères, et dans les vitrines élégantes, mille bibelots, des potiches, des statuettes, des bonshommes de Saxe[1] et des magots[2] de Chine, des ivoires anciens et des verres de Venise, peuplaient le vaste appartement de leur foule précieuse et bizarre.

Il n'en restait guère maintenant. Non qu'on les eût

1. *Saxe* : province allemande célèbre par sa porcelaine.
2. *magots* : figurines de porcelaine.

pillés, le major comte de Farlsberg ne l'aurait point permis ; mais Mademoiselle Fifi, de temps en temps, faisait la *mine*, et tous les officiers, ce jour-là, s'amusaient vraiment pendant cinq minutes.

Le petit marquis alla chercher dans le salon ce qu'il lui fallait. Il rapporta une toute mignonne théière de Chine famille Rose[1] qu'il emplit de poudre à canon, et, par le bec, il introduisit délicatement un long morceau d'amadou[2], l'alluma, et courut reporter cette machine infernale dans l'appartement voisin.

Puis il revint bien vite, en fermant la porte. Tous les Allemands attendaient debout, avec la figure souriante d'une curiosité enfantine, et, dès que l'explosion eut secoué le château, ils se précipitèrent ensemble.

Mademoiselle Fifi, entrée la première, battait des mains avec délire devant une Vénus de terre cuite dont la tête avait enfin sauté ; et chacun ramassa des morceaux de porcelaine, s'étonnant aux dentelures étranges des éclats, examinant les dégâts nouveaux, contestant certains ravages comme produits par l'explosion précédente ; et le major considérait d'un air paternel le vaste salon bouleversé par cette mitraille à la Néron[3] et sablé de débris d'objets d'art. Il en sortit le premier, en déclarant avec bonhomie : « Ça a bien réussi, cette fois. »

Mais une telle trombe de fumée était entrée dans la salle à manger, se mêlant à celle du tabac, qu'on ne pouvait plus respirer. Le commandant ouvrit la fenêtre, et tous les officiers, revenus pour boire un dernier verre de cognac s'en approchèrent.

L'air humide s'engouffra dans la pièce, apportant une sorte de poussière d'eau qui poudrait les barbes, et une odeur d'inondation. Ils regardaient les grands arbres accablés sous l'averse, la large vallée embrumée par ce dégorgement des nuages sombres et bas, et tout au loin

1. *famille Rose* : précise le style de la théière.
2. *amadou* : substance végétale qui prend feu aisément.
3. *Néron* : empereur romain (37-68), célèbre pour avoir provoqué un incendie qui détruisit une partie de Rome.

le clocher de l'église dressé comme une pointe grise dans la pluie battante.

Depuis leur arrivée, il n'avait plus sonné. C'était, du reste, la seule résistance que les envahisseurs eussent rencontrée aux environs : celle du clocher. Le curé ne s'était nullement refusé à recevoir et à nourrir des soldats prussiens ; il avait même plusieurs fois accepté de boire une bouteille de bière ou de bordeaux avec le commandant ennemi, qui l'employait souvent comme intermédiaire bienveillant ; mais il ne fallait pas lui demander un seul tintement de sa cloche ; il se serait plutôt laissé fusiller. C'était sa manière à lui de protester contre l'invasion, protestation pacifique, protestation du silence, la seule, disait-il, qui convînt au prêtre, homme de douceur et non de sang, et tout le monde, à dix lieues à la ronde, vantait la fermeté, l'héroïsme de l'abbé Chantavoine, qui osait affirmer le deuil public, le proclamer, par le mutisme obstiné de son église.

Le village entier, enthousiasmé par cette résistance, était prêt à soutenir jusqu'au bout son pasteur, à tout braver, considérant cette protestation tacite comme la sauvegarde de l'honneur national. Il semblait aux paysans qu'ils avaient ainsi mieux mérité de la patrie que Belfort[1] et que Strasbourg[1], qu'ils avaient donné un exemple équivalent, que le nom du hameau en deviendrait immortel, et, hormis cela, ils ne refusaient rien aux Prussiens vainqueurs.

Le commandant et ses officiers riaient ensemble de ce courage inoffensif ; et comme le pays entier se montrait obligeant et souple à leur égard, ils toléraient volontiers son patriotisme muet.

Seul, le petit marquis Wilhem aurait bien voulu forcer la cloche à sonner. Il enrageait de la condescendance[2] politique de son supérieur pour le prêtre, et chaque jour il suppliait le commandant de le laisser faire « ding-don-

---

1. *Belfort, Strasbourg* : ces villes s'illustrèrent particulièrement par leur résistance aux armées allemandes pendant la guerre de 1870.
2. *condescendance* : complaisance un peu méprisante.

don », une fois, une seule petite fois, pour rire un peu seulement. Et il demandait cela avec des grâces de chatte, des cajoleries de femme, des douceurs de voix d'une maîtresse affolée par une envie ; mais le commandant ne cédait point, et Mademoiselle Fifi, pour se consoler, faisait la *mine*, dans le château d'Uville.

Les cinq hommes restèrent là, en tas, quelques minutes, aspirant l'humidité. Le lieutenant Fritz, enfin, prononça en jetant un rire pâteux : « Ces temoiselles, técitément, n'auront pas peau temps pour leur bromenate. »

Là-dessus, on se sépara, chacun allant à son service, et le capitaine ayant fort à faire pour les préparatifs du dîner.

Quand ils se retrouvèrent de nouveau à la nuit tombante, ils se mirent à rire en se voyant tous coquets et reluisants comme aux jours de grande revue, pommadés, parfumés, tout frais. Les cheveux du commandant semblaient moins gris que le matin, et le capitaine s'était rasé, ne gardant que sa moustache, qui lui mettait une flamme[1] sous le nez.

Malgré la pluie, on laissait la fenêtre ouverte et l'un d'eux parfois allait écouter. À six heures dix minutes le baron signala un lointain roulement. Tous se précipitèrent, et bientôt la grande voiture accourut, avec ses quatre chevaux toujours au galop, crottés jusqu'au dos, fumants et soufflants.

Et cinq femmes descendirent sur le perron, cinq belles filles choisies avec soin par un camarade du capitaine à qui *Le Devoir* était allé porter une carte de son officier.

Elles ne s'étaient point fait prier, sûres d'être bien payées, connaissant d'ailleurs les Prussiens, depuis trois mois qu'elles en tâtaient, et prenant leur parti des hommes comme des choses. « C'est le métier qui veut ça », se disaient-elles en route, pour répondre sans doute à quelque picotement secret d'un reste de conscience.

1. *une flamme* : la moustache rousse du capitaine.

Et tout de suite on entra dans la salle à manger. Illuminée, elle semblait plus lugubre encore en son délabrement piteux ; et la table couverte de viandes, de vaisselle riche et d'argenterie retrouvée dans le mur où l'avait cachée le propriétaire, donnait à ce lieu l'aspect d'une taverne de bandits qui soupent après un pillage. Le capitaine, radieux, s'empara des femmes comme d'une chose familière, les appréciant, les embrassant, les flairant, les évaluant à leur valeur de filles à plaisir, et comme les trois jeunes gens voulaient en prendre chacun une, il s'y opposa avec autorité, se réservant de faire le partage, en toute justice, suivant les grades, pour ne blesser en rien la hiérarchie.

Alors, afin d'éviter toute discussion, toute contestation et tout soupçon de partialité, il les aligna par rang de taille et s'adressant à la plus grande, avec le ton du commandement : « Ton nom ? »

Elle répondit en grossissant sa voix : « Paméla. »

Alors il proclama : « Numéro un, la nommée Paméla, adjugée au commandant. »

Ayant ensuite embrassé Blondine, la seconde, en signe de propriété, il offrit au lieutenant Otto la grosse Amanda, Éva *La Tomate* au sous-lieutenant Fritz, et la plus petite de toutes, Rachel, une brune toute jeune, à l'œil noir comme une tache d'encre, une Juive dont le nez retroussé confirmait la règle[1] qui donne des becs courbes à toute sa race, au plus jeune des officiers, au frêle marquis Wilhem d'Eyrik.

Toutes, d'ailleurs, étaient jolies et grasses, sans physionomies bien distinctes, faites à peu près pareilles de tournure et de peau par les pratiques d'amour quotidiennes et la vie commune des maisons publiques.

Les trois jeunes gens prétendaient tout de suite entraîner leurs femmes, sous prétexte de leur offrir des brosses et du savon pour se nettoyer ; mais le capitaine s'y opposa sagement, affirmant qu'elles étaient assez propres pour se mettre à table et que ceux qui monte-

1. *confirmait la règle* : parce qu'elle en est l'exception.

raient voudraient changer en descendant et troubleraient les autres couples. Son expérience l'emporta. Il y eut seulement beaucoup de baisers, des baisers d'attente.

Soudain Rachel suffoqua, toussant aux larmes et rendant de la fumée par les narines. Le marquis, sous prétexte de l'embrasser, venait de lui souffler un jet de tabac dans la bouche. Elle ne se fâcha point, ne dit pas un mot, mais elle regarda fixement son possesseur avec une colère éveillée tout au fond de son œil noir.

On s'assit. Le commandant lui-même semblait enchanté ; il prit à sa droite Paméla, Blondine à sa gauche, et déclara, en dépliant sa serviette : « Vous avez eu là une charmante idée, capitaine. »

Les lieutenants Otto et Fritz, polis comme auprès des femmes du monde, intimidaient un peu leurs voisines ; mais le baron de Kelweingstein, lâché dans son vice, rayonnait, lançait des mots grivois, semblait en feu avec sa couronne de cheveux rouges. Il galantisait[1] en français du Rhin, et ses compliments de taverne, expectorés par le trou des deux dents brisées, arrivaient aux filles au milieu d'une mitraille de salive.

Elles ne comprenaient rien, du reste, et leur intelligence ne sembla s'éveiller que lorsqu'il cracha des paroles obscènes, des expressions crues, estropiées par son accent. Alors, toutes ensembles, elles commencèrent à rire comme des folles, tombant sur le ventre de leurs voisins, répétant les termes que le baron se mit alors à défigurer à plaisir pour leur faire dire des ordures. Elles en vomissaient à volonté, saoules aux premières bouteilles de vin, et, redevenant elles, ouvrant la porte aux habitudes, elles embrassaient les moustaches de droite et celles de gauche, pinçaient les bras, poussaient des cris furieux, buvaient dans tous les verres, chantaient des couplets français et des bouts de chansons allemandes appris dans leurs rapports quotidiens avec l'ennemi.

1. *galantisait* : disait des galanteries.

Bientôt les hommes eux-mêmes, grisés par cette chair de femme étalée sous leur nez et sous leurs mains, s'affolèrent, hurlant, brisant la vaisselle, tandis que, derrière leur dos, des soldats impassibles les servaient.

Le commandant seul gardait de la retenue.

Mademoiselle Fifi avait pris Rachel sur ses genoux, et, s'animant à froid, tantôt il embrassait follement les frisons d'ébène de son cou, humant par le mince intervalle entre la robe et la peau la douce chaleur de son corps et tout le fumet de sa personne ; tantôt, à travers l'étoffe, il la pinçait avec fureur, la faisant crier, saisi d'une férocité rageuse, travaillé par son besoin de ravage. Souvent aussi, la tenant à plein bras, l'étreignant comme pour la mêler à lui, il appuyait longuement ses lèvres sur la bouche fraîche de la Juive, la baisait à perdre haleine ; mais soudain il la mordit si profondément qu'une traînée de sang descendit sur le menton de la jeune fille et coula dans son corsage.

Encore une fois, elle le regarda bien en face, et, lavant la plaie, murmura : « Ça se paye, cela. » Il se mit à rire, d'un rire dur. « Je paierai », dit-il.

On arrivait au dessert ; on versait du champagne. Le commandant se leva, et du même ton qu'il aurait pris pour porter la santé de l'impératrice Augusta[1], il but :

« À nos dames ! » Et une série de toasts commença, des toasts d'une galanterie de soudards et de pochards, mêlés de plaisanteries obscènes, rendues plus brutales encore par l'ignorance de la langue.

Ils se levaient l'un après l'autre, cherchant de l'esprit, s'efforçant d'être drôles ; et les femmes, ivres à tomber, les yeux vagues, les lèvres pâteuses, applaudissaient chaque fois éperdument.

Le capitaine, voulant sans doute rendre à l'orgie un air galant, leva encore une fois son verre et prononça : « À nos victoires sur les cœurs ! »

Alors le lieutenant Otto, espèce d'ours de la Forêt-

1. *Augusta* : femme de l'empereur Guillaume Ier.

Noire[1], se dressa, enflammé, saturé de boissons. Et envahi brusquement de patriotisme alcoolique, il cria : « À nos victoires sur la France ! »

Toutes grises qu'elles étaient, les femmes se turent et Rachel, frissonnante, se retourna : « Tu sais, j'en connais, des Français, devant qui tu ne dirais pas ça. »

Mais le petit marquis, la tenant toujours sur ses genoux, se mit à rire, rendu très gai par le vent : « Ah ! ah ! ah ! je n'en ai jamais vu, moi. Sitôt que nous paraissons, ils foutent le camp ! »

La fille, exaspérée, lui cria dans la figure : « Tu mens, salaud ! »

Durant une seconde, il fixa sur elle ses yeux clairs, comme il les fixait sur les tableaux dont il crevait la toile à coups de revolver, puis il se remit à rire : « Ah ! oui, parlons-en, la belle ! serions-nous ici, s'ils étaient braves ? »

Et il s'animait : « Nous sommes leurs maîtres ! à nous la France ! »

Elle quitta ses genoux d'une secousse et retomba sur sa chaise. Il se leva, tendit son verre jusqu'au milieu de la table et répéta : « À nous la France et les Français, les bois, les champs et les maisons de France ! »

Les autres, tout à fait saouls, secoués soudain par un enthousiasme militaire, un enthousiasme de brutes, saisirent leurs verres en vociférant : « Vive la Prusse ! » et les vidèrent d'un seul trait.

Les filles ne protestaient point, réduites au silence et prises de peur. Rachel elle-même se taisait, impuissante à répondre.

Alors, le petit marquis posa sur la tête de la Juive sa coupe de champagne emplie à nouveau : « À nous aussi, cria-t-il, toutes les femmes de France ! »

Elle se leva si vite, que le cristal, culbuté, vida, comme pour un baptême, le vin jaune dans ses cheveux noirs, et il tomba, se brisant à terre. Les lèvres tremblantes, elle

1. *Forêt Noire* : massif montagneux et boisé d'Outre-Rhin, symétrique des Vosges françaises.

bravait du regard l'officier qui riait toujours, et elle balbutia, d'une voix étranglée de colère : « Ça, ça, ça n'est pas vrai, par exemple, vous n'aurez pas les femmes de France. »

Il s'assit pour rire à son aise, et, cherchant l'accent parisien : « Elle est pien ponne, pien ponne, qu'est-ce alors que tu viens faire ici, pétite ? »

Interdite, elle se tut d'abord, comprenant mal dans son trouble, puis, dès qu'elle eut bien saisi ce qu'il disait, elle lui jeta, indignée et véhémente : « Moi ! moi ! je ne suis pas une femme, moi, je suis une putain ; c'est bien tout ce qu'il faut à des Prussiens. »

Elle n'avait point fini qu'il la giflait à toute volée ; mais comme il levait encore une fois la main, affolée de rage, elle saisit sur la table un petit couteau de dessert à lame d'argent, et, si brusquement qu'on ne vit rien d'abord, elle le lui piqua droit dans le cou, juste au creux où la poitrine commence.

Un mot qu'il prononçait fut coupé dans sa gorge, et il resta béant, avec un regard effroyable.

Tous poussèrent un rugissement et se levèrent en tumulte ; mais ayant jeté sa chaise dans les jambes du lieutenant Otto, qui s'écroula tout au long, elle courut à la fenêtre, l'ouvrit avant qu'on eût pu l'atteindre, et s'élança dans la nuit, sous la pluie qui tombait toujours.

En deux minutes, Mademoiselle Fifi fut morte. Alors Fritz et Otto dégainèrent et voulurent massacrer les femmes qui se traînaient à leurs genoux. Le major, non sans peine, empêcha cette boucherie, fit enfermer dans une chambre, sous la garde de deux hommes, les quatre filles éperdues ; puis, comme s'il eût disposé ses soldats pour un combat, il organisa la poursuite de la fugitive, bien certain de la reprendre.

Cinquante hommes, fouettés de menaces, furent lancés dans le parc. Deux cents autres fouillèrent les bois et toutes les maisons de la vallée.

La table, desservie en un instant, servait maintenant de lit mortuaire, et les quatre officiers, rigides, dégrisés, avec la face dure des hommes de guerre en fonction, restaient debout près des fenêtres, sondaient la nuit.

L'averse torrentielle continuait. Un clapotis continu

emplissait les ténèbres, un flottant murmure d'eau qui tombe et d'eau qui coule, d'eau qui dégoutte et d'eau qui rejaillit.

Soudain un coup de feu retentit, puis un autre très loin, et, pendant quatre heures, on entendit ainsi de temps en temps des détonations proches ou lointaines et des cris de ralliement, des mots étranges lancés comme appel par des voix gutturales.

Au matin, tout le monde rentra. Deux soldats avaient été tués et trois autres blessés par leurs camarades dans l'ardeur de la chasse et l'effarement de cette poursuite nocturne.

On n'avait pas retrouvé Rachel.

Alors les habitants furent terrorisés, les demeures bouleversées, toute la contrée parcourue, battue, retournée. La Juive ne semblait pas avoir laissé une seule trace de son passage.

Le général, prévenu, ordonna d'étouffer l'affaire, pour ne point donner de mauvais exemple dans l'armée, et il frappa d'une peine disciplinaire le commandant, qui punit ses inférieurs. Le général avait dit : « On ne fait pas la guerre pour s'amuser et caresser des filles publiques. » Et le comte de Farlsberg, exaspéré, résolut de se venger sur le pays.

Comme il lui fallait un prétexte afin de sévir sans contrainte, il fit venir le curé et lui ordonna de sonner la cloche à l'enterrement du marquis d'Eyrik.

Contre toute attente, le prêtre se montra docile, humble, plein d'égards. Et quand le corps de Mademoiselle Fifi, porté par des soldats, précédé, entouré, suivi de soldats qui marchaient le fusil chargé, quitta le château d'Uville, allant au cimetière, pour la première fois la cloche tinta son glas funèbre avec une allure allègre, comme si une main amie l'eût caressée.

Elle sonna le soir encore, et le lendemain aussi, et tous les jours ; elle carillonna tant qu'on voulut. Parfois même, la nuit, elle se mettait toute seule en branle et jetait doucement deux ou trois sons dans l'ombre, prise de gaietés singulières, réveillée on ne sait pourquoi. Tous les paysans du lieu la dirent alors ensorcelée, et personne, sauf le curé et le sacristain, n'approchait plus du clocher.

C'est qu'une pauvre fille vivait là-haut, dans l'angoisse et la solitude, nourrie en cachette par ces deux hommes. Elle y resta jusqu'au départ des troupes allemandes. Puis, un soir, le curé ayant emprunté le char à bancs du boulanger, conduisit lui-même sa prisonnière jusqu'à la porte de Rouen. Arrivé là, le prêtre l'embrassa ; elle descendit et regagna vivement à pied le logis public, dont la patronne la croyait morte.

Elle en fut tirée quelque temps après par un patriote sans préjugés qui l'aima pour sa belle action, puis l'ayant ensuite chérie pour elle-même, l'épousa, en fit une dame qui valut autant que beaucoup d'autres.

23 mars 1882

Château de Miromesnil.

Questions

Compréhension

1. *Quels détails soulignent la grossièreté du* major allemand *(l. 1 à 18) ?*

2. *Pourquoi Maupassant insiste-t-il tellement dans l'ensemble du texte sur le vandalisme de tous les occupants ?*

3. *Comment se traduit le patriotisme du village ? Quelles en sont les limites ?*

4. *Qu'est-ce qui nous fait rire dans la distribution des prostituées aux différents officiers (l. 285 à 299) ?*

5. *En quoi le personnage de Mlle Fifi se distingue-t-il des autres officiers prussiens ? Tentez de préciser son caractère.*

6. *Y a-t-il une évolution dans le comportement des officiers ? Où situeriez-vous le tournant du conte ?*

7. *Précisez les étapes de la dispute entre Rachel et Mlle Fifi.*

8. *Quelle satire de l'institution militaire allemande peut-on relever dans l'énumération des conséquences de l'acte de Rachel ?*

9. *Que peut penser le lecteur de l'attitude du curé quand la cloche sonne pour l'enterrement de l'officier prussien ?*

10. *Quelle morale peut-on tirer de ce conte ? Est-elle entièrement pessimiste ?*

Écriture / Réécriture

11. *Relevez les comparaisons ou les images utilisées pour décrire la pluie (l. 19 à 24) : à quoi aboutissent-elles ?*

12. *Quels détails sont particulièrement plaisants dans la description :* a) *du major ?* b) *du capitaine (l. 30 à 47) ?*

13. *Le titre du conte :* Mlle Fifi *est-il bien choisi ?*

14. *Le surnom de Mlle Fifi est-il bien choisi ?*

15. *Quels sont les termes les plus expressifs qui ridiculisent les galanteries du major (l. 335 à 338) ?*

16. *Par quels artifices l'intérêt est-il maintenu et même renouvelé jusqu'à la fin du conte (l. 491 à 518) ?*

17. *Le curé écrit à son évêque pour se justifier d'avoir donné asile à une prostituée dans son église.*

La Veillée[1]

Elle était morte sans agonie, tranquillement, comme une femme dont la vie fut irréprochable ; et elle reposait maintenant dans son lit, sur le dos, les yeux fermés, les traits calmes, ses longs cheveux blancs soigneusement arrangés comme si elle eût fait sa toilette encore dix minutes avant la mort, toute sa physionomie pâle de trépassée si recueillie, si reposée, si résignée qu'on sentait bien quelle âme douce avait habité ce corps, quelle existence sans trouble avait menée cette aïeule sereine, quelle fin sans secousses et sans remords avait eue cette sage.

À genoux, près du lit, son fils, un magistrat aux principes inflexibles, et sa fille, Marguerite, en religion sœur Eulalie, pleuraient éperdument. Elle les avait dès l'enfance armés d'une intraitable morale, leur enseignant la religion sans faiblesses et le devoir sans pactisations. Lui, l'homme, était devenu magistrat, et brandissant la loi, il frappait sans pitié les faibles, les défaillants ; elle, la fille, toute pénétrée de la vertu qui l'avait baignée en cette famille austère, avait épousé Dieu, par dégoût des hommes.

Ils n'avaient guère connu leur père ; ils savaient seulement qu'il avait rendu leur mère malheureuse, sans apprendre d'autres détails.

La religieuse baisait follement une main pendante de la morte, une main d'ivoire pareille au grand christ couché sur le lit. De l'autre côté du corps étendu, l'autre main semblait tenir encore le drap froissé de ce geste errant qu'on nomme le pli des agonisants ; et le linge en avait conservé comme de petites vagues de toile, comme un souvenir de ces derniers mouvements qui précèdent l'éternelle immobilité.

Quelques coups légers frappés à la porte, firent relever les deux têtes sanglotantes, et le prêtre, qui venait de dîner, rentra. Il était rouge, essoufflé, de la digestion

1. Première publication dans *Gil Blas* (7 juin 1882).

commencée ; car il avait mêlé fortement son café de cognac pour lutter contre la fatigue des dernières nuits passées et de la nuit de veille qui commençait.

Il semblait triste, de cette fausse tristesse d'ecclésiastique pour qui la mort est un gagne-pain. Il fit le signe de la croix, et, s'approchant avec son geste professionnel : « Eh bien ! mes pauvres enfants, je viens vous aider à passer ces tristes heures. » Mais sœur Eulalie soudain se releva : « Merci, mon père, nous désirons, mon frère et moi, rester seuls auprès d'elle. Ce sont nos derniers moments à la voir, nous voulons nous retrouver tous les trois, comme jadis, quand nous... nous... nous étions petits, et que notre pau... pauvre mère... » Elle ne put achever, tant les larmes jaillissaient, tant la douleur l'étouffait.

Mais le prêtre s'inclina, rasséréné, songeant à son lit. « Comme vous voudrez, mes enfants. » Il s'agenouilla, se signa[1], pria, se releva, et sortit doucement en murmurant : « C'était une sainte. »

Ils restèrent seuls, la morte et ses enfants. Une pendule cachée jetait dans l'ombre son petit bruit régulier ; et par la fenêtre ouverte les molles odeurs des foins et des bois pénétraient avec une languissante clarté de lune. Aucun son dans la campagne que les notes volantes des crapauds et parfois un ronflement d'insecte nocturne entrant comme une balle et heurtant un mur. Une paix infinie, une divine mélancolie, une silencieuse sérénité entouraient cette morte, semblaient s'envoler d'elle, s'exhaler au-dehors, apaiser la nature même.

Alors le magistrat, toujours à genoux, la tête plongée dans les toiles du lit, d'une voix lointaine, déchirante, poussée à travers les draps et les couvertures, cria : « Maman, maman, maman ! » Et la sœur, s'abattant sur le parquet, heurtant au bois son front de fanatique, convulsée, tordue, vibrante, comme en une crise d'épilepsie, gémit : « Jésus, Jésus, maman, Jésus ! »

1. *se signa* : fit le signe de croix.

Et secoués tous deux par un ouragan de douleur, ils haletaient, râlaient.

Puis la crise, lentement, se calma, et ils se remirent à pleurer d'une façon plus molle, comme des accalmies pluvieuses suivent les bourrasques sur la mer soulevée.

Puis, longtemps après, ils se relevèrent et se remirent à regarder le cher cadavre. Et les souvenirs, ces souvenirs lointains, hier si doux, aujourd'hui si torturants, tombaient sur leur esprit avec tous ces petits détails oubliés, ces petits détails intimes et familiers, qui refont vivant l'être disparu. Ils se rappelaient des circonstances, des paroles, des sourires, des intonations de voix de celle qui ne leur parlerait plus. Ils la revoyaient heureuse et calme, retrouvaient des phrases qu'elle avait parfois, comme pour battre la mesure, quand elle prononçait un discours important.

Et ils l'aimaient comme ils ne l'avaient jamais aimée. Et ils s'apercevaient, en mesurant leur désespoir, combien ils allaient se trouver maintenant abandonnés.

C'était leur soutien, leur guide, toute leur jeunesse, toute la joyeuse partie de leur existence qui disparaissaient, c'était leur lien avec la vie, la mère, la maman, la chair créatrice, l'attache avec les aïeux qu'ils n'auraient plus. Ils devenaient maintenant des solitaires, des isolés, ils ne pouvaient plus regarder derrière eux.

La religieuse dit à son frère : « Tu sais comme maman lisait toujours ses vieilles lettres ; elles sont toutes là, dans son tiroir. Si nous les lisions à notre tour, si nous revivions toute sa vie cette nuit près d'elle ? Ce serait comme un chemin de la croix[1], comme une connaissance que nous ferions avec sa mère à elle, avec nos grands-parents inconnus, dont les lettres sont là, et dont elle nous parlait si souvent, t'en souvient-il ? »

Et ils prirent dans le tiroir une dizaine de petits paquets de papiers jaunes, ficelés avec soin et rangés l'un contre l'autre. Ils jetèrent sur le lit ces reliques, et

1. *chemin de la croix* : itinéraire suivi par Jésus-Christ de sa condamnation à sa crucifixion. Au sens figuré : tout moment particulièrement douloureux de l'existence.

choisissant l'une d'elles sur qui le mot « Père » était écrit, ils l'ouvrirent et lurent.

C'étaient ces si vieilles épîtres[1] qu'on retrouve dans les vieux secrétaires de famille, ces épîtres qui sentent l'autre siècle. La première disait : « Ma chérie » ; une autre : « Ma belle petite fille » ; puis d'autres : « Ma chère enfant » ; puis encore : « Ma chère fille. » Et soudain la religieuse se mit à lire tout haut, à relire à la morte son histoire, tous ses tendres souvenirs. Et le magistrat, un coude sur le lit, écoutait, les yeux sur sa mère. Et le cadavre immobile semblait heureux.

Sœur Eulalie s'interrompant, dit tout à coup : « Il faudra les mettre dans sa tombe, lui faire un linceul de tout cela, l'ensevelir là-dedans. » Et elle prit un autre paquet sur lequel aucun mot révélateur n'était écrit. Et elle commença, d'une voix haute : « Mon adorée, je t'aime à en perdre la tête. Depuis hier, je souffre comme un damné brûlé par ton souvenir. Je sens tes lèvres sous les miennes, tes yeux sous mes yeux, ta chair sous ma chair. Je t'aime, je t'aime ! Tu m'as rendu fou. Mes bras s'ouvrent, je halète, soulevé par un immense désir de t'avoir encore. Tout mon corps t'appelle, te veut. J'ai gardé dans ma bouche le goût de tes baisers... »

Le magistrat s'était redressé ; la religieuse s'interrompit ; il lui arracha la lettre, chercha la signature. Il n'y en avait pas, mais seulement sous ces mots : « Celui qui t'adore », le nom : « Henry ». Leur père s'appelait René. Ce n'était donc pas lui. Alors le fils, d'une main rapide, fouilla dans le paquet de lettres, en prit une autre, et il lut : « Je ne puis plus me passer de tes caresses... » Et debout, sévère comme à son tribunal, il regarda la morte impassible. La religieuse, droite comme une statue, avec des larmes restées au coin des yeux, considérant son frère, attendait. Alors il traversa la chambre à pas lents, gagna la fenêtre et, le regard perdu dans la nuit, songea.

Quand il se retourna, sœur Eulalie, l'œil sec maintenant, était toujours debout, près du lit, la tête baissée.

1. *épîtres* : lettres.

Il s'approcha, ramassa vivement les lettres qu'il rejetait pêle-mêle dans le tiroir ; puis il ferma les rideaux du lit.

Et quand le jour fit pâlir les bougies qui veillaient sur la table, le fils, lentement, quitta son fauteuil, et sans revoir encore une fois la mère qu'il avait séparée d'eux, condamnée, il dit lentement : « Maintenant, retirons-nous, ma sœur. »

Costume d'Yvetot (1820).

Questions

Compréhension

1. *Comment nous est présentée la morte (l. 1 à 11) ? Sur quels aspects Maupassant insiste-t-il ?*

2. *En quoi les enfants peuvent-ils apparaître sympathiques ? Quels traits contiennent cependant une critique implicite (l. 12 à 21) ?*

3. *Pourquoi Maupassant a-t-il imaginé le fils magistrat et la fille religieuse ?*

4. *Sous quels aspects contrastés apparaît le prêtre (l. 33 à 43) ? Quel effet produit ce contraste ?*

5. *Quel est l'intérêt de l'évocation de la nature (l. 57 à 64) ?*

6. *Que pensez-vous de l'attitude des enfants (l. 65 à 71) ?*

7. *Comment est souligné l'amour des enfants (l. 77 à 96) ? Quel est l'intérêt de cette insistance ?*

8. *L'idée de lire les lettres de la mère vous semble-t-elle naturelle ?*

9. *Relevez les attitudes et les gestes des enfants (l. 131 à 142) : comment traduisent-ils leurs sentiments successifs ?*

10. *Quel sentiment apparaît chez le fils (l. 145 à 147) ?*

11. *Que peut-on reprocher aux enfants ?*

12. *La mère est-elle irréprochable ?*

Écriture / Réécriture

13. *Les lignes 25-32 nous présentent un tableau : comment est-il composé ? Quelle impression s'en dégage ?*

14. *Dans le portrait du prêtre (l. 35 à 43), quels éléments font contraste avec le tableau précédent ?*

15. *Quels effets de style ralentissent les phrases (l. 77 à 96) ? Quelle impression en résulte-t-il chez le lecteur ?*

16. *En quoi le style de la dernière lettre (l. 123 à 130) diffère-t-il de celui des précédentes ?*

17. *Pourquoi Maupassant, tout au long du texte, appelle-t-il presque toujours les enfants : le magistrat, la religieuse ou sœur Eulalie ?*

18. *À quoi peut nous faire penser la dernière phrase ?*

19. *Décrivez à votre tour une veillée mortuaire dans une tonalité de votre choix (macabre, humoristique, poétique, fantastique, etc.)*

Paysanne à la fin du XIXe siècle.

Histoire vraie[1]

Un grand vent soufflait au-dehors, un vent d'automne mugissant et galopant, un de ces vents qui tuent les dernières feuilles et les emportent jusqu'aux nuages.

Les chasseurs achevaient leur dîner, encore bottés, rouges, animés, allumés. C'étaient de demi-seigneurs normands, mi-hobereaux[2], mi-paysans, riches et vigoureux, taillés pour casser les cornes des bœufs lorsqu'ils les arrêtent dans les foires.

Ils avaient chassé tout le jour sur les terres de maître Blondel, le maire d'Éparville, et ils mangeaient maintenant autour de la grande table, dans l'espèce de ferme-château dont était propriétaire leur hôte.

Ils parlaient comme on hurle, riaient comme rugissent les fauves, et buvaient comme des citernes, les jambes allongées, les coudes sur la nappe, les yeux luisants sous la flamme des lampes, chauffés par un foyer formidable qui jetait au plafond des lueurs sanglantes; ils causaient de chasse et de chiens. Mais ils étaient à l'heure où d'autres idées viennent aux hommes, à moitié gris, et tous suivaient de l'œil une forte fille aux joues rebondies qui portait au bout de ses poings rouges les larges plats chargés de nourritures.

Soudain un grand diable qui était devenu vétérinaire après avoir étudié pour être prêtre, et qui soignait toutes les bêtes de l'arrondissement, M. Séjour, s'écria :

– Crébleu, maît' Blondel, vous avez là une bobonne qui n'est pas piquée des vers.

Et un rire retentissant éclata. Alors un vieux noble déclassé, tombé dans l'alcool, M. de Varnetot, éleva la voix.

– C'est moi qui ai eu jadis une drôle d'histoire avec une fillette comme ça! Tenez, il faut que je vous la raconte. Toutes les fois que j'y pense, ça me rappelle

1. Première publication dans *Le Gaulois* (18 juin 1882). Repris dans les *Contes du jour et de la nuit* (1885).
2. *hobereaux* : gentilshommes campagnards.

Mirza, ma chienne, que j'avais vendue au comte d'Haussonnel et qui revenait tous les jours, dès qu'on la lâchait, tant elle ne pouvait me quitter. À la fin je m' suis fâché et j'ai prié l' comte de la tenir en chaîne. Savez-vous c' qu'elle a fait c' te bête ? Elle est morte de chagrin.

Mais, pour en revenir à ma bonne, v' là l'histoire :

J'avais alors vingt-cinq ans et je vivais en garçon[1], dans mon château de Villebon. Vous savez, quand on est jeune, et qu'on a des rentes, et qu'on s'embête tous les soirs après dîner, on a l'œil de tous les côtés.

Bientôt je découvris une jeunesse qui était en service chez Déboultot, de Cauville. Vous avez bien connu Déboultot, vous, Blondel ! Bref, elle m'enjôla si bien, la gredine, que j'allai un jour trouver son maître et je lui proposai une affaire. Il me céderait sa servante et je lui vendrais ma jument noire, Cocote, dont il avait envie depuis bientôt deux ans. Il me tendit la main : « Topez-là, monsieur de Varnetot. » C'était marché conclu, la petite vint au château et je conduisis moi-même à Cauville ma jument, que je laissai pour trois cents écus.

Dans les premiers temps, ça alla comme sur des roulettes. Personne ne se doutait de rien ; seulement Rose m'aimait un peu trop pour mon goût. C' t' enfant-là, voyez-vous, ce n'était pas n'importe qui. Elle devait avoir quéqu' chose de pas commun dans les veines. Ça venait encore de quéqu' fille qui aura fauté avec son maître.

Bref, elle m'adorait. C'étaient des cajoleries, des mamours, des p' tits noms de chien, un tas d' gentillesses à me donner des réflexions.

Je me disais : « Faut pas qu' ça dure, ou je me laisserai prendre ! » Mais on ne me prend pas facilement, moi. Je ne suis pas de ceux qu'on enjôle avec deux baisers. Enfin j'avais l'œil ; quand elle m'annonça qu'elle était grosse.

Pif ! pan ! c'est comme si on m'avait tiré deux coups

1. *garçon* : célibataire.

de fusil dans la poitrine. Et elle m'embrassait, elle m'embrassait, elle riait, elle dansait, elle était folle, quoi ! Je ne dis rien le premier jour ; mais, la nuit, je me raisonnai. Je pensai : « Ça y est ; mais faut parer le coup, et couper le fil, il n'est que temps. » Vous comprenez, j'avais mon père et ma mère à Barneville, et ma sœur mariée au marquis d'Yspare, à Rollebec, à deux lieues de Villebon. Pas moyen de blaguer.

Mais comment me tirer d'affaire ? Si elle quittait la maison, on se douterait de quelque chose et on jaserait. Si je la gardais, on verrait bientôt l' bouquet ; et puis, je ne pouvais la lâcher comme ça.

J'en parlai à mon oncle, le baron de Creteuil, un vieux lapin[1] qui en a connu plus d'une, et je lui demandai un avis. Il me répondit tranquillement :

– Il faut la marier, mon garçon.

Je fis un bond.

– La marier, mon oncle, mais avec qui ?

Il haussa doucement les épaules :

– Avec qui tu voudras, c'est ton affaire et non la mienne. Quand on n'est pas bête on trouve toujours.

Je réfléchis bien huit jours à cette parole, et je finis par me dire à moi-même : « Il a raison, mon oncle. »

Alors, je commençai à me creuser la tête et à chercher ; quand un soir le juge de paix, avec qui je venais de dîner, me dit :

– Le fils de la mère Paumelle vient encore de faire une bêtise ; il finira mal, ce garçon-là. Il est vrai que bon chien chasse de race[2].

Cette mère Paumelle était une vieille rusée dont la jeunesse avait laissé à désirer. Pour un écu, elle aurait vendu certainement son âme, et son garnement de fils par-dessus le marché.

J'allai la trouver, et tout doucement, je lui fis comprendre la chose.

1. *lapin* : amateur de femmes.
2. *bon chien chasse de race* : proverbe signifiant : les qualités et les défauts sont héréditaires.

Comme je m'embarrassais dans mes explications, elle me demanda tout à coup :

– Qué qu' vous lui donnerez à c'te p'tite ?

Elle était maligne, la vieille, mais moi, pas bête, j'avais préparé mon affaire.

Je possédais justement trois lopins de terre perdus auprès de Sasseville, qui dépendaient de mes trois fermes de Villebon. Les fermiers se plaignaient toujours que c'était loin ; bref, j'avais repris ces trois champs, six acres[1] en tout, et, comme mes paysans criaient, je leur avait remis[2], pour jusqu'à la fin de chaque bail, toutes leurs redevances en volailles. De cette façon, la chose passa. Alors, ayant acheté un bout de côte à mon voisin, M. d'Aumonté, je faisais construire une masure dessus, le tout pour quinze francs. De la sorte, je venais de constituer un petit bien qui ne me coûtait pas grand' chose, et je le donnais en dot à la fillette.

La vieille se récria : ce n'est pas assez ; mais je tins bon, et nous nous quittâmes sans rien conclure.

Le lendemain, dès l'aube, le gars vint me trouver. Je ne me rappelais guère sa figure. Quand je le vis, je me rassurai ; il n'était pas mal pour un paysan ; mais il avait l'air d'un rude coquin.

Il prit la chose de loin, comme s'il venait acheter une vache. Quand nous fûmes d'accord, il voulut voir le bien ; et nous voilà partis à travers champs. Le gredin me fit bien rester trois heures sur les terres ; il les arpentait, les mesurait, en prenait des mottes qu'il écrasait dans ses mains, comme s'il avait peur d'être trompé sur la marchandise. La masure n'étant pas encore couverte, il exigea de l'ardoise au lieu de chaume, parce que cela demande moins d'entretien !

Puis il me dit :

– Mais l' mobilier, c'est vous qui le donnez.

Je protestai :

1. *six acres* : environ trois hectares.
2. *je leur avais remis* : je les avais dispensés de.

– Non pas ; c'est déjà beau de vous donner une ferme.

Il ricana :

– J' crai ben, une ferme et un éfant.

Je rougis malgré moi. Il reprit :

– Allons, vous donnerez l' lit, une table, l'ormoire, trois chaises et pi la vaisselle, ou ben rien d' fait.

J'y consentis.

Et nous voilà en route pour revenir. Il n'avait pas encore dit un mot de la fille. Mais tout à coup, il demanda d'un air sournois et gêné :

– Mais, si a mourait, à qui qu'il irait, çu bien ?

Je répondis :

– Mais, à vous, naturellement.

C'était tout ce qu'il voulait savoir depuis le matin. Aussitôt, il me tendit la main d'un mouvement satisfait. Nous étions d'accord.

Oh ! par exemple, j'eus du mal pour décider Rose. Elle se traînait à mes pieds, elle sanglotait, elle répétait : « C'est vous qui me proposez ça ! c'est vous ! c'est vous ! » Pendant plus d'une semaine, elle résista malgré mes raisonnements et mes prières. C'est bête, les femmes ; une fois qu'elles ont l'amour en tête, elles ne comprennent plus rien. Il n'y a pas de sagesse qui tienne, l'amour avant tout, tout pour l'amour.

À la fin je me fâchai et la menaçai de la jeter dehors. Alors elle céda peu à peu, à condition que je lui permettrais de venir me voir de temps en temps.

Je la conduisis moi-même à l'autel, je payai la cérémonie, j'offris à dîner à toute la noce. Je fis grandement les choses, enfin. Puis : « Bonsoir, mes enfants ! » J'allai passer six mois chez mon frère en Touraine.

Quand je fus de retour, j'appris qu'elle était venue, chaque semaine, au château me demander. Et j'étais à peine arrivé depuis une heure que je la vis arriver avec un marmot dans les bras. Vous me croirez si vous voulez, mais ça me fit quelque chose de voir ce mioche. Je crois même que je l'embrassai.

Quant à la mère, une ruine, un squelette, une ombre. Maigre, vieillie. Bigre de bigre, ça ne lui allait pas, le mariage ! Je lui demandai machinalement :

– Es-tu heureuse ?

Alors elle se mit à pleurer comme une source, avec des hoquets, des sanglots, et elle criait :

– Je n' peux pas, je n' peux pas m' passer de vous maintenant. J'aime mieux mourir, je n' peux pas !

Elle faisait un bruit du diable. Je la consolai comme je pus et je la reconduisis à la barrière.

J'appris en effet que son mari la battait ; et que sa belle-mère lui rendait la vie dure, la vieille chouette.

Deux jours après elle revenait. Et elle me prit dans ses bras, elle se traîna par terre :

– Tuez-moi, mais je n' veux pas retourner là-bas.

Tout à fait ce qu'aurait dit Mirza si elle avait parlé !

Ça commençait à m'embêter, toutes ces histoires ; et je filai pour six mois encore. Quand je revins... Quand je revins, j'appris qu'elle était morte trois semaines auparavant, après être revenue au château tous les dimanches... toujours comme Mirza. L'enfant aussi était mort huit jours après.

Quant au mari, le madré coquin, il héritait. Il a bien tourné depuis, paraît-il, il est maintenant conseiller municipal.

Puis, M. de Varnetot ajouta en riant :

– C'est égal, c'est moi qui ai fait sa fortune, à celui-là !

Et M. Séjour, le vétérinaire, conclut gravement en portant à sa bouche un verre d'eau-de-vie :

– Tout ce que vous voudrez, mais des femmes comme ça, il n'en faut pas !

Questions

Compréhension

1. *Comment pourriez-vous caractériser l'assemblée des chasseurs (l. 4 à 22) ?*

2. *Lequel des chasseurs remarque-t-il la bonne ? Quel est l'intérêt de cette précision ?*

3. *À quel genre d'histoire peut-on s'attendre après une telle introduction ? Quel détail ne nous laisse aucun doute à ce sujet ?*

4. *Comment nous est présenté le marché conclu entre le narrateur et Déboultot ?*

5. *Quels éléments aggravent la culpabilité du narrateur (l. 55 à 64) ?*

6. *Quels arguments donne le narrateur pour justifier la décision de* parer le coup *(l. 74) ? Vous semblent-ils convaincants ?*

7. *En quoi le marchandage avec le jeune paysan marque-t-il une progression par rapport au marchandage avec la mère ?*

8. *Quel est le seul sentiment humain éprouvé par le narrateur à son retour ? Comment le présente-t-il ?*

9. *Quel est l'intérêt de la comparaison avec Mirza ?*

10. *Quel commentaire inspire au narrateur l'épilogue de son histoire ?*

Écriture

11. *Par quelles expressions le caractère ambigu du statut social des chasseurs est-il souligné ? Quelle indication complémentaire apportent les comparaisons des lignes 13 à 14 ?*

12. *En quels termes le narrateur décrit-il sa réaction quand il apprend la grossesse de sa servante ? Comment s'expliquent-ils ?*

13. « Je fis grandement les choses », *déclare le narrateur (l. 170) ? Est-ce l'adverbe qui convient ?*

14. « Je la conduisis moi-même à l'autel » *(l. 169) : cette phrase a-t-elle le même sens pour le narrateur et pour le lecteur ?*

15. *Quelle valeur les deux lignes précédentes donnent-elles à l'adverbe* « machinalement » *(l. 181) ?*

16. *En quoi les deux dernières phrases s'opposent-elles ? Quel est l'intérêt de cette opposition ?*

La Rempailleuse[1]

À Léon Hennique

C'était à la fin du dîner d'ouverture de chasse chez le marquis de Bertrans. Onze chasseurs, huit jeunes femmes et le médecin du pays étaient assis autour de la grande table illuminée, couverte de fruits et de fleurs.

On vint à parler d'amour, et une grande discussion s'éleva, l'éternelle discussion, pour savoir si on pouvait aimer vraiment une seule fois ou plusieurs fois. On cita des exemples de gens n'ayant jamais eu qu'un amour sérieux ; on cita aussi d'autres exemples de gens ayant aimé souvent, avec violence. Les hommes, en général, prétendaient que la passion, comme les maladies, peut frapper plusieurs fois le même être, et le frapper à le tuer si quelque obstacle se dresse devant lui. Bien que cette manière de voir ne fût pas contestable, les femmes, dont l'opinion s'appuyait sur la poésie bien plus que sur l'observation, affirmaient que l'amour, l'amour vrai, le grand amour, ne pouvait tomber qu'une fois sur un mortel, qu'il était semblable à la foudre, cet amour, et qu'un cœur touché par lui demeurait ensuite tellement vidé, ravagé, incendié, qu'aucun autre sentiment puissant, même aucun rêve, n'y pouvait germer de nouveau.

Le marquis ayant aimé beaucoup, combattait vivement cette croyance :

– Je vous dis, moi, qu'on peut aimer plusieurs fois avec toutes ses forces et toute son âme. Vous me citez des gens qui se sont tués par amour, comme preuve de l'impossibilité d'une seconde passion. Je vous répondrai que, s'ils n'avaient pas commis cette bêtise de se suicider, ce qui leur enlevait toute chance de rechute, ils se seraient guéris ; et ils auraient recommencé, et toujours, jusqu'à leur mort naturelle. Il en est ainsi des amoureux

1. Première publication dans *Gil Blas* (14 septembre 1882). Repris dans *Les Contes de la bécasse* (1883).

comme des ivrognes. Qui a bu boira – qui a aimé aimera. C'est une affaire de tempérament, cela.

On prit pour arbitre le docteur, vieux médecin parisien retiré aux champs, et on le pria de donner son avis.

Justement il n'en avait pas :

– Comme l'a dit le marquis, c'est une affaire de tempérament ; quant à moi, j'ai eu connaissance d'une passion qui dura cinquante-cinq ans, sans un jour de répit, et qui ne se termina que par la mort.

La marquise battit des mains.

– Est-ce beau cela ! Et quel rêve d'être aimé ainsi ! Quel bonheur de vivre cinquante-cinq ans tout enveloppé de cette affection acharnée et pénétrante ! Comme il a dû être heureux, et bénir la vie, celui qu'on adora de la sorte !

Le médecin sourit :

– En effet, madame, vous ne vous trompez pas sur ce point, que l'être aimé fut un homme. Vous le connaissez, c'est M. Chouquet, le pharmacien du bourg. Quant à elle, la femme, vous l'avez connue aussi, c'est la vieille rempailleuse de chaises qui venait tous les ans au château. Mais je vais me faire mieux comprendre.

L'enthousiasme des femmes était tombé, et leur visage dégoûté disait : « Pouah ! » comme si l'amour n'eût dû frapper que des êtres fins et distingués, seuls dignes de l'intérêt des gens comme il faut.

Le médecin reprit :

– J'ai été appelé, il y a trois mois, auprès de cette vieille femme, à son lit de mort. Elle était arrivée la veille, dans la voiture qui lui servait de maison, traînée par la rosse[1] que vous avez vue, et accompagnée de ses deux grands chiens noirs, ses amis et ses gardiens. Le curé était déjà là. Elle nous fit ses exécuteurs testamentaires, et, pour nous dévoiler le sens de ses volontés dernières, elle nous raconta toute sa vie. Je ne sais rien de plus singulier et de plus poignant.

---

1. *rosse* : vieux cheval peu vigoureux.

Son père était rempailleur et sa mère rempailleuse. Elle n'a jamais eu de logis planté en terre.

Toute petite, elle errait, haillonneuse, vermineuse, sordide. On s'arrêtait à l'entrée des villages, le long des fossés ; on dételait la voiture ; le cheval broutait ; le chien dormait, le museau sur ses pattes ; et la petite se roulait dans l'herbe pendant que le père et la mère rafistolaient, à l'ombre des ormes du chemin, tous les vieux sièges de la commune. On ne parlait guère, dans cette demeure ambulante. Après les quelques mots nécessaires pour décider qui ferait le tour des maisons en poussant le cri bien connu : « Remmmpailleur de chaises ! » on se mettait à tortiller la paille, face à face ou côte à côte. Quand l'enfant allait trop loin ou tentait d'entrer en relations avec quelque galopin du village, la voix colère du père la rappelait : « Veux-tu bien revenir ici, crapule ! » C'étaient les seuls mots de tendresse qu'elle entendait.

Quand elle devint plus grande, on l'envoya faire la récolte des fonds de siège avariés. Alors elle ébaucha quelques connaissances de place en place avec les gamins ; mais c'étaient alors les parents de ses nouveaux amis qui rappelaient brutalement leurs enfants : « Veux-tu bien venir ici, polisson ! Que je te voie causer avec les va-nu-pieds !... »

Souvent les petits gars lui jetaient des pierres.

Des dames lui ayant donné quelques sous, elle les garda soigneusement.

Un jour – elle avait alors onze ans – comme elle passait par ce pays, elle rencontra derrière le cimetière le petit Chouquet qui pleurait parce qu'un camarade lui avait volé deux liards[1]. Ces larmes d'un petit bourgeois, d'un de ces petits qu'elle s'imaginait, dans sa frêle caboche de déshéritée, être toujours contents et joyeux, la bouleversèrent. Elle s'approcha, et, quand elle connut la raison de sa peine, elle versa entre ses mains toutes ses économies, sept sous, qu'il prit naturellement, en

1. *liards* : ancienne monnaie de cuivre (un liard = un quart de sou).

essuyant ses larmes. Alors, folle de joie, elle eut l'audace de l'embrasser. Comme il considérait attentivement sa monnaie, il se laissa faire. Ne se voyant ni repoussée ni battue, elle recommença ; elle l'embrassa à pleins bras, à plein cœur. Puis elle se sauva.

Que se passa-t-il dans cette misérable tête ? S'est-elle attachée à ce mioche parce qu'elle lui avait sacrifié sa fortune de vagabonde, ou parce qu'elle lui avait donné son premier baiser tendre ? Le mystère est le même pour les petits que pour les grands.

Pendant des mois, elle rêva de ce coin de cimetière et de ce gamin. Dans l'espérance de le revoir, elle vola ses parents, grappillant un sou par-ci, un sou par-là, sur un rempaillage, ou sur les provisions qu'elle allait acheter.

Quand elle revint, elle avait deux francs dans sa poche, mais elle ne put qu'apercevoir le petit pharmacien, bien propre, derrière des carreaux de la boutique paternelle, entre un bocal rouge et un ténia[1].

Elle ne l'en aima que davantage, séduite, émue, extasiée par cette gloire de l'eau colorée, cette apothéose des cristaux luisants.

Elle garda en elle son souvenir ineffaçable, et, quand elle le rencontra, l'an suivant, derrière l'école, jouant aux billes avec ses camarades, elle se jeta sur lui, le saisit dans ses bras, et le baisa avec tant de violence qu'il se mit à hurler de peur. Alors, pour l'apaiser, elle lui donna son argent : trois francs vingt, un vrai trésor, qu'il regardait avec des yeux agrandis.

Il le prit et se laissa caresser tant qu'elle voulut.

Pendant quatre ans encore, elle versa entre ses mains toutes ses réserves, qu'il empochait avec conscience en échange de baisers consentis. Ce fut une fois trente sous, une fois deux francs, une fois douze sous seulement (elle en pleura de peine et d'humiliation, mais l'année avait été mauvaise) et la dernière fois, cinq francs, une grosse pièce ronde, qui le fit rire d'un rire content.

Elle ne pensait plus qu'à lui ; et il attendait son retour

1. *ténia* : ver solitaire.

avec une certaine impatience, courait au-devant d'elle en la voyant, ce qui faisait bondir son cœur de fillette.

Puis il disparut. On l'avait mis au collège. Elle le sut en interrogeant habilement. Alors elle usa d'une diplomatie infinie pour changer l'itinéraire de ses parents et les faire passer par ici au moment des vacances. Elle y réussit, mais après un an de ruses. Elle était donc restée deux ans sans le revoir ; et elle le reconnut à peine, tant il était changé, grandi, embelli, imposant dans sa tunique à boutons d'or. Il feignit de ne pas la voir et passa fièrement près d'elle.

Elle en pleura pendant deux jours ; et depuis lors elle souffrit sans fin.

Tous les ans elle revenait ; passait devant lui sans oser le saluer et sans qu'il daignât même tourner les yeux vers elle. Elle l'aimait éperdument. Elle me dit : « C'est le seul homme que j'aie vu sur la terre, monsieur le médecin ; je ne sais pas si les autres existaient seulement. »

Ses parents moururent. Elle continua leur métier, mais elle prit deux chiens au lieu d'un, deux terribles chiens qu'on n'aurait pas osé braver.

Un jour, en entrant dans ce village où son cœur était resté, elle aperçut une jeune femme qui sortait de la boutique Chouquet au bras de son bien-aimé. C'était sa femme. Il était marié.

Le soir même, elle se jeta dans la mare qui est sur la place de la Mairie. Un ivrogne attardé la repêcha, et la porta à la pharmacie. Le fils Chouquet descendit en robe de chambre, pour la soigner, et, sans paraître la reconnaître, la déshabilla, la frictionna, puis il lui dit d'une voix dure : « Mais vous êtes folle ! Il ne faut pas être bête comme ça ! »

Cela suffit pour la guérir. Il lui avait parlé ! Elle était heureuse pour longtemps.

Il ne voulut rien recevoir en rémunération de ses soins, bien qu'elle insistât vivement pour les payer.

Et toute sa vie s'écoula ainsi. Elle rempaillait en songeant à Chouquet. Tous les ans elle l'apercevait derrière ses vitraux. Elle prit l'habitude d'acheter chez lui des provisions de menus médicaments. De la sorte elle le voyait de près, et lui parlait, et lui donnait encore de l'argent.

Comme je vous l'ai dit en commençant, elle est morte ce printemps. Après m'avoir raconté toute cette triste histoire, elle me pria de remettre à celui qu'elle avait si patiemment aimé toutes les économies de son existence, car elle n'avait travaillé que pour lui, rien que pour lui, disait-elle, jeûnant même pour mettre de côté, et être sûre qu'il penserait à elle, au moins une fois, quand elle serait morte.

Elle me donna donc deux mille trois cent vingt-sept francs. Je laissai à M. le curé les vingt-sept francs pour l'enterrement, et j'emportai le reste quand elle eut rendu le dernier soupir.

Le lendemain, je me rendis chez les Chouquet. Ils achevaient de déjeuner, en face l'un de l'autre, gros et rouges, fleurant les produits pharmaceutiques, importants et satisfaits.

On me fit asseoir ; on m'offrit un kirsh, que j'acceptai ; et je commençai mon discours d'une voix émue, persuadé qu'ils allaient pleurer.

Dès qu'il eut compris qu'il avait été aimé de cette vagabonde, de cette rempailleuse, de cette rouleuse[1], Chouquet bondit d'indignation, comme si elle lui avait volé sa réputation, l'estime des honnêtes gens, son honneur intime, quelque chose de délicat qui lui était plus cher que la vie.

Sa femme, aussi exaspérée que lui, répétait : « Cette gueuse ! cette gueuse, cette gueuse !... » sans pouvoir trouver autre chose.

Il s'était levé ; il marchait à grands pas derrière la table, le bonnet grec chaviré sur une oreille. Il balbutiait : « Comprend-on ça, docteur ? Voilà de ces choses horribles pour un homme ! Que faire ? Oh ! si je l'avais su de son vivant, je l'aurais fait arrêter par la gendarmerie et flanquer en prison. Et elle n'en serait pas sortie, je vous en réponds ! »

---

1. *rouleuse* : travailleuse ambulante.

Je demeurais stupéfait du résultat de ma démarche pieuse. Je ne savais que dire ni que faire. Mais j'avais à compléter ma mission. Je repris : « Elle m'a chargé de vous remettre ses économies, qui montent à deux mille trois cents francs. Comme ce que je viens de vous apprendre semble vous être fort désagréable, le mieux serait peut-être de donner cet argent aux pauvres. »

Ils me regardaient, l'homme et la femme, perclus[1] de saisissement.

Je tirai l'argent de ma poche, du misérable argent de tous les pays et de toutes les marques, de l'or et des sous mêlés. Puis je demandai : « Que décidez-vous ? »

Mme Chouquet parla la première : « Mais, puisque c'était sa dernière volonté, à cette femme... il me semble qu'il nous est bien difficile de refuser. »

Le mari, vaguement confus, reprit : « Nous pourrions toujours acheter avec ça quelque chose pour nos enfants. »

Je dis d'un air sec : « Comme vous voudrez. »

Il reprit : « Donnez toujours, puisqu'elle vous en a chargé ; nous trouverons bien moyen de l'employer à quelque bonne œuvre. »

Je remis l'argent, je saluai, et je partis.

Le lendemain Chouquet vint me trouver et, brusquement : « Mais elle a laissé ici sa voiture, cette... cette femme. Qu'est-ce que vous en faites de cette voiture ?

– Rien, prenez-la si vous voulez.

– Parfait ; cela me va ; j'en ferai une cabane pour mon potager.

Il s'en allait. Je le rappelai. « Elle a laissé aussi un vieux cheval et ses deux chiens. Les voulez-vous ? » Il s'arrêta surpris : « Ah ! non, par exemple ; que voulez-vous que j'en fasse ? Disposez-en comme vous voudrez. » Et il riait. Puis il me tendit sa main que je serrai. Que voulez-vous ? Il ne faut pas dans un pays, que le médecin et le pharmacien soient ennemis.

J'ai gardé les chiens chez moi. Le curé, qui a une

1. *perclus* : paralysés.

grande cour, a pris le cheval.La voiture sert de cabane à Chouquet ; et il a acheté cinq obligations de chemin de fer avec l'argent.

Voilà le seul amour profond que j'aie rencontré, dans ma vie. »

Le médecin se tut.

Alors la marquise, qui avait des larmes dans les yeux, soupira : « Décidément, il n'y a que les femmes pour savoir aimer ! »

Un vannier.

Questions

Compréhension

1. *Dans le prologue, la sympathie de l'auteur vous semble-t-elle aller aux femmes ou aux hommes ?*

2. *Quels détails soulignent la pauvreté et la dureté qui ont marqué l'enfance de la rempailleuse ? Quel en est l'intérêt pour la suite du récit ?*

3. *Comparez les sentiments respectifs de la rempailleuse et du fils du pharmacien lors de leur première rencontre.*

4. *Quelles sont les étapes successives de l'aggravation du malentendu entre les deux personnages ?*

5. *Que pensez-vous de la réaction de Chouquet quand il apprend que la rempailleuse l'avait aimé ?*

6. *Quel effet l'héritage de la rempailleuse produit-il sur les Chouquet ? Les diverses raisons qu'ils donnent de leur acceptation sont-elles sincères ?*

7. *Pourquoi la démarche de Chouquet au sujet de la voiture est-elle particulièrement choquante ?*

8. *Pourquoi Chouquet refuse-t-il le cheval et les chiens ?*

9. *En quoi l'usage que fait Chouquet de la voiture et de l'argent achève-t-il de dépeindre le personnage ?*

10. *Le docteur est-il totalement sympathique ?*

11. *Le commentaire final de la marquise est-il justifié par le reste du conte ?*

Écriture / Réécriture

12. *En quoi l'expression* « un jour » *(l. 95) marque-t-elle un tournant dans le conte ? Étudiez, à ce propos, les temps des verbes.*

13. *La rempailleuse aperçoit le fils du pharmacien* « entre un bocal rouge et un ténia » *(l. 121) : cette précision produit-elle le même effet sur la rempailleuse et sur le lecteur ?*

14. *Qui nous a raconté cette histoire ? Pouvez-vous distinguer plusieurs niveaux ou degrés dans le récit ?*

15. *Si la petite rempailleuse avait su écrire, imaginez et rédigez quelques pages de son journal intime correspondant à une période de sa vie de votre choix.*

Pierrot[1]

À Henry Roujon

Mme Lefèvre était une dame de campagne, une veuve, une de ces demi-paysannes à rubans et à chapeaux falbalas[2], de ces personnes qui parlent avec des cuirs[3], prennent en public des airs grandioses, et cachent une âme de brute prétentieuse sous des dehors comiques et chamarrés, comme elles dissimulent leurs grosses mains rouges sous des gants de soie écrue.

Elle avait pour servante une brave campagnarde toute simple, nommée Rose.

Les deux femmes habitaient une petite maison à volets verts, le long d'une route, en Normandie, au centre du pays de Caux.

Comme elles possédaient, devant l'habitation, un étroit jardin, elles cultivaient quelques légumes.

Or, une nuit, on leur vola une douzaine d'oignons.

Dès que Rose s'aperçut du larcin, elle courut prévenir madame, qui descendit en jupe de laine. Ce fut une désolation et une terreur. On avait volé, volé Mme Lefèvre ! Donc, on volait dans le pays, puis on pouvait revenir.

Et les deux femmes effarées contemplaient les traces de pas, bavardaient, supposaient des choses : « Tenez, ils ont passé par là. Ils ont mis leurs pieds sur le mur ; ils ont sauté dans la plate-bande. »

Et elles s'épouvantaient pour l'avenir. Comment dormir tranquilles maintenant !

Le bruit du vol se répandit. Les voisins arrivèrent, constatèrent, discutèrent à leur tour ; et les deux femmes expliquaient à chaque nouveau venu leurs observations et leurs idées.

---

1. Première publication dans *Le Gaulois* (9 octobre 1882). Repris dans les *Contes de la bécasse* (1883).
2. *falbalas* : prétentieux et de mauvais goût.
3. *cuirs* : fautes de liaison.

Un fermier d'à côté leur offrit ce conseil : « Vous devriez avoir un chien. »

C'était vrai, cela ; elles devraient avoir un chien, quand ce ne serait que pour donner l'éveil. Pas un gros chien, Seigneur ! Que feraient-elles d'un gros chien ! Il les ruinerait en nourriture. Mais un petit chien (en Normandie, on prononce *quin*), un petit freluquet[1] de *quin* qui jappe.

Dès que tout le monde fut parti, Mme Lefèvre discuta longtemps cette idée de chien. Elle faisait, après réflexion, mille objections, terrifiée par l'image d'une jatte pleine de pâtée ; car elle était de cette race parcimonieuse de dames campagnardes qui portent toujours des centimes dans leur poche pour faire l'aumône ostensiblement aux pauvres des chemins, et donner aux quêtes du dimanche.

Rose, qui aimait les bêtes, apporta ses raisons et les défendit avec astuce. Donc il fut décidé qu'on aurait un chien, un tout petit chien.

On se mit à la recherche, mais on n'en trouvait que des grands, des avaleurs de soupe à faire frémir. L'épicier de Rolleville[2] en avait bien un, un tout petit ; mais il exigeait qu'on le lui payât deux francs, pour couvrir ses frais d'élevage. Mme Lefèvre déclara qu'elle voulait bien nourrir un « quin », mais qu'elle n'en achèterait pas.

Or, le boulanger, qui savait les événements, apporta, un matin, dans sa voiture, un étrange petit animal tout jaune, presque sans pattes, avec un corps de crocodile, une tête de renard et une queue en trompette, un vrai panache, grand comme tout le reste de sa personne. Un client cherchait à s'en défaire. Mme Lefèvre trouva fort beau ce roquet immonde, qui ne coûtait rien. Rose l'embrassa, puis demanda comment on le nommait. Le boulanger répondit : « Pierrot. »

Il fut installé dans une vieille caisse à savon et on lui offrit d'abord de l'eau à boire. Il but. On lui présenta

1. *freluquet* : de petite taille.
2. *Rolleville* : petit village entre Étretat et Le Havre.

ensuite un morceau de pain. Il mangea. Mme Lefèvre, inquiète, eut une idée : « Quand il sera bien accoutumé à la maison, on le laissera libre. Il trouvera à manger en rôdant dans le pays. »

On le laissa libre, en effet, ce qui ne l'empêcha point d'être affamé. Il ne jappait d'ailleurs que pour réclamer sa pitance ; mais, dans ce cas, il jappait avec acharnement.

Tout le monde pouvait entrer dans le jardin. Pierrot allait caresser chaque nouveau venu, et demeurait absolument muet.

Mme Lefèvre cependant s'était accoutumée à cette bête. Elle en arrivait même à l'aimer, et à lui donner de sa main, de temps en temps, des bouchées de pain trempées dans la sauce de son fricot.

Mais elle n'avait nullement songé à l'impôt[1], et quand on lui réclama huit francs, – huit francs, madame ! – pour ce freluquet de *quin* qui ne jappait seulement point, elle faillit s'évanouir de saisissement.

Il fut immédiatement décidé qu'on se débarrasserait de Pierrot. Personne n'en voulut. Tous les habitants le refusèrent à dix lieues aux environs. Alors on se résolut, faute d'autre moyen, à lui faire « piquer du mas ».

« Piquer du mas », c'est « manger de la marne[2] ». On fait piquer du mas à tous les chiens dont on veut se débarrasser.

Au milieu d'une vaste plaine, on aperçoit une espèce de hutte, ou plutôt un tout petit toit de chaume, posé sur le sol. C'est l'entrée de la marnière. Un grand puits tout droit s'enfonce jusqu'à vingt mètres sous terre, pour aboutir à une série de longues galeries de mines.

On descend une fois par an dans cette carrière, à l'époque où l'on marne les terres. Tout le reste du temps, elle sert de cimetière aux chiens condamnés ; et souvent, quand on passe auprès de l'orifice, des hurle-

1. *impôt* : un impôt sur les chiens avait été établi en 1855.
2. *marne* : roche argileuse qu'on utilise pour amender les terres trop purement calcaires du pays de Caux.

ments plaintifs, des aboiements furieux ou désespérés, des appels lamentables montent jusqu'à vous.

Les chiens des chasseurs et des bergers s'enfuient avec épouvante des abords de ce trou gémissant ; et, quand on se penche au-dessus, il sort de là une abominable odeur de pourriture.

Des drames affreux s'y accomplissent dans l'ombre.

Quand une bête agonise depuis dix à douze jours dans le fond, nourrie par les restes immondes de ses devanciers, un nouvel animal, plus gros, plus vigoureux certainement, est précipité tout à coup. Ils sont là, seuls, affamés, les yeux luisants. Ils se guettent, se suivent, hésitent, anxieux. Mais la faim les presse : ils s'attaquent, luttent longtemps, acharnés ; et le plus fort mange le plus faible, le dévore vivant.

Quand il fut décidé qu'on ferait « piquer du mas » à Pierrot, on s'enquit d'un exécuteur. Le cantonnier qui binait[1] la route demanda dix sous pour la course. Cela parut follement exagéré à Mme Lefèvre. Le goujat[2] du voisin se contentait de cinq sous ; c'était trop encore ; et, Rose ayant fait observer qu'il valait mieux qu'elles le portassent elles-mêmes, parce qu'ainsi il ne serait pas brutalisé en route et averti de son sort, il fut résolu qu'elles iraient toutes les deux, à la nuit tombante.

On lui offrit, ce soir-là, une bonne soupe avec un doigt de beurre. Il l'avala jusqu'à la dernière goutte ; et, comme il remuait la queue de contentement, Rose le prit dans son tablier.

Elles allaient à grands pas, comme des maraudeuses, à travers la plaine. Bientôt elles aperçurent la marnière et l'atteignirent ; Mme Lefèvre se pencha pour écouter si aucune bête ne gémissait. – Non – il n'y en avait pas ; Pierrot serait seul. Alors Rose, qui pleurait, l'embrassa, puis le lança dans le trou ; et elles se penchèrent toutes deux, l'oreille tendue.

Elles entendirent d'abord un bruit sourd ; puis la

1. *binait* : entretenait à l'aide d'une petite fourche (ou binette).
2. *goujat* : apprenti maçon.

plainte aiguë, déchirante, d'une bête blessée, puis une succession de petits cris de douleur, puis des appels désespérés, des supplications de chien qui implorait, la tête levée vers l'ouverture.

Il jappait, oh! il jappait!

Elles furent saisies de remords, d'épouvante, d'une peur folle et inexplicable ; et elles se sauvèrent en courant. Et, comme Rose allait plus vite, Mme Lefèvre criait : « Attendez-moi, Rose, attendez-moi ! »

Leur nuit fut hantée de cauchemars épouvantables.

Mme Lefèvre rêva qu'elle s'asseyait à table pour manger la soupe, mais, quand elle découvrait la soupière, Pierrot était dedans. Il s'élançait et la mordait au nez.

Elle se réveilla et crut l'entendre japper encore. Elle l'écouta ; elle s'était trompée.

Elle s'endormit de nouveau et se trouva sur une grande route, une route interminable, qu'elle suivait. Tout à coup, au milieu du chemin, elle aperçut un panier, un grand panier de fermier, abandonné ; et ce panier lui faisait peur.

Elle finissait cependant par l'ouvrir, et Pierrot, blotti dedans, lui saisissait la main, ne la lâchait plus ; et elle se sauvait éperdue, portant ainsi au bout du bras le chien suspendu, la gueule serrée.

Au petit jour, elle se leva, presque folle, et courut à la marnière.

Il jappait ; il jappait encore, il avait jappé toute la nuit. Elle se mit à sangloter et l'appela avec mille petits noms caressants. Il répondit avec toutes les inflexions tendres de sa voix de chien.

Alors elle voulut le revoir, se promettant de le rendre heureux jusqu'à sa mort.

Elle courut chez le puisatier chargé de l'extraction de la marne, et elle lui raconta son cas. L'homme écoutait sans rien dire. Quand elle eut fini, il prononça : « Vous voulez votre quin ? Ce sera quatre francs. »

Elle eut un sursaut ; toute sa douleur s'envola du coup.

« Quatre francs ! vous vous en feriez mourir ! quatre francs ! »

Il répondit : « Vous croyez que j'vas apporter mes cordes, mes manivelles, et monter tout ça, et m'n aller là-bas avec mon garçon et m' faire mordre encore par votre maudit quin, pour l' plaisir de vous le r'donner? fallait pas l' jeter. »

Elle s'en alla, indignée. – Quatre francs!

Aussitôt rentrée, elle appela Rose et lui dit les prétentions du puisatier. Rose, toujours résignée, répétait : « Quatre francs! c'est de l'argent, madame. »

Puis elle ajouta : « Si on lui jetait à manger, à ce pauvre quin, pour qu'il ne meure pas comme ça? »

Mme Lefèvre approuva, toute joyeuse; et les voilà reparties, avec un gros morceau de pain beurré.

Elles le coupèrent par bouchées qu'elles lançaient l'une après l'autre, parlant tour à tour à Pierrot. Et sitôt que le chien avait achevé un morceau, il jappait pour réclamer le suivant.

Elles revinrent le soir, puis le lendemain, tous les jours. Mais elles ne faisaient plus qu'un voyage.

Or, un matin, au moment de laisser tomber la première bouchée, elles entendirent tout à coup un aboiement formidable dans le puits. Ils étaient deux! On avait précipité un autre chien, un gros!

Rose cria : « Pierrot! » Et Pierrot jappa, jappa. Alors on se mit à jeter la nourriture; mais, chaque fois elles distinguaient parfaitement une bousculade terrible, puis les cris plaintifs de Pierrot mordu par son compagnon, qui mangeait tout, étant le plus fort.

Elles avaient beau spécifier : « C'est pour toi, Pierrot! » Pierrot, évidemment, n'avait rien.

Les deux femmes, interdites, se regardaient; et Mme Lefèvre prononça d'un ton aigre : « Je ne peux pourtant pas nourrir tous les chiens qu'on jettera là-dedans. Il faut y renoncer. »

Et, suffoquée à l'idée de tous ces chiens vivant à ses dépens, elle s'en alla, emportant même ce qui restait du pain qu'elle se mit à manger en marchant.

Rose la suivit en s'essuyant les yeux du coin de son tablier bleu.

Questions

Compréhension

1. *Précisez à quelle classe sociale appartient Mme Lefèvre.*

2. *Les réactions provoquées par le vol sont-elles proportionnées au vol lui-même ?*

3. *Comment l'avarice de Mme Lefèvre se manifeste-t-elle dans les lignes 39 à 55 ?*

4. *Comment est composé le paragraphe des lignes 65 à 70 ? Quel effet produit cette composition ?*

5. *Quels détails rendent particulièrement horrible l'agonie des chiens dans la carrière de marne (l. 98 à 107) ?*

6. *Quelle horreur supplémentaire ajoutent les lignes 108 à 116 ?*

7. *Comment se traduisent les remords de Mme Lefèvre et de Rose ?*

8. *La souffrance de Mme Lefèvre est réelle : nous émeut-elle pour autant ? Pourquoi ?*

9. *Quelles sont les ressemblances et les différences entre l'attitude de Mme Lefèvre et celle de Rose ?*

10. *Les lignes 196 à 204 reprennent les lignes 108 à 116 : qu'y ajoutent-elles ?*

11. *Quelle est la morale de ce conte ? Comment la qualifieriez-vous ?*

Écriture / Réécriture

12. *Relevez les notations antithétiques dans le portrait de Mme Lefèvre (l. 1 à 7). Quelle impression produisent-elles ?*

13. *Quel mot est répété (l. 15 à 20) ? Quel est l'intérêt de cette répétition ?*

14. *Étudiez la description du chien (l. 56 à 64) : quel effet veut produire Maupassant ? Comment s'y prend-il ?*

15. *Que pensez-vous du nom du chien ? S'accorde-t-il bien avec la suite de l'histoire ?*

16. *En quoi l'expression entre tirets :* « huit francs, madame ! » *(l. 83) se distingue-t-elle du reste de la phrase ? Quel est son intérêt ?*

17. *La phrase :* « C'est pour toi, Pierrot » *(l. 205) exprime-t-elle une vraie tendresse ?*

18. *Imaginez une conversation entre Mme Lefèvre et Rose au sujet de Pierrot, quelques jours plus tard.*

La visite chez le fermier,
lithographie d'après un dessin de François Joseph Dupressoir.

AUX CHAMPS[1]

À Octave Mirbeau

Les deux chaumières étaient côte à côte, au pied d'une colline, proches d'une petite ville de bains. Les deux paysans besognaient dur sur la terre féconde pour élever tous leurs petits. Chaque ménage en avait quatre. Devant les deux portes voisines, toute la marmaille grouillait du matin au soir. Les deux aînés avaient six ans et les deux cadets quinze mois environ ; les mariages, et ensuite les naissances, s'étaient produits à peu près simultanément dans l'une et l'autre maison.

Les deux mères distinguaient à peine leurs produits dans le tas ; et les deux pères confondaient tout à fait. Les huit noms dansaient dans leur tête, se mêlaient sans cesse ; et quand il fallait en appeler un, les hommes souvent en criaient trois avant d'arriver au véritable.

La première des deux demeures, en venant de la station d'eaux de Rolleport[2], était occupée par les Tuvache, qui avaient trois filles et un garçon ; l'autre masure abritait les Vallin, qui avaient une fille et trois garçons.

Tout cela vivait péniblement de soupe, de pommes de terre et de grand air. À sept heures, le matin, puis à midi, puis à six heures, le soir, les ménagères réunissaient leurs mioches pour donner la pâtée, comme des gardeurs d'oies assemblent leurs bêtes. Leurs enfants étaient assis, par rang d'âge, devant la table en bois, vernie par cinquante ans d'usage. Le dernier moutard avait à peine la bouche au niveau de la planche. On posait devant l'assiette creuse pleine de pain molli dans l'eau où avaient cuit les pommes de terre, un demi-chou et trois oignons ; et toute la ligne mangeait jusqu'à plus faim. La mère empâtait[3] elle-même le petit. Un peu de viande au pot-au-feu, le dimanche, était une fête pour

---

1. Première publication dans *Le Gaulois* (31 octobre 1882). Repris dans les *Contes de la bécasse* (1883).
2. *Rolleport* : localité imaginaire.
3. *empâtait* : gavait.

tous ; et le père, ce jour-là, s'attardait au repas en répétant : « Je m'y ferais bien tous les jours. »

Par un après-midi du mois d'août, une légère voiture s'arrêta brusquement devant les deux chaumières, et une jeune femme, qui conduisait elle-même, dit au monsieur assis à côté d'elle :

– Oh ! regarde, Henri, ce tas d'enfants ! Sont-ils jolis, comme ça, à grouiller dans la poussière !

L'homme ne répondit rien, accoutumé à ces admirations qui étaient une douleur et presque un reproche pour lui.

La jeune femme reprit :

– Il faut que je les embrasse ! Oh ! comme je voudrais en avoir un, celui-là, le tout petit.

Et, sautant de la voiture, elle courut aux enfants, prit un des deux derniers, celui des Tuvache, en l'enlevant dans ses bras, elle le baisa passionnément sur ses joues sales, sur ses cheveux blonds frisés et pommadés de terre, sur ses menottes qu'il agitait pour se débarrasser des caresses ennuyeuses.

Puis elle remonta dans sa voiture et partit au grand trot. Mais elle revint la semaine suivante, s'assit elle-même par terre, prit le moutard dans ses bras, le bourra de gâteaux, donna des bonbons à tous les autres ; et joua avec eux comme une gamine, tandis que son mari attendait patiemment dans sa frêle voiture.

Elle revint encore, fit connaissance avec les parents, reparut tous les jours, les poches pleines de friandises et de sous.

Elle s'appelait Mme Henri d'Hubières.

Un matin, en arrivant, son mari descendit avec elle ; et, sans s'arrêter aux mioches, qui la connaissaient bien maintenant, elle pénétra dans la demeure des paysans.

Ils étaient là, en train de fendre du bois pour la soupe ; ils se redressèrent tout surpris, donnèrent des chaises et attendirent. Alors la jeune femme, d'une voix entrecoupée, tremblante, commença :

– Mes braves gens, je viens vous trouver parce que je voudrais bien... je voudrais bien emmener avec moi votre... votre petit garçon...

Elle reprit haleine et continua :

– Nous n'avons pas d'enfants ; nous sommes seuls, mon mari et moi... Nous le garderions... Voulez-vous ?

La paysanne commençait à comprendre. Elle demanda :

– Vous voulez nous prend'e Charlot ? Ah ben non, pour sûr.

Alors M. d'Hubières intervint :

– Ma femme s'est mal expliquée. Nous voulons l'adopter, mais il reviendra vous voir. S'il tourne bien, comme tout porte à le croire, il sera notre héritier. Si nous avions, par hasard, des enfants, il partagerait également avec eux. Mais, s'il ne répondait pas à nos soins, nous lui donnerions, à sa majorité, une somme de vingt mille francs, qui sera immédiatement déposée en son nom chez un notaire. Et, comme on a aussi pensé à vous, on vous servira jusqu'à votre mort une rente de cent francs par mois[1]. Avez-vous bien compris ?

La fermière s'était levée toute furieuse.

– Vous voulez que j' vous vendions Charlot ? Ah ! mais non ; c'est pas des choses qu'on d'mande à une mère, ça ! Ah ! mais non ! Ce s'rait une abomination.

L'homme ne disait rien, grave et réfléchi ; mais il approuvait sa femme d'un mouvement continu de la tête.

Mme d'Hubières, éperdue, se mit à pleurer, et, se tournant vers son mari, avec une voix pleine de sanglots, une voix d'enfant dont tous les désirs ordinaires sont satisfaits, elle balbutia :

– Ils ne veulent pas, Henri, ils ne veulent pas !

Alors, ils firent une dernière tentative.

– Mais, mes amis, songez à l'avenir de votre enfant, à son bonheur, à...

La paysanne, exaspérée, lui coupa la parole :

– C'est tout vu, c'est tout entendu, c'est tout réfléchi... Allez-vous-en, et pi, que j' vous revoie point par

1. *cent francs par mois* : à titre de comparaison, le salaire de Maupassant, quand il était petit employé de ministère, était d'environ cent cinquante francs par mois en 1873.

ici. C'est i permis d' vouloir prendre un éfant comme ça !

Alors, Mme d'Hubières, en sortant, s'avisa qu'ils étaient deux tout petits, et elle demanda, à travers ses larmes, avec une ténacité de femme volontaire et gâtée qui ne veut jamais entendre :

– Mais l'autre petit n'est pas à vous ?

Le père Tuvache répondit :

– Non, c'est aux voisins ; vous pouvez y aller, si vous voulez.

Et il rentra dans sa maison, où retentissaient la voix indignée de sa femme.

Les Vallin étaient à table, en train de manger avec lenteur des tranches de pain qu'ils frottaient parcimonieusement avec un peu de beurre piqué au couteau, dans une assiette entre eux deux.

Monsieur d'Hubières recommença ses propositions, mais avec plus d'insinuations, de précautions oratoires, d'astuce.

Les deux ruraux hochaient la tête en signe de refus ; mais, quand ils apprirent qu'ils auraient cent francs par mois, ils se considérèrent, se consultant de l'œil, très ébranlés.

Ils gardèrent longtemps le silence, torturés, hésitants. La femme enfin demanda :

– Qué qu' t'en dis, l'homme ?

Il prononça d'un ton sentencieux :

– J' dis qu' c'est point méprisable.

Alors Mme d'Hubières, qui tremblait d'angoisse, leur parla de l'avenir du petit, de son bonheur, et de tout l'argent qu'il pourrait leur donner plus tard.

Le paysan demanda :

– C'te rente de douze cents francs, ce s'ra promis d'vant l' notaire ?

M. d'Hubières répondit :

– Mais certainement, dès demain.

La fermière, qui méditait, reprit :

– Cent francs par mois, c'est point suffisant pour nous priver du p'tit ; ça travaillera dans quéqu' z' ans ct' éfant ; i nous faut cent vingt francs.

Mme d'Hubières, trépignant d'impatience, les accorda tout de suite ; et, comme elle voulait enlever l'enfant, elle donna cent francs en cadeau pendant que son mari faisait un écrit. Le maire et un voisin, appelés aussitôt, servirent de témoins complaisants.

Et la jeune femme, radieuse, emporta le marmot hurlant, comme on emporte un bibelot désiré d'un magasin.

Les Tuvache, sur leur porte, le regardaient partir, muets, sévères, regrettant peut-être leur refus.

On n'entendit plus du tout parler du petit Jean Vallin. Les parents, chaque mois, allaient toucher leurs cent vingt francs chez le notaire ; et ils étaient fâchés avec leurs voisins parce que la mère Tuvache les agonisait[1] d'ignominies, répétant sans cesse de porte en porte qu'il fallait être dénaturé pour vendre son enfant, que c'était une horreur, une saleté, une corromperie[2].

Et parfois elle prenait en ses bras son Charlot avec ostentation, lui criant, comme s'il eût compris :

– J' t'ai pas vendu, mé, j' t'ai pas vendu, mon p'tiot. J' vends pas m's éfants, mé. J' sieus pas riche, mais vends pas m's éfants.

Et, pendant des années et encore des années, ce fut ainsi chaque jour ; chaque jour des allusions grossières étaient vociférées devant la porte, de façon à entrer dans la maison voisine. La mère Tuvache avait fini par se croire supérieure à toute la contrée parce qu'elle n'avait pas vendu Charlot. Et ceux qui parlaient d'elle disaient :

– J' sais ben que c'était engageant[3] ; c'est égal, elle s'a conduite comme une bonne mère.

On la citait ; et Charlot, qui prenait dix-huit ans, élevé avec cette idée qu'on lui répétait sans répit, se jugeait lui-même supérieur à ses camarades parce qu'on ne l'avait pas vendu.

Les Vallin vivotaient à leur aise, grâce à la pension. Leur fils aîné partit au service, le second mourut.

La fureur inapaisable des Tuvache, restés misérables,

1. *agonisait* : accablait.
2. *corromperie* : corruption.
3. *engageant* : tentant.

venait de là. Charlot resta seul à peiner avec le vieux père pour nourrir la mère et deux autres sœurs cadettes qu'il avait.

Il prenait vingt et un ans, quand, un matin, une brillante voiture s'arrêta devant les deux chaumières. Un jeune monsieur, avec une chaîne de montre en or, descendit, donnant la main à une vieille dame en cheveux blancs. La vieille dame lui dit :

– C'est là, mon enfant, à la seconde maison.

Et il entra comme chez lui dans la masure des Vallin.

La vieille mère lavait ses tabliers ; le père infirme sommeillait près de l'âtre. Tous deux levèrent la tête, et le jeune homme dit :

– Bonjour, papa ; bonjour, maman.

Ils se redressèrent, effarés. La paysanne laissa tomber d'émoi son savon dans son eau et balbutia :

– C'est-i té, m'n éfant ? C'est-i té, m'n éfant ?

Tandis que le vieux, tout tremblant, disait, de son ton calme qu'il ne perdait jamais : « Te v' là-t-il revenu, Jean ? » Comme s'il l'avait vu un mois auparavant.

Et, quand ils se furent reconnus, les parents voulurent tout de suite sortir le fieu[1] dans le pays pour le montrer. On le conduisit chez le maire, chez l'adjoint, chez le curé, chez l'instituteur.

Charlot, debout sur le seuil de sa chaumière, le regardait passer.

Le soir, au souper, il dit aux vieux :

– Faut-il qu' vous ayez été sots pour laisser prendre le p'tit aux Vallin.

Sa mère répondit obstinément :

– J' voulions point vendre not' éfant.

Le père ne disait rien. Le fils reprit :

– C'est-il pas malheureux d'être sacrifié comme ça.

Alors le père Tuvache articula d'un ton coléreux :

– Vas-tu pas nous r'procher d' t'avoir gardé.

Et le jeune homme, brutalement :

– Oui, j' vous le r'proche, que vous n'êtes que des

1. *fieu* : fils.

niants[1]. Des parents comme vous ça fait l' malheur des éfants. Qu' vous mériteriez que j' vous quitte.

La bonne femme pleurait dans son assiette. Elle gémit tout en avalant des cuillerées de soupe dont elle répandait la moitié :

– Tuez-vous donc pour élever d's éfants !

Alors le gars, rudement :

– J'aimerais mieux n'être point né que d'être c' que j' suis. Quand j'ai vu l'autre, tantôt, mon sang n'a fait qu'un tour. Je m' suis dit : – v' là c' que j' serais maintenant.

Il se leva.

– Tenez, j' sens bien que je ferais mieux de n' pas rester ici, parce que j' vous le reprocherais du matin au soir, et que j' vous ferais une vie d' misère. Ça, voyez-vous, j' vous l' pardonnerai jamais !

Les deux vieux se taisaient, atterrés, larmoyants.

Il reprit :

– Non, c't' idée-là, ce serait trop dur. J'aime mieux m'en aller chercher ma vie aut' part.

Il ouvrit la porte. Un bruit de voix entra. Les Vallin festoyaient avec l'enfant revenu.

Alors Charlot tapa du pied et, se tournant vers ses parents, cria :

– Manants[2], va !

Et il disparut dans la nuit.

1. *niants* : bons à rien (cf. *néant*).
2. *manants* : paysans grossiers.

Questions

Compréhension

1. *À quel milieu social appartiennent les deux familles ? Quel est l'intérêt de cette précision ?*

2. *Quelles différentes étapes pouvez-vous distinguer dans les « travaux d'approche » auxquels se livre Mme d'Hubières pour entrer en contact avec les Tuvache ?*

3. *Les arguments respectifs utilisés par Madame puis par M. d'Hubières sont-ils les mêmes ? Lesquels sont les plus convaincants ? Pourquoi ?*

4. *Quelle est la réaction de la paysanne, mère de Charlot, devant l'offre qui lui est faite ? Que nous apprend-elle sur son caractère ?*

5. *Quelle est la réaction des Vallin ? Qu'est-ce qui les décide ?*

6. *Quelles sont les conséquences de la vente de Charlot sur la vie des deux familles ?*

7. *Quels sentiments provoque chez les Vallin le retour de leur fils ?*

8. *En quoi la situation finale est-elle paradoxale ?*

Écriture / Réécriture

9. *Quelles expressions soulignent la ressemblance entre les deux familles et le fait qu'elles semblent n'en faire qu'une ? Notez en particulier les répétitions.*

10. *Quels termes désignent les enfants, notamment lorsqu'ils se nourrissent ? Quel effet produisent-ils ?*

11. *Comment Mme d'Hubières perçoit-elle les enfants (d'après ses phrases rapportées au style direct) ? Y a-t-il rupture ou continuité avec ce qui précède ?*

12. *Comment Maupassant a-t-il su éviter la monotonie en présentant à la suite deux scènes (chez les Tuvache puis chez les Vallin) dont le sujet était le même ?*

13. *Étudiez la gradation de l'hostilité dans les paroles successives que Charlot adresse à ses parents : les différents paliers, le point d'aboutissement.*

14. *Un jour, M. et Mme d'Hubières décident d'apprendre au petit Vallin qu'il n'est pas leur fils : imaginez le décor de la scène (le salon d'une riche demeure) et le dialogue des personnages.*

Les Sabots[1]

À Léon Fontaine

Le vieux curé bredouillait les derniers mots de son sermon au-dessus des bonnets blancs des paysannes et des cheveux rudes ou pommadés des paysans. Les grands paniers des fermières venues de loin pour la messe étaient posés à terre à côté d'elles ; et la lourde chaleur d'un jour de juillet dégageait de tout le monde une odeur de bétail, un fumet de troupeau. Les voix des coqs entraient par la grande porte ouverte, et aussi les meuglements des vaches couchées dans un champ voisin. Parfois un souffle d'air chargé d'arômes des champs s'engouffrait sous le portail et, en soulevant sur son passage les longs rubans des coiffures, il allait faire vaciller sur l'autel les petites flammes jaunes au bout des cierges... « Comme le désire le bon Dieu. Ainsi soit-il ! » prononçait le prêtre. Puis il se tut, ouvrit un livre et se mit, comme chaque semaine, à recommander à ses ouailles[2] les petites affaires intimes de la commune. C'était un vieux homme à cheveux blancs qui administrait la paroisse depuis bientôt quarante ans, et le prône[3] lui servait pour communiquer familièrement avec tout son monde.

Il reprit : « Je recommande à vos prières Désiré Vallin, qu'est bien malade et aussi la Paumelle, qui ne se remet pas vite de ses couches. »

Il ne savait plus ; il cherchait les bouts de papier posés dans un bréviaire[4]. Il en retrouva deux enfin, et continua : « Il ne faut pas que les garçons et les filles viennent comme ça, le soir, dans le cimetière, ou bien je prévien-

---

1. Première publication dans *Gil Blas* (16 septembre 1883). Repris dans les *Contes de la bécasse* (1883).
2. *ouailles* : paroissiens.
3. *prône* : annonces faites chaque semaine à la messe.
4. *bréviaire* : livre de textes religieux que les prêtres devaient lire chaque jour.

drai le garde champêtre[1]. – M. Césaire Omont voudrait bien trouver une jeune fille honnête comme servante. Il réfléchit encore quelques secondes, puis ajouta : « C'est tout, mes frères, c'est la grâce que je vous souhaite au nom du Père, et du Fils, et du Saint-Esprit. »

Et il descendit de la chaire pour terminer sa messe.

Quand les Malandain furent rentrés dans leur chaumière, la dernière du hameau de la Sablière, sur la route de Fourville, le père, un vieux petit paysan sec et ridé, s'assit devant la table, pendant que sa femme décrochait la marmite et que sa fille Adélaïde prenait dans le buffet les verres et les assiettes, et il dit : « Ça s'rait p'têtre bon, c'te place chez maîtr' Omont, vu que le v'là veuf, que sa bru l'aime pas, qu'il est seul et qu'il a d' quoi. J' ferions p'têtre ben d'y envoyer Adélaïde. »

La femme posa sur la table la marmite toute noire, enleva le couvercle, et pendant que montait au plafond une vapeur de soupe pleine d'une odeur de choux, elle réfléchit.

L'homme reprit : « Il a d' quoi, pour sûr. Mais qu'il faudrait être dégourdi et qu'Adélaïde l'est pas un brin. »

La femme alors articula : « J' pourrions voir tout d' même. » Puis, se tournant vers sa fille, une gaillarde à l'air niais, aux cheveux jaunes, aux grosses joues rouges comme la peau des pommes, elle cria : « T'entends, grande bête. T' iras chez maît' Omont t' proposer comme servante, et tu f' ras tout c' qu'il te commandera. »

La fille se mit à rire sottement sans répondre. Puis tous trois commencèrent à manger.

Au bout de dix minutes le père reprit : « Écoute un mot, la fille, et tâche d' n' point te mettre en défaut sur ce que j' vas te dire... »

Et il lui traça en termes lents et minutieux toute une règle de conduite, prévoyant les moindres détails, la

1. *garde champêtre* : agent communal chargé notamment de la surveillance des lieux publics.

préparant à cette conquête d'un vieux veuf mal avec sa famille.

La mère avait cessé de manger pour écouter, et elle demeurait, la fourchette à la main, les yeux sur son homme et sur sa fille tour à tour, suivant cette instruction avec une attention concentrée et muette.

Adélaïde restait inerte, le regard errant et vague, docile et stupide.

Dès que le repas fut terminé, la mère lui fit mettre son bonnet, et elles partirent toutes deux pour aller trouver M. Césaire Omont. Il habitait une sorte de petit pavillon de briques adossé aux bâtiments d'exploitation qu'occupaient ses fermiers. Car il s'était retiré du faire-valoir[1], pour vivre de ses rentes.

Il avait environ cinquante-cinq ans ; il était gros, jovial et bourru comme un homme riche. Il riait et criait à tomber les murs, buvait du cidre et de l'eau-de-vie à pleins verres, et passait encore pour chaud[2], malgré son âge.

Il aimait à se promener dans les champs, les mains derrière le dos, enfonçant ses sabots de bois dans la terre grasse, considérant la levée du blé ou la floraison des colzas d'un œil d'amateur à son aise, qui aime ça, mais qui ne se la foule plus.

On disait de lui : « C'est un père Bon-Temps, qui n'est pas bien levé tous les jours. »

Il reçut les deux femmes, le ventre à table, achevant son café. Et, se renversant, il demanda :

– Qu'est-ce que vous désirez ?

La mère prit la parole :

– C'est not' fille Adélaïde que j' viens vous proposer pour servante, vu c' qu'a dit çu matin monsieur le curé.

Maître Omont considéra la fille, puis, brusquement : « Quel âge qu'elle a, c' te grande bique-là ? »

– Vingt-un ans à la Saint-Michel, monsieur Omont.

1. *faire-valoir* : exploitation directe des terres par leur propriétaire.
2. *chaud* : amateur de femmes.

– C'est bien ; all' aura quinze francs par mois et l' fricot[1] . J' l' attends d'main, pour faire ma soupe du matin.

Et il congédia les deux femmes.

Adelaïde entra en fonctions le lendemain et se mit à travailler dur, sans dire un mot, comme elle faisait chez ses parents.

Vers neuf heures, comme elle nettoyait les carreaux de la cuisine, monsieur Omont la héla.

– Adélaïde !

Elle accourut. « Me v'là, not' maître. »

Dès qu'elle fut en face de lui, les mains rouges et abandonnées, l'œil troublé, il déclara : « Écoute un peu, qu'il n'y ait pas d'erreur entre nous. T' es ma servante, mais rien de plus. T' entends. Nous ne mêlerons point nos sabots. »

– Oui, not' maître.

– Chacun sa place, ma fille, t' as la cuisine ; j'ai ma salle. À part ça, tout sera pour té comme pour mé. C'est convenu ?

– Oui, not' maître.

– Allons, c'est bien, va à ton ouvrage.

Et elle alla reprendre sa besogne.

À midi elle servit le dîner du maître dans sa petite salle à papier peint, puis, quand la soupe fut sur la table, elle alla prévenir M. Omont.

– C'est servi, not' maître.

Il entra, s'assit, regarda autour de lui, déplia sa serviette, hésita une seconde, puis, d'une voix de tonnerre :

– Adélaïde !

Elle arriva, effarée. Il cria comme s'il allait la massacrer : « Eh bien, nom de D... et té, ousqu' est ta place ? »

– Mais... not' maître...

Il hurlait : « J'aime pas manger tout seul, nom de D... ; tu vas te mett' là ou bien foutre le camp si tu n' veux pas. Va chercher t' nassiette et ton verre. »

Épouvantée, elle apporta son couvert en balbutiant : « Me v'là, not' maître. »

1. *fricot* : nourriture.

Et elle s'assit en face de lui.

Alors il devint jovial, il trinquait, tapait sur la table, racontait des histoires qu'elle écoutait les yeux baissés, sans oser prononcer un mot.

De temps en temps elle se levait pour aller chercher du pain, du cidre, des assiettes.

En apportant le café, elle ne déposa qu'une tasse devant lui ; alors, repris de colère, il grogna :

– Eh bien, et pour té ?

– J' n'en prends point, not' maître.

– Pourquoi que tu n'en prends point ?

– Parce que je l'aime point.

Alors il éclata de nouveau : « J'aime pas prend' mon café tout seul, nom de D... Si tu n' veux pas t' mett' à en prendre itou, tu vas foutre le camp, nom de D... Va chercher une tasse et plus vite que ça. »

Elle alla chercher une tasse, se rassit, goûta la noire liqueur, fit la grimace, mais, sous l'œil furieux du maître, avala jusqu'au bout. Puis il lui fallut boire le premier verre d'eau-de-vie de la rincette, le second du pousse-rincette[1], et le troisième du coup-de-pied-au-cul.

Et M. Omont la congédia. « Va laver ta vaisselle maintenant, t'es une bonne fille. »

Il en fut de même au dîner. Puis elle dut faire sa partie de dominos ; puis il l'envoya se mettre au lit.

– Va te coucher, je monterai tout à l'heure.

Et elle gagna sa chambre, une mansarde sous le toit. Elle fit sa prière, se dévêtit et se glissa dans ses draps.

Mais soudain elle bondit, effarée. Un cri furieux faisait trembler la maison.

– Adélaïde ?

Elle ouvrit sa porte et répondit de son grenier :

– Me v'là, not' maître.

– Ousque t' es ?

– Mais j' suis dans mon lit, donc, not' maître.

1. *rincette* : cette première ration d'eau-de-vie rince la tasse à café encore chaude dans laquelle on la verse. La succession rincette, pousse-rincette, coup-de-pied-au-cul est traditionnelle en Normandie.

Alors il vociféra : « Veux-tu bien descendre, nom de D... J'aime pas coucher tout seul, nom de D..., et si tu n' veux point, tu vas me foutre le camp, nom de D... »

Alors elle répondit d'en haut, éperdue, cherchant sa chandelle :

– Me v'là, not' maître !

Et il entendit ses petits sabots découverts battre le sapin de l'escalier ; et, quand elle fut arrivée aux dernières marches, il la prit par le bras, et dès qu'elle eut laissé devant la porte ses étroites chaussures de bois à côté des grosses galoches du maître, il la poussa dans sa chambre en grognant :

– Plus vite que ça, donc, nom de D... !

Et elle répétait sans cesse, ne sachant plus ce qu'elle disait :

– Me v'là, me v'là, not' maître.

Six mois après, comme elle allait voir ses parents un dimanche, son père l'examina curieusement, puis demanda :

– T' es-ti point grosse[1] ?

Elle restait stupide, regardant son ventre, répétant : « Mais non, je n' crois point. »

Alors, il l'interrogea, voulant tout savoir :

– Dis-mé si vous n'avez point, quéque soir, mêlé vos sabots ?

– Oui, je les ons mêlés l' premier soir et puis l' sautres.

– Mais alors t' es pleine[2], grande futaille[3].

Elle se mit à sangloter, balbutiant : « J' savais ti, mé ? J' savais ti, mé ? »

Le père Malandrin la guettait, l'œil éveillé, la mine satisfaite. Il demanda :

– Quéque tu ne savais point ?

Elle prononça à travers ses pleurs : « J' savais ti, mé, que ça se faisait comme ça, d' s' éfants ! »

---

1. *grosse* : enceinte.
2. *pleine* : ne se dit que pour les animaux.
3. *futaille* : barrique (à rapprocher de *pleine*).

Sa mère rentrait. L'homme articula, sans colère : « La v'là grosse, à c't' heure. »

Mais la femme se fâcha, révoltée d'instinct, injuriant à pleine gueule sa fille en larmes, la traitant de « manante » et de « traînée ».

Alors le vieux la fit taire. Et comme il prenait sa casquette pour aller causer de leurs affaires avec maît' Césaire Omont, il déclara :

– All' est tout d' même encore pu sotte que j'aurais cru. All' n' savait point c' qu' all' faisait, c'te niente[1].

Au prône du dimanche suivant, le vieux curé publiait les bans[2] de M. Onufre-Césaire Omont avec Céleste-Adélaïde Malandain.

Paysanne peignant des sabots.

1. *niente* : fille de rien (patois normand).
2. *bans* : proclamation officielle d'une promesse de mariage.

Questions

Compréhension

1. *Comment nous est présentée l'assemblée des fidèles à la messe ? Est-elle spécifiquement religieuse ? À quelles autres assemblées peut-elle faire penser ?*

2. *Comment nous apparaît le rôle du prêtre ?*

3. *Quels éléments soulignent la pauvreté des Malandrin ?*

4. *Pourquoi le père Malandrin est-il tenté par la place de servante pour sa fille ?*

5. *Adélaïde est-elle belle ?*

6. *À quelles qualités sera sensible M. Omont ?*

7. *À quels signes se remarque la richesse de M. Omont ? Est-ce vraiment un bourgeois ?*

8. *Que nous apprend la visite d'Adélaïde et de sa mère sur le caractère de M. Omont ?*

9. *Quels sont les rapports entre Adélaïde et son maître au cours de la première journée de son service ?*

10. *Comparez les réactions du père et de la mère d'Adélaïde devant la grossesse de leur fille : ressemblances et différences.*

Écriture / Réécriture

11. *Par quels termes est suggérée la présence de la campagne (l. 1 à 14) ?*

12. *M. Omont reçoit les deux femmes* « le ventre à table » *(l. 88) : quel est l'intérêt de cette expression ?*

13. *L'expression* « mêler les sabots » *a-t-elle le même sens l. 112-113 et l. 194-195 ?*

14. *Comment est racontée la première journée d'Adélaïde chez M. Omont ? Quelles en sont les différentes scènes ? Quelles expressions sont répétées ? Quel est l'intérêt de ces répétitions ?*

15. *Imaginez le dialogue entre Malandrin et M. Omont lorsqu'ils causent de leurs affaires (l. 211).*

16. *Quel est l'intérêt de la dernière phrase ?*

En Mer[1]

À Henry Céard

On lisait dernièrement dans les journaux les lignes suivantes :

« Boulogne-sur-Mer[2], 22 janvier. – On nous écrit :

« Un affreux malheur vient de jeter la consternation parmi notre population maritime déjà si éprouvée depuis deux années. Le bateau de pêche commandé par le patron Javel, entrant dans le port, a été jeté à l'ouest et est venu se briser sur les roches du brise-lames de la jetée.

« Malgré les efforts du bateau de sauvetage et des lignes envoyées au moyen du fusil porte-amarre, quatre hommes et le mousse ont péri.

« Le mauvais temps continue. On craint de nouveaux sinistres. »

Quel est ce patron Javel ? Est-il le frère du manchot ?

Si le pauvre homme roulé par la vague, et mort peut-être sous les débris de son bateau mis en pièces, est celui auquel je pense, il avait assisté, voici dix-huit ans maintenant, à un autre drame, terrible et simple comme sont toujours ces drames formidables des flots.

Javel aîné était alors patron d'un chalutier.

Le chalutier est le bateau de pêche par excellence. Solide à ne craindre aucun temps, le ventre rond, roulé sans cesse par les lames comme un bouchon, toujours dehors, toujours fouetté par les vents durs et salés de la Manche, il travaille la mer, infatigable, la voile gonflée, traînant par le flanc un grand filet qui racle le fond de l'Océan, et détache et cueille toutes les bêtes endormies dans les roches, les poissons plats collés au sable, les

---

1. Première publication dans *Gil Blas* (12 février 1883). Repris dans les *Contes de la bécasse*.

2. Ce fait divers, survenu à Boulogne, est le point de départ du conte, mais Maupassant l'a enrichi des souvenirs de ses fréquents séjours dans les petits ports de la côte normande, surtout Étretat et Fécamp.

crabes lourds aux pattes crochues, les homards aux moustaches pointues.

Quand la brise est fraîche et la vague courte, le bateau se met à pêcher. Son filet est fixé tout le long d'une grande tige de bois garnie de fer qu'il laisse descendre au moyen de deux câbles glissant sur deux rouleaux aux deux bouts de l'embarcation. Et le bateau, dérivant sous le vent et le courant, tire avec lui cet appareil qui ravage et dévaste le sol de la mer.

Javel avait à bord son frère cadet, quatre hommes et un mousse. Il était sorti de Boulogne par un beau temps clair pour jeter le chalut[1].

Or, bientôt le vent s'éleva, et une bourrasque survenant força le chalutier à fuir. Il gagna les côtes d'Angleterre ; mais la mer démontée battait les falaises, se ruait contre la terre, rendait impossible l'entrée des ports. Le petit bateau reprit le large et revint sur les côtes de France. La tempête continuait à faire infranchissables les jetées, enveloppant d'écume, de bruit et de danger tous les abords des refuges.

Le chalutier repartit encore, courant sur le dos des flots, ballotté, secoué, ruisselant, souffleté par des paquets d'eau, mais gaillard, malgré tout, accoutumé à ces gros temps qui le tenaient parfois cinq à six jours errant entre les deux pays voisins sans pouvoir aborder l'un ou l'autre.

Puis, enfin l'ouragan se calma ; comme il se trouvait en pleine mer, et, bien que la vague fût encore forte, le patron commanda de jeter le chalut.

Donc le grand engin de pêche fut passé par-dessus bord, et deux hommes à l'avant, deux hommes à l'arrière, commencèrent à filer sur les rouleaux les amarres qui le tenaient. Soudain il toucha le fond ; mais une haute lame inclinant le bateau, Javel cadet, qui se trouvait à l'avant et dirigeait la descente du filet, chancela, et son bras se trouva saisi entre la corde un instant détendue par la secousse et le bois où elle glissait. Il fit un

1. *chalut* : grand filet qui donne son nom (chalutier) au bateau qui le traîne.

effort désespéré, tâchant de l'autre main de soulever l'amarre, mais le chalut traînait déjà et le câble roidi ne céda point.

L'homme crispé par la douleur appela. Tous accoururent. Son frère quitta la barre. Ils se jetèrent sur la corde, s'efforçant de dégager le membre qu'elle broyait. Ce fut en vain. « Faut couper », dit un matelot, et il tira de sa poche un large couteau, qui pouvait, en deux coups, sauver le bras de Javel cadet.

Mais couper, c'était perdre le chalut, et ce chalut valait de l'argent, beaucoup d'argent, quinze cents francs ; et il appartenait à Javel aîné, qui tenait à son avoir.

Il cria, le cœur torturé : « Non, coupe pas, attends, je vas lofer[1]. » Et il courut au gouvernail, mettant toute la barre dessous.

Le bateau n'obéit qu'à peine, paralysé par ce filet qui immobilisait son impulsion, et entraîné d'ailleurs par la force de la dérive[2] et du vent.

Javel cadet s'était laissé tomber sur les genoux, les dents serrées, les yeux hagards. Il ne disait rien. Son frère revint, craignant toujours le couteau d'un marin : « Attends, attends, coupe pas, faut mouiller l'ancre[3]. »

L'ancre fut mouillée, toute la chaîne filée, puis on se mit à virer[4] au cabestan[5] pour détendre les amarres du chalut. Elles s'amollirent, enfin, et on dégagea le bras inerte, sous la manche de laine ensanglantée.

Javel cadet semblait idiot. On lui retira la vareuse et on vit une chose horrible, une bouillie de chairs dont le sang jaillissait à flots qu'on eût dit poussés par une pompe. Alors l'homme regarda son bras et murmura : « Foutu ».

Puis, comme l'hémorragie faisait une mare sur le pont

1. *lofer* : manœuvrer le gouvernail pour que le bateau aille contre le vent.
2. *dérive* : déviation d'un navire sous l'action d'un courant.
3. *mouiller l'ancre* : la laisser tomber au fond de la mer pour retenir le bateau.
4. *virer* : faire demi-tour.
5. *cabestan* : treuil autour duquel s'enroule le câble qui retient l'ancre.

du bateau, un des matelots cria : « Il va se vider, faut nouer la veine. »

Alors ils prirent une ficelle, une grosse ficelle brune et goudronnée, et, enlaçant le membre au-dessus de la blessure, ils serrèrent de toute leur force. Les jets de sang s'arrêtaient peu à peu ; ils finirent par cesser tout à fait.

Javel cadet se leva, son bras pendait à son côté. Il le prit de l'autre main, le souleva, le tourna, le secoua. Tout était rompu, les os cassés ; les muscles seuls retenaient ce morceau de son corps. Il le considérait d'un œil morne, réfléchissant. Puis il s'assit sur une voile pliée, et les camarades lui conseillèrent de mouiller sans cesse la blessure pour empêcher le mal noir[1].

On mit un seau auprès de lui, et, de minute en minute, il puisait dedans au moyen d'un verre, et baignait l'horrible plaie en laissant couler dessus un petit filet d'eau claire.

– Tu serais mieux en bas, lui dit son frère. Il descendit, mais au bout d'une heure il remonta, ne se sentant pas bien tout seul. Et puis il préférait le grand air. Il se rassit sur sa voile et recommença à bassiner son bras.

La pêche était bonne. Les larges poissons à ventre blanc gisaient à côté de lui, secoués par des spasmes de mort ; il les regardait sans cesser d'arroser ses chairs écrasées.

Comme on allait regagner Boulogne, un nouveau coup de vent se déchaîna ; et le petit bateau recommença sa course folle, bondissant et culbutant, secouant le triste blessé.

La nuit vint. Le temps fut gros jusqu'à l'aurore. Au soleil levant on apercevait de nouveau l'Angleterre, mais, comme la mer était moins dure, on repartit pour la France en louvoyant[2].

Vers le soir, Javel cadet appela ses camarades et leur montra des traces noires, toute une vilaine apparence de

1. *le mal noir* : la gangrène (comme, un peu plus loin, *le Noir*).
2. *louvoyant* : naviguant contre le vent, tantôt sur un bord, tantôt sur l'autre.

pourriture sur la partie du membre qui ne tenait plus à lui.

Les matelots regardaient, disant leur avis.

– Ça pourrait bien être le Noir, pensait l'un.

– Faudrait de l'iau salée là-dessus, déclarait un autre.

On apporta donc de l'eau salée et on versa sur le mal. Le blessé devint livide, grinça des dents, se tordit un peu ; mais il ne cria pas.

Puis, quand la brûlure se fut calmée : « Donne-moi ton couteau », dit-il à son frère. Le frère tendit son couteau.

– Tiens-moi le bras en l'air, tout drait, tire dessus.

On fit ce qu'il demandait.

Alors il se mit à couper lui-même. Il coupait doucement, avec réflexion, tranchant les derniers tendons avec cette lame aiguë comme un fil de rasoir ; et bientôt il n'eut plus qu'un moignon. Il poussa un profond soupir et déclara : « Fallait ça. J'étais foutu. »

Il semblait soulagé et respirait avec force. Il recommença à verser de l'eau sur le tronçon de membre qui lui restait.

La nuit fut mauvaise encore et on ne put atterrir.

Quand le jour parut, Javel cadet prit son bras détaché et l'examina doucement. La putréfaction se déclarait. Les camarades vinrent aussi l'examiner, et ils se le passaient de main en main, le tâtaient, le retournaient, le flairaient.

Son frère dit : « Faut jeter ça à la mer, à c't' heure. »

Mais Javel cadet se fâcha : « Ah ! mais non, ah ! mais non. J' veux point. C'est à moi, pas vrai, pisque c'est mon bras. »

Il le reprit et le posa entre ses jambes.

– Il va pas moins pourrir, dit l'aîné. Alors une idée vint au blessé. Pour conserver le poisson quand on tenait longtemps la mer, on l'empilait en des barils de sel.

Il demanda : « J' pourrions t'y point l' mettre dans la saumure[1]. »

1. *saumure* : eau très salée dans laquelle on conserve le poisson.

– Ça, c'est vrai, déclarèrent les autres.

Alors on vida un des barils, plein déjà de la pêche des jours derniers ; et, tout au fond, on déposa le bras. On versa du sel dessus, puis on replaça, un à un, les poissons.

Un des matelots fit cette plaisanterie : « Pourvu que je l' vendions point à la criée[1]. »

Et tout le monde rit, hormis les deux Javel.

Le vent soufflait toujours. On louvoya encore en vue de Boulogne jusqu'au lendemain dix heures. Le blessé continuait sans répit à jeter de l'eau sur sa plaie.

De temps en temps il se levait et marchait d'un bout à l'autre du bateau.

Son frère, qui tenait la barre, le suivait de l'œil en hochant la tête.

On finit par rentrer au port.

Le médecin examina la blessure et la déclara en bonne voie. Il fit un pansement complet et ordonna le repos. Mais Javel ne voulut pas se coucher sans avoir repris son bras, et il retourna bien vite au port pour retrouver le baril qu'il avait marqué d'une croix.

On le vida devant lui et il ressaisit son membre, bien conservé dans la saumure, ridé, rafraîchi. Il l'enveloppa dans une serviette emportée à cette intention, et rentra chez lui.

Sa femme et ses enfants examinèrent longuement ce débris du père, tâtant du doigt, enlevant les brins de sel restés sous les ongles ; puis on fit venir le menuisier qui prit mesure pour un petit cercueil.

Le lendemain l'équipage complet du chalutier suivit l'enterrement du bras détaché. Les deux frères, côte à côte, conduisaient le deuil. Le sacristain[2] de la paroisse tenait le cadavre sous son aisselle.

Javel cadet cessa de naviguer. Il obtint un petit emploi dans le port, et, quand il parlait plus tard de son accident, il confiait tout bas à son auditeur : « Si le frère

1. *criée* : vente publique aux enchères.
2. *sacristain* : employé qui veille à l'entretien des objets du culte.

avait voulu couper le chalut, j'aurais encore mon bras, pour sûr. Mais il était regardant à son bien. »

Paysan normand.

Questions

Compréhension

1. *Pourquoi Maupassant donne-t-il tant de détails techniques pour expliquer l'accident ?*

2. *Quelles étapes successives peut-on distinguer dans le premier acte du drame (l. 62 à 106) ?*

3. *En quoi consiste le cas de conscience du frère aîné ? Comment le résoud-il ?*

4. *Qu'est-ce qui relance l'histoire alors qu'on pouvait la croire finie ?*

5. *De quelle façon le blessé se coupe-t-il le bras ? Quel effet cette amputation produit-elle ?*

6. *Pourquoi le blessé refuse-t-il qu'on jette son bras à la mer ?*

7. *En quoi la façon de conserver le bras est-elle à la fois comique et macabre ?*

8. « Pourvu que je l' vendions pas à la criée » *(l. 178), dit un des matelots : que nous apprend cette plaisanterie (et les réactions qu'elle provoque) sur le caractère des personnages ?*

9. *Que pensez-vous de l'intérêt porté par femme et enfants au bras du père ?*

10. *Comment sont présentés les apprêts puis la cérémonie de l'enterrement ?*

11. *Quels sentiments traduisent les dernières paroles de Javel cadet ?*

Écriture / Réécriture

12. *Quel est l'intérêt de l'introduction (l. 1 à 20) ? Quelle tonalité donne-t-elle d'emblée au reste du récit ?*

13. *En combien d'étapes la description du chalutier se fait-elle (l. 22 à 31 et 32 à 38) ? Comment caractériseriez-vous chacune de ces parties ?*

14. *Quelles expressions soulignent plus particulièrement le caractère horrible du drame ?*

15. *Quel est l'intérêt de l'évocation des poissons (l. 122 à 125) ? Pouvez-vous y relever quelques connotations ?*

16. *En quoi le langage des marins, rapporté au style direct tout au long du conte, traduit-il leurs caractères ?*

17. *Imaginez à votre tour une histoire où l'avarice d'un personnage (refus d'appeler un médecin, de faire faire une réparation, de prêter de l'argent, etc.) a eu des conséquences dramatiques.*

Battage de la faux.

Saint-Antoine[1]

À X. Charmes

On l'appelait Saint-Antoine[2], parce qu'il se nommait Antoine, et aussi peut-être parce qu'il était bon vivant, joyeux, farceur, puissant mangeur et fort buveur, et vigoureux trousseur de servantes, bien qu'il eût plus de soixante ans.

C'était un grand paysan du pays de Caux[3], haut en couleur, gros de poitrine et de ventre, et perché sur de longues jambes qui semblaient trop maigres pour l'ampleur du corps.

Veuf, il vivait seul avec sa bonne et ses deux valets dans sa ferme qu'il dirigeait en madré[4] compère, soigneux de ses intérêts, entendu dans les affaires et dans l'élevage du bétail, et dans la culture de ses terres. Ses deux fils et ses trois filles, mariés avec avantage[5], vivaient aux environs, et venaient, une fois par mois, dîner avec le père. Sa vigueur était célèbre dans tout le pays d'alentour; on disait en manière de proverbe : « Il est fort comme Saint-Antoine. »

Lorsque arriva l'invasion prussienne, Saint-Antoine, au cabaret, promettait de manger une armée, car il était hâbleur[6] comme un vrai Normand, un peu couard et fanfaron. Il tapait du poing sur la table de bois, qui sautait en faisant danser les tasses et les petits verres, et il criait, la face rouge et l'œil sournois, dans une fausse colère de bon vivant : « Faudra que j'en mange, nom de Dieu ! » Il comptait bien que les Prussiens ne viendraient

1. Première publication dans *Gil Blas* (3 avril 1883). Repris dans les *Contes de la bécasse* (1883).

2. *Saint-Antoine* : ermite du désert de la Haute-Égypte (251-356) qui passe pour avoir résisté à de nombreuses tentations. Un roman de Flaubert, *La Tentation de saint Antoine* (1874) s'inspire de cette légende.

3. *pays de Caux* : partie de la Normandie située au nord de la Seine. Correspond à peu près au département de la Seine-Maritime.

4. *madré* : rusé.

5. *avec avantage* : richement.

6. *hâbleur* : vantard.

pas jusqu'à Tanneville[1] ; mais lorsqu'il apprit qu'ils étaient à Rautôt, il ne sortit plus de sa maison, et il guettait sans cesse la route par la petite fenêtre de sa cuisine, s'attendant à tout moment à voir passer les baïonnettes.

Un matin, comme il mangeait la soupe avec ses serviteurs, la porte s'ouvrit, et le maire de la commune, maître[2] Chicot, parut suivi d'un soldat coiffé d'un casque noir à pointe de cuivre. Saint-Antoine se dressa d'un bond ; et tout son monde le regardait, s'attendant à le voir écharper le Prussien ; mais il se contenta de serrer la main du maire qui lui dit : « En v' là un pour toi, Saint-Antoine. Ils sont venus c'te nuit. Fais pas de bêtise surtout, vu qu'ils parlent de fusiller et de brûler tout si seulement il arrive la moindre chose. Te v'là prévenu. Donne-li à manger, il a l'air d'un bon gars. Bonsoir, je vas chez l's' autres. Y en a pour tout le monde. » Et il sortit.

Le père Antoine, devenu pâle, regarda son Prussien. C'était un gros garçon à la chair grasse et blanche, aux yeux bleus, au poil blond, barbu, jusqu'aux pommettes, qui semblait idiot, timide et bon enfant. Le Normand malin le pénétra[3] tout de suite, et, rassuré, lui fit signe de s'asseoir. Puis il lui demanda : « Voulez-vous de la soupe ? » L'étranger ne comprit pas. Antoine alors eut un coup d'audace, et lui poussant sous le nez une assiette pleine : « Tiens, avale ça, gros cochon. »

Le soldat répondit : « Ya » et se mit à manger goulûment pendant que le fermier triomphant, sentant sa réputation reconquise, clignait de l'œil à ses serviteurs qui grimaçaient étrangement, ayant en même temps grand'peur et envie de rire.

Quand le Prussien eut englouti son assiettée, Saint-Antoine lui en servit une autre qu'il fit disparaître également ; mais il recula devant la troisième, que le fermier

1. *Tanneville* : localité imaginaire.
2. *maître* : terme employé pour désigner un paysan enrichi, jouissant d'une certaine considération.
3. *pénétra* : comprit à qui il avait affaire.

voulait lui faire manger de force, en répétant : « Allons fous-toi ça dans le ventre. T'engraisseras ou tu diras pourquoi, va, mon cochon ! »

Et le soldat, comprenant seulement qu'on voulait le faire manger tout son saoul, riait d'un air content, en faisant signe qu'il était plein.

Alors Saint-Antoine devenu tout à fait familier lui tapa sur le ventre en criant : « Y en a-t-il dans la bedaine de mon cochon ! » Mais soudain il se tordit, rouge à tomber d'une attaque, ne pouvant plus parler. Une idée lui était venue qui le faisait étouffer de rire : « C'est ça, c'est ça, Saint-Antoine et son cochon[1]. V'là mon cochon. » Et les trois serviteurs éclatèrent à leur tour.

Le vieux était si content qu'il fit apporter de l'eau-de-vie, la bonne, le fil-en-dix[2], et qu'il en régala tout le monde. On trinqua avec le Prussien, qui claqua de la langue par flatterie, pour indiquer qu'il trouvait ça fameux. Et Saint-Antoine lui criait dans le nez : « Hein ? En v'là d' la fine. T' en bois pas comme ça chez toi, mon cochon. »

Dès lors, le père Antoine ne sortit plus sans son Prussien. Il avait trouvé là son affaire, c'était sa vengeance à lui, sa vengeance de gros malin. Et tout le pays, qui crevait de peur, riait à se tordre derrière le dos des vainqueurs de la farce de Saint-Antoine. Vraiment, dans la plaisanterie il n'avait pas son pareil. Il n'y avait que lui pour inventer des choses comme ça. Cré[3] coquin, va !

Il s'en allait chez les voisins, tous les jours après midi, bras dessus bras dessous avec son Allemand qu'il présentait d'un air gai en lui tapant sur l'épaule : « Tenez, v'là mon cochon, r'gardez-moi s'il engraisse c't' animal-là. »

Et les paysans s'épanouissaient : « Est-il donc rigolo, ce bougre d'Antoine ! »

---

1. *Saint-Antoine et son cochon* : selon une tradition populaire, saint Antoine était toujours représenté flanqué d'un cochon, son animal familier.
2. *fil-en-dix* : eau-de-vie de Calvados très forte en alcool.
3. *Cré* : sacré.

– J' te l' vends, Césaire, trois pistoles[1].

– Je l' prends, Antoine, et j' t'invite à manger du boudin.

– Mé, c' que j' veux, c'est d' ses pieds.

– Tâte li l' ventre, tu verras qu'il n'a que d' la graisse.

Et tout le monde clignait de l'œil sans rire trop haut cependant, de peur que le Prussien devinât à la fin qu'on se moquait de lui. Antoine seul, s'enhardissait tous les jours, lui pinçait les cuisses en criant : « Rien qu' du gras », lui tapait sur le derrière en hurlant : « Tout ça d' la couenne[2] » ; l'enlevait dans ses bras de vieux colosse capable de porter une enclume en déclarant : « Il pèse six cents[3], et pas de déchet. »

Et il avait pris l'habitude de faire offrir à manger à son cochon partout où il entrait avec lui. C'était là le grand plaisir, le grand divertissement de tous les jours : « Donnez-li de c' que vous voudrez, il avale tout. » Et on offrait à l'homme du pain et du beurre, des pommes de terre, du fricot[4] froid, de l'andouille qui faisait dire : « De la vôtre, et du choix. »

Le soldat, stupide et doux, mangeait par politesse, enchanté de ces attentions, se rendait malade pour ne pas refuser ; et il engraissait vraiment, serré maintenant dans son uniforme, ce qui ravissait Saint-Antoine et lui faisait répéter : « Tu sais, mon cochon, faudra te faire faire une autre cage. »

Ils étaient devenus, d'ailleurs, les meilleurs amis du monde ; et quand le vieux allait à ses affaires dans les environs, le Prussien l'accompagnait de lui-même pour le seul plaisir d'être avec lui.

Le temps était rigoureux ; il gelait dur ; le terrible hiver de 1870 semblait jeter ensemble tous les fléaux sur la France.

Le père Antoine, qui préparait les choses de loin et profitait des occasions, prévoyant qu'il manquerait de

1. *pistoles* : anciennes monnaies.
2. *couenne* : peau de porc.
3. *six cents* : six cents livres, soit trois cents kilos.
4. *fricot* : nourriture grossière.

fumier pour les travaux de printemps, acheta celui d'un voisin qui se trouvait dans la gêne ; et il fut convenu qu'il irait chaque soir avec son tombereau chercher une charge d'engrais.

Chaque jour donc il se mettait en route à l'approche de la nuit et se rendait à la ferme des Haules, distante d'une demi-lieue, toujours accompagné de son cochon. Et chaque jour c'était une fête de nourrir l'animal. Tout le pays accourait là comme on va, le dimanche, à la grand'messe.

Le soldat, cependant, commençait à se méfier ; et quand on riait trop fort il roulait des yeux inquiets qui, parfois, s'allumaient d'une flamme de colère.

Or, un soir, quand il eut mangé à sa contenance, il refusa d'avaler un morceau de plus ; et il essaya de se lever pour s'en aller. Mais Saint-Antoine l'arrêta d'un tour de poignet, et lui posant ses deux mains puissantes sur les épaules il le rassit si durement que la chaise s'écrasa sous l'homme.

Une gaieté de tempête éclata ; et Antoine, radieux, ramassant son cochon, fit semblant de le panser pour le guérir ; puis il déclara : « Puisque tu n' veux pas manger, tu vas boire, nom de Dieu ! » Et on alla chercher de l'eau-de-vie au cabaret.

Le soldat roulait des yeux méchants ; mais il but néanmoins ; il but tant qu'on voulut ; et Saint-Antoine lui tenait la tête, à la grande joie des assistants.

Le Normand, rouge comme une tomate, le regard en feu, emplissait les verres, trinquait en gueulant « à la tienne ! » Et le Prussien, sans prononcer un mot, entonnait coup sur coup des lampées de cognac.

C'était une lutte, une bataille, une revanche ! À qui boirait le plus, nom d'un nom ! Ils n'en pouvaient ni l'un ni l'autre quand le litre fut séché. Mais aucun des deux n'était vaincu. Ils s'en allaient manche à manche, voilà tout. Faudrait recommencer le lendemain !

Ils sortirent en titubant et se mirent en route, à côté du tombereau de fumier que traînaient lentement les deux chevaux.

La neige commençait à tomber, et la nuit sans lune s'éclairait tristement de cette blancheur morte des plaines. Le froid saisit les deux hommes, augmentant leur ivresse, et Saint-Antoine, mécontent de n'avoir pas triomphé, s'amusait à pousser de l'épaule son cochon pour le faire culbuter dans le fossé. L'autre évitait les attaques par des retraites ; et, chaque fois, il prononçait quelques mots allemands sur un ton irrité qui faisait rire aux éclats le paysan. À la fin, le Prussien se fâcha ; et juste au moment où Antoine lui lançait une nouvelle bourrade, il répondit par un coup de poing terrible qui fit chanceler le colosse.

Alors, enflammé d'eau-de-vie, le vieux saisit l'homme à bras le corps, le secoua quelques secondes comme il eût fait d'un petit enfant, et il le lança à toute volée de l'autre côté du chemin. Puis, content de cette exécution, il croisa ses bras pour rire de nouveau.

Mais le soldat se releva vivement, nu-tête, son casque ayant roulé, et, dégainant son sabre, il se précipita sur le père Antoine.

Quand il vit cela, le paysan saisit son fouet par le milieu, son grand fouet de houx, droit, fort et souple comme un nerf de bœuf.

Le Prussien arriva, le front baissé, l'arme en avant, sûr de tuer. Mais le vieux, attrapant à pleine main la lame dont la pointe allait lui crever le ventre, l'écarta, et il frappa d'un coup sec sur la tempe, avec la poignée du fouet, son ennemi qui s'abattit à ses pieds.

Puis il regarda, effaré, stupide d'étonnement, le corps d'abord secoué de spasmes, puis immobile sur le ventre. Il se pencha, le retourna, le considéra quelque temps. L'homme avait les yeux clos ; et un filet de sang coulait d'une fente au coin du front. Malgré la nuit, le père Antoine distinguait la tache brune de ce sang sur la neige.

Il restait là, perdant la tête, tandis que son tombereau s'en allait toujours, au pas tranquille des chevaux.

Qu'allait-il faire ? Il serait fusillé ! On brûlerait sa ferme, on ruinerait le pays ! Que faire ? Comment cacher le corps, cacher la mort, tromper les Prussiens ? Il entendit des voix au loin, dans le grand silence des neiges. Alors, il s'affola, et, ramassant le casque, il recoiffa sa victime, puis, l'empoignant par les reins, il l'enleva, courut, rattrapa son attelage, et lança le corps sur le fumier. Une fois chez lui, il aviserait.

Il allait à petits pas, se creusant la cervelle, ne trouvant rien. Il se voyait, il se sentait perdu. Il rentra dans sa cour. Une lumière brillait à une lucarne, sa servante ne dormait pas encore ; alors il fit vivement reculer sa voiture jusqu'au bord du trou à l'engrais. Il songeait qu'en renversant la charge, le corps posé dessus tomberait dessous dans le fossé ; et il fit basculer le tombereau.

Comme il l'avait prévu, l'homme fut enseveli sous le fumier. Antoine aplanit le tas avec sa fourche, puis la planta dans la terre à côté. Il appela son valet, ordonna de mettre les chevaux à l'écurie ; et il rentra dans sa chambre.

Il se coucha, réfléchissant toujours à ce qu'il allait faire, mais aucune idée ne l'illuminait, son épouvante allait croissant dans l'immobilité du lit. On le fusillerait ! Il suait de peur ; ses dents claquaient ; il se releva, grelottant, ne pouvant plus tenir dans ses draps.

Alors il descendit à la cuisine, prit la bouteille de fine dans le buffet, et remonta. Il but deux grands verres de suite jetant une ivresse nouvelle par-dessus l'ancienne, sans calmer l'angoisse de son âme. Il avait fait là un joli coup, nom de Dieu l'imbécile !

Il marchait de long en large, cherchant des ruses, des explications et des malices ; et, de temps en temps, il se rinçait la bouche avec une gorgée de fil-en-dix pour se mettre du cœur au ventre.

Et il ne trouvait rien, mais rien.

Vers minuit, son chien de garde, une sorte de demi-loup qu'il appelait « Dévorant », se mit à hurler à la mort. Le père Antoine frémit jusque dans les moelles ; et, chaque fois que la bête reprenait son gémissement lugubre et long, un frisson de peur courait sur la peau du vieux.

Il s'était abattu sur une chaise, les jambes cassées, hébété, n'en pouvant plus, attendant avec anxiété que « Dévorant » recommençât sa plainte, et secoué par tous les sursauts dont la terreur fait vibrer nos nerfs.

L'horloge d'en bas sonna cinq heures. Le chien ne se taisait pas. Le paysan devenait fou. Il se leva pour aller déchaîner la bête, pour ne plus l'entendre. Il descendit, ouvrit la porte, s'avança dans la nuit.

La neige tombait toujours. Tout était blanc. Les bâtiments de la ferme faisaient de grandes taches noires. L'homme s'approcha de la niche. Le chien tirait sur sa chaîne. Il le lâcha. Alors « Dévorant » fit un bond, puis s'arrêta net, le poil hérissé, les pattes tendues, les crocs au vent, le nez tourné vers le fumier.

Saint-Antoine, tremblant de la tête aux pieds, balbutia : « Qué qu' t'as donc, sale rosse ? » et il avança de quelques pas, fouillant de l'œil l'ombre indécise, l'ombre terne de la cour.

Alors, il vit une forme, une forme d'homme assis sur son fumier !

Il regardait cela perclus[1] d'horreur et haletant. Mais, soudain, il aperçut auprès de lui le manche de sa fourche piquée dans la terre ; il l'arracha du sol ; et, dans un de ces transports de peur qui rendent téméraires les plus lâches, il se rua en avant, pour voir.

C'était lui, son Prussien, sorti fangeux[2] de sa couche d'ordure qui l'avait réchauffé, ranimé. Il était assis machinalement, et il restait là, sous la neige qui le poudrait, souillé de saletés et de sang, encore hébété par l'ivresse, étourdi par le coup, épuisé par sa blessure.

Il aperçut Antoine, et, trop abruti pour rien comprendre, il fit un mouvement afin de se lever. Mais le vieux, dès qu'il l'eut reconnu, écuma ainsi qu'une bête enragée.

Il bredouillait : « Ah ! cochon ! cochon ! t'es pas mort ! Tu vas me dénoncer, à c't' heure... Attends... attends ! »

Et, s'élançant sur l'Allemand, il jeta en avant de toute la vigueur de ses deux bras sa fourche levée comme une lance, et il lui enfonça jusqu'au manche les quatre pointes de fer dans la poitrine.

Le soldat se renversa sur le dos en poussant un long soupir de mort, tandis que le vieux paysan, retirant son

1. *perclus* : paralysé.
2. *fangeux* : maculé, sali.

arme des plaies, la replongeait coup sur coup dans le ventre, dans l'estomac, dans la gorge, frappant comme un forcené, trouant de la tête aux pieds le corps palpitant dont le sang fuyait à gros bouillons.

Puis il s'arrêta, essoufflé de la violence de sa besogne, aspirant l'air à grandes gorgées, apaisé par le meurtre accompli.

Alors, comme les coqs chantaient dans les poulaillers et comme le jour allait poindre, il se mit à l'œuvre pour ensevelir l'homme.

Il creusa un trou dans le fumier, trouva la terre, fouilla plus bas encore, travaillant d'une façon désordonnée dans un emportement de force avec des mouvements furieux des bras et de tout le corps.

Lorsque la tranchée fut assez creuse, il roula le cadavre dedans, avec la fourche, rejeta la terre dessus, la piétina longtemps, remit en place le fumier, et il sourit en voyant la neige épaisse qui complétait sa besogne, et couvrait les traces de son voile blanc.

Puis il repiqua sa fourche sur le tas d'ordure et rentra chez lui. Sa bouteille encore à moitié pleine d'eau-de-vie était restée sur une table. Il la vida d'une haleine, se jeta sur son lit, et s'endormit profondément.

Il se réveilla dégrisé, l'esprit calme et dispos, capable de juger le cas et de prévoir l'événement[1].

Au bout d'une heure il courait le pays en demandant partout des nouvelles de son soldat. Il alla trouver les officiers, pour savoir, disait-il, pourquoi on lui avait repris son homme.

Comme on connaissait leur liaison, on ne le soupçonna pas ; et il dirigea même les recherches en affirmant que le Prussien allait chaque soir courir le cotillon[2].

Un vieux gendarme en retraite, qui tenait une auberge dans un village voisin et qui avait une jolie fille, fut arrêté et fusillé.

1. *l'événement* : ce qui pouvait se passer.
2. *courir le cotillon* : courir les filles.

Questions

Compréhension

1. *Quels sont les traits de caractère de saint Antoine (l. 10 à 18)?*

2. *Quels sont les sentiments successifs de saint Antoine (l. 32 à 81)? Comment la scène progresse-t-elle?*

3. *Que pense le Prussien au fond de lui-même? À quel moment l'entente avec Saint-Antoine se dégrade-t-elle? Distinguez les points de vue respectifs des deux personnages.*

4. *Quelle est l'attitude de l'ensemble de la population normande (l. 84 à 115)?*

5. *Quelles étapes successives pouvez-vous relever dans la progression du récit jusqu'à ce que le Prussien soit abattu (l. 141 à 204)?*

6. *Comment se manifeste l'épouvante d'Antoine (l. 205 à 255)?*

7. *Pourquoi Antoine tue-t-il le Prussien?*

8. *En pleine guerre, le meurtre d'un soldat ennemi pourrait être un acte héroïque : est-ce ainsi que Maupassant le présente?*

9. *Pourquoi Maupassant énumère-t-il dans le détail tous les gestes d'Antoine (l. 284 à 296)?*

10. *En quoi l'attitude d'Antoine après le meurtre est-elle habile?*

11. *L'affirmation selon laquelle* «le Prussien allait chaque soir courir le cotillon» *est-elle vraisemblable?*

12. *Pourquoi le vieux gendarme est-il fusillé?*

Écriture / Réécriture

13. *Quel effet produit le surnom de saint Antoine donné au paysan normand?*

14. *Comment est composé le portrait physique de Saint-Antoine (différents éléments, effet recherché, etc.)? En quels termes sont soulignés les deux principaux traits de caractère de saint Antoine?*

15. *L'expression* «un matin» *(l. 32) est-elle une simple précision temporelle ou marque-t-elle un tournant dans le récit?*

16. *Quels effets sont utilisés pour animer le récit (l. 82 à 115)?*

17. *Quelle est la tonalité du décor (l. 170 à 172)? En quoi est-il accordé au drame?*

18. *Après l'avoir lu dans son ensemble, précisez la composition de ce conte et distinguez ses différents moments (en étudiant notamment le temps des verbes).*

19. *Le conte est-il gai ou triste ?*

20. *Que pensez-vous de la dernière phrase ? Quel est son intérêt ?*

21. *Le soldat logé chez Saint-Antoine écrit à sa famille en Allemagne pour lui raconter son séjour en France.*

Politique de village, *gravure de 1820.*

Regret[1]

À Léon Dierx

M. Saval, qu'on appelle dans Mantes « le père Saval », vient de se lever. Il pleut. C'est un triste jour d'automne ; les feuilles tombent. Elles tombent lentement dans la pluie, comme une autre pluie plus épaisse et plus lente. M. Saval n'est pas gai. Il va de sa cheminée à sa fenêtre et de sa fenêtre à sa cheminée. La vie a des jours sombres. Elle n'aura plus que des jours sombres pour lui maintenant, car il a soixante-deux ans ! Il est seul, vieux garçon, sans personne autour de lui. Comme c'est triste de mourir ainsi, tout seul, sans une affection dévouée !

Il songe à son existence si nue, si vide. Il se rappelle dans l'ancien passé, dans le passé de son enfance, la maison, la maison de ses parents ; puis le collège, les sorties, le temps de son droit à Paris. Puis la maladie du père, sa mort.

Il est revenu habiter avec sa mère. Ils ont vécu tous les deux, le jeune homme et la vieille femme, paisiblement, sans rien désirer de plus. Elle est morte aussi. Que c'est triste, la vie !

Il est resté seul. Et maintenant il mourra bientôt à son tour. Il disparaîtra, lui, et ce sera fini. Il n'y aura plus de M. Paul Saval sur la terre. Quelle affreuse chose ! D'autres gens vivront, s'amuseront, riront. Oui, on s'amusera et il n'existera plus, lui ! Est-ce étrange qu'on puisse rire, s'amuser, être joyeux sous cette éternelle certitude de la mort. Si elle était seulement probable, cette mort, on pourrait encore espérer ; mais non, elle est inévitable, aussi inévitable que la nuit après le jour.

Si encore sa vie avait été remplie ! S'il avait fait quelque chose ; s'il avait eu des aventures, de grands plai-

1. Première publication dans *Le Gaulois* (4 novembre 1883). Repris dans *Miss Harriet* (1884).

sirs, des succès, des satisfactions de toutes sortes. Mais non, rien. Il n'avait rien fait, jamais rien que se lever, manger aux mêmes heures, et se coucher. Et il était arrivé comme cela à l'âge de soixante-deux ans. Il ne s'était même pas marié comme les autres hommes. Pourquoi ? Oui, pourquoi ne s'était-il pas marié ? Il l'aurait pu, car il possédait quelque fortune. Est-ce l'occasion qui lui avait manqué ? Peut-être ! Mais on les fait naître, ces occasions ! Il était nonchalant, voilà. La nonchalance avait été son grand mal, son défaut, son vice. Combien de gens ratent leur vie par nonchalance. Il est si difficile à certaines natures de se lever, de remuer, de faire des démarches, de parler, d'étudier des questions.

Il n'avait même pas été aimé. Aucune femme n'avait dormi sur sa poitrine dans un complet abandon d'amour. Il ne connaissait pas les angoisses délicieuses de l'attente, le divin frisson de la main pressée, l'extase de la passion triomphante.

Quel bonheur surhumain devait vous inonder le cœur quand les lèvres se rencontrent pour la première fois, quand l'étreinte de quatre bras fait un seul être, de deux êtres affolés l'un par l'autre.

M. Saval s'était assis, les pieds au feu, en robe de chambre.

Certes, sa vie était ratée, tout à fait ratée. Pourtant il avait aimé, lui. Il avait aimé secrètement, douloureusement et nonchalamment, comme il faisait tout. Oui, il avait aimé sa vieille amie Mme Sandres, la femme de son vieux camarade Sandres. Ah ! s'il l'avait connue jeune fille ! Mais il l'avait rencontrée trop tard ; elle était déjà mariée. Certes, il l'aurait demandée, celle-là ! Comme il l'avait aimée, pourtant, sans répit, depuis le premier jour !

Il se rappelait son émotion toutes les fois qu'il la revoyait, ses tristesses en la quittant, les nuits où il ne pouvait pas s'endormir parce qu'il pensait à elle.

Le matin, il se réveillait toujours un peu moins amoureux que le soir. Pourquoi ?

Comme elle était jolie, autrefois, et mignonne, blonde, frisée, rieuse ! Sandres n'était pas l'homme qu'il lui aurait fallu. Maintenant, elle avait cinquante-huit ans. Elle semblait heureuse. Ah ! si elle l'avait aimé, celle-là, jadis ; si elle l'avait aimé ! Et pourquoi ne l'aurait-elle pas aimé, lui Saval, puisqu'il l'aimait bien, elle, Mme Sandres.

Si seulement elle avait deviné quelque chose... N'avait-elle rien deviné, n'avait-elle rien vu, rien compris jamais ? Alors qu'aurait-elle pensé ? S'il avait parlé, qu'aurait-elle répondu ?

Et Saval se demandait mille autres choses. Il revivait sa vie, cherchait à ressaisir une foule de détails.

Il se rappelait toutes les longues soirées d'écarté[1] chez Sandres, quand sa femme était jeune et si charmante.

Il se rappelait des choses qu'elle lui avait dites, des intonations qu'elle avait autrefois, des petits sourires muets qui signifiaient tant de pensées.

Il se rappelait leurs promenades, à trois, le long de la Seine, leurs déjeuners sur l'herbe, le dimanche, car Sandres était employé à la sous-préfecture. Et soudain le souvenir net lui revint d'un après-midi passé avec elle dans un petit bois le long de la rivière.

Ils étaient partis le matin, emportant leurs provisions dans des paquets. C'était par une vive journée de printemps, une de ces journées qui grisent. Tout sent bon, tout semble heureux. Les oiseaux ont des cris plus gais et des coups d'ailes plus rapides. On avait mangé sur l'herbe, sous des saules, tout près de l'eau engourdie par le soleil. L'air était tiède, plein d'odeurs de sève ; on le buvait avec délices. Qu'il faisait bon, ce jour-là !

Après le déjeuner, Sandres s'était endormi sur le dos : « Le meilleur somme de ma vie », dit-il en se réveillant.

Mme Sandres avait pris le bras de Saval, et ils étaient partis tous les deux le long de la rive.

Elle s'appuyait sur lui. Elle riait, elle disait : « Je suis grise, mon ami, tout à fait grise. » Il la regardait, frémissant jusqu'au cœur, se sentant pâlir, redoutant que ses

1. *écarté* : jeu de cartes.

yeux ne fussent trop hardis, qu'un tremblement de sa main ne révélât son secret.

Elle s'était fait une couronne avec de grandes herbes et les lis d'eau, et lui avait demandé : « M'aimez-vous, comme ça ? »

Comme il ne répondait rien – car il n'avait rien trouvé à répondre, il serait plutôt tombé à genoux –, elle s'était mise à rire, d'un rire mécontent, en lui jetant par la figure : « Gros bête, va ! On parle, au moins ! »

Il avait failli pleurer sans trouver encore un seul mot.

Tout cela lui revenait maintenant, précis comme au premier jour. Pourquoi lui avait-elle dit cela : « Gros bête, va ! On parle, au moins ! »

Et il se rappela comme elle s'appuyait tendrement sur lui. En passant sous un arbre penché, il avait senti son oreille, à elle, contre sa joue, à lui, et il s'était reculé brusquement, dans la crainte qu'elle ne crût volontaire ce contact.

Quand il avait dit : « Ne serait-il pas temps de revenir ? » elle lui avait lancé un regard singulier. Certes, elle l'avait regardé d'une curieuse façon. Il n'y avait pas songé, alors ; et voilà qu'il s'en souvenait maintenant.

– Comme vous voudrez, mon ami. Si vous êtes fatigué, retournons.

Et il avait répondu :

– Ce n'est pas que je sois fatigué ; mais Sandres est peut-être réveillé maintenant.

Et elle avait dit, en haussant les épaules :

– Si vous craignez que mon mari soit réveillé, c'est autre chose ; retournons !

En revenant, elle demeura silencieuse ; et elle ne s'appuyait plus sur son bras. Pourquoi ?

Ce « pourquoi » là, il ne se l'était point encore posé. Maintenant il lui semblait apercevoir quelque chose qu'il n'avait jamais compris.

Est-ce que... ?

M. Saval se sentit rougir et il se leva bouleversé comme si, de trente ans plus jeune, il avait entendu Mme Sandres lui dire : « Je vous aime ! »

Était-ce possible ? Ce soupçon qui venait de lui entrer

dans l'âme le torturait! Était-ce possible qu'il n'eût pas vu, pas deviné ?

Oh! si cela était vrai, s'il avait passé contre ce bonheur sans le saisir!

Il se dit : Je veux savoir. Je ne peux rester dans ce doute. Je veux savoir!

Et il s'habilla vite, se vêtant à la hâte. Il pensait : J'ai soixante-deux ans, elle en a cinquante-huit; je peux bien lui demander cela.

Et il sortit.

La maison de Sandres se trouvait de l'autre côté de la rue, presque en face de la sienne. Il s'y rendit. La petite servante vint ouvrir au coup de marteau.

Elle fut étonnée de le voir si tôt :

– Vous déjà, monsieur Saval; est-il arrivé quelque accident ?

– Non, ma fille, mais va dire à ta maîtresse que je voudrais lui parler tout de suite.

– C'est que madame fait sa provision de confitures de poires pour l'hiver; et elle est dans son fourneau; et pas habillée, vous comprenez.

– Oui, mais dis-lui que c'est pour une chose très importante.

La petite bonne s'en alla, et Saval se mit à marcher dans le salon, à grands pas nerveux. Il ne se sentait pas embarrassé cependant. Oh! il allait lui demander cela comme il lui aurait demandé une recette de cuisine. C'est qu'il avait soixante-deux ans!

La porte s'ouvrit; elle parut. C'était maintenant une grosse femme large et ronde, aux joues pleines, au rire sonore. Elle marchait les mains loin du corps et les manches relevées sur ses bras nus, poissés de jus sucré. Elle demande inquiète :

– Qu'est-ce que vous avez, mon ami : vous n'êtes pas malade ?

Il reprit :

– Non, ma chère amie, mais je veux vous demander une chose qui a pour moi beaucoup d'importance, et qui me torture le cœur. Me promettez-vous de me répondre franchement ?

Elle sourit.

– Je suis toujours franche. Dites.

– Voilà. Je vous ai aimée du jour où je vous ai vue. Vous en étiez-vous doutée ?

Elle répondit en riant, avec quelque chose de l'intonation d'autrefois :

– Gros bête, va ! Je l'ai bien vu du premier jour !

Saval se mit à trembler ; il balbutia :

– Vous le saviez !... Alors...

Et il se tut.

Elle demanda :

– Alors ?... Quoi ?

Il reprit :

– Alors... que pensiez-vous ?... que... que... Qu'auriez-vous répondu ?

Elle rit plus fort. Des gouttes de sirop lui coulaient au bout des doigts et tombaient sur le parquet.

– Moi ?... Mais vous ne m'avez rien demandé. Ce n'était pas à moi de vous faire une déclaration !

Alors il fit un pas vers elle :

– Dites-moi... dites-moi... Vous rappelez-vous ce jour où Sandres s'est endormi sur l'herbe après déjeuner... où nous avons été ensemble, jusqu'au tournant, là-bas ?...

Il attendit. Elle avait cessé de rire et le regardait dans les yeux :

– Mais certainement, je me le rappelle.

Il reprit en frissonnant :

– Eh bien... ce jour-là... si j'avais été... si j'avais été... entreprenant... qu'est-ce que vous auriez fait ?

Elle se remit à sourire en femme heureuse qui ne regrette rien, et elle répondit franchement, d'une voix claire où pointait une ironie :

– J'aurais cédé, mon ami.

Puis elle tourna sur ses talons et s'enfuit vers ses confitures.

Saval ressortit dans la rue, atterré comme après un désastre. Il filait à grands pas sous la pluie, droit devant lui, descendant vers la rivière, sans songer où il allait. Quand il arriva sur la berge, il tourna à droite et la suivit. Il marcha longtemps, comme poussé par un instinct. Ses vêtements ruisselaient d'eau, son chapeau déformé, mou comme une loque, dégouttait à la façon d'un toit. Il allait toujours, toujours devant lui. Et il se trouva sur la place où ils avaient déjeuné au jour lointain dont le souvenir lui torturait le cœur.

Alors il s'assit sous les arbres dénudés, et il pleura.

Femmes normandes au XIX*ᵉ siècle (B.N.).*

Questions

Compréhension

1. *Pourquoi M. Saval est-il triste (l. 1 à 30) ?*

2. *Quel nouveau sentiment apparaît à partir de la l. 31 ?*

3. *Quelles circonstances étaient favorables à M. Saval lors de la sortie avec ses amis ? À quel autre conte de Maupassant cet épisode peut-il faire penser ?*

4. *Qu'est-ce qui aurait dû montrer à Saval que Mme Sandres s'intéressait à lui ?*

5. *En quoi l'apparition de Mme Sandres (l. 180 à 184) est-elle assez comique ?*

6. *Quels sont les divers sentiments de Mme Sandres envers Saval ?*

7. *En quoi la nature est-elle accordée aux sentiments du personnage (l. 227 à 237) ? Quelles aggravations pouvez-vous relever par rapport au début du conte ?*

Écriture / Réécriture

8. *Relevez les répétitions dans les quatre premiers paragraphes : sur quels thèmes portent-elles ? Quel effet produisent-elles ?*

9. *Quelles notations, dans la description de la nature (l. 95 à 102), évoquent une atmosphère d'idylle amoureuse ?*

10. *Quel effet produit la précision de l'activité de Mme Sandres (l. 170 à 172) quand Saval va la trouver pour l'interroger ?*

11. *Quel est l'intérêt de la répétition dans les mêmes termes par Mme Sandres de l'expression :* « Gros bête, va ! » *(l. 119 et 198) ?*

12. *Imaginez et décrivez ce qu'aurait pu être la scène de la promenade le long de la rive, si Saval avait été moins timide et moins* « nonchalant ».

DÉCORÉ ![1]

Des gens naissent avec un instinct prédominant, une vocation ou simplement un désir éveillé, dès qu'ils commencent à parler, à penser.

M. Sacrement n'avait, depuis son enfance, qu'une idée en tête, être décoré. Tout jeune il portait des croix de la Légion d'honneur en zinc comme d'autres enfants portent un képi et il donnait fièrement la main à sa mère, dans la rue, en bombant sa petite poitrine ornée du ruban rouge et de l'étoile de métal.

Après de pauvres études il échoua au baccalauréat, et, ne sachant plus que faire, il épousa une jolie fille, car il avait de la fortune.

Ils vécurent à Paris comme vivent des bourgeois riches, allant dans leur monde[2], sans se mêler au monde[3], fiers de la connaissance d'un député qui pouvait devenir ministre, et amis de deux chefs de division[4].

Mais la pensée entrée aux premiers jours de sa vie dans la tête de M. Sacrement ne le quittait plus et il souffrait d'une façon continue de n'avoir point le droit de montrer sur sa redingote un petit ruban de couleur.

Les gens décorés qu'il rencontrait sur le boulevard[5] lui portaient un coup au cœur. Il les regardait de coin avec une jalousie exaspérée. Parfois, par les longs après-midi de désœuvrement, il se mettait à les compter. Il se disait : « Voyons combien j'en trouverai de la Madeleine à la rue Drouot. »

Et il allait lentement, inspectant les vêtements, l'œil exercé à distinguer de loin le petit point rouge. Quand il arrivait au bout de sa promenade, il s'étonnait toujours des chiffres : « Huit officiers, et dix-sept chevaliers. Tant que ça ! C'est stupide de prodiguer les croix d'une

---

1. Première publication dans *Gil Blas* (13 novembre 1883). Repris dans *Les Sœurs Rondoli* (1884).
2. *leur monde* : leur milieu.
3. *au monde* : à la haute société parisienne.
4. *chefs de division* : hauts fonctionnaires de ministère.
5. *le boulevard* : des Italiens, où se trouvaient plusieurs théâtres et cafés à la mode.

pareille façon. Voyons si j'en trouverai autant au retour. »

Et il revenait à pas lents, désolé quand la foule pressée des passants pouvait gêner ses recherches, lui faire oublier quelqu'un.

Il connaissait les quartiers où on en trouvait le plus. Ils abondaient au Palais-Royal. L'avenue de l'Opéra ne valait pas la rue de la Paix ; le côté droit du boulevard était mieux fréquenté que le gauche.

Ils semblaient aussi préférer certains cafés, certains théâtres. Chaque fois que M. Sacrement apercevait un groupe de vieux messieurs à cheveux blancs arrêtés au milieu du trottoir, et gênant la circulation, il se disait : « Voici des officiers de la Légion d'honneur ! » Et il avait envie de les saluer.

Les officiers (il l'avait souvent remarqué) ont une autre allure que les simples chevaliers. Leur port de tête est différent. On sent bien qu'ils possèdent officiellement une considération plus haute, une importance plus étendue.

Parfois aussi une rage saisissait M. Sacrement, une fureur contre tous les gens décorés ; et il se sentait pour eux une haine de socialiste.

Alors, en rentrant chez lui, excité par la rencontre de tant de croix, comme l'est un pauvre affamé après avoir passé devant les grandes boutiques de nourriture, il déclarait d'une voix forte : « Quand donc, enfin, nous débarrassera-t-on de ce sale gouvernement ? » Sa femme surprise, lui demandait : « Qu'est-ce que tu as aujourd'hui ? »

Et il répondait : « J'ai que je suis indigné par les injustices que je vois commettre partout. Ah ! que les communards[1] avaient raison ! »

Mais il ressortait après son dîner, et il allait considérer les magasins de décorations. Il examinait tous ces

---

1. *les communards* : révolutionnaires qui s'étaient soulevés de mars à mai 1871 contre le gouvernement Thiers qu'ils rendaient responsable de la défaite. L'opinion publique, surtout bourgeoise, les a longtemps tenus pour des voyous.

emblèmes de formes diverses, de couleurs variées. Il aurait voulu les posséder tous, et, dans une cérémonie publique, dans une immense salle pleine de monde, pleine de peuple émerveillé, marcher en tête d'un cortège, la poitrine étincelante, zébrée de brochettes[1] alignées l'une sur l'autre, suivant la forme de ses côtes, et passer gravement, le claque[2] sous le bras, luisant comme un astre au milieu de chuchotements admiratifs, dans une rumeur de respect.

Il n'avait, hélas! aucun titre pour aucune décoration.

Il se dit : « La Légion d'honneur est vraiment par trop difficile pour un homme qui ne remplit aucune fonction publique. Si j'essayais de me faire nommer officier d'Académie[3] ! »

Mais il ne savait comment s'y prendre. Il en parla à sa femme qui demeura stupéfaite.

« Officier d'Académie ? Qu'est-ce que tu as fait pour cela ? »

Il s'emporta : « Mais comprends donc ce que je veux dire. Je cherche justement ce qu'il faut faire. Tu es stupide par moments. »

Elle sourit : « Parfaitement, tu as raison. Mais je ne sais pas, moi ! »

Il avait une idée : « Si tu en parlais au député Rosselin, il pourrait me donner un excellent conseil. Moi, tu comprends que je n'ose guère aborder cette question directement avec lui. C'est assez délicat, assez difficile : venant de toi, la chose devient toute naturelle. »

Mme Sacrement fit ce qu'il demandait. M. Rosselin promit d'en parler au ministre. Alors Sacrement le harcela. Le député finit par lui répondre qu'il fallait faire une demande et énumérer ses titres.

Ses titres ? Voilà. Il n'était même pas bachelier.

Il se mit cependant à la besogne et commença une

1. *brochettes* : petites broches de métal servant à enfiler plusieurs médailles.
2. *claque* : chapeau haut de forme pliant qu'on peut porter sous le bras.
3. *officier d'Académie* : chevalier de l'ordre des Palmes académiques.

brochure traitant : « Du droit du peuple à l'instruction. » Il ne la put achever par pénurie d'idées.

Il chercha des sujets plus faciles et en aborda plusieurs successivement. Ce fut d'abord : « L'instruction des enfants par les yeux. » Il voulait qu'on établît dans les quartiers pauvres des espèces de théâtres gratuits pour les petits enfants. Les parents les y conduiraient dès leur plus jeune âge, et on leur donnerait là, par le moyen d'une lanterne magique, des notions de toutes les connaissances humaines. Ce seraient de véritables cours. Le regard instruirait le cerveau, et les images resteraient gravées dans la mémoire, rendant pour ainsi dire visible la science.

Quoi de plus simple que d'enseigner ainsi l'histoire universelle, la géographie, l'histoire naturelle, la botanique, la zoologie, l'anatomie, etc., etc. ?

Il fit imprimer ce mémoire et en envoya un exemplaire à chaque député, dix à chaque ministre, cinquante au président de la République, dix également à chacun des journaux parisiens, cinq aux journaux de province.

Puis il traita la question des bibliothèques des rues, voulant que l'État fît promener par les rues des petites voitures pleines de livres, pareilles aux voitures d'oranges. Chaque habitant aurait droit à dix volumes par mois en location, moyennant un sou d'abonnement.

« Le peuple, disait M. Sacrement, ne se dérange que pour ses plaisirs. Puisqu'il ne va pas à l'instruction, il faut que l'instruction vienne à lui, etc. »

Aucun bruit ne se fit autour de ces essais. Il adressa cependant sa demande. On lui répondit qu'on prenait note, qu'on instruisait[1]. Il se crut sûr du succès ; il attendit. Rien ne vint.

Alors il se décida à faire des démarches personnelles. Il sollicita une audience du ministre de l'Instruction publique, et il fut reçu par un attaché de cabinet tout jeune et déjà grave, important même, et qui jouait, comme d'un piano, d'une série de petits boutons blancs

1. *instruisait* : faisait une enquête préalable.

pour appeler les huissiers et les garçons de l'antichambre ainsi que les employés subalternes. Il affirma au solliciteur que son affaire était en bonne voie et il lui conseilla de continuer ses remarquables travaux.

Et M. Sacrement se remit à l'œuvre.

M. Rosselin, le député, semblait maintenant s'intéresser beaucoup à son succès, et il lui donnait même une foule de conseils pratiques excellents. Il était décoré d'ailleurs, sans qu'on sût quels motifs lui avaient valu cette distinction.

Il indiqua à Sacrement des études nouvelles à entreprendre, il le présenta à des Sociétés savantes qui s'occupaient de points de science particulièrement obscurs, dans l'intention de parvenir à des honneurs. Il le patronna même au ministère.

Or, un jour, comme il venait déjeuner chez son ami (il mangeait souvent dans la maison depuis plusieurs mois) il lui dit tout bas en lui serrant les mains : « Je viens d'obtenir pour vous une grande faveur. Le comité des travaux historiques vous charge d'une mission. Il s'agit de recherches à faire dans diverses bibliothèques de France. »

Sacrement, défaillant, n'en put manger ni boire. Il partit huit jours plus tard.

Il allait de ville en ville, étudiant les catalogues, fouillant en des greniers bondés de bouquins poudreux, en proie à la haine des bibliothécaires.

Or, un soir, comme il se trouvait à Rouen, il voulut aller embrasser sa femme qu'il n'avait point vue depuis une semaine ; et il prit le train de neuf heures qui devait le mettre à minuit chez lui.

Il avait sa clef. Il entra sans bruit, frémissant de plaisir, tout heureux de lui faire cette surprise. Elle s'était enfermée, quel ennui ! Alors il cria à travers la porte : « Jeanne, c'est moi ! »

Elle dut avoir grand peur, car il l'entendit sauter du lit et parler seule comme dans un rêve. Puis elle courut à son cabinet de toilette, l'ouvrit et le referma, traversa plusieurs fois sa chambre dans une course rapide, nu-pieds, secouant les meubles dont les verreries sonnaient. Puis, enfin, elle demanda : « C'est bien toi, Alexandre ? »

Il répondit : « Mais oui, c'est moi, ouvre donc ! »

La porte céda, et sa femme se jeta sur son cœur en balbutiant : « Oh ! quelle terreur ! quelle surprise ! quelle joie ! »

Alors, il commença à se dévêtir, méthodiquement, comme il faisait tout. Et il reprit, sur une chaise, son pardessus qu'il avait l'habitude d'accrocher dans le vestibule. Mais, soudain, il demeura stupéfait. La boutonnière portait un ruban rouge !

Il balbutia : « Ce... ce... ce paletot décoré ! »

Alors sa femme, d'un bond, se jeta sur lui, et lui saisissant dans les mains le vêtement : « Non... tu te trompes... donne-moi ça. »

Mais il le tenait toujours par une manche, ne le lâchant pas, répétant dans une sorte d'affolement : « Hein ?... Pourquoi ?... Explique-moi ?... À qui ce pardessus ?... Ce n'est pas le mien, puisqu'il porte la Légion d'honneur ? »

Elle s'efforçait de le lui arracher, éperdue, bégayant : « Écoute... écoute... donne-moi ça... Je ne peux pas te dire... c'est un secret... écoute. »

Mais il se fâchait, devenait pâle : « Je veux savoir comment ce paletot est ici. Ce n'est pas le mien. »

Alors, elle lui cria dans la figure : « Si, tais-toi, jure-moi... écoute... eh bien ! tu es décoré ! »

Il eut une telle secousse d'émotion qu'il lâcha le pardessus et alla tomber dans un fauteuil.

« Je suis... tu dis... je suis... décoré.

– Oui... c'est un secret, un grand secret... »

Elle avait enfermé dans une armoire le vêtement glorieux, et revenait vers son mari, tremblante et pâle. Elle reprit : « Oui, c'est un pardessus neuf que je t'ai fait faire. Mais j'avais juré de ne te rien dire. Cela ne sera pas officiel avant un mois ou six semaines. Il faut que ta mission soit terminée. Tu ne devais le savoir qu'à ton retour. C'est M. Rosselin qui a obtenu ça pour toi... »

Sacrement, défaillant, bégayait : « Rosselin... décoré... Il m'a fait décorer... moi... lui... Ah !... »

Et il fut obligé de boire un verre d'eau.

Un petit papier blanc gisait par terre, tombé de la

poche du pardessus. Sacrement le ramassa, c'était une carte de visite. Il lut : « Rosselin, député. »

« Tu vois bien », dit la femme.

Et il se mit à pleurer de joie.

Huit jours plus tard l'*Officiel* annonçait que M. Sacrement était nommé chevalier de la Légion d'honneur, pour services exceptionnels.

Au café : un coin d'habitués, *gravure de P. Naumann d'après un dessin de A. Forestier, 1890. B.N., Estampes.*

Questions

Compréhension

1. *Quelle est l'origine de l'obsession de M. Sacrement ? Quel intérêt trouvez-vous à cette précision ?*

2. *Comment se manifeste cette obsession ? Distinguez les étapes successives. Pouvez-vous y relever une progression ?*

3. *En quoi la quête des Palmes académiques se différencie-t-elle de celle de la Légion d'honneur ?*

4. *Sur quel sujet portent toutes les brochures écrites par Sacrement ? L'époque où le conte a été écrit (nov. 1883) permet-elle de l'expliquer ?*

5. *Pourquoi la suggestion que fait Sacrement à sa femme d'en parler au député Rosselin est-elle imprudente ?*

6. *À quel moment Sacrement a-t-il des raisons de reprendre espoir ?*

7. *Pourquoi Rosselin le fait-il charger d'une mission dans diverses bibliothèques de France : a) selon Sacrement ? b) en réalité ?*

8. *Pourquoi le récit du retour inopiné de Sacrement à Rouen est-il présenté de son point de vue à lui ?*

9. *Quels détails devraient ouvrir les yeux de Sacrement quand il rentre chez lui ?*

10. *En quoi consiste l'habileté de Mme Sacrement ? À quel moment culmine-t-elle ?*

11. *Pourquoi Sacrement se laisse-t-il abuser ?*

12. *Pourquoi est-il particulièrement savoureux de voir Sacrement pleurer de joie ?*

Écriture / Réécriture

13. *À quel temps sont, en général, les verbes dans la première partie du texte (relative à la Légion d'honneur) ? Et dans la suite du texte ? Que traduit ce changement ?*

14. *Analysez les exclamations de la femme de Sacrement quand elle retrouve son mari (l. 181-182).*

15. *La dernière phrase vous semble-t-elle banale ? Quels sous-entendus pouvez-vous lui trouver ?*

16. *Imaginez ce qui s'est passé entre l'avant-dernière et la dernière phrase, et faites-en le récit à la manière de Maupassant.*

La Ficelle[1]

À Harry Alis

Sur toutes les routes autour de Goderville, les paysans et leurs femmes s'en venaient vers le bourg ; car c'était le jour de marché. Les mâles allaient, à pas tranquilles, tout le corps en avant à chaque mouvement de leurs longues jambes torses, déformées par les rudes travaux, par la pesée sur la charrue qui fait en même temps monter l'épaule gauche et dévier la taille, par le fauchage des blés qui fait écarter les genoux pour prendre un aplomb solide, par toutes les besognes lentes et pénibles de la campagne. Leur blouse bleue, empesée, brillante, comme vernie, ornée au col et aux poignets d'un petit dessin de fil blanc, gonflée autour de leur torse osseux, semblait un ballon prêt à s'envoler, d'où sortaient une tête, deux bras et deux pieds.

Les uns tiraient au bout d'une corde une vache, un veau. Et leurs femmes, derrière l'animal, lui fouettaient les reins d'une branche encore garnie de feuilles, pour hâter sa marche. Elles portaient au bras de larges paniers d'où sortaient des têtes de poulets par-ci, des têtes de canards par-là. Et elles marchaient d'un pas plus court et plus vif que leurs hommes, la taille sèche, droite et drapée dans un petit châle étriqué, épinglé sur leur poitrine plate, la tête enveloppée d'un linge blanc collé sur les cheveux et surmontée d'un bonnet.

Puis, un char à bancs passait, au trot saccadé d'un bidet[2], secouant étrangement deux hommes assis côte à côte et une femme dans le fond du véhicule, dont elle tenait le bord pour atténuer les durs cahots.

Sur la place de Goderville, c'était une foule, une cohue d'humains et de bêtes mélangés. Les cornes de bœufs, les hauts chapeaux à longs poils des paysans riches et les

1. Première publication dans *Le Gaulois* (25 nov. 1883). Repris dans *Miss Harriet* (1884).
2. *bidet* : petit cheval.

coiffes des paysannes émergeaient à la surface de l'assemblée. Et les voix criardes, aiguës, glapissantes, formaient une clameur continue et sauvage que dominait parfois un grand éclat poussé par la robuste poitrine d'un campagnard en gaieté, ou le long meuglement d'une vache attachée au mur d'une maison.

Tout cela sentait l'étable, le lait et le fumier, le foin et la sueur, dégageait cette saveur aigre, affreuse, humaine et bestiale, particulière aux gens des champs.

Maître[1] Hauchecorne, de Bréauté, venait d'arriver à Goderville, et il se dirigeait vers la place, quand il aperçut par terre un petit bout de ficelle. Maître Hauchecorne, économe en vrai Normand, pensa que tout était bon à ramasser qui peut servir ; et il se baissa péniblement, car il souffrait de rhumatismes. Il prit, par terre, le morceau de corde mince, et il se disposait à le rouler avec soin, quand il remarqua, sur le seuil de sa porte, maître Malandain, le bourrelier[2], qui le regardait. Ils avaient eu des affaires[3] ensemble au sujet d'un licol[4], autrefois, et ils étaient restés fâchés, étant rancuniers tous deux. Maître Hauchecorne fut pris d'une sorte de honte d'être vu ainsi, par son ennemi, cherchant dans la crotte un bout de ficelle. Il cacha brusquement sa trouvaille sous sa blouse, puis dans la poche de sa culotte ; puis il fit semblant de chercher encore par terre quelque chose qu'il ne trouvait point, et il s'en alla vers le marché, la tête en avant, courbé en deux par ses douleurs.

Il se perdit aussitôt dans la foule criarde et lente, agitée par les interminables marchandages. Les paysans tâtaient les vaches, s'en allaient, revenaient, perplexes, toujours dans la crainte d'être mis dedans[5], n'osant jamais se décider, épiant l'œil du vendeur, cherchant sans fin à découvrir la ruse de l'homme et le défaut de la bête.

1. *Maître* : cf. n. 2, p. 101.
2. *bourrelier* : artisan spécialiste du travail du cuir.
3. *affaires* : disputes.
4. *licol* : courroie qu'on passe autour du cou des bêtes de somme.
5. *mis dedans* : trompés.

Les femmes, ayant posé à leurs pieds leurs grands paniers, en avaient tiré leurs volailles qui gisaient par terre, liées par les pattes, l'œil effaré, la crête écarlate.

Elles écoutaient les propositions, maintenaient leurs prix, l'air sec, le visage impassible, ou bien tout à coup, se décidant au rabais proposé, criaient au client qui s'éloignait lentement :

– C'est dit, maît' Anthime. J' vous l' donne.

Puis, peu à peu, la place se dépeupla, et l'*Angélus*[1] sonnant midi, ceux qui demeuraient trop loin se répandirent dans les auberges.

Chez Jourdain, la grande salle était pleine de mangeurs, comme la vaste cour était pleine de véhicules de toute race, charrettes, cabriolets, chars à bancs, tilburys[2], carrioles innommables, jaunes de crotte, déformées, rapiécées, levant au ciel, comme deux bras, leurs brancards, ou bien le nez par terre et le derrière en l'air.

Tout contre les dîneurs attablés, l'immense cheminée, pleine de flamme claire, jetait une chaleur vive dans le dos de la rangée de droite. Trois broches tournaient, chargées de poulets, de pigeons et de gigots ; et une délectable odeur de viande rôtie et de jus ruisselant sur la peau rissolée, s'envolait de l'âtre, allumait les gaietés, mouillait les bouches.

Toute l'aristocratie de la charrue mangeait là, chez maît' Jourdain, aubergiste et maquignon[3], un malin qui avait des écus.

Les plats passaient, se vidaient comme les brocs de cidre jaune. Chacun racontait ses affaires, ses achats et ses ventes. On prenait des nouvelles des récoltes. Le temps était bon pour les verts[4], mais un peu mucre[5] pour les blés.

Tout à coup, le tambour roula, dans la cour, devant la

1. *Angélus* : sonnerie de cloches appelant à la prière, le matin, à midi et le soir (cf. le célèbre tableau de Millet).
2. *tilbury* : cabriolet léger et découvert.
3. *maquignon* : marchand de chevaux.
4. *verts* : herbages.
5. *mucre* : humide.

maison. Tout le monde aussitôt fut debout, sauf quelques indifférents, et on courut à la porte, aux fenêtres, la bouche encore pleine et la serviette à la main.

Après qu'il eut terminé son roulement, le crieur public lança d'une voix saccadée, scandant ses phrases à contretemps :

– Il est fait assavoir aux habitants de Goderville, et en général à toutes – les personnes présentes au marché, qu'il a été perdu ce matin, sur la route de Beuzeville, entre – neuf heures et dix heures, un portefeuille en cuir noir, contenant cinq cents francs et des papiers d'affaires. On est prié de le rapporter – à la mairie, incontinent[1], ou chez maître Fortuné Houlbrèque, de Manneville. Il y aura vingt francs de récompense.

Puis l'homme s'en alla. On entendit encore une fois au loin les battements sourds de l'instrument et la voix affaiblie du crieur.

Alors on se mit à parler de cet événement en énumérant les chances qu'avait maître Houlbrèque de retrouver ou de ne pas retrouver son portefeuille.

Et le repas s'acheva.

On finissait le café, quand le brigadier de gendarmerie parut sur le seuil.

Il demanda :

– Maître Hauchecorne, de Bréauté, est-il ici?

Maître Hauchecorne, assis à l'autre bout de la table, répondit :

– Me v'là.

Et le brigadier reprit :

– Maître Hauchecorne, voulez-vous avoir la complaisance de m'accompagner à la mairie. M. le maire voudrait vous parler.

Le paysan, surpris, inquiet, avala d'un coup son petit verre, se leva et, plus courbé encore que le matin, car les premiers pas après chaque repos étaient particulièrement difficiles, il se mit en route en répétant :

– Me v'là, me v'là.

1. *incontinent* : aussitôt.

Et il suivit le brigadier.

Le maire l'attendait, assis dans un fauteuil. C'était le notaire de l'endroit, homme gros, grave, à phrases pompeuses.

– Maître Hauchecorne, dit-il, on vous a vu ce matin ramasser, sur la route de Beuzeville, le portefeuille perdu par maître Houlbrèque, de Manneville.

Le campagnard, interdit, regardait le maire, apeuré déjà par ce soupçon qui pesait sur lui, sans qu'il comprît pourquoi.

– Mé, mé, j'ai ramassé çu portafeuille ?

– Oui, vous-même.

– Parole d'honneur, je n'en ai seulement point eu connaissance.

– On vous a vu.

– On m'a vu, mé ? Qui ça qui m'a vu ?

– M. Malandain, le bourrelier.

Alors le vieux se rappela, comprit et, rougissant de colère :

– Ah ! I m'a vu, çu manant[1] ! I m'a vu ramasser c'te ficelle-là, tenez, m'sieu le maire.

Et, fouillant au fond de sa poche, il en retira le petit bout de corde.

Mais le maire, incrédule, remuait la tête.

– Vous ne me ferez pas accroire, maître Hauchecorne, que M. Malandain, qui est un homme digne de foi, a pris ce fil pour un portefeuille.

Le paysan, furieux, leva la main, cracha de côté pour attester son honneur, répétant :

– C'est pourtant la vérité du bon Dieu, la sainte vérité, m'sieu le maire. Là, sur mon âme et mon salut[2], je l' répète.

Le maire reprit :

– Après avoir ramassé l'objet, vous avez même encore cherché longtemps dans la boue, si quelque pièce de monnaie ne s'en était pas échappée.

1. *manant* : paysan grossier.
2. *salut* : salut éternel, au sens religieux du terme.

Le bonhomme suffoquait d'indignation et de peur.

– Si on peut dire !... Si on peut dire... des menteries comme ça pour dénaturer[1] un honnête homme ! Si on peut dire !...

Il eut beau protester, on ne le crut pas.

Il fut confronté avec M. Malandain, qui répéta et soutint son affirmation. Il s'injurièrent une heure durant. On fouilla, sur sa demande, maître Hauchecorne. On ne trouva rien sur lui.

Enfin, le maire, fort perplexe, le renvoya en le prévenant qu'il allait aviser le parquet[2] et demander des ordres.

La nouvelle s'était répandue. À sa sortie de la mairie, le vieux fut entouré, interrogé avec une curiosité sérieuse ou goguenarde[3], mais où n'entrait aucune indignation. Et il se mit à raconter l'histoire de la ficelle. On ne le crut pas. On riait.

Il allait, arrêté par tous, arrêtant ses connaissances, recommençant sans fin son récit et ses protestations, montrant ses poches retournées, pour prouver qu'il n'avait rien.

On lui disait :

– Vieux malin, va !

Et il se fâchait, s'exaspérant, enfiévré, désolé de n'être pas cru, ne sachant que faire, et contant toujours son histoire.

La nuit vint. Il fallait partir. Il se mit en route avec trois voisins à qui il montra la place où il avait ramassé le bout de corde ; et tout le long du chemin il parla de son aventure.

Le soir, il fit une tournée dans le village de Bréauté, afin de la dire à tout le monde. Il ne rencontra que des incrédules.

Il en fut malade toute la nuit.

Le lendemain, vers une heure de l'après-midi, Marius

1. *dénaturer* : calomnier, c'est-à-dire faire passer pour ce qu'il n'est pas par nature.
2. *le parquet* : la justice.
3. *goguenarde* : moqueuse.

Paumelle, valet de ferme de maître Breton, cultivateur à Ymauville, rendait le portefeuille et son contenu à maître Houlbrèque, de Manneville.

Cet homme prétendait avoir, en effet, trouvé l'objet sur la route ; mais, ne sachant pas lire, il l'avait rapporté à la maison et donné à son patron.

La nouvelle se répandit aux environs. Maître Hauchecorne en fut informé. Il se mit aussitôt en tournée et commença à narrer son histoire complétée du dénouement. Il triomphait.

– C' qui m' faisait deuil[1], disait-il, c'est point tant la chose, comprenez-vous ; mais c'est la menterie. Y a rien qui vous nuit comme d'être en réprobation[2] pour une menterie.

Tout le jour il parlait de son aventure, il la contait sur les routes aux gens qui passaient, au cabaret aux gens qui buvaient, à la sortie de l'église le dimanche suivant. Il arrêtait des inconnus pour la leur dire. Maintenant, il était tranquille, et pourtant quelque chose le gênait sans qu'il sût au juste ce que c'était. On avait l'air de plaisanter en l'écoutant. On ne paraissait pas convaincu. Il lui semblait sentir des propos derrière son dos.

Le mardi de l'autre semaine, il se rendit au marché de Goderville, uniquement poussé par le besoin de conter son cas.

Malandain, debout sur sa porte, se mit à rire en le voyant passer. Pourquoi ?

Il aborda un fermier de Criquetot, qui ne le laissa pas achever et, lui jetant une tape dans le creux de son ventre, lui cria par la figure : « Gros malin, va ! » Puis il tourna les talons.

Maître Hauchecorne demeura interdit[3] et de plus en plus inquiet. Pourquoi l'avait-on appelé « gros malin » ?

Quand il fut assis à table, dans l'auberge de Jourdain, il se remit à expliquer l'affaire.

---

1. *faisait deuil* : faisait de la peine.
2. *être en réprobation* : être l'objet de la réprobation, ou blâme de tous.
3. *interdit* : stupéfait.

Un maquignon de Montivilliers lui cria :

– Allons, allons, vieille pratique[1], je la connais, ta ficelle !

Hauchecorne balbutia :

– Puisqu'on l'a retrouvé, çu portafeuille !

Mais l'autre reprit :

– Tais-té, mon pé, y en a un qui trouve et y en a un qui r'porte. Ni vu ni connu, je t'embrouille.

Le paysan resta suffoqué. Il comprenait enfin. On l'accusait d'avoir fait reporter le portefeuille par un compère, par un complice.

Il voulut protester. Toute la table se mit à rire.

Il ne put achever son dîner et s'en alla, au milieu des moqueries.

Il rentra chez lui, honteux et indigné, étranglé par la colère, par la confusion, d'autant plus atterré qu'il était capable, avec sa finauderie de Normand, de faire ce dont on l'accusait, et même de s'en vanter comme d'un bon tour. Son innocence lui apparaissait confusément comme impossible à prouver, sa malice étant connue. Et il se sentait frappé au cœur par l'injustice du soupçon.

Alors il recommença à conter l'aventure, en allongeant chaque jour son récit, ajoutant chaque fois des raisons nouvelles, des protestations plus énergiques, des serments plus solennels qu'il imaginait, qu'il préparait dans ses heures de solitude, l'esprit uniquement occupé de l'histoire de la ficelle. On le croyait d'autant moins que sa défense était plus compliquée et son argumentation plus subtile.

– Ça, c'est des raisons d' menteux, disait-on derrière son dos.

Il le sentait, se rongeait les sangs, s'épuisait en efforts inutiles.

Il dépérissait à vue d'œil.

Les plaisants maintenant lui faisaient conter « la Ficelle » pour s'amuser, comme on fait conter sa bataille

1. *pratique* : malin.

au soldat qui a fait campagne. Son esprit, atteint à fond, s'affaiblissait.

Vers la fin de décembre, il s'alita.

Il mourut dans les premiers jours de janvier, et, dans le délire de l'agonie, il attestait son innocence, répétant :

– Une 'tite ficelle... une 'tite ficelle... t'nez, là voilà, m'sieu le maire.

Vendeuses de paniers en osiers.

Questions

Compréhension

1. *Qu'est-ce qui souligne la banalité de l'incident de la ficelle ? Quel détail cependant peut faire penser qu'il aura une suite ?*

2. *Quels détails soulignent l'opulence de l'aubergiste et de ses clients ?*

3. *Sommes-nous surpris que le brigadier de gendarmerie interpelle maître Hauchecorne ?*

4. *Qu'est-ce qui rend vraisemblable l'accusation de Malandain ?*

5. *Pourquoi personne ne croit maître Hauchecorne ?*

6. *Comment s'exprime la satisfaction de maître Hauchecorne, une fois que le portefeuille a été retrouvé ?*

7. *Comment est préparée la dernière péripétie (l. 221 à 252) ? Distinguez différents moments.*

8. *Par quelles étapes successives passe maître Hauchecorne jusqu'à sa mort ?*

Écriture / Réécriture

9. *Quels détails pittoresques pouvez-vous relever dans la description des paysans (l. 1 à 14) ? Quel est leur effet ?*

10. *Comment s'ordonne la description du cortège (l. 1 à 24) ? Que peut-on en conclure ?*

11. *Quels détails ébauchent une personnification des véhicules (l. 77 à 82) ?*

12. *Analysez l'expression* « une aristocratie de la charrue » *(l. 90). En quoi consiste sa saveur ?*

13. *Relevez les différentes notations (couleurs, odeurs, fruits) dans la description du marché. Quelle impression d'ensemble s'en dégage ?*

14. *À quoi tient l'ambiguïté de l'expression* « je la connais, ta ficelle » *(l. 243-244) ?*

15. *Sur quel effet repose la fin du conte ?*

16. *L'histoire est-elle comique ou tragique ?*

17. *En utilisant vos souvenirs de lecture (notamment de romans policiers), imaginez une histoire où un acte ou une parole banale peuvent faire soupçonner de crime un innocent.*

Le Vieux[1]

Un tiède soleil d'automne tombait dans la cour de ferme, par-dessus les grands hêtres des fossés. Sous le gazon tondu par les vaches, la terre, imprégnée de pluie récente, était moite, enfonçait sous les pieds avec un bruit d'eau; et les pommiers chargés de pommes semaient leurs fruits d'un vert pâle, dans le vert foncé de l'herbage.

Quatre jeunes génisses paissaient, attachées en ligne, et meuglaient par moments vers la maison; les volailles mettaient un mouvement coloré sur le fumier, devant l'étable, et grattaient, remuaient, caquetaient, tandis que les deux coqs chantaient sans cesse, cherchaient des vers pour leurs poules qu'ils appelaient d'un gloussement vif.

La barrière de bois s'ouvrit; un homme entra, âgé de quarante ans peut-être, mais qui semblait vieux de soixante, ridé, tordu, marchant à grands pas lents, alourdis par le poids de lourds sabots plein de paille. Ses bras longs pendaient des deux côtés du corps. Quand il approcha de la ferme, un roquet[2] jaune, attaché au pied d'un énorme poirier, à côté d'un baril qui lui servait de niche, remua la queue, puis se mit à japper en signe de joie. L'homme cria :

– À bas, Finot!

Le chien se tut.

Une paysanne sortit de la maison. Son corps osseux, large et plat, se dessinait sous un caraco[3] de laine qui serrait la taille. Une jupe grise, trop courte, tombait jusqu'à la moitié des jambes, cachées en des bas bleus, et elle portait aussi des sabots pleins de paille. Un bonnet blanc, devenu jaune, couvrait quelques cheveux collés au crâne, et sa figure brune, maigre, laide, édentée,

1. Première publication dans *Le Gaulois* (6 janvier 1884). Repris dans les *Contes du jour et de la nuit* (1885).

2. *roquet* : petit chien hargneux.

3. *caraco* : blouse longue et flottante portée autrefois par les paysannes.

montrait cette physionomie sauvage et brute qu'ont souvent les faces des paysans.

L'homme demanda :

– Comment qu'y va ?

La femme répondit :

– M'sieu le curé dit que c'est la fin, qu'il n' passera point la nuit.

Ils entrèrent tous deux dans la maison.

Après avoir traversé la cuisine, ils pénétrèrent dans la chambre, basse, noire, à peine éclairée par un carreau, devant lequel tombait une loque d'indienne[1] normande. Les grosses poutres du plafond, brunies par le temps, noires et enfumées, traversaient la pièce de part en part, portant le mince plancher du grenier, où couraient, jour et nuit, des troupeaux de rats.

Le sol de terre, bossué, humide, semblait gras, et, dans le fond de l'appartement, le lit faisait une tache vaguement blanche. Un bruit régulier, rauque, une respiration dure, râlante, sifflante, avec un gargouillement d'eau comme celui que fait une pompe brisée, partait de la couche enténébrée où agonisait un vieillard, le père de la paysanne.

L'homme et la femme s'approchaient et regardèrent le moribond, de leur œil placide et résigné.

Le gendre placide :

– C'te fois, c'est fini ; i n'ira pas seulement à la nuit.

La fermière reprit :

– C'est d'puis midi qu'i gargotte[2] comme ça.

Puis ils se turent. Le père avait les yeux fermés, le visage couleur de terre, si sec qu'il semblait en bois. Sa bouche entrouverte laissait passer son souffle clapotant et dur ; et le drap de toile grise se soulevait sur la poitrine à chaque aspiration.

Le gendre, après un long silence, prononça :

– Y a qu'à le quitter finir[3]. J'y pouvons rien. Tout

1. *indienne* : cotonnade imprimée dans le style des étoffes indiennes.
2. *gargotte* : terme normand pour *gargouille*.
3. *le quitter finir* : le laisser mourir.

d' même c'est dérangeant pour les cossards[1], vu l' temps qu'est bon, qu'il faut r'piquer d'main.

Sa femme parut inquiète à cette pensée. Elle réfléchit quelques instants, puis déclara :

– Puisqu'i va passer, on l'enterrera pas avant samedi ; t'auras ben d'main pour les cossards.

Le paysan méditait ; il dit :

– Oui, mais demain qui faudra qu'invite pour l'imunation[2], que j' nai ben pour cinq ou six heures à aller de Tourville à Manetot[3] chez tout le monde.

La femme, après avoir médité deux ou trois minutes, prononça :

– I n'est seulement point trois heures, qu' tu pourrais commencer la tournée anuit[4] et faire tout l' côté de Tourville. Tu peux ben dire qu'il a passé, puisqu'i n'en a pas quasiment pour la relevée[5].

L'homme demeura quelques instants perplexe, pesant les conséquences et les avantages de l'idée. Enfin il déclara :

– Tout d' même, j'y vas.

Il allait sortir ; il revint et, après une hésitation :

– Pisque t'as point d'ouvrage, loche[6] des pommes à cuire, et pis tu feras quatre douzaines de douillons[7] pour ceux qui viendront à l'imunation, vu qu'i faudra se réconforter. T'allumeras le four avec la bourrée[8] qu'est sous l' hangar au pressoir. Elle est sèque.

Et il sortit de la chambre, rentra dans la cuisine, ouvrit le buffet, prit un pain de six livres, en coupa soigneusement une tranche, recueillit dans le creux de sa main les miettes tombées sur la tablette, et se les jeta dans la bouche pour ne rien perdre. Puis il enleva avec

1. *cossards* : colzas (patois normand).
2. *imunation* : inhumation.
3. *Manetot* : localité imaginaire.
4. *anuit* : aujourd'hui.
5. *pour la relevée* : jusqu'à la fin de l'après-midi.
6. *loche* : secoue pour faire tomber.
7. *douillons* : pâtisserie normande, faite de pommes enrobées de pâte et cuites au four.
8. *bourrée* : petit bois pour allumer le feu.

la pointe de son couteau un peu de beurre salé au fond d'un pot de terre brune, l'étendit sur son pain, qu'il se mit à manger lentement, comme il faisait tout.

Et il traversa la cour, apaisa le chien, qui se remettait à japper, sortit sur le chemin qui longeait son fossé, et s'éloigna dans la direction de Tourville.

Restée seule, la femme se mit à la besogne. Elle découvrit la huche[1] à la farine, et prépara la pâte aux douillons. Elle la pétrissait longuement, la tournant et la retournant, la maniant, l'écrasant, la broyant. Puis elle en fit une grosse boule d'un blanc jaune, qu'elle laissa sur le coin de la table.

Alors elle alla chercher les pommes et, pour ne point blesser l'arbre avec la gaule, elle grimpa dedans au moyen d'un escabeau. Elle choisissait les fruits avec soin, pour ne prendre que les mûrs, et les entassait dans son tablier.

Une voix l'appela du chemin :

– Ohé, Madame Chicot !

Elle se retourna. C'était un voisin, maître Osime Favet, le maire, qui s'en allait fumer ses terres, assis, les jambes pendantes, sur le tombereau d'engrais. Elle se retourna, et répondit :

– Qué qu'y a pour vot' service, maît' Osime ?

– Et le pé, où qui n'en est ?

Elle cria :

– Il est quasiment passé[2]. C'est samedi l'imunation, à sept heures, vu les cossards qui pressent.

Le voisin répliqua :

– Entendu. Bonne chance ! Portez-vous bien.

Elle répondit à sa politesse :

– Merci, et vous d' même.

Puis elle se remit à cueillir ses pommes.

Aussitôt qu'elle fut rentrée, elle alla voir son père, s'attendant à le trouver mort. Mais dès la porte elle dis-

1. *huche* : grand coffre à bois.
2. *quasiment passé* : pour ainsi dire mort.

tingua son râle bruyant et monotone, et jugeant inutile d'approcher du lit pour ne point perdre de temps, elle commença à préparer les douillons.

Elle enveloppait les fruits, un à un, dans une mince feuille de pâte, puis les alignait au bord de la table. Quand elle eut fait quarante-huit boules, rangées par douzaines l'une devant l'autre, elle pensa à préparer le souper, et elle accrocha sur le feu sa marmite, pour faire cuire les pommes de terre ; car elle avait réfléchi qu'il était inutile d'allumer le four, ce jour-là même, ayant encore le lendemain tout entier pour terminer les préparatifs.

Son homme rentra vers cinq heures. Dès qu'il eut franchi le seuil, il demanda :

– C'est-il fini ?

– Point encore : ça gargouille toujours.

Ils allèrent voir. Le vieux était absolument dans le même état. Son souffle rauque, régulier comme un mouvement d'horloge, ne s'était ni accéléré ni ralenti. Il revenait de seconde en seconde, variant un peu de ton, suivant que l'air entrait ou sortait de la poitrine.

Son gendre le regarda, puis il dit :

– I finira sans qu'on y pense, comme une chandelle.

Ils rentrèrent dans la cuisine et, sans parler, se mirent à souper. Quand ils eurent avalé leur soupe, ils mangèrent encore une tartine de beurre, puis, aussitôt les assiettes lavées, rentrèrent dans la chambre de l'agonisant.

La femme, tenant une petite lampe à mèche fumeuse, la promena devant le visage de son père. S'il n'avait pas respiré, on l'aurait cru mort assurément.

Le lit des deux paysans était caché à l'autre bout de la chambre, dans une espèce d'enfoncement. Ils se couchèrent sans dire un mot, éteignirent la lumière, fermèrent les yeux ; et bientôt deux ronflements inégaux, l'un plus profond, l'autre plus aigu, accompagnèrent le râle ininterrompu du mourant.

Les rats couraient dans le grenier.

Le mari s'éveilla dès les premières pâleurs du jour.

Son beau-père vivait encore. Il secoua sa femme, inquiet de la résistance du vieux.

– Dis donc, Phémie, i n' veut point finir. Qué qu' tu f'rais, té ?

Il la savait de bon conseil.

Elle répondit :

– I n' passera point l' jour, pour sûr. N'y a point n'à craindre. Pour lors que l' maire n'opposera pas qu'on l'enterre tout de même demain, vu qu'on l'a fait pour maître Rénard le pé, qu'a trépassé juste aux semences.

Il fut convaincu par l'évidence du raisonnement ; et il partit aux champs.

Sa femme fit cuire les douillons, puis accomplit toutes les besognes de la ferme.

À midi, le vieux n'était point mort. Les gens de journée loués pour le repiquage des cossards vinrent en groupe considérer l'ancien qui tardait à s'en aller. Chacun dit son mot, puis ils repartirent dans les terres.

À six heures, quand on rentra, le père respirait encore. Son gendre, à la fin, s'effraya.

– Qué qu' tu f'rais, à c'te heure, té, Phémie ?

Elle ne savait non plus que résoudre. On alla trouver le maire. Il promit qu'il fermerait les yeux et autoriserait l'enterrement le lendemain.

L'officier de santé[1], qu'on alla voir, s'engagea aussi, pour obliger maître Chicot, à antidater le certificat de décès. L'homme et la femme rentrèrent tranquilles.

Ils se couchèrent et s'endormirent comme la veille, mêlant leurs souffles sonores au souffle plus faible du vieux.

Quand ils s'éveillèrent, il n'était point mort.

Alors, ils furent atterrés. Ils restaient debout, au chevet du père, le considérant avec méfiance, comme s'il avait voulu leur jouer un vilain tour, les tromper, les contrarier par plaisir, et ils lui en voulaient surtout du temps qu'il leur faisait perdre.

1. *officier de santé* : praticien autorisé jusqu'en 1892 à exercer la médecine sans avoir le titre de docteur.

Le gendre demanda :

– Qué que j'allons faire ?

Elle n'en savait rien ; elle répondit :

– C'est-i contrariant, tout d' même !

On ne pouvait maintenant prévenir tous les invités, qui allaient arriver sur l'heure. On résolut de les attendre, pour leur expliquer la chose.

Vers sept heures moins dix, les premiers apparurent. Les femmes en noir, la tête couverte d'un grand voile, s'en venaient d'un air triste. Les hommes, gênés dans leur veste de drap, s'avançaient plus délibérément, deux par deux, en devisant des affaires.

Maître Chicot et sa femme, effarés, les reçurent en se désolant ; et tous deux, tout à coup, au même moment, en abordant le premier groupe, se mirent à pleurer. Ils expliquaient l'aventure, contaient leur embarras, offraient des chaises, se remuaient, s'excusaient, voulaient prouver que tout le monde aurait fait comme eux, parlaient sans fin, devenus brusquement bavards à ne laisser personne leur répondre.

Ils allaient de l'un à l'autre :

– Je l'aurions point cru ; c'est point croyable qu'il aurait duré comme ça !

Les invités interdits, un peu déçus, comme des gens qui manquent une cérémonie attendue, ne savaient que faire, demeuraient assis ou debout. Quelques-uns voulurent s'en aller. Maître Chicot les retint.

– J'allons casser une croûte tout d' même. J'avions fait des douillons ; faut bien en profiter.

Les visages s'éclairèrent à cette pensée. On se mit à causer à voix basse. La cour peu à peu s'emplissait ; les premiers venus disaient la nouvelle aux nouveaux arrivants. On chuchotait, l'idée de douillons égayant tout le monde.

Les femmes entraient pour regarder le mourant. Elles se signaient[1] auprès du lit, balbutiaient une prière, ressortaient. Les hommes, moins avides de ce spectacle,

---

1. *se signaient* : faisaient le signe de croix.

jetaient un seul coup d'œil de la fenêtre qu'on avait ouverte.

Mme Chicot expliquait l'agonie :

– V'là deux jours qu'il est comme ça, ni plus ni moins, ni plus haut ni plus bas. Dirait-on point une pompe qu'a pu d'iau ?

Quand tout le monde eut vu l'agonisant, on pensa à la collation ; mais comme on était trop nombreux pour tenir dans la cuisine, on sortit la table devant la porte. Les quatre douzaines de douillons, dorés, appétissants, tiraient les yeux, disposés dans deux grands plats. Chacun avançait le bras pour prendre le sien, craignant qu'il n'y en eût pas assez. Mais il en resta quatre.

Maître Chicot, la bouche pleine, prononça :

– S'i nous véyait, l' pé, ça lui ferait deuil. C'est li qui les aimait d' son vivant.

Un gros paysan jovial déclara :

– I n'en mangera pu, à c't' heure. Chacun son tour.

Cette réflexion, loin d'attrister les invités, sembla les réjouir. C'était leur tour, à eux, de manger des boules.

Mme Chicot, désolée de la dépense, allait sans cesse au cellier chercher du cidre. Les brocs se suivaient et se vidaient coup sur coup. On riait maintenant, on parlait fort, on commençait à crier comme on crie dans les repas.

Tout à coup une vieille paysanne qui était restée près du moribond, retenue par une peur avide de cette chose qui lui arriverait bientôt à elle-même, apparut à la fenêtre et cria d'une voix aiguë :

– Il a passé ! Il a passé !

Chacun se tut. Les femmes se levèrent vivement pour aller voir.

Il était mort, en effet. Il avait cessé de râler. Les hommes se regardaient, baissaient les yeux, mal à leur aise. On n'avait pas fini de mâcher les boules. Il avait mal choisi son moment, ce gredin-là.

Les Chicot, maintenant, ne pleuraient plus. C'était fini, ils étaient tranquilles. Ils répétaient :

– J' savions bien qu' ça n' pouvait point durer. Si seulement il avait pu s' décider c'te nuit, ça n'aurait point fait tout ce dérangement.

N'importe, c'était fini. On l'enterrerait lundi, voilà tout, et on remangerait des douillons pour l'occasion.

Les invités s'en allèrent, en causant de la chose, contents tout de même d'avoir vu ça et aussi d'avoir cassé une croûte.

Et quand l'homme et la femme furent demeurés tout seuls, face à face, elle dit, la figure contractée par l'angoisse :

– Faudra tout d' même r'cuire quatre douzaines de boules ! Si seulement il avait pu s' décider c'te nuit !

Et le mari, plus résigné, répondit :

– Ça n' serait pas à r'faire tous les jours.

Labourage avec des chevaux. Paris, Bibliothèque des Arts décoratifs.

Questions

Compréhension

1. *Comment nous sont présentés les deux paysans (l'homme et la femme) ? Quelle conclusion Maupassant donne-t-il à sa description (l. 15 à 34) ?*

2. *Quelle circonstance inquiète surtout les deux paysans ?*

3. *Quels détails traduisent la parcimonie et même l'avarice des paysans ? En quoi cette avarice est-elle à l'origine même de l'histoire racontée ?*

4. *Quels sentiments traduisent les premiers mots du paysan à son retour (l. 148) ?*

5. *Comment caractériseriez-vous l'attitude des deux paysans devant la mort ?*

6. *Précisez les sentiments successifs des paysans devant la prolongation de l'agonie ?*

7. *En quoi la situation est-elle paradoxale ?*

8. *Que pensez-vous des réactions des invités quand ils apprennent que le vieux n'est pas mort ?*

9. *Comment évolue la situation depuis l'arrivée des premiers invités jusqu'au banquet final ? Tentez d'en préciser les paliers.*

10. *Comment est traduite la dureté de cœur des Chicot ?*

Écriture / Réécriture

11. *Relevez les différentes notations (lumière, couleurs, odeurs, fruits) dans la description de la cour de la ferme (l. 1 à 14). Quel en est l'effet ?*

12. *En quoi le dialogue des lignes 122 à 130 est-il plaisant ?*

13. *Quels sens peut-on donner à l'expression* « i n' veut point finir. » *(l. 175) ?*

14. *Sur quel ton est prononcé* « Il a passé ! Il a passé ! » *(l. 275) ? Quels sentiments traduit cette expression ?*

15. « Il était mort, en effet. » *(l. 278) : est-ce là une phrase banale ? Tentez de préciser sa valeur.*

16. *L'apostrophe* « ce gredin-là » *(l. 281) est-elle seulement péjorative ?*

17. *En quoi le double commentaire final (l. 295 à 298) est-il particulièrement incongru ?*

18. *Supposez que le vieux ait gardé toute sa lucidité jusqu'à la fin : imaginez, en une sorte de monologue intérieur, les réflexions qu'il se fait à propos de tout ce qui se passe autour de lui.*

Photographie Bibliothèque Nationale, Paris.

Le Protecteur[1]

Il n'aurait jamais rêvé une fortune si haute ! Fils d'un huissier de province, Jean Marin était venu, comme tant d'autres, faire son droit au quartier latin. Dans les différentes brasseries qu'il avait successivement fréquentées, il était devenu l'ami de plusieurs étudiants bavards qui crachaient de la politique en buvant des bocks. Il s'éprit d'admiration pour eux et les suivit avec obstination, de café en café, payant même leurs consommations quand il avait de l'argent.

Puis il se fit avocat et plaida des causes qu'il perdit. Or, voilà qu'un matin, il apprit dans les feuilles qu'un de ses anciens camarades du quartier venait d'être élu député.

Il fut de nouveau son chien fidèle, l'ami qui fait les corvées, les démarches, qu'on envoie chercher quand on a besoin de lui et avec qui on ne se gêne point. Mais il arriva par aventure parlementaire que le député devint ministre ; six mois après Jean Marin était nommé conseiller d'État[2].

Il eut d'abord une crise d'orgueil à en perdre la tête. Il allait dans les rues pour le plaisir de se montrer comme si on eût pu deviner sa position rien qu'à le voir. Il trouvait le moyen de dire aux marchands chez qui il entrait, aux vendeurs de journaux, même aux cochers de fiacre, à propos des choses les plus insignifiantes :

– Moi qui suis conseiller d'État...

Puis il éprouva, naturellement, comme par suite de sa dignité, par nécessité professionnelle, par devoir d'homme puissant et généreux, un impérieux besoin de protéger. Il offrait son appui à tout le monde, en toute occasion, avec une inépuisable générosité.

Quand il rencontrait sur les boulevards[3] une figure de

---

1. Première publication dans *Gil Blas* (5 février 1884). Repris dans *Toine* (1886).
2. *conseiller d'État* : membre du conseil d'État, la plus haute juridiction administrative, qui est aussi consultée sur la rédaction des lois.
3. *les boulevards* : les grands boulevards du quartier de l'Opéra.

connaissance, il s'avançait d'un air ravi, prenait les mains, s'informait de la santé, puis, sans attendre les questions, déclarait :

– Vous savez, moi, je suis conseiller d'État et tout à votre service. Si je puis vous être utile à quelque chose, usez de moi sans vous gêner. Dans ma position on a le bras long.

Et alors il entrait dans les cafés avec l'ami rencontré pour demander une plume, de l'encre et une feuille de papier à lettre : « Une seule, garçon, c'est pour écrire une lettre de recommandation. »

Et il en écrivait des lettres de recommandation, dix, vingt, cinquante par jour. Il en écrivait au café Américain, chez Bignon, chez Tortoni, à la Maison-Dorée, au café Riche, au Helder, au café Anglais, au Napolitain[1], partout, partout. Il en écrivait à tous les fonctionnaires de la République, depuis les juges de paix jusqu'aux ministres. Et il était heureux, tout à fait heureux.

Un matin comme il sortait de chez lui pour se rendre au Conseil d'État[2], la pluie se mit à tomber. Il hésita à prendre un fiacre, mais il n'en prit pas, et s'en fut à pied, par les rues.

L'averse devenait terrible, noyait les trottoirs, inondait la chaussée. M. Marin fut contraint de se réfugier sous une porte. Un vieux prêtre était déjà là, un vieux prêtre à cheveux blancs. Avant d'être conseiller d'État, M. Marin n'aimait point le clergé. Maintenant il le traitait avec considération depuis qu'un cardinal l'avait consulté poliment sur une affaire difficile. La pluie tombait en inondation, forçant les deux hommes à fuir jusqu'à la loge du concierge pour éviter les éclaboussures. M. Marin, qui éprouvait toujours la démangeaison de parler pour se faire valoir, déclara :

– Voici un bien vilain temps, monsieur l'abbé.

Le vieux prêtre s'inclina :

1. Tous les cafés à la mode énumérés ici étaient situés sur les boulevards.
2. *Conseil d'État* : il est situé précisément place du Palais-Royal.

– Oh ! oui, monsieur, c'est bien désagréable lorsqu'on ne vient à Paris que pour quelques jours.

– Ah ! vous êtes de province ?

– Oui, monsieur, je ne suis ici qu'en passant.

– En effet, c'est très désagréable d'avoir de la pluie pour quelques jours passés dans la capitale. Nous autres, fonctionnaires, qui demeurons ici toute l'année, nous n'y songeons guère.

L'abbé ne répondait pas. Il regardait la rue où l'averse tombait moins pressée. Et soudain, prenant une résolution, il releva sa soutane[1] comme les femmes relèvent leur robe pour passer les ruisseaux.

M. Marin, le voyant partir, s'écria :

– Vous allez vous faire tremper, monsieur l'abbé. Attendez encore quelques instants, ça va cesser.

Le bonhomme indécis s'arrêta, puis il reprit :

– C'est que je suis très pressé. J'ai un rendez-vous urgent.

M. Marin semblait désolé.

– Mais vous allez être positivement traversé. Peut-on vous demander dans quel quartier vous allez ?

Le curé paraissait hésiter, puis il prononça :

– Je vais du côté du Palais-Royal.

– Dans ce cas, si vous le permettez, monsieur l'abbé, je vais vous offrir l'abri de mon parapluie. Moi, je vais au Conseil d'État. Je suis conseiller d'État.

Le vieux prêtre leva le nez et regarda son voisin, puis déclara :

– Je vous remercie beaucoup, monsieur, j'accepte avec plaisir.

Alors M. Marin prit son bras et l'entraîna. Il le dirigeait, le surveillait, le conseillait :

– Prenez garde à ce ruisseau, monsieur l'abbé. Surtout méfiez-vous des roues des voitures ; elles vous éclaboussent quelquefois des pieds à la tête. Faites attention aux parapluies des gens qui passent. Il n'y a rien de plus

1. *soutane* : sorte de robe noire, longue et boutonnée par devant, qui était autrefois la tenue ordinaire des ecclésiastiques.

dangereux pour les yeux que le bout des baleines. Les femmes surtout sont insupportables ; elles ne font attention à rien et vous plantent toujours en pleine figure les pointes de leurs ombrelles ou de leurs parapluies. Et jamais elles ne se dérangent pour personne. On dirait que la ville leur appartient. Elles règnent sur le trottoir et dans la rue. Je trouve, quant à moi, que leur éducation a été fort négligée.

Et M. Marin se mit à rire.

Le curé ne répondait pas. Il allait, un peu voûté, choisissant avec soin les places où il posait le pied pour ne crotter ni sa chaussure, ni sa soutane.

M. Marin reprit :

– C'est pour vous distraire un peu que vous venez à Paris, sans doute ?

Le bonhomme répondit :

– Non, j'ai une affaire.

– Ah ! Est-ce une affaire importante ? Oserais-je vous demander de quoi il s'agit ? Si je puis vous être utile, je me mets à votre disposition.

Le curé paraissait embarrassé. Il murmura :

– Oh ! c'est une petite affaire personnelle. Une petite difficulté avec... avec mon évêque. Cela ne vous intéresserait pas. C'est une... une affaire d'ordre intérieur... de... de... matière ecclésiastique.

M. Marin s'empressa :

– Mais c'est justement le Conseil d'État qui règle ces choses-là. Dans ce cas, usez de moi.

– Oui, monsieur, c'est aussi au Conseil d'État que je vais. Vous êtes mille fois trop bon. J'ai à voir M. Lerepère et M. Savon, et aussi peut-être M. Petitpas.

M. Marin s'arrêta net.

– Mais ce sont mes amis, monsieur l'abbé, mes meilleurs amis, d'excellents collègues, des gens charmants. Je vais vous recommander à tous les trois, et chaudement. Comptez sur moi.

Le curé remercia, se confondit en excuses, balbutia milles actions de grâce.

M. Marin était ravi.

– Ah ! vous pouvez vous vanter d'avoir une fière chance, monsieur l'abbé. Vous allez voir, vous allez voir que, grâce à moi, votre affaire ira comme sur des roulettes.

Ils arrivaient au Conseil d'État. M. Marin fit monter le prêtre dans son cabinet, lui offrit un siège, l'installa devant le feu, puis prit place lui-même devant la table, et se mit à écrire :

« Mon cher collègue, permettez-moi de vous recommander de la façon la plus chaude un vénérable ecclésiastique des plus dignes et des plus méritants, M. l'abbé... »

Il s'interrompit et demanda :

– Votre nom, s'il vous plaît ?

– L'abbé Ceinture.

M. Marin se remit à écrire :

« M. l'abbé Ceinture, qui a besoin de vos bons offices pour une petite affaire dont il vous parlera.

« Je suis heureux de cette circonstance, qui me permet, mon cher collègue... »

Et il termina par les compliments d'usage.

Quand il eut écrit les trois lettres, il les remit à son protégé qui s'en alla après un nombre infini de protestations.

M. Marin accomplit sa besogne, rentra chez lui, passa la journée tranquillement, dormit en paix, se réveilla enchanté et se fit apporter les journaux.

Le premier qu'il ouvrit était une feuille radicale[1]. Il lut :

« Notre clergé et nos fonctionnaires.

« Nous n'en finirons pas d'enregistrer les méfaits du clergé. Un certain prêtre, nommé Ceinture, convaincu d'avoir conspiré contre le mouvement existant, accusé d'actes indignes que nous n'indiquerons même pas, soupçonné en outre d'être un ancien jésuite[2] métamorphosé en simple prêtre, cassé par un évêque pour des

1. *radicale* : le parti radical, situé alors à l'extrême gauche, était violemment anticlérical.
2. *jésuite* : l'ordre des jésuites, ou Compagnie de Jésus, fut interdit en France par un décret de 1880.

motifs qu'on affirme inavouables, et appelé à Paris pour fournir des explications sur sa conduite, a trouvé un ardent défenseur dans le nommé Marin, conseiller d'État, qui n'a pas craint de donner à ce malfaiteur en soutane les lettres de recommandations les plus pressantes pour tous les fonctionnaires républicains, ses collègues.

« Nous signalons l'attitude inqualifiable de ce conseiller d'État à l'attention du ministre... »

M. Marin se dressa d'un bond, s'habilla, courut chez son collègue Petitpas qui lui dit :

– Ah là, vous êtes fou de me recommander ce vieux conspirateur.

Et M. Marin, éperdu, bégaya :

– Mais non... voyez-vous... j'ai été trompé... il avait l'air si brave homme... il m'a joué... il m'a indignement joué. Je vous en prie, faites-le condamner sévèrement, très sévèrement. Je vais écrire. Dites-moi à qui il faut écrire pour le faire condamner. Je vais trouver le procureur général[1] et l'archevêque de Paris, oui l'archevêque...

Et s'asseyant brusquement devant le bureau de M. Petitpas, il écrivit :

« Monseigneur, j'ai l'honneur de porter à la connaissance de Votre Grandeur que je viens d'être victime des intrigues et des mensonges d'un certain abbé Ceinture, qui a surpris ma bonne foi.

« Trompé par les protestations de cet ecclésiastique, j'ai pu....................................... »

Puis, quand il eut signé et cacheté sa lettre, il se tourna vers son collègue et déclara :

– Voyez-vous, mon cher ami, que cela vous soit un enseignement, ne recommandez jamais personne.

1. *procureur général* : haut magistrat chargé de la défense des intérêts publics.

Questions

Compréhension

1. *Comment apparaît la personnalité de Jean Marin (l. 1 à 19) ?*

2. *Quelle critique implicite du régime politique est développée l. 14 à 19 ?*

3. *Quel est l'intérêt de la précision donnée par Jean Marin au garçon de café (l. 42-43) ?*

4. *Quelle est l'attitude de Jean Marin envers le clergé (l. 58 à 61) ? En quoi le dépeint-elle ?*

5. *Quelle est l'attitude du prêtre tout au long de la rencontre avec Jean Marin ?*

6. *Quels sont les sentiments de Jean Marin vis-à-vis du prêtre ? Est-il vraiment gentil ?*

7. *Pourquoi sommes-nous assez surpris d'apprendre que le prêtre va lui-même au Conseil d'État (l. 132 à 134) ?*

8. *Quels traits de caractère révèlent les propos de Jean Marin à son collègue Petitpas (l. 192 à 199) ?*

9. *En quoi l'article du journal (l. 170 à 187) et l'affaire supposée du prêtre sont-ils typiques d'une certaine époque (le conte date de 1884) ?*

Écriture / Réécriture

10. *Une phrase est répétée (l. 19, 26, 36, 93) : quel est l'intérêt de ces répétitions ?*

11. *Quels effets de style soulignent la multitude des lettres de recommandation (l. 44 à 50) ? Que pensez-vous des lieux où elles sont écrites ?*

12. *En quoi l'expression* « un matin » *(l. 51) constitue-t-elle une charnière du texte ? Comment caractériseriez-vous la partie qu'elle introduit par rapport à la précédente (étudiez notamment les temps des verbes) ?*

13. *Quels détails rendent vivante et vraie la rencontre avec le prêtre (l. 51 à 79) ?*

14. « Votre nom, s'il vous plaît ? » *(l. 156), demande Jean Marin au prêtre : que souligne cette question ?*

15. *Pourquoi Maupassant cite-t-il les termes mêmes de la lettre de Jean Marin à l'archevêque (l. 202 à 207) ?*

16. *En quoi la dernière phrase est-elle savoureuse ?*

17. *Rédigez la réponse de l'archevêque à Jean Marin.*

Une des façades (44, rue Vivienne) de l'immeuble du 59, Passage des Panoramas, à Paris, dans l'actuel quartier de la Bourse. Gravure de Grignon, Paris, Bibliothèque Nationale, Estampes.

La Parure[1]

C'était une de ces jolies et charmantes filles, nées, comme par une erreur du destin, dans une famille d'employés. Elle n'avait pas de dot, pas d'espérances[2], aucun moyen d'être connue, comprise, aimée, épousée par un homme riche et distingué ; et elle se laissa marier avec un petit commis du ministère de l'Instruction publique.

Elle fut simple ne pouvant être parée, mais malheureuse comme une déclassée ; car les femmes n'ont point de caste[3] ni de race, leur beauté, leur grâce et leur charme leur servant de naissance et de famille. Leur finesse native, leur instinct d'élégance, leur souplesse d'esprit, sont leur seule hiérarchie, et font des filles du peuple les égales des plus grandes dames.

Elle souffrait sans cesse, se sentant née pour toutes les délicatesses et tous les luxes. Elle souffrait de la pauvreté de son logement, de la misère des murs, de l'usure des sièges, de la laideur des étoffes. Toutes ces choses, dont une autre femme de sa caste ne se serait même pas aperçue, la torturaient et l'indignaient. La vue de la petite Bretonne qui faisait son humble ménage éveillait en elle des regrets désolés et des rêves éperdus. Elle songeait aux antichambres muettes, capitonnées avec des tentures orientales, éclairées par de hautes torchères[4] de bronze, et aux deux grands valets en culotte courte qui dorment dans les larges fauteuils, assoupis par la chaleur lourde du calorifère[5]. Elle songeait aux grands salons vêtus de soie ancienne, aux meubles fins portant des bibelots inestimables, et aux petits salons coquets parfumés, faits pour la causerie de cinq heures avec les amis les plus intimes, les hommes connus et recherchés dont toutes les femmes envient et désirent l'attention.

---

1. Première publication dans *Le Gaulois* (17 février 1884). Repris dans les *Contes du jour et de la nuit* (1885).
2. *espérances* : espoirs d'héritage.
3. *caste* : classe sociale en général assez fermée.
4. *torchères* : candélabres.
5. *calorifère* : ancien système de chauffage central.

Quand elle s'asseyait, pour dîner, devant la table ronde couverte d'une nappe de trois jours[1], en face de son mari qui découvrait la soupière en déclarant d'un air enchanté : « Ah ! le bon pot-au-feu ! Je ne sais rien de meilleur que cela... » elle songeait aux dîners fins, aux argenteries reluisantes, aux tapisseries peuplant les murailles de personnages anciens et d'oiseaux étranges au milieu d'une forêt de féerie ; elle songeait aux plats exquis servis en des vaisselles merveilleuses, aux galanteries chuchotées et écoutées avec un sourire de sphinx, tout en mangeant la chair rose d'une truite ou des ailes de gélinotte[2].

Elle n'avait pas de toilettes, pas de bijoux, rien. Et elle n'aimait que cela ; elle se sentait faite pour cela. Elle eût tant désiré plaire, être enviée, être séduisante et recherchée.

Elle avait une amie riche, une camarade de couvent qu'elle ne voulait plus aller voir, tant elle souffrait en revenant. Et elle pleurait pendant des jours entiers, de chagrin, de regret, de désespoir et de détresse.

Or, un soir, son mari entra, l'air glorieux, et tenant à la main une large enveloppe.

– Tiens, dit-il, voici quelque chose pour toi.

Elle déchira vivement le papier et en tira une carte imprimée qui portait ces mots :

Le ministre de l'Instruction publique et Mme Georges Ramponneau prient M. et Mme Loisel de leur faire l'honneur de venir passer la soirée à l'hôtel du ministère, le lundi 18 janvier. »

Au lieu d'être ravie, comme l'espérait son mari, elle jeta avec dépit l'invitation sur la table, murmurant :

– Que veux-tu que je fasse de cela ?

– Mais, ma chérie, je pensais que tu serais contente. Tu ne sors jamais, et c'est une occasion, cela, ma belle ! J'ai eu une peine infinie à l'obtenir. Tout le monde en

---

1. *de trois jours* : qui a déjà servi trois jours.
2. *gélinotte* : poule sauvage.

veut ; c'est très recherché et on n'en donne pas beaucoup aux employés. Tu verras là tout le monde officiel.

Elle le regardait d'un œil irrité, et elle déclara avec impatience :

– Que veux-tu que je me mette sur le dos pour aller là ?

Il n'y avait pas songé ; il balbutia :

– Mais la robe avec laquelle tu vas au théâtre. Elle me semble très bien à moi...

Il se tut, stupéfait, éperdu, en voyant que sa femme pleurait. Deux grosses larmes descendaient lentement des coins des yeux vers les coins de la bouche ; il bégaya :

– Qu'as-tu ? Qu'as-tu ?

Mais, par un effort violent, elle avait dompté sa peine et elle répondit d'une voix calme en essuyant ses joues humides :

– Rien. Seulement je n'ai pas de toilette et par conséquent je ne peux aller à cette fête. Donne ta carte à quelque collègue dont la femme sera mieux nippée que moi.

Il était désolé. Il reprit :

– Voyons, Mathilde. Combien cela coûterait-il, une toilette convenable, qui pourrait te servir encore en d'autres occasions, quelque chose de très simple ?

Elle réfléchit quelques secondes, établissant ses comptes et songeant aussi à la somme qu'elle pouvait demander sans s'attirer un refus immédiat et une exclamation effarée du commis économe.

Enfin, elle répondit en hésitant :

– Je ne sais pas au juste, mais il me semble qu'avec quatre cents francs je pourrais arriver.

Il avait un peu pâli, car il réservait juste cette somme pour acheter un fusil et s'offrir des parties de chasse, l'été suivant, dans la plaine de Nanterre, avec quelques amis qui allaient tirer des alouettes, par là, le dimanche.

Il dit cependant :

– Soit. Je te donne quatre cents francs. Mais tâche d'avoir une belle robe.

Le jour de fête approchait, et Mme Loisel semblait triste, inquiète, anxieuse. Sa toilette était prête cependant. Son mari lui dit un soir :

– Qu'as-tu ? Voyons, tu es toute drôle depuis trois jours.

Et elle répondit :

– Cela m'ennuie de n'avoir pas un bijou, pas une pierre, rien à mettre sur moi. J'aurai l'air misère comme tout. J'aimerais presque mieux ne pas aller à cette soirée.

Il reprit :

– Tu mettras des fleurs naturelles. C'est très chic en cette saison-ci. Pour dix francs tu auras deux ou trois roses magnifiques.

Elle n'était point convaincue.

– Non... il n'y a rien de plus humiliant que d'avoir l'air pauvre au milieu de femmes riches.

Mais son mari s'écria :

– Que tu es bête ! Va trouver ton amie Mme Forestier et demande-lui de te prêter des bijoux. Tu es bien assez liée avec elle pour faire cela.

Elle poussa un cri de joie :

– C'est vrai. Je n'y avais pas pensé.

Le lendemain, elle se rendit chez son amie et lui confia sa détresse.

Mme Forestier alla vers son armoire à glace, prit un large coffret, l'apporta, l'ouvrit, et dit à Mme Loisel :

– Choisis, ma chère.

Elle vit d'abord des bracelets, puis un collier de perles, puis une croix vénitienne, or et pierreries, d'un admirable travail. Elle essayait les parures devant la glace, hésitait, ne pouvait se décider à les quitter, à les rendre. Elle demandait toujours :

– Tu n'as plus rien d'autre ?

– Mais si. Cherche. Je ne sais pas ce qui peut te plaire.

Tout à coup elle découvrit, dans une boîte de satin noir, une superbe rivière de diamants ; et son cœur se mit à battre d'un désir immodéré. Ses mains tremblaient en la prenant. Elle l'attacha autour de sa gorge, sur sa robe montante, et demeura en extase devant elle-même.

Puis, elle demanda, hésitante, pleine d'angoisse :

– Peux-tu me prêter cela, rien que cela ?

– Mais, oui, certainement.

Elle sauta au cou de son amie, l'embrassa avec emportement, puis s'enfuit avec le trésor.

Le jour de fête arriva. Mme Loisel eut un succès. Elle était plus jolie que toutes, élégante, gracieuse, souriante et folle de joie. Tous les hommes la regardaient, demandaient son nom, cherchaient à être présentés. Tous les attachés du cabinet voulaient valser avec elle. Le ministre la remarqua.

Elle dansait avec ivresse, avec emportement, grisée par le plaisir, ne pensant plus à rien, dans le triomphe de sa beauté, dans la gloire de son succès, dans une sorte de nuage de bonheur fait de tous ces hommages, de toutes ces admirations, de tous ces désirs éveillés, de cette victoire si complète et si douce au cœur des femmes.

Elle partit vers quatre heures du matin. Son mari, depuis minuit, dormait dans un petit salon désert avec trois autres messieurs dont les femmes s'amusaient beaucoup.

Il lui jeta sur les épaules les vêtements qu'il avait apportés pour la sortie, modestes vêtements de la vie ordinaire, dont la pauvreté jurait avec l'élégance de la toilette de bal. Elle le sentit et voulut s'enfuir, pour ne pas être remarquée par les autres femmes qui s'enveloppaient de riches fourrures.

Loisel la retenait :

– Attends donc. Tu vas attraper froid dehors. Je vais appeler un fiacre.

Mais elle ne l'écoutait point et descendait rapidement l'escalier. Lorsqu'ils furent dans la rue, ils ne trouvèrent pas de voiture ; et ils se mirent à chercher, criant après les cochers qu'ils voyaient passer de loin.

Ils descendaient vers la Seine, désespérés, grelottants. Enfin ils trouvèrent sur le quai un de ces vieux coupés noctambules qu'on ne voit dans Paris que la nuit venue, comme s'ils eussent été honteux de leur misère pendant le jour.

Il les ramena jusqu'à leur porte, rue des Martyrs, et ils remontèrent tristement chez eux. C'était fini, pour elle. Et il songeait, lui, qu'il lui faudrait être au ministère à dix heures.

Elle ôta les vêtements dont elle s'était enveloppé les épaules, devant la glace, afin de se voir encore une fois dans sa gloire. Mais soudain elle poussa un cri. Elle n'avait plus sa rivière autour du cou!

Son mari, à moitié dévêtu déjà, demanda :

– Qu'est-ce que tu as?

Elle se tourna vers lui, affolée :

– J'ai... j'ai... je n'ai plus la rivière de Mme Forestier.

Il se dressa, éperdu :

– Quoi!... Comment!... Ce n'est pas possible!

Et ils cherchèrent dans les plis de la robe, dans les plis du manteau, dans les poches, partout. Ils ne la trouvèrent point.

Il demandait :

– Tu es sûre que tu l'avais encore en quittant le bal?

– Oui, je l'ai touchée dans le vestibule du ministère.

– Mais, si tu l'avais perdue dans la rue, nous l'aurions entendue tomber. Elle doit être dans le fiacre.

– Oui. C'est probable. As-tu pris le numéro?

– Non. Et toi, tu ne l'as pas regardé?

– Non.

Ils se contemplaient atterrés. Enfin Loisel se rhabilla.

– Je vais, dit-il, refaire tout le trajet que nous avons fait à pied, pour voir si je ne la retrouverai pas.

Et il sortit. Elle demeura en toilette de soirée, sans force pour se coucher, abattue sur une chaise, sans feu, sans pensée.

Son mari rentra vers sept heures. Il n'avait rien trouvé.

Il se rendit à la Préfecture de police, aux journaux, pour faire promettre une récompense, aux compagnies de petites voitures, partout enfin où un soupçon d'espoir le poussait.

Elle attendit tout le jour, dans le même état d'effarement devant cet affreux désastre.

Loisel revint le soir, avec la figure creusée, pâlie ; il n'avait rien découvert.

– Il faut, dit-il, écrire à ton amie que tu as brisé la fermeture de sa rivière et que tu la fais réparer. Cela nous donnera le temps de nous retourner.

Elle écrivit sous sa dictée.

Au bout d'une semaine, ils avaient perdu toute espérance.

Et Loisel, vieilli de cinq ans, déclara :

– Il faut aviser à remplacer ce bijou.

Ils prirent, le lendemain, la boîte qui l'avait enfermé, et se rendirent chez le joaillier, dont le nom se trouvait dedans. Il consulta ses livres :

– Ce n'est pas moi, Madame, qui ai vendu cette rivière ; j'ai dû seulement fournir l'écrin.

Alors ils allèrent de bijoutier en bijoutier, cherchant une parure pareille à l'autre, consultant leurs souvenirs, malades tous deux de chagrin et d'angoisse.

Ils trouvèrent, dans une boutique du Palais-Royal, un chapelet de diamants qui leur parut entièrement semblable à celui qu'ils cherchaient. Il valait quarante mille francs. On le leur laisserait à trente-six mille.

Ils prièrent donc le joaillier de ne pas le vendre avant trois jours. Et ils firent condition qu'on le reprendrait, pour trente-quatre mille francs, si le premier était retrouvé avant la fin de février.

Loisel possédait dix-huit mille francs que lui avait laissés son père. Il emprunterait le reste.

Il emprunta, demandant mille francs à l'un, cinq cents à l'autre, cinq louis par-ci, trois louis par-là. Il fit des billets[1], prit des engagements ruineux, eut affaire aux usuriers, à toutes les races de prêteurs. Il compromit toute la fin de son existence, risqua sa signature sans savoir même s'il pourrait y faire honneur, et, épouvanté par les angoisses de l'avenir, par la noire misère qui allait s'abattre sur lui, par la perspective de toutes les

1. *billets* : reconnaissances de dettes.

privations physiques et de toutes les tortures morales, il alla chercher la rivière nouvelle, en déposant sur le comptoir du marchand trente-six mille francs.

Quand Mme Loisel reporta la parure à Mme Forestier, celle-ci lui dit, d'un air froissé :

– Tu aurais dû me la rendre plus tôt, car je pouvais en avoir besoin.

Elle n'ouvrit pas l'écrin, ce que redoutait son amie. Si elle s'était aperçue de la substitution, qu'aurait-elle pensé ? Qu'aurait-elle dit ? Ne l'aurait-elle pas prise pour une voleuse ?

Mme Loisel connut la vie horrible des nécessiteux. Elle prit son parti, d'ailleurs, tout d'un coup, héroïquement. Il fallait payer cette dette effroyable. Elle payerait. On renvoya la bonne ; on changea de logement ; on loua sous les toits une mansarde.

Elle connut les gros travaux du ménage, les odieuses besognes de la cuisine. Elle lava la vaisselle, usant ses ongles roses sur les poteries grasses et le fond des casseroles. Elle savonna le linge sale, les chemises et les torchons, qu'elle faisait sécher sur une corde ; elle descendit à la rue, chaque matin, les ordures, et monta l'eau, s'arrêtant à chaque étage pour souffler. Et, vêtue comme une femme du peuple, elle alla chez le fruitier, chez l'épicier, chez le boucher, le panier au bras, marchandant, injuriée, défendant sou à sou son misérable argent.

Il fallait chaque mois payer des billets, en renouveler d'autres, obtenir du temps.

Le mari travaillait le soir à mettre au net les comptes d'un commerçant, et la nuit, souvent, il faisait de la copie à cinq sous la page.

Et cette vie dura dix ans.

Au bout de dix ans, ils avaient tout restitué, tout, avec le taux de l'usure, et l'accumulation des intérêts superposés.

Mme Loisel semblait vieille, maintenant. Elle était devenue la femme forte, et dure, et rude, des ménages pauvres. Mal peignée, avec les jupes de travers et les mains rouges, elle parlait haut, lavait à grande eau les planchers. Mais parfois, lorsque son mari était au bureau, elle s'asseyait auprès de la fenêtre, et elle songeait à cette soirée d'autrefois, à ce bal, où elle avait été si belle et si fêtée.

Que serait-il arrivé si elle n'avait point perdu cette parure ? Qui sait ? Qui sait ? Comme la vie est singulière, changeante ! Comme il faut peu de chose pour vous perdre ou vous sauver !

Or, un dimanche, comme elle était allée faire un tour aux Champs-Élysées pour se délasser des besognes de la semaine, elle aperçut tout à coup une femme qui promenait un enfant. C'était Mme Forestier, toujours jeune, toujours belle, toujours séduisante.

Mme Loisel se sentit émue. Allait-elle lui parler ? Oui, certes. Et maintenant qu'elle avait payé, elle lui dirait tout. Pourquoi pas ?

Elle s'approcha.

– Bonjour, Jeanne.

L'autre ne la connaissait point, s'étonnant d'être appelée ainsi familièrement par cette bourgeoise. Elle balbutia :

– Mais... Madame !... Je ne sais... Vous devez vous tromper.

– Non. Je suis Mathilde Loisel.

Son amie poussa un cri :

– Oh !... ma pauvre Mathilde, comme tu es changée !...

– Oui, j'ai eu des jours bien durs, depuis que je ne t'ai vue ; et bien des misères... et cela à cause de toi !...

– De moi... Comment ça ?

– Tu te rappelles bien cette rivière de diamants que tu m'as prêtée pour aller à la fête du ministère.

– Oui. Eh bien ?

– Eh bien, je l'ai perdue.

– Comment ! puisque tu me l'as rapportée.

– Je t'en ai apportée une autre toute pareille. Et voilà dix ans que nous la payons. Tu comprends que ça n'était pas aisé pour nous, qui n'avions rien... Enfin c'est fini, et je suis rudement contente.

Mme Forestier s'était arrêtée.

– Tu dis que tu as acheté une rivière de diamants pour remplacer la mienne ?

– Oui. Tu ne t'en étais pas aperçue, hein ? Elles étaient bien pareilles.

Et elle souriait d'une joie orgueilleuse et naïve.

Mme Forestier, fort émue, lui prit les deux mains.

– Oh ! ma pauvre Mathilde ! Mais la mienne était fausse. Elle valait au plus cinq cents francs !...

L'honnête-homme, *gravure de Charon (détail), Musée Carnavalet, Estampes.*

Questions

Compréhension

1. *À quelle classe sociale appartiennent M. et Mme Loisel ?*

2. *En quoi consiste le malaise de l'héroïne ?*

3. *Maupassant nous fait-il un portrait flatteur ou sévère de Mme Loisel ?*

4. *Quelles relations à l'intérieur du couple Loisel nous sont révélées par l'invitation et ses conséquences immédiates ?*

5. *Pourquoi ne nous donne-t-on aucun détail sur Mme Forestier ?*

6. *Qu'est-ce qui éloigne les époux Loisel l'un de l'autre ? Qu'est-ce qui les rapproche ?*

7. *Comment s'opposent les personnages de M. Loisel et de Mme Forestier (l. 256 à 270) ? Quel est l'intérêt de cette opposition pour la suite de l'histoire ?*

8. *Quelle est l'attitude de Mme Loisel dans l'adversité ?*

9. *Quelles sont les étapes successives de la déchéance de M. et Mme Loisel ? Quelles transformations pouvez-vous relever dans leur existence ?*

Écriture / Réécriture

10. *Comment le style traduit-il les rêves de Mme Loisel (l. 21 à 43) ?*

11. *En vous aidant de la typographie qui suggère quelques coupures, étudiez la composition du conte. Distinguez plusieurs parties et essayez de les caractériser, de trouver à chacune un titre.*

12. *Quel est, à votre avis, l'épisode central de ce récit ?*

13. *Sur quel effet repose la fin du conte ? Quelle en est la signification ?*

14. « Que serait-il arrivé si elle n'avait point perdu cette parure ? Qui sait ? Qui sait ? », *se demande Mme Loisel. Essayez, par un bref récit, de donner une réponse vraisemblable à ces questions.*

L'Aveu[1]

Le soleil de midi tombe en large pluie sur les champs. Ils s'étendent, onduleux, entre les bouquets d'arbres des fermes, et les récoltes diverses, les seigles mûrs et les blés jaunissants, les avoines d'un vert clair, les trèfles d'un vert sombre, étalent un grand manteau rayé, remuant et doux sur le ventre de la terre.

Là-bas, au sommet d'une ondulation, en rangée comme des soldats[2], une interminable ligne de vaches, les unes couchées, les autres debout, clignant leurs gros yeux sous l'ardente lumière, ruminent et pâturent un trèfle aussi vaste qu'un lac.

Et deux femmes, la mère et la fille, vont, d'une allure balancée l'une devant l'autre, par un étroit sentier creusé dans les récoltes, vers ce régiment de bêtes.

Elles portent chacune deux seaux de zinc maintenus loin du corps par un cerceau de barrique ; et le métal, à chaque pas qu'elles font, jette une flamme éblouissante et blanche sous le soleil qui le frappe.

Elles ne parlent point. Elles vont traire les vaches. Elles arrivent, posent à terre un seau, et s'approchent des deux premières bêtes, qu'elles font lever d'un coup de sabot dans les côtes. L'animal se dresse, lentement, d'abord sur ses jambes de devant, puis soulève avec plus de peine sa large croupe, qui semble alourdie par l'énorme mamelle de chair blonde et pendante.

Et les deux Malivoire, mère et fille, à genoux sous le ventre de la vache, tirent par un vif mouvement des mains sur le pis gonflé, qui jette, à chaque pression, un mince fil de lait dans le seau. La mousse un peu jaune monte aux bords et les femmes vont de bête en bête jusqu'au bout de la longue file.

Dès qu'elles ont fini d'en traire une, elles la

---

1. Première publication dans *Gil Blas* (22 juillet 1884). Repris dans les *Contes du jour et de la nuit* (1885).
2. *en rangée comme des soldats* : dans le pays de Caux, qui est dépourvu de clôtures, les vaches sont attachées à des piquets que l'on déplace tous les jours.

déplacent, lui donnant à pâturer un bout de verdure intacte.

Puis elles repartent, plus lentement, alourdies par la charge du lait, la mère devant, la fille derrière.

Mais celle-ci brusquement s'arrête, pose son fardeau, s'assied et se met à pleurer.

La mère Malivoire, n'entendant plus marcher, se retourne et demeure stupéfaite.

– Qué qu' t'as, dit-elle ?

Et la fille, Céleste, une grande rousse aux cheveux brûlés, aux joues brûlées, tachées de son comme si des gouttes de feu lui étaient tombées sur le visage, un jour qu'elle peinait au soleil, murmura en geignant[1] doucement comme font les enfants battus :

– Je n' peux pu porter mon lait !

La mère la regardait d'un air soupçonneux. Elle répéta :

– Qué qu' t'as ?

Céleste reprit, écroulée par terre entre ses deux seaux, et se cachant les yeux avec son tablier :

– Ça me tire trop. Je ne peux pas.

La mère, pour la troisième fois, reprit :

– Qué qu' t'as donc ?

Et la fille gémit :

– Je crois ben que me v'là grosse[2].

Et elle sanglota.

La vieille à son tour posa son fardeau, tellement interdite qu'elle ne trouvait rien. Enfin elle balbutia :

– Te... te... te v'là grosse, manante[3], c'est-il ben possible ?

C'étaient de riches fermiers, les Malivoire, des gens cossus, posés ; respectés, malins et puissants.

Céleste bégaya :

– J' crais ben que oui, tout de même.

1. *geignant* : gémissant d'une voix languissante.
2. *grosse* : enceinte (cf. grossesse).
3. *manante* : paysanne mal dégrossie.

La mère effarée regardait sa fille abattue devant elle et larmoyant. Au bout de quelques secondes elle cria :

– Te v'là grosse ! Te v'là grosse ! Où qu' t'as attrapé ça, roulure[1] ?

Et Céleste, toute secouée par l'émotion, murmura :

– J' crais ben que c'est dans la voiture à Polyte.

La vieille cherchait à comprendre, cherchait à deviner, cherchait à savoir qui avait pu faire ce malheur à sa fille. Si c'était un gars bien riche et bien vu, on verrait à s'arranger. Il n'y aurait encore que demi-mal ; Céleste n'était pas la première à qui pareille chose arrivait ; mais ça la contrariait tout de même, vu les propos[2] et leur position[3].

Elle reprit :

– Et qué que c'est qui t'as fait ça, salope ?

Et Céleste, résolue à tout dire, balbutia :

– J' crais ben qu' c'est Polyte.

Alors la mère Malivoire, affolée de colère, se rua sur sa fille et se mit à la battre avec une telle frénésie qu'elle en perdit son bonnet.

Elle tapait à grands coups de poings sur la tête, sur le dos, partout ; et Céleste, tout à fait allongée entre les deux seaux, qui la protégeaient un peu, cachait seulement sa figure entre ses mains.

Toutes les vaches, surprises, avaient cessé de pâturer, et, s'étant retournées, regardaient de leurs gros yeux. La dernière meugla, le mufle tendu vers les femmes.

Après avoir tapé jusqu'à perdre haleine, la mère Malivoire, essoufflée, s'arrêta ; et reprenant un peu ses esprits, elle voulut se rendre tout à fait compte de la situation :

– Polyte ! Si c'est Dieu possible ! Comme que t'as pu, avec un cocher de diligence. T'avais ti perdu les sens ? Faut qu'i t'ait jeté un sort, pour sûr, un propre à rien ?

---

1. *roulure* : prostituée (langage populaire).
2. *propos* : racontars, qu'en-dira-t-on.
3. *position* : rang social.

Et Céleste, toujours allongée, murmura dans la poussière :

– J'y payais point la voiture !

Et la vieille Normande comprit.

Toutes les semaines, le mercredi et le samedi, Céleste allait porter au bourg les produits de la ferme, la volaille, la crème et les œufs.

Elle partait dès sept heures avec ses deux vastes paniers aux bras, le laitage dans l'un, les poulets dans l'autre ; et elle allait attendre sur la grand' route la voiture de poste[1] d'Yvetot.

Elle posait à terre ses marchandises et s'asseyait dans le fossé, tandis que les poules à bec court et pointu, et les canards au bec large et plat, passant la tête à travers les barreaux d'osier, regardaient de leur œil rond, stupide et surpris.

Bientôt la guimbarde[2], sorte de coffre jaune coiffé d'une casquette de cuir noir, arrivait, secouant son cul au trot saccadé d'une rosse[3] blanche.

Et Polyte le cocher, un gros garçon réjoui, ventru bien que jeune, et tellement cuit par le soleil, brûlé par le vent, trempé par les averses, et teinté par l'eau-de-vie qu'il avait la face et le cou couleur de brique, criait de loin en faisant claquer son fouet :

– Bonjour Mam'zelle Céleste. La santé ça va-t-il ?

Elle lui tendait, l'un après l'autre, ses paniers qu'il casait sur l'impériale[4] ; puis elle montait en levant haut la jambe pour atteindre le marche-pied, en montrant un fort mollet vêtu d'un bas bleu.

Et chaque fois Polyte répétait la même plaisanterie : « Mazette[5], il n'a pas maigri. »

Et elle riait, trouvant ça drôle.

---

1. *voiture de poste* : diligence qui transportait des voyageurs comme nos autocars.
2. *guimbarde* : vieille voiture.
3. *rosse* : vieux cheval peu vigoureux.
4. *impériale* : étage supérieur de la diligence.
5. *mazette* : exclamation populaire d'admiration.

Puis il lançait un « Hue Cocotte », qui remettait en route son maigre cheval. Alors Céleste, atteignant son porte-monnaie dans le fond de sa poche, en tirait lentement dix sous[1], six sous pour elle et quatre pour les paniers, et les passait à Polyte par-dessus l'épaule. Il les prenait en disant :

– C'est pas encore pour aujourd'hui, la rigolade ?

Et il riait de tout son cœur en se retournant vers elle pour la regarder à son aise.

Il lui en coûtait beaucoup, à elle, de donner chaque fois ce demi-franc pour trois kilomètres de route. Et quand elle n'avait pas de sous elle en souffrait davantage encore, ne pouvant se décider à allonger une pièce d'argent.

Et un jour, au moment de payer, elle demanda :

– Pour une bonne pratique[2] comme mé, vous devriez bien me prendre que six sous ?

Il se mit à rire :

– Six sous, ma belle, vous valez mieux que ça, pour sûr.

Elle insistait :

– Ça vous fait pas moins de deux francs par mois.

Il cria en tapant sur sa rosse :

– T'nez, j' suis coulant, j' vous passerai ça pour une rigolade.

Elle demanda d'un air niais :

– Qué que c'est que vous dites ?

Il s'amusait tellement qu'il toussait à force de rire.

– Une rigolade, c'est une rigolade, pardi, une rigolade fille et garçon, en avant deux sans musique.

Elle comprit, rougit, et déclara :

– Je n' suis pas de ce jeu-là, m'sieu Polyte.

Mais il ne s'intimida pas, et il répétait, s'amusant de plus en plus :

– Vous y viendrez la belle, une rigolade fille et garçon !

---

1. *dix sous* : le sou, ancienne unité monétaire, valait cinq centimes.
2. *pratique* : cliente.

Et depuis lors, chaque fois qu'elle le payait il avait pris l'usage de demander :

– C'est pas encore pour aujourd'hui, la rigolade ?

Elle plaisantait aussi là-dessus, maintenant, et elle répondait :

– Pas pour aujourd'hui, m'sieur Polyte, mais c'est pour samedi, pour sûr alors !

Et il criait en riant toujours :

– Entendu pour samedi, ma belle.

Mais elle calculait en dedans que depuis deux ans que durait la chose, elle avait bien payé quarante-huit francs à Polyte, et quarante-huit francs à la campagne ne se trouvent pas dans une ornière ; et elle calculait aussi que dans deux années encore, elle aurait payé près de cent francs.

Si bien qu'un jour, un jour de printemps qu'ils étaient seuls, comme il demandait selon la coutume :

– C'est pas encore pour aujourd'hui, la rigolade ?

Elle répondit :

– À vot' désir, m'sieur Polyte.

Il ne s'étonna pas du tout et enjamba la banquette de derrière en murmurant d'un air content :

– Et allons donc. J' savais ben qu'on y viendrait.

Et le vieux cheval blanc se mit à trottiner d'un train si doux qu'il semblait danser sur place, sourd à la voix qui criait parfois du fond de la voiture : « Hue donc, Cocotte. Hue donc, Cocotte. »

Trois mois plus tard Céleste s'aperçut qu'elle était grosse.

Elle avait dit tout cela d'une voix larmoyante, à sa mère. Et la vieille, pâle de fureur, demanda :

– Combien que ça y a coûté, alors ?

Céleste répondit :

– Quat' mois, ça fait huit francs, pour sûr.

Alors la rage de la campagnarde se déchaîna éperdument, et retombant sur sa fille elle la rebattit jusqu'à perdre le souffle. Puis, s'étant relevée :

– Y as-tu dit, que t'étais grosse ?

– Mais non, pour sûr.

– Pourqué que tu y as point dit ?

– Parce qu'i m'aurait fait r'payer p'têtre ben!

Et la vieille songea, puis, reprenant ses seaux :

– Allons, lève-té, et tâche à v'nir.

Puis, après un silence, elle reprit :

– Et pis n' li dis rien tant qu'i n'verra point; que j'y gagnions ben six ou huit mois!

Et Céleste, s'étant redressée, pleurant encore, décoiffée et bouffie, se remit en marche d'un pas lourd, en murmurant :

– Pour sûr que j'y dirai point.

Déjeuner champêtre de paysannes beauceronnes.

Questions

Compréhension

1. *Pourquoi Céleste pleure-t-elle (l. 38) ?*

2. *Quelles sont les réactions successives de la mère quand elle apprend la grossesse de sa fille ?*

3. *Céleste et Polyte ont-ils des physiques séduisants ? N'y a-t-il pas une certaine ressemblance entre eux ?*

4. *Précisez l'attitude de Polyte envers Céleste : peut-on dire qu'il lui fait la cour ?*

5. *Pourquoi Céleste finit-elle par céder à Polyte ?*

6. *Dans quelles conditions s'effectue « la rigolade » entre Céleste et Polyte ?*

7. *Pourquoi la rage de la mère se déchaîne-t-elle (l. 200 à 205) ? Qu'est-ce qui la calme ?*

8. *En quoi, jusque dans leur dispute, la mère et la fille se ressemblent-elles ?*

9. *Le fait que Céleste ne se fasse pas payer par Polyte mais obtienne simplement de lui une réduction vous semble-t-il important ?*

Écriture / Réécriture

10. *Dans le premier paragraphe, comment est suggérée l'idée de fécondité ? Quel en est l'intérêt pour la suite du conte ?*

11. *Comment est composé le paysage champêtre (l. 1 à 14) ? Quels en sont les différents éléments ? Quel effet s'en trouve produit ?*

12. *Qu'est-ce qui rend la scène de la traite des vaches particulièrement vivante ? Relevez les détails concrets ; soyez attentifs au temps des verbes.*

13. *En quoi le dialogue entre Céleste et Polyte (l. 139 à 177) est-il comique ?*

14. *À table, le soir, chez les Malivoire, les deux femmes mettent le père au courant de la situation : imaginez la scène, les réactions du père, les dialogues.*

La Bête à Maît' Belhomme[1]

La diligence du Havre allait quitter Criquetot ; et tous les voyageurs attendaient l'appel de leur nom dans la cour de l'hôtel du Commerce tenu par Malandain fils.

C'était une voiture jaune, montée sur des roues jaunes aussi autrefois, mais rendues presque grises par l'accumulation des boues. Celles de devant étaient toutes petites ; celles de derrière, hautes et frêles, portaient le coffre difforme et enflé comme un ventre de bête. Trois rosses[2] blanches, dont on remarquait, au premier coup d'œil, les têtes énormes et les gros genoux ronds, attelées en arbalète[3], devaient traîner cette carriole qui avait du monstre dans sa structure et son allure. Les chevaux semblaient endormis déjà devant l'étrange véhicule.

Le cocher Césaire Horlaville, un petit homme à gros ventre, souple cependant, par suite de l'habitude constante de grimper sur ses roues et d'escalader l'impériale[4], la face rougie par le grand air des champs, les pluies, les bourrasques et les petits verres, les yeux devenus clignotants sous les coups de vent et de grêle, apparut sur la porte de l'hôtel en s'essuyant la bouche d'un revers de main. De larges paniers ronds, pleins de volailles effarées, attendaient devant les paysannes immobiles. Césaire Horlaville les prit l'un après l'autre et les posa sur le toit de sa voiture ; puis il y plaça plus doucement ceux qui contenaient des œufs ; il y jeta ensuite, d'en bas, quelques petits sacs de grain, de menus paquets enveloppés de mouchoirs, de bouts de toile ou de papiers. Puis il ouvrit la porte de derrière et, tirant une liste de sa poche, il lut en appelant :

« Monsieur le curé de Gorgeville. »

Le prêtre s'avança, un grand homme puissant, large,

1. Première publication dans *Gil Blas* (22 septembre 1885). Repris dans *Monsieur Parent* (1886).

2. *rosses* : vieux chevaux peu vigoureux.

3. *en arbalète* : deux chevaux à l'avant, un derrière.

4. *impériale* : étage supérieur de la diligence.

gros, violacé et d'air aimable. Il retroussa sa soutane[1] pour lever le pied, comme les femmes retroussent leur jupe, et grimpa dans la guimbarde.

« L'instituteur de Rollebosc-les-Grinets ? »

L'homme se hâta, long, timide, enredingoté[2] jusqu'aux genoux ; et il disparut à son tour dans la porte ouverte.

« Maît' Poiret, deux places. »

Poiret s'en vint, haut et tortu, courbé par la charrue, maigri par l'abstinence[3], osseux, la peau séchée par l'oubli des lavages. Sa femme le suivait, petite et maigre, pareille à une bique fatiguée, portant à deux mains un immense parapluie vert.

« Maît' Rabot, deux places. »

Rabot hésita, étant de nature perplexe. Il demanda : « C'est ben mé qu' t'appelles ? »

Le cocher, qu'on avait surnommé « dégourdi », allait répondre une facétie, quand Rabot piqua une tête vers la portière, lancé en avant par une poussée de sa femme, une gaillarde haute et carrée dont le ventre était vaste et rond comme une futaille[4], les mains larges comme des battoirs.

Et Rabot fila dans la voiture à la façon d'un rat qui rentre dans son trou.

« Maît' Caniveau. »

Un gros paysan, plus lourd qu'un bœuf, fit plier les ressorts et s'engouffra à son tour dans l'intérieur du coffre jaune.

« Maît' Belhomme. »

Belhomme, un grand maigre, s'approcha, le cou de travers, la face dolente[5], un mouchoir appliqué sur l'oreille comme s'il souffrait d'un fort mal de dents.

Tous portaient la blouse bleue par-dessus d'antiques

1. *soutane* : sorte de robe noire, longue et boutonnée par devant, qui était autrefois la tenue ordinaire des ecclésiastiques.
2. *enredingoté* : enveloppé dans sa redingote (veste longue et cintrée).
3. *abstinence* : privation de nourriture.
4. *futaille* : barrique.
5. *dolente* : qui exprime la douleur.

et singulières vestes de drap noir ou verdâtre, vêtements de cérémonie qu'ils découvriraient dans les rues du Havre ; et leurs chefs[1] étaient coiffés de casquettes de soie, hautes comme des tours, suprême élégance dans la campagne normande.

Césaire Horlaville referma la portière de sa boîte, puis monta sur son siège et fit claquer son fouet.

Les trois chevaux parurent se réveiller et, remuant le cou, firent entendre un vague murmure de grelots.

Le cocher, alors, hurlant : « Hue ! » de toute sa poitrine, fouailla les bêtes à tour de bras. Elles s'agitèrent, firent un effort, et se mirent en route d'un petit trot boiteux et lent. Et derrière elles, la voiture, secouant ses carreaux branlants et toute la ferraille de ses ressorts, faisait un bruit surprenant de ferblanterie et de verrerie, tandis que chaque ligne de voyageurs, ballottée et balancée par les secousses, avait des reflux de flots à tous les remous des cahots.

On se tut d'abord par respect pour le curé, qui gênait les épanchements[2]. Il se mit à parler le premier, étant d'un caractère loquace[3] et familier.

« Eh bien, maît' Caniveau, dit-il, ça va-t-il comme vous voulez ? »

L'énorme campagnard, qu'une sympathie de taille, d'encolure et de ventre liait avec l'ecclésiastique, répondit en souriant :

« Tout d' même, m'sieu le curé, tout d' même[4], et d' vote part ?

– Oh ! d' ma part, ça va toujours.

– Et vous, maît' Poiret ? demanda l'abbé.

– Oh ! mé, ça irait, n'étaient les cossards (colzas) qui n' donneront guère c't' année ; et, vu les affaires, c'est là-dessus qu'on s' rattrape.

– Que voulez-vous, les temps sont durs.

1. *chefs* : têtes.
2. *épanchements* : bavardages, confidences.
3. *loquace* : bavard.
4. *tout d' même* : tout à fait comme je veux.

– Que oui, qu'i sont durs», affirma d'une voix de gendarme la grande femme de maît' Rabot.

Comme elle était d'un village voisin, le curé ne la connaissait que de nom.

«C'est vous, la Blondel? dit-il.

– Oui, c'est mé, qu'a épousé Rabot.»

Rabot, fluet et satisfait, salua en souriant; il salua d'une grande inclinaison de tête en avant, comme pour dire : «C'est bien moi, Rabot, qu'a épousé la Blondel.»

Soudain maît' Belhomme, qui tenait toujours son mouchoir sur son oreille, se mit à gémir d'une façon lamentable. Il faisait «gniau... gniau... gniau...» en tapant du pied pour exprimer son affreuse souffrance.

«Vous avez donc bien mal aux dents?» demanda le curé.

Le paysan cessa un instant de geindre pour répondre : «Non point... m'sieur le curé... C'est point des dents... c'est d' l'oreille, du fond d' l'oreille.

– Qu'est-ce que vous avez donc dans l'oreille? Un dépôt?

– J' sais point si c'est un dépôt, mais j' sais ben qu' c'est eune bête, un' grosse bête, qui m'a entré d'dans, vu que j' dormais su l' foin dans l' grenier.

– Un' bête. Vous êtes sûr?

– Si j'en suis sûr? Comme du Paradis, m'sieu le curé, vu qu'a m' grignote l' fond d' l'oreille. A m' mange la tête, pour sûr! a m' mange la tête. Oh! gniau... gniau... gniau...» et il se remit à taper du pied.

Un grand intérêt s'était éveillé dans l'assistance. Chacun donnait son avis. Poiret voulait que ce fût une araignée, l'instituteur que ce fût une chenille. Il avait vu ça une fois déjà à Campemuret, dans l'Orne, où il était resté six ans; même la chenille était entrée dans la tête et sortie par le nez. Mais l'homme était demeuré sourd de cette oreille-là, puisqu'il avait le tympan crevé.

«C'est plutôt un ver» déclara le curé.

Maît' Belhomme, la tête renversée de côté et appuyée contre la portière, car il était monté le dernier, gémissait toujours.

«Oh! gniau... gniau... J' crairais ben qu' c'est eune

frémi[1], eune grosse frémi, tant qu'a mord... T'nez, m'sieu le curé... a galope... a galope... Oh! gniau... gniau... gnaiu... qué misère!!...

– T'as point vu l' médecin? demanda Caniveau.

– Pour sûr, non.

– D'où vient ça?»

La peur du médecin sembla guérir Belhomme.

Il se redressa, sans toutefois lâcher son mouchoir.

«D'où vient ça! T'as des sous pour eusse, té, pour ces fainéants-là? Y s'rait v'nu eune fois, deux fois, trois fois, quat' fois, cinq fois! Ça fait, deusse écus de cent sous, deusse écus, pour sûr... Et qu'est-ce qu'il aurait fait, dis, çu fainéant, dis, qu'est-ce qu'il aurait fait? Sais-tu, té?»

Caniveau riait.

«Non, j' sais point. Oùsquè tu vas, comme ça?

– J' vas t' au Havre vé Chambrelan.

– Qué Chambrelan?

– L' guérisseux, donc.

– Qué guérisseux?

– L' guérisseux qu'a guéri mon pé.

– Ton pé?

– Oui, mon pé, dans l' temps.

– Qué qu'il avait, ton pé?

– Un vent dans l' dos, qui n'en pouvait pu r'muer pied ni gambe.

– Qué qui li a fait ton Chambrelan?

– Il y a manié l' dos comm' pou' fé du pain, avec les deux mains donc! Et ça y a passé en une couple d'heures.»

Belhomme pensait bien aussi que Chambrelan avait prononcé des paroles, mais il n'osait pas dire ça devant le curé.

Caniveau reprit en riant :

«C'est-il point quéque lapin qu' t'as dans l'oreille? Il aura pris çu trou-là pour son terrier, vu la ronce[2]. Attends, j' vas l' fé sauver.»

---

1. *frémi* : fourmi.
2. *la ronce* : les poils abondants de l'oreille de Maît' Belhomme.

Et Caniveau, formant un porte-voix de ses mains, commença à imiter les aboiements des chiens courants en chasse. Il jappait, hurlait, piaulait[1], aboyait. Et tout le monde se mit à rire dans la voiture, même l'instituteur qui ne riait jamais.

Cependant, comme Belhomme paraissait fâché qu'on se moquât de lui, le curé détourna la conversation et, s'adressant à la grande femme de Rabot :

« Est-ce que vous n'avez pas une nombreuse famille ?

– Que oui, m'sieu le curé... Que c'est dur à élever ! »

Rabot opinait de la tête, comme pour dire : « Oh ! oui, c'est dur à élever. »

« Combien d'enfants ? »

Elle déclara avec autorité, d'une voix forte et sûre :

« Seize enfants, m'sieu l' curé ! Quinze de mon homme ! »

Et Rabot se mit à sourire plus fort, en saluant du front. Il en avait fait quinze, lui, lui tout seul, Rabot ! Sa femme l'avouait ! Donc, on n'en pouvait point douter. Il en était fier, parbleu !

De qui le seizième ? Elle ne le dit pas. C'était le premier, sans doute ? On le savait peut-être, car on ne s'étonna point. Caniveau lui-même demeura impassible.

Mais Belhomme se mit à gémir :

« Oh ! gniau... gniau... gniau... a me trigouille dans l' fond... Oh ! misère !... »

La voiture s'arrêtait au café Polyte. Le curé dit : « Si on vous coulait un peu d'eau dans l'oreille, on la ferait peut-être sortir. Voulez-vous essayer ?

– Pour sûr ! J' veux ben. »

Et tout le monde descendit pour assister à l'opération.

Le prêtre demanda une cuvette, une serviette et un verre d'eau ; et il chargea l'instituteur de tenir bien inclinée la tête du patient ; puis, dès que le liquide aurait pénétré dans le canal, de la renverser brusquement.

Mais Caniveau, qui regardait déjà dans l'oreille de Belhomme pour voir s'il ne découvrirait pas la bête à l'œil

1. *piaulait* : poussait de petits cris.

nu, s'écria : « Cré nom d'un nom, qué marmelade ! Faut déboucher ça, mon vieux. Jamais ton lapin sortira dans c'te confiture-là. Il s'y collerait les quat' pattes. »

Le curé examina à son tour le passage et le reconnut trop étroit et trop embourbé pour tenter l'expulsion de la bête. Ce fut l'instituteur qui débarrassa cette voie au moyen d'une allumette et d'une loque[1]. Alors, au milieu de l'anxiété générale, le prêtre versa, dans ce conduit nettoyé, un demi-verre d'eau qui coula sur le visage, dans les cheveux et dans le cou de Belhomme. Puis l'instituteur retourna vivement la tête sur la cuvette, comme s'il eût voulu la dévisser. Quelques gouttes retombèrent dans le vase blanc. Tous les voyageurs se précipitèrent. Aucune bête n'était sortie.

Cependant Belhomme déclarant : « Je sens pu rien », le curé, triomphant, s'écria : « Certainement elle est noyée. » Tout le monde était content. On remonta dans la voiture.

Mais à peine se fut-elle remise en route que Belhomme poussa des cris terribles. La bête s'était réveillée et était devenue furieuse. Il affirmait même qu'elle était entrée dans la tête maintenant, qu'elle lui dévorait la cervelle. Il hurlait avec de telles contorsions que la femme de Poiret, le croyant possédé du diable, se mit à pleurer en faisant le signe de la croix. Puis, la douleur se calmant un peu, le malade raconta qu'ELLE faisait le tour de son oreille. Il imitait avec son doigt les mouvements de la bête, semblait la voir, la suivre du regard : « Tenez, v'là qu'a r'monte... gniau... gniau... gniau... qué misère ! »

Caniveau s'impatientait : « C'est l'iau qui la rend enragée, c'te bête. All' est p't-être ben accoutumée au vin. »

On se remit à rire. Il reprit : « Quand j'allons arriver au café Bourbeux, donne-li du fil-en-dix[2] et all' n' bougera pu, j' te le jure. »

Mais Belhomme n'y tenait plus de douleur. Il se mit à

1. *loque* : chiffon.
2. *fil-en-dix* : eau-de-vie de calvados très forte en alcool.

crier comme si on lui arrachait l'âme. Le curé fut obligé de lui soutenir la tête. On pria Césaire Horlaville d'arrêter à la première maison rencontrée.

C'était une ferme en bordure sur la route. Belhomme y fut transporté ; puis on le coucha sur la table de cuisine pour recommencer l'opération. Caniveau conseillait toujours de mêler de l'eau-de-vie à l'eau, afin de griser et d'endormir la bête, de la tuer peut-être. Mais le curé préféra du vinaigre.

On fit couler le mélange goutte à goutte, cette fois afin qu'il pénétrât jusqu'au fond, puis on le laissa quelques minutes dans l'organe habité.

Une cuvette ayant été de nouveau apportée, Belhomme fut retourné tout d'une pièce par le curé et Caniveau, ces deux colosses, tandis que l'instituteur tapait avec ses doigts sur l'oreille saine, afin de bien vider l'autre.

Césaire Horlaville, lui-même, était entré pour voir, son fouet à la main.

Et soudain, on aperçut au fond de la cuvette un petit point brun, pas plus gros qu'un grain d'oignon. Cela remuait, pourtant. C'était une puce ! Des cris d'étonnement s'élevèrent, puis des rires éclatants. Une puce ! Ah ! elle était bien bonne, bien bonne ! Caniveau se tapait sur la cuisse. Césaire Horlaville fit claquer son fouet ; le curé s'esclaffait à la façon des ânes qui braient, l'instituteur riait comme on éternue, et les deux femmes poussaient de petits cris de gaieté pareils au gloussement des poules.

Belhomme s'était assis sur la table, et ayant pris sur ses genoux la cuvette, il contemplait avec une attention grave et une colère joyeuse dans l'œil la bestiole vaincue qui tournait dans sa goutte d'eau.

Il grogna : « Te v'là, charogne », et cracha dessus.

Le cocher, fou de gaieté, répétait : « Eune puce, eune puce, ah ! te v'là, sacré puçot, sacré puçot, sacré puçot ! »

Puis, s'étant un peu calmé, il cria : « Allons, en route ! V'là assez de temps perdu. »

Et les voyageurs, riant toujours, s'en allèrent vers la voiture.

Cependant Belhomme, venu le dernier, déclara :

« Mé, j' m'en r'tourne à Criquetot. J'ai pu que fé au Havre à cette heure. »

Le cocher lui dit : « N'importe, paie ta place !

– Je t'en dé que la moitié pisque j'ai point passé mi-chemin.

– Tu dois tout pisque t'as r'tenu jusqu'au bout. »

Et une dispute commença qui devint bientôt une querelle furieuse : Belhomme jurait qu'il ne donnerait que vingt sous, Césaire Horlaville affirmait qu'il en recevrait quarante.

Et ils criaient, nez contre nez, les yeux dans les yeux. Caniveau redescendit.

« D'abord, tu dés quarante sous au curé, t'entends, et pi une tournée à tout le monde, ça fait chiquante-chinq, et pi t'en donneras vingt à Césaire. Ça va-t-il, dégourdi ? »

Le cocher, enchanté de voir Belhomme débourser trois francs soixante et quinze, répondit : « Ça va !

– Allons paie.

– J' paierai point. L' curé n'est pas médecin d'abord.

– Si tu n' paies point, j' te r'mets dans la voiture à Césaire et j' t'emporte au Havre. » Et le colosse, ayant saisi Belhomme par les reins, l'enleva comme un enfant.

L'autre vit bien qu'il faudrait céder. Il tira sa bourse, et paya.

Puis la voiture se remit en marche vers Le Havre, tandis que Belhomme retournait à Criquetot, et tous les voyageurs, muets à présent, regardaient sur la route blanche la blouse bleue du paysan, balancée sur ses longues jambes.

Questions

Compréhension

1. *Dans quel ordre sont appelés les passagers ? Est-ce l'effet du hasard ?*

2. *Pourquoi est-ce le curé qui parle le premier ? Sur quels sujets porte la conversation ?*

3. *Que pensez-vous des hypothèses émises successivement par les différents passagers sur les causes de la douleur de Maît' Belhomme ? Quelle est la plus ridicule ?*

4. *Pour quelles raisons Maît' Belhomme préfère-t-il le guérisseur au médecin ?*

5. *Le remède proposé par le curé est-il ridicule ?*

6. *Qui dirige l'opération ? Pourquoi ?*

7. *Quels progrès comporte la seconde opération par rapport à la première ?*

8. *À quoi se manifestent l'avarice de Maît' Belhomme et celle du cocher ?*

Écriture / Réécriture

9. *Quelles notations suggèrent une ressemblance entre la diligence et le cocher (l. 1 à 21) ?*

10. *Comment Maupassant a-t-il échappé au risque de monotonie dans la présentation des passagers ? Comment chacun est-il typé ?*

11. *Quelles expressions sont utilisées pour décrire la montée en voiture de chaque personnage ?*

12. *En quoi l'expression* « sympathie de taille, d'encolure et de ventre » *(l. 88-89) est-elle amusante ?*

13. *Quel est l'intérêt du dialogue rapporté au style direct (l. 153 à 167) ? Réécrivez-le au style indirect.*

14. *Quelles sont les différentes sources de comique dans l'évocation de la famille Rabot ?*

15. *Comparez les descriptions faites par Caniveau, puis par le curé, de l'oreille de Maît' Belhomme (l. 212 à 217).*

16. *En quoi l'apparition de la puce est-elle comique ?*

17. *Sous quelle forme se présente le titre de ce conte ? Vous semble-t-il heureusement choisi ?*

18. *Imaginez et décrivez (pas forcément en patois normand !) le récit que, une fois rentré chez lui, Maît' Belhomme fait de son aventure à sa femme.*

Les amoureux sur la rivière, *gravure de Grenier, Paris, Bibliothèque des Arts décoratifs.*

AMOUR[1]

TROIS PAGES DU LIVRE D'UN CHASSEUR

Je viens de lire dans un fait divers de journal un drame de passion. Il l'a tuée, puis il s'est tué, donc il l'aimait. Qu'importent Il ou Elle ? Leur amour seul m'importe ; et il ne m'intéresse point parce qu'il m'attendrit ou parce qu'il m'étonne, ou parce qu'il m'émeut ou parce qu'il me fait songer, mais parce qu'il me rappelle un souvenir de ma jeunesse, un étrange souvenir de chasse où m'est apparu l'Amour comme apparaissaient aux premiers chrétiens des croix au milieu du ciel[2].

Je suis né avec tous les instincts de l'homme primitif, tempérés par des raisonnements et des émotions de civilisé. J'aime la chasse avec passion ; et la bête saignante, le sang sur les plumes, le sang sur mes mains, me crispent le cœur à le faire défaillir.

Cette année-là, vers la fin de l'automne, les froids d'hiver arrivèrent brusquement, et je fus appelé par un de mes cousins, Karl de Rauville, pour venir avec lui tuer des canards dans les marais, au lever du jour.

Mon cousin, gaillard de quarante ans, roux, très fort et très barbu, gentilhomme de campagne, demi-brute aimable, d'un caractère fort gai, doué de cet esprit gaulois qui rend agréable la médiocrité, habitait une sorte de ferme-château dans une vallée où coulait une rivière. Des bois couvraient les collines de droite et de gauche, vieux bois seigneuriaux où restaient des arbres magnifiques et où l'on trouvait les plus rares gibiers à plume de toute cette partie de la France. On y tuait des aigles quelquefois ; et les oiseaux de passage, ceux qui presque jamais ne viennent en nos pays trop peuplés, s'arrê-

1. Première publication dans *Gil Blas* (7 décembre 1886). Repris dans *Le Horla* (1887).

2. *croix au milieu du ciel* : l'empereur romain Constantin, notamment, passait pour avoir eu une vision de cet ordre, à la suite de laquelle il se convertit au christianisme (en l'an 312).

taient presque infailliblement dans ces branchages séculaires comme s'ils eussent connu ou reconnu un petit coin de forêt des anciens temps demeuré là pour leur servir d'abri en leur courte étape nocturne.

Dans la vallée, c'étaient de grands herbages arrosés par des rigoles et séparés par des haies ; puis, plus loin, la rivière, canalisée jusque-là, s'épandait en un vaste marais. Ce marais, la plus admirable région de chasse que j'aie jamais vue, était tout le souci de mon cousin qui l'entretenait comme un parc. À travers l'immense peuple de roseaux qui le couvrait, le faisait vivant, bruissant, houleux, on avait tracé d'étroites avenues où les barques plates, conduites et dirigées avec des perches, passaient, muettes, sur l'eau morte, frôlaient les joncs, faisaient fuir les poissons rapides à travers les herbes et plonger les poules sauvages dont la tête noire et pointue disparaissait brusquement.

J'aime l'eau d'une passion désordonnée : la mer, bien que trop grande, trop remuante, impossible à posséder, les rivières si jolies, mais qui passent, qui fuient, qui s'en vont, et les marais surtout où palpite toute l'existence inconnue des bêtes aquatiques. Le marais, c'est un monde entier sur la terre, monde différent, qui a sa vie propre, ses habitants sédentaires, et ses voyageurs de passage, ses voix, ses bruits et son mystère surtout. Rien n'est plus troublant, plus inquiétant, plus effrayant, parfois, qu'un marécage. Pourquoi cette peur qui plane sur ces plaines basses couvertes d'eau ? Sont-ce les vagues rumeurs des roseaux, les étranges feux follets[1], le silence profond qui les enveloppe dans les nuits calmes, ou bien les brumes bizarres, qui traînent sur les joncs comme des robes de mortes, ou bien encore l'imperceptible clapotement, si léger, si doux, et plus terrifiant parfois que le canon des hommes ou que le tonnerre du ciel, qui fait ressembler les marais à des pays de rêve, à des pays

1. *feux follets* : flammes produites dans les marais par la combustion spontanée du méthane né de la décomposition de la vase.

redoutables cachant un secret inconnaissable et dangereux.

Non. Autre chose s'en dégage, un autre mystère plus profond, plus grave, flotte dans les brouillards épais, le mystère même de la création peut-être ! Car n'est-ce pas dans l'eau stagnante et fangeuse[1], dans la lourde humidité des terres mouillées sous la chaleur du soleil, que remua, que vibra, que s'ouvrit au jour le premier germe de vie ?

J'arrivai le soir chez mon cousin. Il gelait à fendre les pierres.

Pendant le dîner, dans la grande salle dont les buffets, les murs, le plafond étaient couverts d'oiseaux empaillés, aux ailes étendues, ou perchés sur des branches accrochées par des clous, éperviers, hérons, hiboux, engoulevents[2], buses, tiercelets[3], vautours, faucons, mon cousin pareil lui-même à un étrange animal des pays froids, vêtu d'une jaquette en peau de phoque, me racontait les dispositions qu'il avait prises pour cette nuit même.

Nous devions partir à trois heures et demie du matin, afin d'arriver vers quatre heures et demie au point choisi pour notre affût. On avait construit à cet endroit une hutte avec des morceaux de glace pour nous abriter un peu contre le vent terrible qui précède le jour, ce vent chargé de froid qui déchire la chair comme des scies, la coupe comme des lames, la pique comme des aiguillons empoisonnés, la tord comme des tenailles, et la brûle comme du feu.

Mon cousin se frottait les mains : « Je n'ai jamais vu une gelée pareille, disait-il, nous avions déjà douze degrés sous zéro à six heures du soir. »

J'allai me jeter sur mon lit aussitôt après le repas, et je

1. *fangeuse* : boueuse.
2. *engoulevents* : oiseaux qui chassent les insectes en volant le bec ouvert, d'où leur nom qui signifie *avaleurs de vent*.
3. *tiercelets* : oiseaux de proie.

m'endormis à la lueur d'une grande flamme flambant dans ma cheminée.

À trois heures sonnantes on me réveilla. J'endossai, à mon tour, une peau de mouton et je trouvai mon cousin Karl couvert d'une fourrure d'ours. Après avoir avalé chacun deux tasses de café brûlant suivies de deux verres de fine champagne, nous partîmes accompagnés d'un garde et de nos chiens : Plongeon et Pierrot.

Dès les premiers pas dehors, je me sentis glacé jusqu'aux os. C'était une de ces nuits où la terre semble morte de froid. L'air gelé devient résistant, palpable tant il fait mal ; aucun souffle ne l'agite ; il est figé, immobile ; il mord, traverse, dessèche, tue les arbres, les plantes, les insectes, les petits oiseaux eux-mêmes qui tombent des branches sur le sol dur, et deviennent durs aussi, comme lui, sous l'étreinte du froid.

La lune, à son dernier quartier, toute penchée sur le côté, toute pâle, paraissait défaillante au milieu de l'espace, et si faible qu'elle ne pouvait plus s'en aller, qu'elle restait là-haut, saisie aussi, paralysée par la rigueur du ciel. Elle répandait une lumière sèche et triste sur le monde, cette lueur mourante et blafarde qu'elle nous jette chaque mois, à la fin de sa résurrection.

Nous allions côte à côte, Karl et moi, le dos courbé, les mains dans nos poches et le fusil sous le bras. Nos chaussures enveloppées de laine afin de pouvoir marcher sans glisser sur la rivière gelée ne faisaient aucun bruit ; et je regardais la fumée blanche que faisait l'haleine de nos chiens.

Nous fûmes bientôt au bord du marais, et nous nous engageâmes dans une des allées de roseaux secs qui s'avançaient à travers cette forêt basse.

Nos coudes, frôlant les longues feuilles en rubans, laissaient derrière nous un léger bruit, et je me sentis saisi, comme je ne l'avais jamais été, par l'émotion puissante et singulière que font naître en moi les marécages. Il était mort, celui-là, mort de froid, puisque nous marchions dessus, au milieu de son peuple de joncs desséchés.

Tout à coup, au détour d'une des allées, j'aperçus la hutte de glace qu'on avait construite pour nous mettre à l'abri. J'y entrai, et comme nous avions encore près d'une heure à attendre le réveil des oiseaux errants, je me roulai dans ma couverture pour essayer de me réchauffer.

Alors, couché sur le dos, je me mis à regarder la lune déformée, qui avait quatre cornes à travers les parois vaguement transparentes de cette maison polaire.

Mais le froid du marais pelé, le froid de ces murailles, le froid tombé du firmament me pénétra bientôt d'une façon si terrible, que je me mis à tousser.

Mon cousin Karl fut pris d'inquiétude : « Tant pis si nous ne tuons pas grand-chose aujourd'hui, dit-il, je ne veux pas que tu t'enrhumes ; nous allons faire du feu. » Et il donna l'ordre au garde de couper des roseaux.

On en fit un tas au milieu de notre hutte défoncée au sommet pour laisser échapper la fumée ; et lorsque la flamme rouge monta le long des cloisons claires de cristal, elles se mirent à fondre, doucement, à peine, comme si des pierres de glace avaient sué. Karl, resté dehors, me cria : « Viens donc voir ! » Je sortis et je restai éperdu d'étonnement. Notre cabane, en forme de cône, avait l'air d'un monstrueux diamant au cœur de feu poussé soudain sur l'eau gelée du marais. Et dedans, on voyait deux formes fantastiques, celles de nos chiens qui se chauffaient.

Mais un cri bizarre, un cri perdu, un cri errant, passa sur nos têtes. La lueur de notre foyer réveillait les oiseaux sauvages.

Rien ne m'émeut comme cette première clameur de vie qu'on ne voit point et qui court dans l'air sombre, si vite, si loin, avant qu'apparaisse à l'horizon la première clarté des jours d'hiver. Il me semble à cette heure glaciale de l'aube, que ce cri fuyant emporté par les plumes d'une bête est un soupir de l'âme du monde !

Karl disait : « Éteignez le feu. Voici l'aurore. »

Le ciel en effet commençait à pâlir, et les bandes de canards traînaient de longues taches rapides, vite effacées, sur le firmament.

Une lueur éclata dans la nuit, Karl venait de tirer ; et les deux chiens s'élancèrent.

Alors, de minute en minute, tantôt lui et tantôt moi,

nous ajustions vivement dès qu'apparaissaient au-dessus des roseaux l'ombre d'une tribu volante. Et Pierrot et Plongeon, essoufflés et joyeux, nous rapportaient des bêtes sanglantes dont l'œil quelquefois nous regardait encore.

Le jour s'était levé, un jour clair et bleu ; le soleil apparaissait au fond de la vallée et nous songions à repartir, quand deux oiseaux, le col droit et les ailes tendues, glissèrent brusquement sur nos têtes. Je tirai. Un d'eux tomba presque à mes pieds. C'était une sarcelle au ventre d'argent. Alors, dans l'espace au-dessus de moi, une voix, une voix d'oiseau cria. Ce fut une plainte courte, répétée, déchirante ; et la bête, la petite bête épargnée se mit à tourner dans le bleu du ciel au-dessus de nous en regardant sa compagne morte que je tenais entre mes mains.

Karl, à genoux, le fusil à l'épaule, l'œil ardent, la guettait, attendant qu'elle fût assez proche.

– Tu as tué la femelle, dit-il, le mâle ne s'en ira pas.

Certes, il ne s'en allait point ; il tournoyait toujours et pleurait autour de nous. Jamais gémissement de souffrance ne me déchira le cœur comme l'appel désolé, comme le reproche lamentable de ce pauvre animal perdu dans l'espace.

Parfois, il s'enfuyait sous la menace du fusil qui suivait son vol ; il semblait prêt à continuer sa route, tout seul à travers le ciel. Mais ne s'y pouvant décider il revenait bientôt pour chercher sa femelle.

– Laisse-la par terre, me dit Karl, il approchera tout à l'heure.

Il approchait, en effet, insouciant du danger, affolé par son amour de bête, pour l'autre bête que j'avais tuée.

Karl tira ; ce fut comme si on avait coupé la corde qui tenait suspendu l'oiseau. Je vis une chose noire qui tombait ; j'entendis dans les roseaux le bruit d'une chute. Et Pierrot me le rapporta.

Je les mis, froids déjà, dans le même carnier[1] ... et je repartis, ce jour-là, pour Paris.

1. *carnier* : sac où les chasseurs mettent le gibier tué.

Questions

Compréhension

1. *Pouvez-vous deviner, dès les premières lignes du conte, quels en seront les héros ? À quel moment sommes-nous vraiment fixés à ce sujet ?*

2. *Pourquoi le narrateur aime-t-il tellement le marais ? Relevez les divers éléments auxquels il est le plus sensible.*

3. *Comment nous est présentée la chasse ? Les deux chasseurs éprouvent-ils des sentiments identiques ?*

4. *La conclusion du conte est-elle pessimiste ou optimiste ?*

Écriture / Réécriture

5. *Relevez le vocabulaire dont l'emploi fait basculer l'évocation du marais (l. 48 à 67), du réalisme pittoresque dans l'imaginaire.*

6. *Quelle impression produit la description de la grande salle (l. 77 à 85) ?*

7. *Quelle est la tonalité des comparaisons dont le vent est l'objet (l. 90 à 94) ? Sont-elles bien accordées au contexte ?*

8. *Quelles notations sont particulièrement inquiétantes du début de la partie de chasse proprement dite jusqu'à l'aurore ? Comment passe-t-on une nouvelle fois du réel au fantastique ?*

9. *Cette histoire de chasse a été suggérée au narrateur par un fait divers qu'il résume en ces termes :* « Il l'a tuée, puis il s'est tué, donc il l'aimait. » *Imaginez ce fait divers à votre choix et faites-en un récit circonstancié.*

Les Épingles[1]

– Ah! mon cher, quelles rosses les femmes!

– Pourquoi dis-tu ça?

– C'est qu'elles m'ont joué un tour abominable.

– À toi?

– Oui, à moi.

– Les femmes, ou une femme?

– Deux femmes.

– Deux femmes en même temps?

– Oui.

– Quel tour?

Les deux jeunes gens étaient assis devant un grand café du boulevard[2] et buvaient des liqueurs mélangées d'eau, ces apéritifs qui ont l'air d'infusions faites avec toutes les nuances d'une boîte d'aquarelle.

Ils avaient à peu près le même âge : vingt-cinq à trente ans. L'un était blond et l'autre brun. Ils avaient la demi-élégance des coulissiers[3], des hommes qui vont à la Bourse et dans les salons, qui fréquentent partout, vivent partout, aiment partout. Le brun reprit :

– Je t'ai dit ma liaison, n'est-ce pas, avec cette petite bourgeoise rencontrée sur la plage de Dieppe.

– Oui.

– Mon cher, tu sais ce que c'est. J'avais une maîtresse à Paris, une que j'aime infiniment, une vieille amie, une bonne amie, une habitude[4] enfin, et j'y tiens.

– À ton habitude?

– Oui, à mon habitude et à elle. Elle est mariée aussi avec un brave homme, que j'aime beaucoup également, un bon garçon très cordial, un vrai camarade! Enfin c'est une maison où j'avais logé ma vie.

---

1. Première publication dans *Gil Blas* (10 janvier 1888). Repris dans *La Main gauche* (1889).

2. *boulevard* : les cafés à la mode étaient situés sur les boulevards du quartier de l'Opéra.

3. *coulissiers* : courtiers en valeurs mobilières.

4. *habitude* : désigne, dans la langue du temps de Maupassant, une ancienne maîtresse dont on est un peu fatigué.

– Eh bien ?

– Eh bien ! ils ne peuvent pas quitter Paris, ceux-là, et je me suis trouvé veuf à Dieppe.

– Pourquoi allais-tu à Dieppe ?

– Pour changer d'air. On ne peut pas rester tout le temps sur le boulevard.

– Alors ?

– Alors, j'ai rencontré sur la plage la petite dont je t'ai parlé.

– La femme du chef de bureau ?

– Oui. Elle s'ennuyait beaucoup. Son mari, d'ailleurs, ne venait que tous les dimanches, et il est affreux. Je la comprends joliment. Donc, nous avons ri et dansé ensemble.

– Et le reste ?

– Oui, plus tard. Enfin, nous nous sommes rencontrés, nous nous sommes plu, je le lui ai dit, elle me l'a fait répéter pour mieux comprendre, et elle n'y a pas mis obstacle.

– L'aimais-tu ?

– Oui, un peu ; elle est très gentille.

– Et l'autre ?

– L'autre était à Paris ! Enfin, pendant six semaines, ç'a été très bien et nous sommes rentrés ici dans les meilleurs termes. Est-ce que tu sais rompre avec une femme, toi, quand cette femme n'a pas un tort à ton égard ?

– Oui, très bien.

– Comment fais-tu ?

– Je la lâche.

– Mais comment t'y prends-tu pour la lâcher ?

– Je ne vais plus chez elle.

– Mais si elle vient chez toi ?

– Je... n'y suis pas.

– Et si elle revient ?

– Je lui dis que je suis indisposé.

– Si elle te soigne ?

– Je... je lui fais une crasse.

– Si elle l'accepte ?

– J'écris des lettres anonymes à son mari pour qu'il la surveille les jours où je l'attends.

– Ça c'est grave ! Moi je n'ai pas de résistance. Je ne sais pas rompre. Je les collectionne. Il y en a que je ne vois plus qu'une fois par an, d'autres tous les dix mois, d'autres au moment du terme[1], d'autres les jours où elles ont envie de dîner au cabaret. Celles que j'ai espacées ne me gênent pas, mais j'ai souvent bien du mal avec les nouvelles pour les distancer un peu.

– Alors...

– Alors ; mon cher, la petite ministère[2] était tout feu, tout flamme, sans un tort, comme je te l'ai dit ! Comme son mari passe tous ses jours au bureau, elle se mettait sur le pied d'arriver chez moi à l'improviste. Deux fois elle a failli rencontrer mon habitude.

– Diable !

– Oui. Donc j'ai donné à chacune ses jours, des jours fixes pour éviter les confusions. Lundi et samedi à l'ancienne. Mardi, jeudi et dimanche à la nouvelle.

– Pourquoi cette préférence ?

– Ah ! mon cher, elle est plus jeune.

– Ça ne te faisait que deux jours de repos par semaine.

– Ça me suffit.

– Mes compliments !

– Or, figure-toi qu'il m'est arrivé l'histoire la plus ridicule du monde et la plus embêtante. Depuis quatre mois tout allait parfaitement ; je dormais sur mes deux oreilles et j'étais vraiment heureux quand soudain, lundi dernier, tout craque.

« J'attendais mon habitude à l'heure dite, une heure un quart, en fumant un bon cigare.

« Je rêvassais, très satisfait de moi, quand je m'aperçus que l'heure était passée. Je fus surpris, car elle est très exacte. Mais je crus à un petit retard accidentel. Cependant une demi-heure se passe, puis une heure, une heure et demie et je compris qu'elle avait été retenue par une

1. *terme* : époque à laquelle on doit payer son loyer.
2. *ministère* : néologisme amusant pour désigner la femme d'un employé de ministère.

cause quelconque, une migraine peut-être ou un importun. C'est très ennuyeux ces choses-là, ces attentes... inutiles, très ennuyeux et très énervant. Enfin, j'en pris mon parti, puis je suis sorti et, ne sachant que faire, j'allai chez elle.

« Je la trouvai en train de lire un roman.

« – Eh bien, lui dis-je ?

« Elle répondit tranquillement :

« – Mon cher, je n'ai pas pu, j'ai été empêchée.

« – Par quoi ?

« – Par... des occupations.

« – Mais... quelles occupations ?

« – Une visite très ennuyeuse.

« Je pensai qu'elle ne voulait pas me dire la vraie raison, et, comme elle était très calme, je ne m'en inquiétai pas davantage. Je comptais rattraper le temps perdu, le lendemain, avec l'autre.

« Le mardi donc, j'étais très... très ému et très amoureux en expectative, de la petite ministère, et même étonné qu'elle ne devançât pas l'heure convenue. Je regardais la pendule à tout moment suivant l'aiguille avec impatience.

« Je la vis passer le quart, puis la demie, puis deux heures... Je ne tenais plus en place, traversant à grandes enjambées ma chambre, collant mon front à la fenêtre et mon oreille contre la porte pour écouter si elle ne montait pas l'escalier.

« Voici deux heures et demie, puis trois heures ! Je saisis mon chapeau et je cours chez elle. Elle lisait, mon cher, un roman !

« – Eh bien, lui dis-je avec anxiété.

« Elle répondit, aussi tranquillement que mon habitude :

« – Mon cher, je n'ai pas pu, j'ai été empêchée.

« – Par quoi ?

« – Par... des occupations.

« – Mais... quelles occupations ?

« – Une visite ennuyeuse.

« Certes, je supposai immédiatement qu'elle savait tout ; mais elle semblait pourtant si placide, si paisible que je finis par rejeter mon soupçon, par croire à une coïncidence bizarre, ne pouvant imaginer une pareille dissimulation de sa part. Et après une heure de causerie amicale, coupée d'ailleurs par vingt entrées de sa petite fille, je dus m'en aller fort embêté.

« Et figure-toi que le lendemain... »

– Ç'a été la même chose ?

– Oui... et le lendemain encore. Et ç'a duré ainsi trois semaines, sans une explication, sans que rien ne révélât cette conduite bizarre dont cependant je soupçonnais le secret.

– Elles savaient tout ?

– Parbleu. Mais comment ? Ah ! j'en ai eu du tourment avant de l'apprendre.

– Comment l'as-tu su enfin ?

– Par lettres. Elles m'ont donné, le même jour, dans les mêmes termes, mon congé définitif.

– Et ?

– Et voici... Tu sais, mon cher, que les femmes ont toujours sur elles une armée d'épingles. Les épingles à cheveux, je les connais, je m'en méfie, et j'y veille, mais les autres sont bien plus perfides, ces sacrées petites épingles à tête noire qui nous semblent toutes pareilles, à nous grosses bêtes que nous sommes, mais qu'elles distinguent, elles, comme nous distinguons un cheval d'un chien.

« Or il paraît qu'un jour ma petite ministère avait laissé une de ces machines révélatrices piquées dans ma tenture, près de ma glace.

« Mon habitude, du premier coup, aperçut sur l'étoffe ce petit point noir gros comme une puce, et sans rien dire l'avait cueilli, puis avait laissé à la même place une de ses épingles à elle, noire aussi, mais d'un modèle différent.

« Le lendemain, la ministère voulut reprendre son bien, et reconnut aussitôt la substitution ; alors un soupçon lui vint, et elle en mit deux, en les croisant.

« L'habitude répondit à ce signe télégraphique par trois boules noires, l'une sur l'autre.

« Une fois ce commerce commencé, elles continuèrent à communiquer, sans rien se dire, seulement pour s'épier. Puis il paraît que l'habitude, plus hardie, enroula le long de la petite pointe d'acier un mince papier où elle avait écrit : "Poste restante, boulevard Malesherbes, C. D."

« Alors elles s'écrivirent. J'étais perdu. Tu comprends que ça n'a pas été tout seul entre elles. Elles y allaient avec précaution, avec mille ruses, avec toute la prudence qu'il faut en pareil cas. Mais l'habitude fit un coup d'audace et donna un rendez-vous à l'autre.

« Ce qu'elles se sont dit, je l'ignore ! Je sais seulement que j'ai fait les frais de leur entretien. Et voilà ! »

– C'est tout.

– Oui.

– Tu ne les vois plus.

– Pardon, je les vois encore comme amies ; nous n'avons pas rompu tout à fait.

– Et elles, se sont-elles revues ?

– Oui, mon cher, elles sont devenues intimes.

– Tiens, tiens. Et ça ne te donne pas une idée, ça ?

– Non, quoi ?

– Grand serin, l'idée de leur faire repiquer des épingles doubles ?

Questions

Compréhension

1. *Comment nous apparaissent les deux jeunes gens au début du conte (l. 15 à 19)?*

2. *En quoi la situation décrite (l. 23 à 30) est-elle celle d'un vaudeville?*

3. *Le début du conte confirme-t-il la première réplique* «quelles rosses, les femmes» *?*

4. *Qu'y a-t-il de plaisant dans le fait qu'un jour précis soit réservé à chacune des maîtresses?*

5. *Que pensez-vous de l'incident qui permet à chacune de découvrir l'infidélité de son amant?*

6. *Les maîtresses sont-elles plus sympathiques que leur amant?*

7. *Quel est le sens de la dernière réplique?*

Écriture / Réécriture

8. *Dans la suite de termes* «une que j'aime infiniment, une vieille amie, une bonne amie, une habitude» *(l. 24-25), pouvez-vous relever une gradation? Quel en est l'effet?*

9. *Comment le jeune homme brun présente-t-il le début de sa liaison (l. 32 à 55)?*

10. *Comment caractériseriez-vous le style des lignes 58 à 72?*

11. *Celui des deux jeunes gens qui ne sait pas rompre semble plus sentimental : quelles expressions précises démentent cependant cette impression?*

12. *Quel est l'effet de la reprise, par la seconde maîtresse, des termes mêmes employés par la première?*

13. *À votre avis, quel est l'intérêt de la forme dialoguée de ce conte, rare chez Maupassant?*

14. *Quand les deux maîtresses se sont rencontrées,* «Ce qu'elles se sont dit, je l'ignore!», *déclare leur amant. Essayez d'imaginer la scène et le dialogue entre les deux jeunes femmes.*

Louage de domestiques, *dessin de H. Bellangé.*

DATES	ÉVÉNEMENTS HISTORIQUES	ÉVÉNEMENTS CULTURELS
1851	Coup d'État de Louis-Napoléon Bonaparte (2 déc.).	
1852	Début du Second Empire.	Gautier, *Émaux et Camées.*
1853		Hugo, *Châtiments.* Verdi, *La Traviata.* Musset, *Comédies et Proverbes.*
1854	Guerre de Crimée (France et Angleterre contre Russie).	Début des grands travaux d'Haussmann à Paris.
1855	Prise de Sébastopol.	Exposition Universelle. Suicide de Nerval.
1856		Baudelaire, *Les Fleurs du Mal.* Flaubert, *Madame Bovary.* Tocqueville, *L'Ancien Régime et la Révolution.*
1859		Hugo, *La Légende des Siècles.* Wagner, *Tristan et Isolde.*
1860	Le Second Empire se libéralise.	Labiche, *Le Voyage de M. Perrichon.*
1861	Début de la guerre de Sécession (aux États-Unis).	
1862		Flaubert, *Salammbô.* Fromentin, *Dominique.* Hugo, *Les Misérables.* Leconte de Lisle, *Poèmes barbares.*
1863		Naissance de l'École du Parnasse. Salon des Refusés (Manet, Pissaro, Cézanne). Manet, *Le Déjeuner sur l'herbe.*
1864		Berthelot, *Leçons sur les méthodes générales de synthèse.*
1865	Fin de la guerre de Sécession.	Les Goncourt, *Germinie Lacerteux.* Taine, *Philosophie de l'art.* Tolstoï, *Guerre et Paix.* Cl. Bernard, *Introduction à l'étude de la médecine expérimentale.* Manet, *Olympia.*
1866		Daudet : premières *Lettres de mon moulin.*
1867		Marx, *Le Capital.*
1868		Construction de l'Hôtel-Dieu (1868-1878).
1869	Ouverture du canal de Suez.	Verlaine, *Fêtes galantes.*
1870	Guerre franco-allemande. Chute du IIᵉ Empire et proclamation de la IIIᵉ République.	Flaubert, *L'Éducation sentimentale.* Léo Delibes, *Coppelia.* Cézanne, *Nature morte à La pendule.*
1871	La Commune de Paris. Traité de Francfort (la France cède l'Alsace-Lorraine).	Rimbaud, *Sonnet des voyelles, Bateau ivre.* Zola, *La Fortune des Rougon.* G. Eliot, *Middlemarch.* Verdi, *Aïda.* Wagner, *Siegfried.*
1872		Leconte de Lisle, *Poèmes antiques.* Zola, *La Curée.* Bizet, *L'Arlésienne.* Renoir, *Les Canotiers à Chatou.* Monet s'installe à Argenteuil.

VIE ET ŒUVRE DE MAUPASSANT	DATES
Naissance de Guy de Maupassant au château de Miromesnil, en Seine-Maritime.	1850
Ses parents s'installent au château de Grainville-Ymauville, près du Havre.	1854
Naissance d'Hervé, frère de Guy.	1856
Séparation de ses parents. Le père reste à Paris, la mère s'installe à Étretat avec ses deux enfants.	1860
Guy entre au petit séminaire d'Yvetot, où il se déplaît.	1863
Chassé du petit séminaire, entre au lycée de Rouen.	1868
Classe de philosophie et baccalauréat. Découvre la pensée de Schopenhauer.	1869
La mobilisation interrompt ses études de droit.	1870
Employé au ministère de la Marine. Premières parties de canotage sur la Seine.	1871

DATES	ÉVÉNEMENTS HISTORIQUES	ÉVÉNEMENTS CULTURELS
1873	Gouvernement de Mac-Mahon : l'ordre moral.	J. Verne, *Le Tour du Monde en quatre-vingts jours*. Zola, *Le Ventre de Paris*. Monet, *Le Champ des coquelicots*.
1874		Flaubert, *La Tentation de saint Antoine*. Rimbaud, *Illuminations*. Saint-Saëns, *La Danse macabre*. Verdi, *Requiem*. Wagner, *Le Crépuscule des dieux*. Renoir, *La Loge*.
1875	Constitution de la IIIe République.	Bizet, *Carmen*. Ouverture du nouvel Opéra de Paris.
1876		Mallarmé, *L'Après-midi d'un faune*. Renoir, *Le Moulin de la Galette*. Inauguration du théâtre de Bayreuth.
1877		
1879		Dostoïevski, *Les Frères Karamazov*. Schopenhauer, *Les Fondements de la morale*.
1880		*Les Soirées de Médan*.
1881	Protectorat français sur la Tunisie.	Verlaine, *Sagesse*. Renoir, *Le Dejeuner des canotiers*.
1882	Lois scolaires de Jules Ferry.	
1883	Expédition de Madagascar.	Villiers de l'Isle-Adam, *Contes cruels*. Zola, *Au Bonheur des dames*.
1884		
1885	Chute du gouvernement Jules Ferry.	Zola, *Germinal*.
1886		Schopenhauer, *Le Monde comme volonté et comme représentation*. Rodin, *Le Baiser*.
1887	Démission de Jules Grévy et élection de S. Carnot à la présidence de la République.	Fondation du Théâtre-Libre par Antoine.
1888	Début du Boulangisme.	Barrès, *Sous l'œil des Barbares*. Jarry, *Ubu-roi*.
1889		Bourget, *Le Disciple*. Van Gogh, *L'Homme à l'oreille coupée*. Exposition Universelle. La Tour Eiffel.
1890		Zola, *La Bête humaine*. Renan, *L'Avenir de la Science*.
1892	Attentats anarchistes.	Conan Doyle, *Aventures de Sherlock Holmes*. Tchaïkovski, *Casse-Noisette*.
1893		Courteline, *Messieurs les ronds-de-cuir*. Heredia, *Les Trophées*. Lavisse, *Histoire de France*. Fondation du théâtre de l'Œuvre par Lugné-Poe. Tchaïkovski, *Symphonie pathétique*.

VIE ET ŒUVRE DE MAUPASSANT	DATES
	1873
	1874
Publication du premier conte : *La Main d'écorché.* Rencontre avec Alphonse Daudet et quelques poètes, en particulier Mallarmé.	1875
	1876
Guy s'aperçoit qu'il est atteint de la «grande vérole». Sa santé commence à s'altérer.	1877
Voyage en Angleterre et à Jersey. Graves ennuis de santé.	1879
Boule-de-Suif, publié dans *Les Soirées de Médan,* remporte un vif succès. Guy commence à donner des chroniques à divers journaux.	1880
La Maison Tellier, premier recueil de contes.	1881
Mademoiselle Fifi, recueil de contes.	1882
Contes de la bécasse, recueil. *Une vie,* premier roman.	1883
Clair de lune, Miss Harriet, Les Sœurs Rondoli, recueils de contes.	1884
Bel-Ami, roman. *Contes du jour et de la nuit,* recueil. Voyages en Italie et en Sicile. Achat d'un yacht.	1885
Toine, Monsieur Parent, La Petite Roque, recueils de contes.	1886
Mont-Oriol, roman. Voyage en Afrique du Nord.	1887
Pierre et Jean, roman. *Le Rosier de Mme Husson,* recueil de contes.	1888
Fort comme la mort, roman.	1889
Notre cœur, roman. *L'Inutile Beauté,* recueil de contes. *La Vie errante,* récit de voyages.	1890
Tentative de suicide (1er janvier).	1892
Internement et mort (6 juillet) dans la clinique psychiatrique, du Dr Blanche.	1893

LES MOYENS D'EXISTENCE DE L'ÉCRIVAIN

Ils sont essentiellement au nombre de deux : l'édition et la presse.

L'édition

•

Aux XVIIe et XVIIIe siècles, l'écrivain tirait le plus clair de sa subsistance des pensions que lui versaient le roi et les nobles. Sa situation s'est notablement améliorée au XIXe siècle : il est intéressé aux ventes et Maupassant s'y est montré particulièrement attentif, surveillant de près ses éditeurs et leur reprochant, à l'occasion, leurs négligences. D'autre part, la diffusion du livre, même s'il est encore réservé à une élite, s'est considérablement accrue et, avec elle, la rémunération de l'écrivain :

> *À la fin de 1891,* Maupassant *estime que les 21 livres qu'il avait publiés représentaient au total une vente de 13 000 exemplaires chacun, soit 373 000 volumes : 169 000 volumes de nouvelles, 180 000 de romans, 24 000 de voyages. Havard lui donnait par volume 40 centimes pour les 3 000 premiers exemplaires, puis 1 F à partir du 4*[e] *mille. Au total sa plume lui permettait ainsi, vers 30 ans, de gagner 30 000 F par an, vers 35 ans, plus de 40 000 F, et vers 40 ans, 100 000 F par an.*
>
> *Maupassant,* coll. « Bouquins », Robert Laffont, 1988.

De telles sommes ne concernent naturellement que les écrivains parvenus à la notoriété et qui publient chez de nombreux éditeurs. Les principaux éditeurs de Maupassant, qui en eut huit, furent : Victor Havard, Paul Ollendorf, Georges Charpentier, Edmond Monnier.

La presse

•

La presse constitue une source de revenus plus importante, plus souple et plus immédiate que l'édition. Quand la nature ou la longueur de leurs œuvres (par exemple poésies ou nouvelles) le permet, les auteurs commencent par les confier une à une au journal de leur choix avant de les regrouper ultérieurement en un recueil. Quant aux œuvres plus longues, comme les romans, ils les font aussi paraître parfois d'abord dans la presse sous forme de feuilleton.
Les journaux touchent, au temps de Maupassant, un assez vaste public. C'est Émile de Girardin qui a révolutionné le journalisme en fondant, en 1836, *La Presse,* journal à grand tirage (plus de 20 000 exemplaires) parce qu'il était bon marché

grâce à la publicité et aux petites annonces. Toutefois, sous la Monarchie de Juillet, la liberté de la presse était soumise à nombre d'entraves. Mais la loi du 29 juillet 1881 a instauré une liberté complète : plus d'autorisation préalable, de cautionnement ni de droit de timbre. Parallèlement, l'essor économique de la seconde moitié du XIXe siècle, marquée par une longue période de paix (la guerre franco-allemande n'a été qu'une brève parenthèse), la diffusion de l'instruction primaire après les lois de Jules Ferry, enfin, sur un tout autre plan, les progrès techniques avec l'apparition des rotatives, sont autant d'éléments propres à favoriser une prospérité relative de la presse.

Maupassant collabore à plusieurs grands journaux et, en plus de son œuvre proprement littéraire (contes et romans), leur confie de nombreuses chroniques. Ce sont essentiellement :

– *Le Figaro,* hebdomadaire satirique à sa fondation, puis littéraire et mondain, devenu enfin quotidien en 1866 et qui, à l'époque de Maupassant, tire à plus de 100 000 exemplaires ;
– *Le Gaulois,* de même tendance, mais de plus faible tirage ;
– *Gil Blas,* qui publie en feuilleton deux de ses romans : *Une vie,* puis *Bel-Ami.*

En général Maupassant est payé d'abord 60 centimes puis très vite 1 F la ligne, tarif très intéressant pour l'époque.

Il n'y a pas, à proprement parler, de sources des *Contes* de Maupassant : leur matière a été fournie par la société contemporaine. Tout au plus peut-on dire qu'ils se situent dans une certaine tradition réaliste et satirique, qui remonte aux *Fabliaux* (voir p. 224).
En revanche, Maupassant a subi quelques influences tout à fait déterminantes pour sa pensée et pour son art.

INFLUENCE PHILOSOPHIQUE : SCHOPENHAUER

Comme beaucoup d'hommes de son époque, Maupassant a été fortement marqué par les idées du philosophe allemand Schopenhauer (1788-1860), célèbre surtout pour sa morale pessimiste :

> *Entre les désirs et leurs réalisations s'écoule toute la vie humaine. Le désir, de sa nature, est souffrance ; la satisfaction engendre bien vite la satiété : le but était illusoire : la possession lui enlève son attrait ; le désir renaît sous une forme nouvelle, et avec lui le besoin : sinon, c'est le dégoût, le vide, l'ennui, ennemis plus rudes encore que le besoin.* [...] Les efforts incessants de l'homme, pour chasser la douleur, n'aboutissent qu'à la faire changer de face.
> *À l'origine, elle est privation, besoin, souci pour la conservation de la vie. Réussissez-vous (rude tâche !) à chasser la douleur sous cette forme, elle revient sous mille autres figures, changeant avec l'âge et les circonstances : elle se fait désir charnel, amour passionné, jalousie, envie, haine, inquiétude, ambition, avarice, maladie, et tant d'autres maux, tant d'autres ! Enfin, si, pour s'introduire, nul autre déguisement ne lui réussit plus, elle prend l'aspect triste, lugubre, du dégoût, de l'ennui : que de défenses n'a-t-on pas imaginées contre eux ! Enfin, si vous parvenez à la conjurer encore sous cette forme, ce ne sera pas sans peine, ni sans laisser rentrer la souffrance sous quelque autre des aspects précédents ; et alors, vous voilà de nouveau en danse :* entre la douleur et l'ennui, la vie oscille sans cesse...
> *Mais le plus souvent nous nous détournons, comme d'une médecine amère, de cette vérité, que souffrir c'est l'essence même de la vie ; que dès lors la souffrance ne s'infiltre pas en nous du dehors, que nous portons en nous-mêmes l'intarissable source d'où elle sort.*
>
> Schopenhauer, *Le Monde comme volonté et comme représentation, 1819.*

Ennui

Un simple coup d'œil vous fait découvrir les deux ennemis du bonheur humain : ce sont la douleur et l'ennui. En outre, nous pouvons observer que dans la mesure où nous réussissons à nous éloigner de l'un, nous nous rapprochons de l'autre, et réciproquement; de façon que notre vie représente en réalité une oscillation plus ou moins forte entre les deux. Cela provient du double antagonisme dans lequel chacun des deux se trouve envers l'autre. En effet, le besoin et la privation engendrent la douleur, en revanche, la sécurité et la surabondance font naître l'ennui. C'est pourquoi nous voyons la classe inférieure du peuple luttant incessamment contre le besoin, donc contre la douleur, et par contre la classe riche est élevée dans une lutte permanente, souvent désespérée, contre l'ennui.

Schopenhauer, *Parerga*, Aphorismes, 1851.

INFLUENCES LITTÉRAIRES

Flaubert et le réalisme

•

Flaubert n'a écrit aucun ouvrage théorique, mais sa vaste correspondance abonde en réflexions significatives et l'ensemble de son œuvre relève d'une esthétique cohérente.

Le nom de Flaubert reste attaché au réalisme. Ce terme ne lui convient qu'à moitié puisque, de son propre aveu, il y a en lui un romantique *« épris de gueulades, de lyrisme, de grands vols d'aigle »*. Mais il est vrai aussi qu'il a incliné le roman vers une analyse de la réalité plus méthodique et plus délibérée que celle de Balzac. Contemporain des grands progrès de la science et de l'enthousiasme parfois naïf qu'ils ont suscité, Flaubert a voulu transposer dans l'art les principes et la méthode des savants : souci de vérité, d'objectivité, d'impersonnalité. Pour réagir contre la propension aux confidences des écrivains romantiques et peut-être parce qu'il en sentait en lui la tentation, il s'est astreint à ne jamais parler de lui, mais à s'entourer de toute la documentation possible avant de se mettre à écrire, qu'il s'agisse d'une reconstitution historique, comme dans *Salammbô* (1862), ou d'une étude sociale, comme dans *L'Éducation sentimentale* (1869). Dans son œuvre, Flaubert est cependant présent par le style : il travaille chacune de ses phrases et se les déclame à lui-même pour mieux les corriger. Comme ses contemporains les poètes parnassiens, il a le souci de la forme parfaite. Flaubert a profondément marqué l'histoire du roman au XIXe siècle.

Zola et le naturalisme

•

Par rapport à Flaubert, Zola franchit une étape supplémentaire dans l'application au roman des méthodes de la science « positive ». Fortement marqué par les théories de Taine (1828-1893), selon lesquelles tout individu est déterminé par sa race, son milieu, et le moment où il vit, Zola s'est aussi inspiré de la méthode expérimentale que Claude Bernard, à la même époque, préconisait pour la médecine. Le roman, théoriquement au moins, ne va plus être une œuvre d'imagination mais l'accumulation et l'exploitation de petits faits authentiques, conformes aux grandes lois qu'on est en train de découvrir, en particulier celles de l'hérédité. Aux yeux de Zola, il y a peu de différence entre le savant qui se livre à une expérience et l'artiste qui écrit un roman, celui ci devant ressembler le plus possible à celle-là et donner des éclairages successifs sur les mécanismes psycho-physiologiques qui commandent le comportement des personnages. L'ouvrage théorique le plus célèbre de Zola s'intitule précisément *Le Roman expérimental* (1880).

MAUPASSANT ET SES MAÎTRES

Flaubert

•

Flaubert a profondément influencé Maupassant. Ami d'enfance de sa mère, il a surveillé et patronné ses débuts :

> *Flaubert, que je voyais quelquefois, se prit d'affection pour moi. J'osai lui soumettre quelques essais. Il les lut avec bonté et me répondit : « Je ne sais pas si vous aurez du talent. Ce que vous m'avez apporté prouve une certaine intelligence, mais n'oubliez point ceci, jeune homme, que le talent – suivant le mot de Buffon – n'est qu'une longue patience. Travaillez. »*
> *Je travaillai, et je revins souvent chez lui, comprenant que je lui plaisais, car il s'était mis à m'appeler, en riant, son disciple. Pendant sept ans je fis des vers, je fis des contes, je fis des nouvelles, je fis même un drame détestable. Il n'en est rien resté. Le maître lisait tout, puis le dimanche suivant, en déjeunant, développait ses critiques et enfonçait en moi, peu à peu, deux ou trois principes qui sont le résumé de ses longs et patients enseignements. « Si on a une originalité, disait-il, il faut avant tout la dégager ; si on n'en a pas, il faut en acquérir une. »*
>
> Préface de *Pierre et Jean.*

Certes, Maupassant, qui est le contraire d'un théoricien, prend ses distances vis-à-vis du réalisme et du naturalisme (qu'il ne distingue pas) et souligne leur ambiguïté :

> *Mais en se plaçant au point de vue même de ces artistes réalistes, on doit discuter et contester leur théorie qui semble pouvoir être résumée par ces mots : « Rien que la vérité et toute la vérité. » Leur intention étant de dégager la philosophie de certains faits constants et courants, ils devront souvent corriger les événements au profit de la vraisemblance et au détriment de la vérité, car le vrai peut quelquefois n'être pas vraisemblable*[1].
> *Le réaliste, s'il est un artiste, cherchera, non pas à nous montrer la photographie banale de la vie, mais à nous en donner la vision plus complète, plus saisissante, plus probante que la réalité même.*
> *Raconter tout serait impossible, car il faudrait alors un volume au moins par journée, pour énumérer les multitudes d'incidents insignifiants qui emplissent notre existence.*
> *Un choix s'impose donc, – ce qui est une première atteinte à la théorie de toute la vérité* [...].
> *Faire vrai consiste donc à donner l'illusion complète du vrai, suivant la logique ordinaire des faits, et non à les transcrire servilement dans le pêle-mêle de leur succession.*
> *J'en conclus que les Réalistes de talent devraient s'appeler plutôt des Illusionnistes.*
>
> *Ibid.*

Cependant, il reprend à son compte l'esprit et la substance de l'enseignement de Flaubert :

> *La moindre chose contient un peu d'inconnu. Trouvons-le. Pour décrire un feu qui flambe et un arbre dans une plaine, demeurons en face de ce feu et de cet arbre jusqu'à ce qu'ils ne ressemblent plus, pour nous, à aucun autre arbre et à aucun autre feu.*
> *C'est de cette façon, qu'on devient original. Ayant, en outre, posé cette vérité qu'il n'y a pas, de par le monde entier, deux grains de sable, deux mouches, deux mains ou deux nez absolument pareils, il me forçait à exprimer, en quelques phrases, un être ou un objet de manière à le particulariser nettement, à le distinguer de tous les autres êtres ou de tous les autres objets de même race ou de même espèce.*
> « Quand vous passez, *me disait-il,* devant un épicier assis sur sa porte, devant un concierge qui fume sa pipe, devant une station de fiacres, montrez-moi cet épicier et ce concierge, leur pose, toute leur apparence physique contenant aussi, indiquée

1. Vers de Boileau, dans *L'Art Poétique*.

par l'adresse de l'image, toute leur nature morale, de façon à ce que je ne les confonde avec aucun autre épicier ou avec aucun autre concierge, et faites-moi voir, par un seul mot, en quoi un cheval de fiacre ne ressemble pas aux cinquante autres qui le suivent et le précèdent. »

Ibid.

Flaubert et Maupassant ont en outre le même souci du style :

J'ai développé ailleurs ses idées sur le style. Elles ont de grands rapports avec la théorie de l'observation que je viens d'exposer. Quelle que soit la chose qu'on veut dire, il n'y a qu'un mot pour l'exprimer, qu'un verbe pour l'animer et qu'un adjectif pour la qualifier. Il faut donc chercher, jusqu'à ce qu'on les ait découverts, ce mot, ce verbe et cet adjectif, et ne jamais se contenter de l'à-peu-près, ne jamais avoir recours à des supercheries, même heureuses, à des clowneries de langage pour éviter la difficulté.

Ibid.

Zola

•

Zola a été pour Maupassant moins un maître au sens plein du terme qu'un contemporain illustre qui, dans une certaine mesure, a pris le relais de Flaubert auprès de lui. À la mort de Flaubert, en 1880, Zola est déjà un romancier célèbre. Il a fait scandale parfois mais les premiers romans qui inaugurent la série des *Rougon-Macquart* ont attiré l'attention sur lui. En 1877, *L'Assommoir* a connu un vif succès et marque le début de l'école naturaliste. Maupassant fait partie du petit groupe d'écrivains qui s'est constitué autour du « maître » et se réunit régulièrement chez lui à Médan, près de Paris. Cinq d'entre eux publient, conjointement avec Zola, un recueil collectif de nouvelles, *Les Soirées de Médan* (1880). La contribution de Maupassant est éclatante : *Boule de suif*, un de ses contes les plus justement célèbres. Même s'il n'est pas véritablement un naturaliste, on peut dire que c'est sous les auspices de Zola qu'il publie ainsi son premier chef-d'œuvre.

L'histoire de la France dans le dernier tiers du XIXe siècle est dominée par deux événements essentiels : la guerre de 1870 et l'établissement de la République.

LA GUERRE FRANCO-ALLEMANDE

Le 17 juillet 1870, Napoléon III se jette à la légère dans la guerre contre l'Allemagne, nouvellement unifiée sous l'autorité de la Prusse. Habituée aux victoires coloniales faciles, la France se heurte à une armée bien équipée, bien entraînée, bien encadrée par des sous-officiers instruits – ce sera la victoire de l'instituteur prussien –, et elle va de désastre en désastre : défaite de Sedan (1er septembre 1870), capitulation de Metz (27 octobre 1870), siège et capitulation de Paris (19 septembre-3 décembre 1870). Malgré la formation, après la déchéance de Napoléon III, d'un *Gouvernement de la défense nationale,* la mise sur pied par Gambetta d'une nouvelle armée de 600 000 hommes, la résistance héroïque de quelques généraux (d'Aurelle de Paladines puis Chanzy sur la Loire, Faidherbe dans le Nord, Bourbaki à Belfort), au cours de l'hiver 1870-1871 tout le nord de la France est envahi jusqu'à la Loire et le Jura, soit environ 27 départements sur 89. La France ne peut que signer l'armistice à Versailles (28 février 1871) et accepter le dur traité de Francfort (10 mai 1871) dont les clauses principales sont le paiement d'une indemnité de cinq milliards de francs et surtout la cession à l'Allemagne de l'Alsace et d'une partie de la Lorraine. La France se libéra assez facilement du paiement de l'indemnité mais ne se résigna jamais à cette amputation territoriale.

LA COMMUNE DE PARIS

La République avait été proclamée par un coup d'état le 4 septembre 1870 et la France se trouvait alors dirigée par un gouvernement provisoire qui n'avait rien de légal. Elle eut, de plus, à faire face à des troubles révolutionnaires. Agité par la crise économique, profondément perturbé jusque dans sa chair par la famine due à un siège de près de trois mois, abasourdi par la déroute d'une armée qu'il croyait la plus forte du monde, le peuple de Paris cria à la trahison, se souleva et proclama *La Commune de Paris,* qui devait mettre en application les principes des systèmes socialistes de la première moitié du XIXe siècle. La province ne suivit pas la capitale : elle était dominée par une paysannerie assez aisée, très hostile aux « partageux ». Le gouvernement provisoire réfugié à Versailles et dirigé par Thiers envoya l'armée régulière, libérée par l'armistice, assiéger et reconquérir Paris. Cette guerre civile de deux mois (avril-mai 1871) fut atroce des deux côtés : les rebelles pris les armes à la main étaient fusillés sur place ; les communards répondirent en fusillant des otages et en se livrant, à la fin, à des actes de vandalisme : incendie des Tuileries, de la Cour des Comptes et de l'Hôtel de Ville. Ces excès expliquent la brutalité de la répression qui suivit : 50 000 arrestations, de nombreuses condamnations à mort, 6 000 déportations en Nouvelle-Calédonie. Ainsi se trouvèrent éliminés pour vingt ans les éléments révolutionnaires qui avaient troublé la première moitié du XIXe siècle.

ÉTABLISSEMENT DE LA RÉPUBLIQUE

Dès la signature de l'armistice, le gouvernement provisoire organise l'élection d'une Assemblée nationale qui doit donner à la France des institutions politiques, mais qui est détournée de son but par les circonstances. On vote en fait pour ou contre le prolongement de la guerre. Les républicains, avec Gambetta, sont pour la guerre, les royalistes, avec Thiers, pour la paix. La France, fatiguée de ses défaites, vote massivement pour les royalistes pacifistes. La république ne sera sauvée que par leurs divisions entre orléanistes et légitimistes. En 1875, enfin, les orléanistes se rapprochent des républicains modérés et l'assemblée vote, à une seule voix de majorité, le fameux amendement Wallon qui établit la République. La France se dote alors d'un régime démocratique et parlementaire, fondé sur le suffrage universel et la séparation des pouvoirs. L'exécutif est exercé par un président de la République qui nomme les ministres, mais ceux-ci sont responsables devant le Parlement (Sénat et chambre des Députés) qui les contrôle étroitement. Le président de la République est réduit à un rôle de représentation. Ce régime restera en vigueur jusqu'en 1940. Si les Français avaient voté royaliste en 1871, c'était par pacifisme. En réalité, ils sont majoritairement républicains. Chaque élection confirme leur succès et après la démission du président Mac-Mahon (1879), royaliste tenté un moment par l'exercice d'un pouvoir personnel, les républicains modérés détiennent tous les pouvoirs.

ORGANISATION DE LA RÉPUBLIQUE

Jules Ferry fait voter les réformes indispensables à la vie d'une véritable démocratie :
– lois établissant les libertés publiques : liberté de la presse et liberté de réunion (1880), libertés syndicales (1884) ;

– lois scolaires (1881-1882) établissant un enseignement gratuit, laïc et obligatoire de 6 à 13 ans. Cette loi doit permettre aux citoyens de donner un sens à leur bulletin de vote et surtout d'inculquer aux enfants les valeurs républicaines et le patriotisme alimenté par la perte de l'Alsace-Lorraine ;
– lois anticléricales (1880), qui s'inscrivent dans l'histoire des rapports souvent difficiles entre l'Église et l'État républicain. L'Église catholique vit toujours sous le régime du Concordat de 1801 : c'est un corps de l'État ; les prêtres sont des fonctionnaires payés par l'État, les évêques sont nommés par un accord entre le gouvernement et le pape. L'Église jouit encore d'une grande influence sur la population française, surtout la paysannerie. Or l'Église est résolument anti-républicaine : outre que le pape a violemment condamné les principes de la démocratie en 1864, dans l'encyclique *Quanta Cura* et le *Syllabus,* le clergé français reste traumatisé par les persécutions dont il a été victime sous la Révolution. Les républicains ne sont pas athées, mais ils veulent diminuer l'influence de l'Église. Sans porter atteinte au Concordat, qui ne concerne que le clergé séculier, ils font obligation au clergé régulier, c'est-à-dire les moines, les « Congrégations », d'obtenir une autorisation pour demeurer en France : peu l'obtiennent ; les autres doivent se dissoudre ou s'exiler, notamment la congrégation la plus connue, celle des jésuites (1881). L'apaisement n'interviendra qu'en 1892 lorsque, avec l'appui du pape Léon XIII, le cardinal Lavigerie lancera le mot d'ordre du « Ralliement » à la République et que le clergé se résignera, de plus ou moins bon cœur, au nouveau régime. Mais il restera toujours conservateur et l'attitude – hostilité ou soutien – envers l'Église catholique restera pendant tout le XIXe siècle le meilleur critère pour distinguer la gauche et la droite.

La personne physique et la personnalité de Maupassant ont intéressé et intrigué ses contemporains :

La plupart d'entre eux lui reconnaissent une robuste beauté. De taille médiocre, il donne une impression de force contenue. Son front bien dégagé, sa tête un peu cubique de Lorrain opiniâtre s'ornent d'une chevelure drue, couleur châtain foncé. Ses yeux pâles, dont le regard fascine, jettent parfois un éclat furtif d'un gris bleuté. Mais il se montre peu habile à mettre en montre ses talents. Il est dénué d'esprit de repartie. Il manque de vivacité. Harcelé par les brusques saillies d'une conversation mondaine, il reste coi. Aux yeux des plaisants, il paraît embarrassé, balourd. Il se sent emprunté. Un jeune témoin de son comportement remarque : « Triste, à l'air bête, sans conversation, il n'est à l'aise qu'avec les gens de métier. » *Un autre note avec une plus grande finesse :* « En le regardant de près, je trouve qu'il ressemble à ses paysans. Comme eux, il me paraît à la fois misanthrope et farceur, patient et madré, rêveur malgré lui et libertin. » *Cette rusticité un peu taciturne ne déplaît pas à Taine qui le surnomme* le taureau triste. *En revanche, les esthètes, les nerveux tolèrent mal sa présence. Edmond de Goncourt exulte visiblement lorsqu'il trace sur ses cahiers ces mots perfides :* « C'est l'image et le type du jeune maquignon normand. »

Albert-Marie Schmidt, *Maupassant par lui-même*, Seuil, 1962.

Certains écrivains de son époque l'apprécient et le situent dans une tradition glorieuse :

On le comprenait parce qu'il était la clarté, la simplicité, la mesure et la force. On l'aimait parce qu'il avait la bonté rieuse, la satire profonde qui, par un miracle, n'est point méchante, la gaieté brave qui persiste même sous les larmes. Il était de la grande lignée que l'on peut suivre depuis les balbutiements de notre langue jusqu'à nos jours. Il avait pour aïeux Rabelais, Montaigne, Molière, La Fontaine, les forts et les clairs, ceux qui sont la raison et la lumière de notre littérature. Et dans la suite des temps, ceux qui ne le connaîtront que par ses œuvres, l'aimeront pour l'éternel chant d'amour qu'il a chanté à la vie.

Émile Zola, discours prononcé aux obsèques de Guy de Maupassant, 10 juillet 1893.

J.-M. de Heredia renchérit :

Il est de la grande lignée normande, de la race de Malherbe, de Corneille et de Flaubert. Comme eux, il a le goût sobre et classique, la belle ordonnance architecturale et, sous cette apparence régulière et pratique, une âme audacieuse et tourmentée, aventureuse et inquiète.

J.-M. de Heredia, *Discours à Rouen*, 1900.

Cependant l'hostilité des Goncourt est sans appel : une page de Maupassant n'est pas signée, c'est tout bonnement de la bonne copie courante appartenant à tout le monde :

> [...] *Maupassant est un très remarquable* novelliere, *un très charmant conteur de nouvelles, mais un styliste, un grand écrivain, non, non !*
>
> Goncourt, *Journal,* t. IV et IX.

Son maître Flaubert, quant à lui, a toujours insisté sur la nécessité du travail :

> *Il* faut, *entendez-vous, jeune homme, il* faut *travailler plus que cela. J'arrive à vous soupçonner d'être légèrement caleux. Trop de canotage ! Trop d'exercice ! oui, monsieur !... Ce qui vous manque, ce sont « les principes ». On a beau dire, il en faut, reste à savoir lesquels. Pour un artiste, il n'y en a qu'un : tout sacrifier à l'art. La vie doit être considérée par lui comme un moyen, rien de plus.*
>
> Flaubert, *Lettre à Maupassant,* 15 juillet 1878.

Au début du XXe siècle, les *Contes* de Maupassant sont généralement appréciés. Le romancier Marcel Prévost est particulièrement sensible à la technique du conte :

> *Si, dans le roman, on a le temps et l'espace nécessaires pour poser des personnages singuliers, voués à des aventures extraordinaires, il n'en est pas de même dans le conte. Il faut que les personnages, âme et corps, soient définis en quelques mots. Rien ne s'accommode mieux de telles descriptions que l'être moyen : le type est quelque part dans notre mémoire ; il suffit de réveiller l'image. C'est le triomphe de Maupassant.* [...] *Le même procédé que Maupassant applique à l'évocation des caractères lui sert pour les paysages. Rarement il les choisit extraordinaires. Et ceux qu'il réussit le mieux sont les plus familiers. Il ne force pas notre imagination, comme Loti, à rêver des décors que nous n'avons jamais vus : mais, en évoquant ce que nous avons vu, il nous donne la surprise de le revoir mieux, avec des yeux d'artiste qui choisissent et retiennent les traits essentiels.*
>
> Marcel Prévost, *Contes choisis de Maupassant,* Préface, Ollendorf, 1905.

Joseph Bédier et Paul Hazard émettent de sérieuses réserves :

> *Rien de désespérant comme ses contes, écrits dans une langue sobre et forte, mais un peu vulgaire. Ou plutôt, « ordinaire » serait ici une qualification plus exacte que « vulgaire ». Maupassant ne veut rien peindre que de quotidien, et c'est à force de se surveiller lui-même qu'il atteint ce style dépouillé. C'est peut-être dans son tempérament physique et mental qu'on doit chercher l'explication de ce parti pris littéraire. Des problèmes métaphysiques le préoc-*

cupaient ; il fut sans répit tourmenté, comme le sera Loti, par la pensée de la mort et du néant ; même par des visions fantastiques. Or son intelligence n'était ni très cultivée, ni très énergique [...] *et il n'y trouvait pas de quoi résoudre ces problèmes et se débarrasser de ces hantises. Aussi choisit-il, comme pour sauvegarder son équilibre nerveux, des sujets qu'il pût traiter avec une sorte d'indifférence* [...]. *À l'égard de tels sujets, il lui était loisible d'appliquer le précepte de Flaubert : garder une impersonnalité absolue ; et peut-être fût-ce par discipline volontaire qu'il s'astreignit à l'impassibilité.* [...] *Ses nouvelles, sans défauts, n'atteignent jamais à la perfection souveraine des nouvelles de Mérimée.*

J. Bédier et P. Hazard, *Histoire de la Littérature française illustrée*, Larousse, 1924.

Albert Thibaudet, grand critique de l'entre-deux guerres, est franchement élogieux :

Il ne doit rien à Zola, son aîné de dix ans. Mais fils d'une amie d'enfance de Flaubert, et son compatriote normand, il est le disciple et le fils spirituel du grand Normand, à tel point qu'on ne trouverait peut-être pas d'exemple littéraire d'une filiation de génies aussi pleine, aussi droite, aussi logique, d'une mise au point originale aussi nette à l'intérieur d'un même ordre d'expérience humaine, d'un même plan de nature normande. Seules les écoles de peinture offrent un tel phénomène : Van Dyck et Rubens, Véronèse et Titien.

Tout d'abord il est dans la littérature le maître certain du conte, le classique du conte, supérieur à Mérimée par la solidité et la variété des êtres vivants qu'il pétrit dans une pâte de peintre au lieu d'en évoquer les traits comme le grand dessinateur de la Partie de Trictrac, *supérieur à Alphonse Daudet non seulement par la richesse de la production, mais par un art plus mâle, plus tonique, plus direct.*

A. Thibaudet, *Histoire de la littérature française*, Stock, 1936.

Plus près de nous, de nombreux critiques, français et étrangers, se sont intéressés à son œuvre. René Dumesnil est particulièrement sensible à son style :

Jamais style n'a été plus que le sien convenable aux sujets qu'il traite, aux idées qu'il exprime. Il est simple, clair, précis. Il est plein d'art et on dirait, à le lire, qu'il ignore toute recherche. Maupassant s'éloigne de Flaubert par cette fluidité qui reste constamment la qualité dominante de sa prose. Jamais rien de tendu, jamais rien qui ressemble à la rhétorique. Ses personnages parlent l'exact langage de leur condition, de leur milieu ; mais encore l'auteur, lorsqu'il intervient dans le récit, reste d'une discrétion surprenante. Ses paysages, ses descriptions sont d'une justesse et d'une vérité qui étonnent. Il a excellé à rendre sensibles les aperceptions les plus fugaces, les aspects de la nature les plus changeants.

René Dumesnil, *Guy de Maupassant,* Éd. Tallandier, 1947.

Tandis qu'Albert-Marie Schmidt lui décerne le suprême éloge, celui d'être un classique :

Chaque fois que Maupassant compose un texte, la lucidité de son esprit reste éclatante. Dans les années les plus sombres de sa vie, tandis qu'il considère les contes et nouvelles dont il pourvoit régulièrement les gazettes comme d'utiles bagatelles, exercices de contrôle de sa propre sagacité, il prétend, par des recherches dont on ne saurait trop admirer la rigueur raisonnable, réformer l'art du roman français en lui imposant les règles d'un nouveau classicisme.

Albert-Marie Schmidt, *op. cit.*

Journal du soir, *Cri de Paris.*
Gravure publiée à Paris chez Jean.

DANS LA LITTÉRATURE LATINE

De tous les poètes de l'Antiquité, c'est Virgile (70-19 av. J.-C.) qui a chanté avec le plus de sincérité et de bonheur la campagne, les travaux des champs et ceux qui s'y adonnent, d'abord dans les *Bucoliques,* ensuite et surtout dans les *Géorgiques.*

Les *Géorgiques,* poème didactique en quatre chants, sont, au point de départ, un traité technique consacré successivement au labourage, à l'arboriculture, à la viticulture, à l'élevage et à l'apiculture. Mais c'est, avant tout, une épopée des rapports de l'homme et de la nature. Et, par-delà les conseils spécifiques qu'il donne au sujet de chacune de ces activités, Virgile évoque toujours avec une grande sympathie le monde rural, préservé de la contamination de la grande ville, Rome. Il n'est pas question ici de critique : Virgile se fait le chantre des idées de l'empereur Auguste, qui voulait encourager un retour aux anciennes vertus romaines et au terroir d'où elles étaient issues. Les paysans et leur vie sont idéalisés :

> *Ô trop heureux les laboureurs, s'ils connaissaient leurs biens! Eux à qui, d'elle-même, loin de la discorde et des armes, la terre épanche en toute justice une subsistance facile. S'ils n'ont pas des palais dont les baies superbes vomissent de partout l'immense flot des clients*[1] *à la salutation du matin ; s'ils ne couvent pas des yeux des portes parées de belles incrustations d'écaille, ni des étoffes où l'on se joue, ni des bronzes d'Éphyré ; si chez eux la laine ne farde pas la blancheur avec la drogue d'Assyrie*[2] *; si la cannelle n'altère pas pour eux l'huile limpide qu'ils emploient, du moins ils goûtent un repos sans soucis, une vie qui ne connaît pas la tromperie, une vie riche en ressources variées ; du moins ils ont la paix dans de vastes espaces, les grottes, les lacs d'eau vive et les fraîches vallées, les mugissements des bœufs et les doux sommes sous un arbre. Ils ont pour eux les gorges brisées et les fourrés, séjours des bêtes, une jeunesse dure à l'ouvrage et sobre, le culte des dieux et la vénération pour leurs pères ; chez eux, au moment de quitter la terre, la Justice a laissé les dernières traces de ses pas.*
>
> Virgile, *Géorgiques,* II, 458-474, trad. H. Goelzer, Éd. Les Belles Lettres, 1946.

1. *Les clients* : les protégés d'un grand personnage, leur patron, qui venaient le saluer chaque matin.
2. *La drogue d'Assyrie* : la pourpre.

À L'AUBE DE LA LITTÉRATURE FRANÇAISE

Les fabliaux (XIIe-XIVe siècles)

•

Le monde rural est déjà une source d'inspiration aux tout premiers siècles de notre littérature. En réaction contre l'idéologie chevaleresque et courtoise qui exaltait l'excellence physique et morale et entourait d'un véritable culte l'héroïsme, la femme et l'amour, on voit apparaître, dès le XIIe siècle, les *fabliaux*.

Les *fabliaux* sont des récits généralement assez courts, en vers octosyllabiques, directement issus des provinces françaises (Artois, Picardie, Champagne, Île de France) où ils ont été composés. Le terme même de *fabliau* est la forme picarde de l'ancien français *fableau*, signifiant *« petite fable »*. Nous en possédons environ cent cinquante.

Bien que les intrigues soient imaginaires, les personnages, eux, sont bien réels et n'appartiennent plus à cette humanité idéale et un peu mythique qui peuplait chansons de geste et romans courtois. Avec les fabliaux, les gens simples font leur entrée dans la littérature : bourgeois avares ou crédules, naïfs de toute sorte, prêtres paresseux ou cupides, femmes dévergondées, mais aussi et peut-être surtout paysans (on disait alors *« vilains »*).

La peinture qui nous en est proposée est satirique : le but du fabliau est de faire rire. C'est alors que se dessinent, en particulier pour les paysans, les traits qui composeront leur image un peu caricaturale au cours des siècles et qu'on retrouve notamment chez Maupassant : avarice, grossièreté, naïveté mais aussi astuce.

Dans le conte *De Brunain et de Blérain,* un paysan et sa femme prennent à la lettre le sermon du prêtre : il avait assuré que Dieu rendrait en la doublant toute offrande faite à l'Église. Ils décident donc de lui donner leur vache. Le prêtre, pour l'apprivoiser, la fait lier à la sienne propre. Or, voici que la vache des paysans revient chez ses anciens maîtres, entraînant avec elle celle du prêtre. Dieu a bien doublé en effet l'offrande des paysans. Les voilà donc récompensés de leur bêtise de manière inattendue, tandis que le prêtre se voit puni de sa cupidité. Un autre fabliau nous raconte l'histoire d'un paysan plus sensible à l'odeur du fumier qu'à celle de la rose.

En somme, les fabliaux, malgré leur origine, leurs personnages et leurs sujets populaires sont très critiques envers les gens simples qu'ils mettent en scène et se complaisent à en souligner les ridicules.

AU XVIIe SIÈCLE

La comédie

•

Les auteurs du XVIIe siècle s'intéressent surtout à la cour et à la ville, selon le précepte de Boileau : *« Étudiez la cour et connaissez la ville » (Art Poétique)*. Les paysans n'apparaissent que de façon intermittente dans la comédie, sous l'aspect de domestiques, valets et servantes, que le contact de leurs maîtres a affinés au point qu'ils s'expriment eux aussi en vers, comme Alain et Georgette dans *L'École des Femmes* de Molière. Toutefois s'ils ont perdu presque tout leur patois originel, leur façon de raisonner, les comparaisons qui leur viennent spontanément à l'esprit les distinguent encore et donnent une certaine couleur locale aux œuvres où ils figurent :

GEORGETTE : *Mais que diantre est-ce là qu'avec tant de rudesse*
Il nous fait au logis garder notre maîtresse ?
D'où vient qu'à tout le monde il veut tant la cacher,
Et qu'il ne saurait voir personne en approcher ?
ALAIN : *C'est que cette action le met en jalousie.*
GEORGETTE : *Mais d'où vient qu'il est pris de cette fantaisie ?*
ALAIN : *Cela vient... Cela vient de ce qu'il est jaloux.*
GEORGETTE : *Oui ; mais pourquoi l'est-il ? et pourquoi ce cour-*
[roux ?
ALAIN : *C'est que la jalousie... entends-tu bien, Georgette,*
Est une chose... là... qui fait qu'on s'inquiète...
Et qui chasse les gens d'autour d'une maison.
Je m'en vais te bailler une comparaison,
Afin de concevoir la chose davantage.
Dis-moi, n'est-il pas vrai, quand tu tiens ton potage,
Que si quelque affamé venait pour en manger,
Tu serais en colère, et voudrais le charger ?
GEORGETTE : *Oui, je comprends cela.*
ALAIN : *C'est justement tout comme :*
La femme est, en effet, le potage de l'homme ;
Et quand un homme voit d'autres hommes parfois
Qui veulent dans sa soupe aller tremper leurs doigts,
Il en montre aussitôt une colère extrême.
GEORGETTE : *Oui ; mais pourquoi chacun n'en fait-il pas de même,*
Et que nous en voyons qui paraissent joyeux
Lorsque leurs femmes sont avec les biaux Monsieux ?
ALAIN : *C'est que chacun n'a pas cette amitié goulue*
Qui n'en veut que pour soi.

Molière, *L'École des Femmes*, II, 3, 1662.

La Fontaine

•

De tous les auteurs classiques, La Fontaine est celui qui connaît le mieux le monde rural. Il reprend en partie à son compte les railleries dont les paysans sont l'objet dans les *fabliaux*, mais il rend aussi hommage à leur travail patient et opiniâtre et à la morale qui le prône : *« Travaillez, prenez de la peine »*. Il sait distinguer le paysan aisé, qui lègue un héritage à ses enfants *(Le Laboureur et ses enfants)*, de l'ouvrier agricole que guette la misère :

Un pauvre bûcheron, tout couvert de ramée
Sous le faix du fagot aussi bien que des ans
Gémissant et courbé, marchait à pas pesants,
Et tâchait de gagner sa chaumine enfumée.
Enfin, n'en pouvant plus d'effort et de douleur,
Il met bas son fagot, il songe à son malheur.
« Quel plaisir a-t-il eu depuis qu'il est au monde ?
En est-il un plus pauvre en la machine ronde ?
Point de pain quelquefois, et jamais de repos. »
Sa femme, ses enfants, les soldats, les impôts,
Le créancier, et la corvée
Lui font d'un malheureux la peinture achevée.

La Fontaine, *La Mort et le Bûcheron*, in *Fables*, I, XVI.

La Bruyère

•

À la fin du siècle, La Bruyère, plus moraliste que poète soucieux du pittoresque, dénonce avec véhémence la misère globale des paysans, à une époque où les périodes de famine se multiplient :

L'on voit certains animaux farouches, des mâles et des femelles, répandus par la campagne, noirs, livides, et tout brûlés du soleil, attachés à la terre qu'ils fouillent et qu'ils remuent avec une opiniâtreté invincible ; ils ont comme une voix articulée, et, quand ils se lèvent sur leurs pieds, ils montrent une face humaine ; et en effet ils sont des hommes. Ils se retirent la nuit dans des tanières, où ils vivent de pain noir, d'eau et de racines : ils épargnent aux autres hommes la peine de semer, de labourer et de recueillir pour vivre, et méritent ainsi de ne pas manquer de ce pain qu'ils ont semé.

La Bruyère, *Les Caractères*, IX, 1688.

Les peintres

•

Les peintres ont été plus heureusement inspirés que les écrivains par les réalités de la campagne, témoins les nombreux tableaux que Georges de La Tour *(Paiement des dettes, Joueur de vielle)* et Louis Le Nain *(La Famille de paysans, Repas des paysans)*, deux grands maîtres du réalisme français, ont consacrés à la vie paysanne.

AU XIXe SIÈCLE

La Révolution, en abolissant les droits féodaux, améliore la condition paysanne, mais l'essor démographique qui démarre vers le milieu du XIXe siècle multiplie le nombre des paysans sans terre. Ceux-ci vivent de travaux saisonniers et de larcins (braconnage, maraudage) et entretiennent dans les campagnes un climat de mécontentement et de violence. George Sand, séduite par les paysages berrichons, donne une image idyllique et poétique de la paysannerie dans ses romans champêtres (*La Mare au Diable*, 1846 ; *La Petite Fadette*, 1849). Tandis que Balzac, ami de l'ordre, dresse contre elle le réquisitoire le plus violent :

> *Il est nécessaire d'expliquer, une fois pour toutes, aux gens habitués à la moralité des familles bourgeoises que les paysans n'ont, en fait de mœurs domestiques, aucune délicatesse ; ils n'invoquent la morale, à propos d'une de leurs filles séduites, que si le séducteur est riche et craintif. Les enfants, jusqu'à ce que l'État les leur arrache, sont des capitaux, ou des instruments de bien-être. L'intérêt est devenu, surtout depuis 1789, le seul mobile de leurs idées ; il ne s'agit jamais pour eux de savoir si une action est légale ou immorale, mais si elle est profitable. La moralité, qu'il ne faut pas confondre avec la religion, commence à l'aisance ; comme on voit, dans la sphère supérieure, la délicatesse fleurir dans l'âme quand la Fortune a doré le mobilier. L'homme absolument probe et moral est, dans la classe des paysans, une exception. Les curieux demanderont pourquoi ? De toutes les raisons qu'on peut donner de cet état de choses, voici la principale. Par la nature de leurs fonctions sociales, les paysans vivent d'une vie purement matérielle qui se rapproche de l'état sauvage auquel les invite leur union constante avec la Nature. Le travail, quand il écrase le corps, ôte à la pensée son action purifiante, surtout chez les gens ignorants. Enfin, pour les paysans, la misère est leur « raison d'état ».*
>
> Balzac, *Les Paysans.*

Maupassant

•

Malgré le développement de la grande industrie sous Napoléon III, la France reste, jusqu'à la fin du XIXe siècle, un pays essentiellement agricole. Les rendements augmentent lentement mais régulièrement. Dans un pays où domine la petite propriété et où les paysans sans terre, en surnombre, sont partis à la ville travailler dans les usines, la paysannerie française, jusqu'alors plutôt agitée, est une population calme et satisfaite, et constitue le plus fidèle soutien du régime républicain. La Normandie de Maupassant, c'est-à-dire le pays de Caux, est une région particulièrement privilégiée : sol limoneux, fertile, où poussent bien les céréales, climat humide favorable aux pâturages, donc à l'élevage. À quelques exceptions près, comme les deux familles besogneuses évoquées dans *Aux champs,* les paysans que mettent en scène les *Contes* sont assez aisés. Pour les distinguer du tout-venant, on les appelle « Maître ». Ce ne sont pas encore des bourgeois mais ils en prennent le chemin. Au-dessus d'eux figurent les notables : pharmaciens, médecins, notaires. Enfin la société rurale culmine avec les petits hobereaux, qui possèdent en général un château où ils mènent une vie heureuse et aisée. Ce monde de la campagne, sur lequel Maupassant exerce sa verve, mi-sévère, mi-amusé, est présent dans la majorité des *Contes.* Il en forme, en quelque sorte, le tissu vivant.

Zola

•

Zola trouvait que les romans champêtres de George Sand sonnaient faux, et il a été tenté, comme il le dit lui-même, de faire pour le paysan avec *La Terre* ce qu'il avait fait pour l'ouvrier avec *Germinal.* Il s'est donc appliqué à donner à sa peinture beaucoup de nuances et à éviter, comme Maupassant, toute simplification hâtive.

> *Un vieux paysan, le père Fouan, est venu trouver M. Baillehache, le notaire :*
> « Ainsi, père Fouan, vous vous êtes décidé à partager vos biens de votre vivant entre vos deux fils et votre fille ? »
> *Le vieux ne répondit point, les autres demeurèrent immobiles, un grand silence se fit. D'ailleurs le notaire, habitué à ces lenteurs, ne se hâtait pas, lui non plus* [...]. *Il avait ouvert un canif, il se rognait les ongles* [...].
> « Oui, ça se peut bien, monsieur Baillehache... Je vous en avais parlé à la moisson, vous m'aviez dit d'y penser davantage ; et

j'y ai pensé encore, et je vois qu'il va falloir tout de même en venir là. »
Il expliqua pourquoi, en phrases interrompues, coupées de continuelles incidentes. Mais ce qu'il ne disait pas, ce qui sortait de l'émotion refoulée dans sa gorge, c'était la tristesse infinie, la rancune sourde, le déchirement de tout son corps, à se séparer de ces biens si chaudement convoités avant la mort de son père, cultivés plus tard avec un acharnement de rut, augmentés ensuite lopins à lopins, au prix de la plus sordide avarice. Telle parcelle représentait des mois de pain et de fromage, des hivers sans feu, des étés de travaux brûlants, sans autre soutien que quelques gorgées d'eau. Il avait aimé la terre en femme qui tue et pour qui on assassine. Ni épouse, ni enfants, ni personne, rien d'humain : la terre ! Et voilà qu'il avait vieilli, qu'il devait céder cette maîtresse à ses fils, comme son père la lui avait cédée à lui-même, enragé de son impuissance.
« Voyez-vous, monsieur Baillehache, il faut se faire une raison, les jambes ne vont plus, les bras ne sont guère meilleurs, et, dame ! la terre en souffre... Ça aurait encore pu marcher, si l'on s'était entendu avec les enfants... »

Zola, *La Terre*, 1887.

AU XXe SIÈCLE

Péguy

•

Péguy est resté toujours très attaché à sa terre natale, la Beauce. Bien qu'aucun de ses ouvrages n'ait pour thème majeur le monde rural, il a exalté Jeanne d'Arc, la bergère lorraine héroïne de la guerre de Cent Ans et de la chrétienté tout entière. Un de ses poèmes les plus célèbres est consacré à la Beauce et à ses blés, tels qu'on les découvre en faisant le pèlerinage de Chartres. Enfin il distinguait dans son propre corps l'empreinte de son hérédité de paysan :

> *Toute l'inclinaison (générale) du corps en avant dénonce, trahit ce que suis, car je le deviens, puisque je le deviens : un paysan (non) égaré. L'inclinaison commençante générale vers la terre nourricière, vers la terre mère, vers la terre tombeau* [...]. *Je serai un vieux tassé, un vieux chenu. On dira : c'est le père Péguy qui s'en va* [...]. *Je serai un vieux rabougri, ma peau sera ridée, ma peau sera une écorce, je serai un vieux fourbu* [...]. *Trop de vieux derrière moi se sont courbés, se sont baissés toute la vie pour* accoler *la vigne. Avec cet osier rouge tendre brun que l'on vend au marché, cueilli, coupé des bords de la Loire* [...].

> *Peuple laborieux, j'en ai trop derrière moi. Je crois que c'est pour ça que j'ai ce vice de travailler. Puissè-je écrire comme ils accolaient la vigne* [...]. *Trop de vieux (et de vieilles) ont vécu sur la vigne, sur la délicate vigne, penchés comme sur une enfant, penchés toute la vie.*
>
> Péguy, *Victor-Marie comte Hugo*, 1910.

Après la guerre de 1914-1918

•

Après la Grande Guerre, l'extension de la grande industrie tend à dépeupler les campagnes : des villages se vident et meurent, des terres tombent en friche. Une certaine nostalgie donne alors aux Romans paysans un caractère lyrique. Giono, chantre de la Haute-Provence particulièrement atteinte par cette mort lente, raconte dans *Regain* (1930) la renaissance d'un village proche de Manosque. L'héroïne principale est la Mamèche, veuve d'un puisatier qui s'est tué en remettant un puits en marche. Pour elle la terre, où sont les morts, n'est plus un outil de production mais un objet d'amour et Giono, tout comme son personnage, se sent relié à elle par une sorte de panthéisme mystique :

> [La Mamèche parle.] *Je pense à l'enfant, à mon petit, mon Rolando, celui qui est aussi sous la racine de l'herbe. C'est pas de la justice* [...]. *Eux, ils les ont encore en chair qui marche et c'est parti pour chercher la bonne place. Moi, tout ce qui me tenait le cœur, c'est devenu l'herbe et l'eau de cette terre et je resterai ici tant que je ne serai pas devenue cette terre, moi aussi.*
>
> Giono, *Regain*, 1930.

À peu près à la même époque, d'autres auteurs, Pourrat, Ramuz, A. de Chateaubriant, Pagnol, et, plus près de nous, H. Bosco ont puisé dans leurs terroirs respectifs, – Auvergne, canton de Vaud, Brière, Provence –, une grande partie de leur inspiration. Cette tendance s'est prolongée jusqu'à notre époque sans éviter toujours les facilités d'un folklore superficiel. On peut dire que le mouvement écologiste se situe aussi dans la même mouvance, mais il n'a pas encore donné lieu à une œuvre littéraire.

AU XVIIe SIÈCLE

Corneille

•

Bien que la bourgeoisie de Paris peuple la plupart des comédies de Molière, la ville elle-même en est constamment absente. Il faut remonter aux premières comédies de Corneille pour trouver des allusions précises à certains quartiers, comme le Marais ou le faubourg Saint-Germain. *La Place Royale* (1634) a pour décor cette célèbre place, aujourd'hui Place des Vosges, qui attirait déjà les promeneurs au temps de Corneille. *La Galerie du Palais,* l'année précédente, poussait encore plus loin le souci de réalisme en présentant les boutiques des commerçants installés dans la galerie du Palais de justice :

LA LINGÈRE, LE LIBRAIRE

(On tire un rideau et l'on voit le libraire, la lingère et le mercier chacun dans sa boutique.)

LA LINGÈRE

Vous avez fort la presse à ce livre nouveau ;
C'est pour vous faire riche.

LE LIBRAIRE

On le trouve si beau
Que c'est pour mon profit le meilleur qui se voie.
Mais vous, que vous vendez de ces toiles de soie !

LA LINGÈRE

De vrai, bien que d'abord on en vendit fort peu,
À présent Dieu nous aime, on y court comme au feu ;
Je n'en saurais fournir autant qu'on m'en demande :
Elle sied mieux aussi que celle de Hollande,
Découvre moins le fard dont un visage est peint,
Et donne, ce me semble, un plus grand lustre au teint.
Je perds bien à gagner, de ce que ma boutique,
Pour être trop étroite, empêche ma pratique[1] *;*
À peine y puis-je avoir deux chalands[2] *à la fois :*
Je veux changer de place avant qu'il soit un mois ;
J'aime mieux en payer le double et davantage,
Et voir ma marchandise en un bel étalage.

LE LIBRAIRE

Vous avez bien raison ; mais à ce que j'entends...
Monsieur, vous plaît-il voir quelques livres du temps.

Corneille, *La Galerie du Palais,* I, IV.

---

1. *ma pratique* : ma clientèle.
2. *chalands* : clients.

Boileau

•

En 1666, Boileau dénoncera les bruits et les « embarras » qui rendent pénible (déjà !) la vie dans la grande ville :

Qui frappe l'air, bon Dieu, de ces lugubres cris ?
Est-ce donc pour veiller qu'on se couche à Paris ?
Et quel fâcheux démon, durant des nuits entières,
Rassemble ici les chats de toutes les gouttières ?
J'ai beau sauter du lit, plein de trouble et d'effroi,
Je pense qu'avec eux tout l'enfer est chez moi :
L'un miaule en grondant comme un tigre en furie,
L'autre roule sa voix comme un enfant qui crie.
Ce n'est pas tout encor, les souris et les rats
Semblent, pour m'éveiller, s'entendre avec les chats. [...]
Encor je bénirais la bonté souveraine,
Si le ciel à ces maux avait borné ma peine ;
Mais si, seul en mon lit, je peste avec raison,
C'est encor pis vingt fois en quittant la maison :
En quelque endroit que j'aille, il faut fendre la presse
D'un peuple d'importuns qui fourmillent sans cesse.
L'un me heurte d'un ais[1] *dont je suis tout froissé*[2] *;*
Je vois d'un autre coup mon chapeau renversé. [...]
Là, sur une charrette une poutre branlante
Vient menaçant de loin la foule qu'elle augmente.
Six chevaux attelés à ce fardeau pesant
Ont peine à l'émouvoir[3] *sur le pavé glissant.*
D'un carrosse en tournant il accroche une roue,
Et du choc le renverse en un grand tas de boue,
Quand un autre à l'instant s'efforçant de passer
Dans le même embarras se vient embarrasser.
Vingt carrosses bientôt arrivant à la file
Y sont en moins de rien suivis de plus de mille ;
Et, pour surcroît de maux, un sort malencontreux
Conduit en cet endroit un grand troupeau de bœufs.

Boileau, *Satires*, VI.

AU XVIIIe SIÈCLE

Les écrivains du XVIIIe siècle ont été, dans leur ensemble, moins intéressés par le pittoresque que par les débats d'idées.

1. *ais* : planche.
2. *froissé* : blessé.
3. *émouvoir* : faire avancer.

De Paris, ils ont donc retenu essentiellement les endroits où ces débats avaient lieu le plus souvent, c'est-à-dire les cafés, lieux d'échanges et de dialogues, fréquentés par les écrivains et les philosophes, et qui concurrençaient sérieusement les salons. Dans les *Lettres persanes* (1721), Montesquieu évoque le célèbre café Procope qui, rénové, est devenu aujourd'hui un restaurant :

> *Le café est très en usage à Paris : il y a un grand nombre de maisons publiques où on le distribue. Dans quelques-unes de ces maisons, on dit des nouvelles ; dans d'autres on joue aux échecs. Il y en a une où l'on apprête le café de telle manière qu'il donne de l'esprit à ceux qui en prennent : au moins, de tous ceux qui en sortent, il n'y a personne qui ne croie qu'il en a quatre fois plus que lorsqu'il y est entré.*
> *Mais ce qui me choque le plus de ces beaux esprits, c'est qu'ils ne se rendent pas utiles à leur patrie, et qu'ils amusent leurs talents à des choses puériles. Par exemple, lorsque j'arrivai à Paris, je les trouvai échauffés sur une dispute la plus mince qui se pût imaginer : il s'agissait de la réputation d'un vieux poète grec, dont, depuis deux mille ans, on ignore la patrie aussi bien que le temps de sa mort. Les deux partis avouaient que c'était un poète excellent : il n'était question que du plus ou moins de mérite qu'il fallait lui attribuer.*
>
> Montesquieu, *Lettres persanes*, XXXVI, 1721.

Chez Diderot, c'est un autre endroit célèbre de l'époque, le café de la Régence de son quartier, où le neveu de Rameau a ses habitudes :

> *Qu'il fasse beau, qu'il fasse laid, c'est mon habitude d'aller sur les cinq heures du soir me promener au Palais-Royal. C'est moi qu'on voit toujours seul, rêvant sur le banc d'Argenson*[1]*. Je m'entretiens avec moi-même de politique, d'amour, de goût ou de philosophie. J'abandonne mon esprit à tout son libertinage. Je le laisse maître de suivre la première idée sage ou folle qui se présente, comme on voit dans l'allée du Foy*[2] *nos jeunes dissolus marcher sur les pas d'une courtisane à l'air éventé, au visage riant, à l'œil vif, au nez retroussé, quitter celle-ci pour une autre, les attaquant toutes et ne s'attachant à aucune ! Mes pensées, ce sont mes catins. Si le temps est trop froid, ou trop pluvieux, je me réfugie au café de la Régence ; là je m'amuse à voir jouer aux échecs. Paris est l'endroit*

1. *banc d'Argenson* : dans les jardins du Palais-Royal, près de l'hôtel d'Argenson.
2. *allée du Foy* : parallèle à la rue de Richelieu.

du monde, et le café de la Régence est l'endroit de Paris où l'on joue le mieux à ce jeu.

Diderot, *Le Neveu de Rameau.*

AU XIXe SIÈCLE

La réalité de Paris

•

Balzac a parfois souligné l'insalubrité des quartiers du vieux Paris :

La rue du Tourniquet Saint-Jean, naguère une des rues les plus tortueuses et les plus obscures du vieux quartier qui entoure l'Hôtel de Ville, serpentait le long des petits jardins de la Préfecture de Paris et venait aboutir dans la rue du Martroi, précisément à l'angle d'un vieux mur maintenant abattu. En cet endroit se voyait le tourniquet auquel cette rue a dû son nom et qui ne fut détruit qu'en 1823. [...] La partie la plus large de la rue du Tourniquet [...] n'avait que cinq pieds de largeur. Aussi, par les temps pluvieux, des eaux noirâtres baignaient-elles promptement le pied des vieilles maisons qui bordaient cette rue, en entraînant les ordures déposées par chaque ménage au coin des bornes. Les tombereaux ne pouvant passer par là, les habitants comptaient sur les orages pour nettoyer leur rue toujours boueuse, et comment aurait-elle été propre ? Lorsqu'en été le soleil darde en aplomb ses rayons sur Paris, une nappe d'or, aussi tranchante que la lame d'un sabre, illuminait momentanément les ténèbres de cette rue sans pouvoir sécher l'humidité permanente qui régnait depuis le rez-de-chaussée jusqu'au premier étage de ces maisons noires et silencieuses. Les habitants, qui au mois de juin allumaient leurs lampes à cinq heures du soir, ne les éteignaient jamais en hiver.

Balzac, *Une double famille.*

Certaines descriptions de Hugo dans *Les Misérables* renchérissent sur celles de Balzac et à la saleté ajoutent l'angoisse :

[Dans le quartier du boulevard de l'Hôpital] *Les maisons bourgeoises n'ont commencé à poindre là que vingt-cinq ans plus tard. Le lieu était morose. Aux idées funèbres qui vous y saisissaient, on se sentait entre la Salpêtrière dont on entrevoyait le dôme et Bicêtre dont on touchait la barrière, c'est-à-dire entre la folie de la femme et la folie de l'homme. Si loin que la rue pût s'étendre, on n'apercevait que les abattoirs, le mur d'enceinte et quelques rares façades d'usines, pareilles à des casernes où à des monastères ; partout des baraques et des plâtras, de vieux murs noirs comme des linceuls, des murs neufs blancs comme des suaires* [...].

Cependant, à la nuit tombante, au moment où la clarté s'en va, l'hiver surtout, à l'heure où la bise crépusculaire arrache aux ormes leurs dernières feuilles rousses, quand l'ombre est profonde et sans étoiles, ou quand la lune et le vent font des trous dans les nuages, ce boulevard devenait tout à coup effrayant. [...] *La solitude de cet endroit où il s'était commis tant de crimes avait quelque chose d'affreux. On croyait pressentir des pièges dans cette obscurité, toutes ces formes confuses de l'ombre paraissaient suspectes, et les longs creux carrés qu'on apercevait entre chaque arbre semblaient des fosses. Le jour, c'était laid ; le soir, c'était lugubre ; la nuit, c'était sinistre.*

Hugo, *Les Misérables*, II, 4, 1862.

Il faut faire une mention spéciale pour l'Éléphant de la Bastille, détruit en 1847, où s'abrite Gavroche, enfant abandonné devenu le symbole des « gamins de Paris » livrés à eux-mêmes et survivant grâce à leur astuce, capables aussi d'héroïsme :

Il y a vingt ans, on voyait encore dans l'angle sud-est de la place de la Bastille, près de la gare du Canal creusée dans l'ancien fossé de la prison-citadelle, un monument bizarre qui s'est effacé déjà de la mémoire des Parisiens. [...] *C'était un éléphant de quarante pieds de haut, construit en charpente et en maçonnerie, portant sur son dos sa tour qui ressemblait à une maison, jadis peint en vert par un badigeonneur quelconque, maintenant peint en noir par le ciel, la pluie et le temps. Dans cet angle désert et découvert de la place, le large front du colosse, sa trompe, ses défenses, sa tour, sa croupe énorme, ses quatre pieds pareils à des colonnes faisaient, la nuit, sur le ciel étoilé une silhouette surprenante et terrible. On ne savait ce que cela voulait dire. C'était une sorte de symbole de la force populaire. C'était sombre, énigmatique et immense. C'était on ne sait quel fantôme puissant, visible et debout à côté du spectre invisible de la Bastille.*

Hugo, *Les Misérables*, VI, 2, 1862.

« *Un sentiment aigu de Paris* » constitue un des éléments majeurs de la poésie de Baudelaire, selon A. Thibaudet qui ajoute : « *Baudelaire en a extrait l'âme, une âme raffinée et perverse, l'âme de ses nuits, l'âme de son spleen.* » Les *Petits Poèmes en prose* avaient pour titre primitif *Le Spleen de Paris*, et plusieurs poèmes des *Fleurs du Mal* sont groupés sous la rubrique : *Tableaux parisiens*, dont le *Crépuscule du matin* :

La diane[1] *chantait dans les cours des casernes,*
Et le vent du matin soufflait sur les lanternes.

1. *diane* : sonnerie du matin destinée à réveiller les troupes.

C'était l'heure où l'essaim des rêves malfaisants
Tord sur leurs oreillers les bruns adolescents ;
Où, comme un œil sanglant qui palpite et qui bouge,
La lampe sur le jour fait une tache rouge ;
Où l'âme, sous le poids du corps revêche et lourd,
Imite les combats de la lampe et du jour.
Comme un visage en pleurs que les brises essuient,
L'air est plein du frisson des choses qui s'enfuient
Et l'homme est las d'écrire et la femme d'aimer.

Les maisons çà et là commençaient à fumer.
Les femmes de plaisir, la paupière livide,
Bouche ouverte, dormaient de leur sommeil stupide ;
Les pauvresses, traînant leurs seins maigres et froids
Soufflaient sur leurs tisons et soufflaient sur leurs doigts.
C'était l'heure où parmi le froid et la lésine
S'aggravent les douleurs des femmes en gésine[1] ;
Comme un sanglot coupé par un sang écumeux
Le chant du coq au loin déchirait l'air brumeux ;
Une mer de brouillards baignait les édifices,
Et les agonisants dans le fond des hospices
Poussaient leur dernier râle en hoquets inégaux.
Les débauchés rentraient, brisés par leurs travaux.

L'aurore grelottante en robe rose et verte
S'avançait lentement sur la Seine déserte,
Et le sombre Paris, en se frottant les yeux,
Empoignait ses outils, vieillard laborieux.
Baudelaire, *Les Fleurs du Mal*, « Tableaux parisiens », 1861.

Le mythe de Paris

•

En dépit de la laideur inquiétante de certains quartiers, Paris est le lieu par excellence de la réussite et attire pour cette raison les jeunes ambitieux des romans de Balzac.
Eugène de Rastignac, noble mais pauvre, brûle de se mesurer avec la société parisienne et d'y connaître la fortune et le succès. Il vient d'assister à un enterrement au cimetière du Père-Lachaise :

> *Rastignac, resté seul, fit quelques pas vers le haut du cimetière et vit Paris tortueusement couché le long des deux rives de la Seine, où commençaient à briller les lumières. Ses yeux s'attachèrent*

---

1. *en gésine* : en train d'accoucher.

> *presque avidement entre la colonne de la place Vendôme et le dôme des Invalides, là où vivait le beau monde dans lequel il avait voulu pénétrer. Il lança sur cette ruche bourdonnante un regard qui semblait par avance en pomper le miel, et dit ces mots grandioses :*
> – À nous deux maintenant!
> *Et pour premier acte de défi qu'il portait à la société, Rastignac alla dîner chez madame de Nucingen.*
>
> Balzac, *Le Père Goriot*, 1834.

De même, Lucien de Rubempré, jeune poète de province, est exhorté par sa maîtresse à aller tenter sa chance à Paris.

> *Lucien, hébété par le rapide coup d'œil qu'il jeta sur Paris, en entendant ces séduisantes paroles, crut n'avoir jusqu'alors joui que de la moitié de son cerveau ; il lui sembla que l'autre moitié se découvrait, tant ses idées s'agrandirent : il se vit, dans Angoulême, comme une grenouille sous sa pierre au fond d'un marécage. Paris et ses splendeurs, Paris, qui se produit dans toutes les imaginations de province comme un Eldorado, lui apparut avec sa robe d'or, la tête ceinte de pierres royales, les bras ouverts aux talents. Les gens illustres allaient lui donner l'accolade fraternelle. Là tout souriait au génie. Là ni gentillâtres jaloux qui lançassent des mots piquants pour humilier l'écrivain, ni sotte indifférence pour la poésie. De là jaillissaient les œuvres des poètes, là elles étaient payées et mises en lumière.*
>
> Balzac, *Illusions perdues*, 1843.

Julien Sorel, dans *Le Rouge et le Noir* de Stendhal, et Frédéric Moreau, dans l'*Éducation sentimentale* de Flaubert, ressemblent aux héros balzaciens en ce sens qu'ils ressentent eux aussi la fascination de Paris.

Le nouveau Paris

•

Sous Napoléon III, le baron Haussmann, préfet de la Seine de 1853 à 1870, s'attacha à l'œuvre gigantesque de l'agrandissement et de la transformation de Paris. On lui doit, entre autres, l'aménagement des bois de Boulogne et de Vincennes, du parc des Buttes-Chaumont, la construction des Halles, des églises St-Augustin et de la Trinité, d'hôpitaux comme l'Hôtel-Dieu, de théâtres comme l'Opéra et le Châtelet. Paris y gagna un prestige européen sans précédent. Dans le quartier nouvellement construit des Grands Boulevards se trouvaient les théâtres, les magasins, les cafés et les restaurants à la mode. Le génie visionnaire de Zola assimile les Halles centrales à une sorte de ventre de Paris et prête une vie intense aux marchandises qu'elles abritent.

Sur le carreau, les tas déchargés s'étendaient maintenant jusqu'à la chaussée. Entre chaque tas, les maraîchers ménageaient un étroit sentier pour que le monde pût circuler. Tout le large trottoir, couvert d'un bout à l'autre, s'allongeait, avec les bosses sombres des légumes. On ne voyait encore, dans la clarté brusque et tournante des lanternes, que l'épanouissement charnu d'un paquet d'artichauts, les verts délicats des salades, le corail rose des carottes, l'ivoire mat des navets ; et ces éclairs de couleurs intenses filaient le long des tas, avec les lanternes. Le trottoir s'était peuplé ; une foule s'éveillait, allait entre les marchandises, s'arrêtant, causant, appelant. Une voix forte au loin criait : « Eh ! la chicorée ! » *On venait d'ouvrir les grilles du pavillon aux gros légumes ; les revendeuses de ce pavillon, en bonnets blancs, avec un fichu noué sur leur caraco noir, et les jupes relevées par des épingles pour ne pas se salir, faisaient leur provision du jour, chargeaient de leurs achats les grandes hottes des porteurs posées à terre. Du pavillon à la chaussée, le va-et-vient des hottes s'animait, au milieu des têtes cognées, des mots gras, du tapage des voix s'enrouant à discuter un quart d'heure pour un sou.*

Zola, *Le Ventre de Paris*, 1874.

Le Paris d'Haussmann est celui qu'a connu Maupassant. On ne trouve pas dans les *Contes* d'évocation de la capitale en général, mais plus d'une allusion aux nouveaux quartiers et notamment aux cafés à la mode qui s'y trouvaient *(Le Protecteur)*. Mais c'est surtout à des gens plus humbles que s'est intéressé Maupassant :

Ayant été, par son éducation aristocratique et campagnarde, préservé de tout contact sympathique avec les membres de la petite bourgeoisie urbaine, Maupassant, un peu malgré lui, les découvre pour la première fois. Les petites gens, ce sont les boutiquiers et les employés qu'il côtoie journellement sur les flancs de la colline Montmartre où il habite. Ce sont ses voisins du neuvième, ou huitième, ou dix-septième arrondissement. Ce sont les fonctionnaires sans espoir qu'il croise dans les couloirs des ministères. Il les observe. Il définit leurs singularités. Ainsi se constitue-t-il un riche assortiment de matériaux bruts où il ne cesse d'emprunter jusqu'à sa mort.

Albert-Marie Schmidt, *Maupassant par lui-même*, Seuil, 1962.

Ces petites gens, Maupassant aime les suivre dans leurs loisirs du dimanche *(Une partie de campagne, Les Dimanches d'un bourgeois de Paris)*. Un des lieux qui attiraient le plus les promeneurs était la banlieue nord-ouest de Paris, le long des boucles de la Seine. Argenteuil était encore alors un village au milieu de vergers et de vignobles. Un peu plus loin, Bougival et Chatou comptaient bon nombre de restaurants de plein air, de loueurs de bateaux de plaisance. On pouvait aussi aller pique-niquer sur les berges du fleuve ou dans les petites îles dont était semé le cours de la Seine. Maupassant évoque souvent cette région, qu'il connaît bien, et les loisirs qu'il y a lui-même largement pratiqués, en particulier le canotage. Elle était aussi très chère aux peintres impressionnistes : Monet avait un atelier flottant sur la Seine à Argenteuil, Renoir était un familier du restaurant *Fournaise* près de Chatou, et de *La Grenouillère,* dont la terrasse sert de décor à son fameux *Déjeuner des canotiers* (1881).

AU XXe SIÈCLE

Le quartier des Grands Boulevards est, chez Proust, le théâtre d'un petit drame : un soir, Swann, amoureux et jaloux, cherche Odette, la femme qu'il aime, et, pour la retrouver, fait le tour des cafés et des restaurants à la mode :

> *Swann se fit conduire dans les derniers restaurants : c'est la seule hypothèse du bonheur qu'il avait envisagée avec calme ; il ne cachait plus maintenant son agitation, le prix qu'il attachait à cette rencontre et il promit en cas de succès une récompense à son cocher, comme si, en lui inspirant le désir de réussir qui viendrait s'ajouter à celui qu'il avait en lui-même, il pouvait faire qu'Odette, au cas où elle fût déjà rentrée se coucher, se trouvât pourtant dans un restaurant du boulevard. Il poussa jusqu'à la Maison Dorée, entra deux fois chez Tortoni et, sans l'avoir vue davantage, venait de ressortir du Café Anglais, marchant à grands pas, l'air hagard, pour rejoindre sa voiture qui l'attendait au coin du boulevard des Italiens, quand il heurta une personne qui venait en sens contraire : c'était Odette ; elle lui expliqua plus tard que n'ayant pas trouvé de place chez Prévost, elle était allée souper à la Maison Dorée dans un enfoncement où il ne l'avait pas découverte.*
>
> Proust, *Du côté de chez Swann,* 1913.

Aragon jette un œil de poète sur l'île de la Cité à la tombée de la nuit :

> *Le dernier lambeau du jour donnait un air de féerie au paysage dans lequel la maison avançait en pointe comme un navire. On était au-dessus de ces arbres larges et singuliers qui garnissaient le bout de l'île, on voyait sur la gauche la Cité où déjà brillaient les réverbères, et le dessin du fleuve qui l'enserre, revient, la reprend et s'allie à l'autre bras, au-delà des arbres, à droite, qui cerne l'île Saint-Louis. Il y avait Notre-Dame, tellement plus belle du côté de l'abside que du côté du parvis, et les ponts, jouant à une marelle curieuse, d'arche en arche entre les îles, et là, en face, de la Cité à*

la rive droite... et Paris, Paris ouvert comme un livre, avec sa pente gauche plus voisine vers Sainte-Geneviève, le Panthéon, et l'autre feuillet, plein de caractères d'imprimerie difficiles à lire à cette heure jusqu'à cette aile blanche du Sacré-Cœur... Paris, immense [...]. *Paris vu de son cœur, à son plus mystérieux, avec ses bruits voisins, estompés par le fleuve multiple où descendait une péniche.*

Aragon, *Aurélien*, Gallimard, 1944.

Chauffoir public, *lithographie de Victor Adam (vers 1840). Musée Carnavalet.*

ADULTÈRE

•

• **Dans l'œuvre** : il n'y a guère de couples parfaitement heureux dans les *Contes*. L'aventure les guette sans cesse et ils savent mal y résister : *« le mariage n'est qu'une ficelle qu'on coupe à volonté » (La Revanche)*. Nombre de riches paysans et de hobereaux, mariés ou non, sont présentés comme de *« vigoureux trousseurs de servantes »* (Saint-Antoine) et la fidélité n'est pas leur fort. Mais ce sont presque toujours les femmes que Maupassant s'est ingénié à surprendre en situation d'adultère. En général, il ne les condamne pas : au nom de quel principe le ferait-il, lui dont le scepticisme n'épargne pas l'amour ? À tout prendre, ce sont surtout les maris, paradoxalement, qui font les frais de sa sévérité en l'occurrence. Les femmes sont astucieuses, rusées, et à leur rouerie les maris n'ont à opposer que l'arme dérisoire de leur naïveté. On devine, dès lors, l'issue de l'affrontement. Le mari est à la fois trompé et ridicule : dans *Décoré !* il pleure de joie, sans se douter de rien, parce qu'il croit avoir reçu une décoration que sa femme obtiendra en payant de sa personne. Dans *Une partie de campagne,* il fait tranquillement une partie de pêche tandis que sa femme batifole librement dans les bois avec un séducteur. Maupassant se garde bien de plaindre tous ces maris et de compatir à leur qualité de victimes : dans *Les Bijoux,* il pousse la dérision jusqu'à nous en présenter un que sa première femme, frivole et couverte de bijoux par de riches amants, a rendu parfaitement heureux, tandis qu'il est malheureux avec la seconde, dont la vertu est irréprochable. Maupassant laisse le soin aux moralistes, si le cœur leur en dit, de condamner l'adultère. Il se contente, quant à lui, de convier son lecteur à sourire de quelques situations savoureuses.

• **Rapprochements** : le thème de l'adultère (ou du cocufiage) se rattache à une vieille tradition gauloise et apparaît déjà dans les *Fabliaux*. On le retrouve chez Rabelais *(Tiers Livre),* dans les *Contes* et parfois même dans les *Fables* de La Fontaine. Mais c'est essentiellement un thème de comédie, présent ou sous-jacent dans la plupart des pièces, mais qui atteint son plus grand développement dans les vaudevilles du XIXe siècle et notamment les œuvres de Feydeau, le maître du genre.

AMOUR

•

• **Dans l'œuvre** : l'amour sincère, profond, désintéressé n'est que très rarement évoqué dans les *Contes,* peut-être parce que leur auteur, de son propre aveu, a ignoré ce sentiment : *« Je n'ai pas eu, en toute ma vie, une apparence d'amour, bien que j'aie simulé souvent ce sentiment que je n'éprouverai sans doute jamais »*, écrit-il en 1881 à une amie. Célibataire vagabond, homme à bonnes fortunes, il a demandé aux nombreuses femmes qu'il a fréquentées des satisfactions uniquement sensuelles et s'est toujours montré soucieux avant tout de préserver sa liberté. Mais, s'il semble ne pas avoir éprouvé lui-même l'amour, il a été capable de le pressentir et de le deviner assez bien pour dessiner parfois quelques figures émouvantes où ce sentiment s'incarne. Ainsi, la servante d'*Histoire vraie* qui a été mariée contre son gré à un paysan après avoir conçu un enfant de son maître, M. de Varnetot, garde intact l'amour que ce dernier lui avait inspiré et, devant ses rebuffades, finit par mourir de désespoir. M. de Varnetot, quant à lui, semblable à son créateur, n'est jamais ému par cette fidélité pathétique et la mort même de sa victime le laisse indifférent et disponible pour d'autres aventures. Maupassant nous suggère une conclusion réaliste et pessimiste : c'est celui qui n'aimait pas qui est le plus heureux. Les destins sont moins inégaux mais la fin également tragique dans *Amour*, où la sarcelle mâle se fait tuer parce qu'elle ne veut pas s'éloigner de sa femelle abattue par un chasseur. Les sarcelles sont ici, en un sens, plus parfaites que les hommes puisque l'instinct leur inspire au moins des sentiments partagés. Maupassant insinue peut-être que cet accord parfait n'est possible, justement, que dans le monde animal. Mais là encore, quoique de façon différente, l'amour débouche sur la tragédie et la mort. Maupassant le condamnerait-il encore au moment où il semble l'exalter ?

• Rapprochements : une multitude d'œuvres de la littérature mondiale ont été inspirées par le thème de l'amour, incarné dans des « amoureux » exemplaires. En France, on peut citer *Tristan et Yseult,* quelques figures du théâtre classique (Rodrigue et Chimère dans *Le Cid* de Corneille, Titus et Bérénice dans *Bérénice* de Racine, l'héroïne de *La Princesse de Clèves* de Mme de Lafayette, les inspiratrices de la poésie romantique (Elvire pour Lamartine, Éva pour Vigny) et quelques couples célèbres du roman du XIXe siècle : Fabrice et Clélia dans *La Chartreuse de Parme* de Stendhal, Félix de Vaudenesse et Mme de Mortsauf dans *Le Lys dans la vallée* de Balzac, Frédéric Moreau et Mme Arnoux dans l'*Éducation sentimentale* de Flaubert. À l'étranger, citons *Roméo et Juliette* de Shakespeare, repris avec une certaine dérision par Anouilh dans *Roméo et Jeannette*, et *Les Souffrances du jeune Werther,* de Goethe. Les sarcelles de Maupassant peuvent faire penser aux deux pigeons de La Fontaine (*Fables,* IX, 2), qui, eux aussi, *« s'aimaient d'amour tendre »,* mais dont l'un au moins ne poussait pas ce sentiment jusqu'à l'héroïsme.

AVARICE

•

• **Dans l'œuvre** : aucune catégorie sociale n'est, chez Maupassant, exempte d'avarice et certains individus poussent même ce défaut à son paroxysme. Les bourgeois aisés, qui n'ont pas l'excuse d'être contraints par la nécessité, sont aussi regardants et cupides que les autres. Dans *La Rempailleuse,* on voit un pharmacien ayant pignon sur rue, fils lui-même d'un pharmacien, revendiquer hautement le maigre héritage d'une rempailleuse qu'il regrettait, l'instant d'avant, de n'avoir pas fait arrêter par les gendarmes. Mais c'est surtout sur les paysans que s'est acharnée la critique de Maupassant. Parfois leur avarice n'est pas pendable, comme lorsque maître Belhomme voulait bien se faire rembourser la moitié de sa place dans la diligence *(La Bête à maît'Belhomme).* Mais que dire de Mme Lefèvre qui condamne son chien à une mort affreuse, pour ne pas avoir à le nourrir, bien qu'elle en ait largement les moyens ? Il y a plus grave encore : les parents de la jeune Adélaïde la livrent à un vieux paysan riche dont ils espèrent que, moyennant une grossesse, il consentira à l'épouser *(Les Sabots).* Les parents d'un jeune bambin n'hésitent pas à le vendre à un couple fortuné contre le versement régulier d'une petite rente *(Aux champs).* Et la jeune paysanne de L'*Aveu,* après avoir longuement payé de ses faveurs une réduction que lui consentait le cocher sur le prix de son transport, se gardera bien de lui annoncer la grossesse dont il est l'auteur, afin de bénéficier jusqu'à l'extrême limite de l'économie qu'il lui permet de réaliser. À ce niveau, l'avarice désarme la critique et finit par ne plus se distinguer de la stupidité.

• **Rapprochements** : l'avarice est un des défauts humains qui a le plus inspiré les écrivains. Dans la littérature latine, on notera *L'Aululaire* de Plaute, qui est la source essentielle de *L'Avare* de Molière. Plus près de Maupassant, on peut songer à l'inoubliable père Grandet dans *Eugénie Grandet* de Balzac. Bien qu'elle s'y incarne de façon moins plaisante que tragique, la passion immodérée de l'argent est présente chez les riches propriétaires bordelais de la plupart des romans de Mauriac, en particulier dans *Le Nœud de Vipères.*

CHASSE

•

• **Dans l'œuvre** : bien qu'il ait aimé la chasse et tiré quelques gibiers dans la région de bezons et en Normandie à proximité d'Étretat, Maupassant a plus parlé de la chasse qu'il ne l'a personnellement pratiquée. Un certain nombre de ses contes (comme *Histoire vraie* et *La Rempailleuse*) ont pour cadre de départ une assemblée de chasseurs, réunis, après une journée de battues dans la campagne, devant une table abondamment garnie, auprès d'un grand feu de cheminée. L'histoire que raconte alors un des participants, et qui constitue un récit dans le récit, n'a le plus souvent aucun rapport avec la chasse, mais celle-ci lui donne sa tonalité. Maupassant ne s'est pas borné à évoquer les festins bien arrosés de l'après-chasse ; la chasse elle-même l'attire visiblement. Elle met en contact avec la nature, puiqu'elle est inséparable de longues marches qui font défiler les paysages, ou bien au contraire de longues stations immobiles à l'affût, où l'on entend glisser le vent dans les feuillages, où l'on entend palpiter la vie mystérieuse d'un marais *(Amour)*. Sur un tout autre registre, certaines notations laissent penser que Maupassant éprouve une certaine fascination devant le sang : *« la bête saignante », « le sang sur les plumes », « le sang sur mes mains me crispent le cœur à le faire défaillir » (Amour)*. Plus profondément encore, la chasse, c'est la mort, dont l'obsession a assombri les dernières années de Maupassant, au point qu'il a tenté d'en devancer le terme.

• **Rapprochements** : la chasse a rarement inspiré l'ensemble d'une œuvre. On peut toutefois citer les *Récits d'un chasseur* de Tourgueniev. Dans la littérature française, Vigny illustre sa pensée en présentant un loup plus « philosophe » que les chasseurs qui l'ont abattu *(La Mort du loup)*. On peut songer aussi à *La Légende de saint Julien L'Hospitalier*, un des *Trois Contes* de Flaubert.

EAU

•

• **Dans l'œuvre** : *« j'aime l'eau d'une passion désordonnée »*, avoue Maupassant dans *Amour*. Effectivement, l'eau est souvent présente dans son œuvre sous diverses formes. La première qu'il ait rencontrée est la mer, puisqu'il est (peut-être) né à Fécamp et qu'il a, en tout cas, souvent séjourné à Étretat, où il s'est fait construire une maison. Au-delà de l'âpre côte du pays de Caux, la mer le fascine, mais son immensité l'inquiète. Sans doute lui préfère-t-il la rivière, c'est-à-dire essentiellement la Seine, dans sa boucle au nord-ouest de Paris, où il pratique son sport favori, le canotage : *« comme c'était simple et bon et difficile de vivre ainsi, entre le bureau à Paris et la rivière à Argenteuil. Ma grande, ma seule, mon absorbante passion pendant dix ans, ce fut la Seine »* (Mouche). La Seine est un des éléments essentiels du décor d'*Une partie de campagne* : si les deux canotiers séduisent si aisément Mme et Mlle Dufour, c'est parce qu'ils sont inséparables de la rivière, tout le prestige rejaillit sur eux, et que leurs gracieuses yoles font rêver d'évasion leurs amies. Mais, chez Maupassant, le poète aime la mer tout autant que le canotier : il évoque *« les promenades le long des berges fleuries, mes amies les grenouilles qui rêvaient, le ventre au frais, sur une feuille de nénuphar, et les lis d'eau coquets et frêles, au milieu des grandes herbes fines qui m'ouvraient soudain, derrière un saule, un feuillet d'album japonais quand le martin-pêcheur fuyait devant moi comme une flamme bleue »* (Mouche). On trouve des notations analogues dans *Une partie de campagne*. Une troisième forme d'eau lui est chère : le marais, de dimensions plus humaines que la mer et, pour cette raison, plus facile à dominer à première vue, mais qui recèle en son sein toutes les formes inconnues de la vie. Il en fait le décor de la partie de chasse racontée dans *Amour*.

• **Rapprochements** : l'eau a toujours été un thème favori des poètes, depuis le *Loir gaulois* de Du Bellay jusqu'au *Cimetière marin* de Valéry, en passant par *Le Lac* de Lamartine. Mais il faut surtout évoquer, à propos de Maupassant, les tableaux des peintres impressionnistes dont la technique convenait à merveille pour traduire les miroitements d'une mer ou d'un fleuve et qui ont largement exploité ce sujet.

GUERRE

•

• **Dans l'œuvre** : bien qu'il ait été lui-même mobilisé et qu'il ait failli être fait prisonnier au cours de la débâcle, Maupassant ne s'est jamais intéressé, au moins dans son œuvre, aux opérations militaires. Les *Contes* ne font que de brèves allusions à la guerre proprement dite : *« Lorsqu'arriva l'invasion prussienne »*, une simple proposition subordonnée suffit à préciser les circonstances de *Saint-Antoine*. Au début d'un autre conte, *Un duel*, Maupassant ne développe pas beaucoup plus : *« La guerre était finie ; les Allemands occupaient la France. »* En revanche, ce qui a inspiré plusieurs contes, c'est la situation créée par les suites de l'invasion et de la défaite, à savoir l'occupation d'une partie du pays et notamment de la Normandie. Mais cette occupation n'a été ressentie ni par Maupassant ni par ses contemporains comme celle de 1940-1944, et il ne la présente jamais sous des couleurs vraiment tragiques. Il exerce également sa verve satirique sur l'occupant et sur l'occupé. Il s'en tient à l'image caricaturale de l'Allemand un peu lourdaud (comme le «*cochon*» de Saint-Antoine) ou du militaire, fût-il comte ou marquis dans la vie civile, que les circonstances amènent à se conduire en vandale dans le pays vaincu, comme les officiers de *Mademoiselle Fifi*. L'occupé n'est pas davantage exalté. Les Normands font même assez mauvaise figure : fanfarons en paroles, ils se révèlent plutôt lâches dans leur conduite. Leur «résistance» culmine dans le refus sans grand danger du curé qui ne fait jamais sonner la cloche de son église. Paradoxalement, c'est à une prostituée que, dans ce même conte, Maupassant prête la conduite la plus héroïque, ce qui ne va pas sans malice, comme dans *Boule de Suif*. La guerre n'est ni célébrée ni déplorée : aux yeux de Maupassant, elle agit comme révélateur des caractères et accentue, à l'occasion, la petitesse et la mesquinerie inhérentes, toutes nationalités confondues, à la nature humaine.

• **Rapprochements** : si les épopées exaltaient la guerre (*Iliade, Énéide, Chanson de Roland*), le roman a tendance à la démythifier : Stendhal dans *La Chartreuse de Parme*, Tolstoï dans *Guerre et Paix* ont choisi de n'en montrer que des éléments dérisoires et discontinus, tels que pouvait les voir un soldat sur le champ de bataille. Jules Romains a pris le même parti dans *Prélude à Verdun* et *Verdun* (dans *Les Hommes de bonne volonté*), sans s'interdire quelques vues d'ensemble. Hugo, dans ses poèmes de l'*Année terrible* (1872), a souligné la tragédie du siège de Paris et Zola a évoqué la défaite dans *La Débâcle* sur le même registre sombre. Plus près de nous, l'occupation de 1940-1944 a inspiré une littérature assez différente des *Contes* de Maupassant : si la médiocrité de certains Français a parfois été relevée (J. Dutourd : *Au Bon Beurre*, M. Aymé : *La Traversée de Paris*), les auteurs ont en général insisté sur la cruauté sauvage des nazis et l'héroïsme de certains résistants (romans de Vercors, poèmes d'Éluard et d'Aragon).

PROSTITUTION

•

• **Dans l'œuvre** : Maupassant nourrit une inévitable sympathie pour les prostituées, qu'il a beaucoup fréquentées au cours de sa vie. Dans son œuvre, elles constituent un thème d'inspiration largement traité dans plusieurs contes. En général les prostituées sont présentées avantageusement. Ce serait trop peu dire qu'il ne les met pas au ban de la société ; bien au contraire la générosité de Boule de Suif, dans le conte qui porte son nom, prend un relief singulier lorsqu'elle est comparée à l'hypocrisie, aux préjugés et à l'absence de cœur des autres femmes de la diligence, y compris les religieuses. Dans *Mademoiselle Fifi,* c'est encore une prostituée, Rachel, qui domine par son courage tous les autres personnages. Et l'émotion des pensionnaires de la maison Tellier, lors de la messe de première communion du neveu de leur patronne, est plus sincère et plus profonde que celle de maintes femmes réputées honnêtes de la paroisse. Si Maupassant se plaît à souligner les qualités en quelque sorte morales des prostituées et à les comparer à leur avantage avec les bourgeoises bien pensantes, c'est pour faire une satire de ces dernières et exprimer un profond scepticisme devant les clivages sociaux, lorsqu'ils sont fondés sur les préjugés d'une morale conformiste. À la fin de *Mademoiselle Fifi,* Rachel deviendra, par son mariage, *« une Dame qui valut autant que beaucoup d'autres »*. Pour opérer cette métamorphose, inattendue seulement aux yeux des bien-pensants, il a suffi de l'amour d'un *« patriote sans préjugés »*. Ces préjugés, Maupassant à coup sûr ne les partage pas. La prostitution est pour lui une forme comme une autre de l'activité sociale : l'opulence, entraînée pour son propriétaire par une maison de tolérance qui marche bien *(L'Ami Patience),* est du même ordre que s'il la devait à un commerce ou à une industrie prospères. Lui-même se considère comme un homme important et arrivé. En somme, pour Maupassant, la prostitution est une activité plutôt sympathique que ses détracteurs sont en général peu qualifiés pour mépriser.

• **Rapprochements** : les personnages de Maupassant peuvent faire penser aux courtisanes de Balzac, Coralie, Florine et surtout à Esther, fille de Gobseck, dans *Splendeurs et Misères des Courtisanes.* On distinguera, dans la littérature qui a suivi, les femmes que leur pauvreté contraint à se prostituer pour vivre et faire vivre leur famille, comme Fantine dans *Les Misérables,* et les femmes entretenues qui vivent dans le luxe, de *La Dame aux Camélias,* d'Alexandre Dumas fils, l'héroïne de *Nana,* de Zola, jusqu'à Odette de Crécy dans l'œuvre de Marcel Proust.

TERRE

•

• **Dans l'œuvre** : Maupassant est le contraire d'un écrivain déraciné. Si les nécessités de la vie l'ont souvent fixé à Paris, s'il a voyagé (Bretagne, Corse, Afrique du Nord), son cœur est toujours resté fidèle, comme c'était le cas pour son maître Flaubert, à sa Normandie natale. Bien qu'il s'intéresse avant tout aux comportements humains et ne s'attarde pas à de longues descriptions, il évoque souvent la riche terre normande, quand, par exemple, *« les seigles mûrs et les blés jaunissants, les avoines d'un vert clair, les trèfles d'un vert sombre étalent un grand manteau rayé, remuant et doux sur le ventre de la terre » (L'Aveu)*. Mais il ne se limite pas à ce pittoresque, quelle qu'en soit la force suggestive. Au-delà de la terre, il s'intéresse au terroir, c'est-à-dire à l'ensemble de la vie que nature, hommes et animaux, inextricablement mêlés, mènent parfois péniblement, et il excelle à en saisir les mouvements, les bruits, les odeurs. Dans *La Ficelle,* l'évocation des paysans se rendant au marché, puis du marché lui-même, de la foire aux bestiaux et de l'auberge prouvent à quel point Maupassant est resté fidèle à ses racines. Dans son œuvre, la terre ne s'aperçoit pas seulement sous la forme des céréales ou des diverses autres récoltes que produit la Normandie. Elle se devine encore, plus subtilement, mais plus profondément, lorsqu'on observe avec attention un paysan, et que selon qu'il est tordu, penché d'un côté ou de l'autre, ou bien en avant, on peut deviner à quel dur labeur il s'adonne à longueur de journée et quel décor en est le cadre. Tout autant que dans la couleur des blés, la terre s'inscrit dans le corps et la silhouette des paysans. Au moins dans les contes normands, on peut dire que la terre est omniprésente.

• **Rapprochements** : Rousseau a chanté les campagnes où il a successivement vécu : sa Suisse natale, les Alpes autour de Chambéry et la région de Montmorency, au nord de Paris. Au XIXe siècle, beaucoup d'auteurs sont des citadins, peu au fait des réalités campagnardes. De la Normandie de Maupassant, et de Flaubert, on peut rapprocher le Berry de George Sand tel qu'il apparaît dans ses romans champêtres *(La Mare au Diable, La Petite Fadette, François le Champi)*, l'Yonne de Colette, la Provence de Giono et le Bordelais de Mauriac.

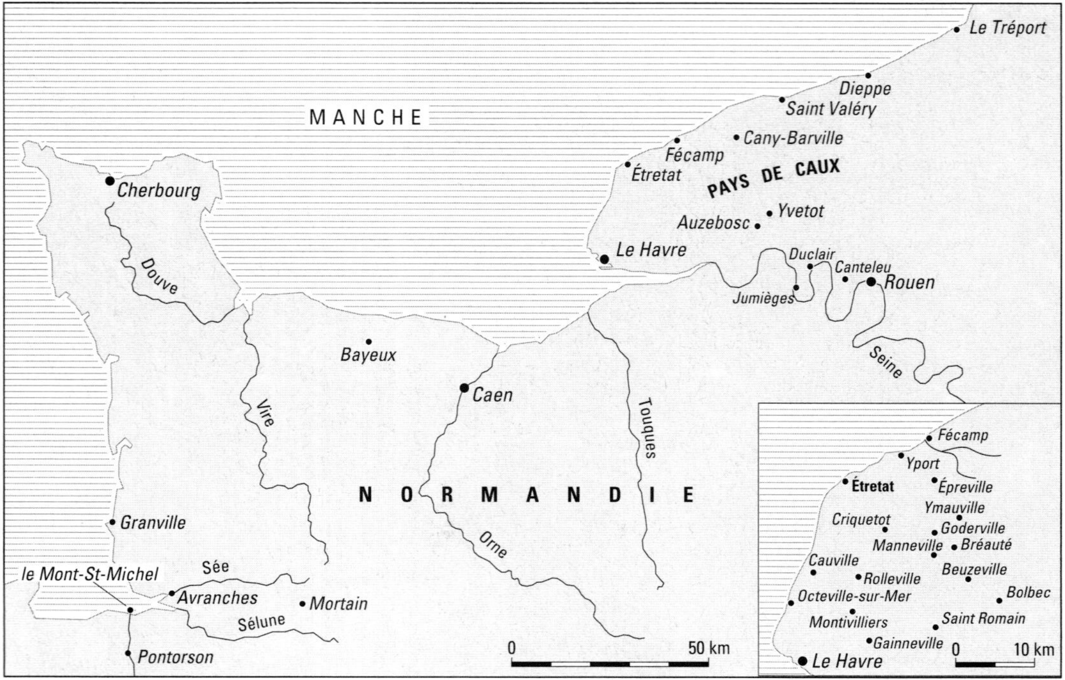
MANCHE
Le Tréport
Dieppe
Saint Valéry
Cany-Barville
Fécamp
Étretat
PAYS DE CAUX
Yvetot
Auzebosc
Le Havre
Duclair
Canteleu
Rouen
Jumièges
Seine
Cherbourg
Douve
Bayeux
Caen
Vire
Touques
NORMANDIE
Orne
Granville
Sée
le Mont-St-Michel
Avranches
Mortain
Sélune
Pontorson
0
50 km
Fécamp
Yport
Étretat
Épreville
Ymauville
Criquetot
Goderville
Manneville
Bréauté
Cauville
Beuzeville
Rolleville
Bolbec
Octeville-sur-Mer
Montivilliers
Saint Romain
Gainneville
Le Havre
0
10 km

CARTE DE PARIS

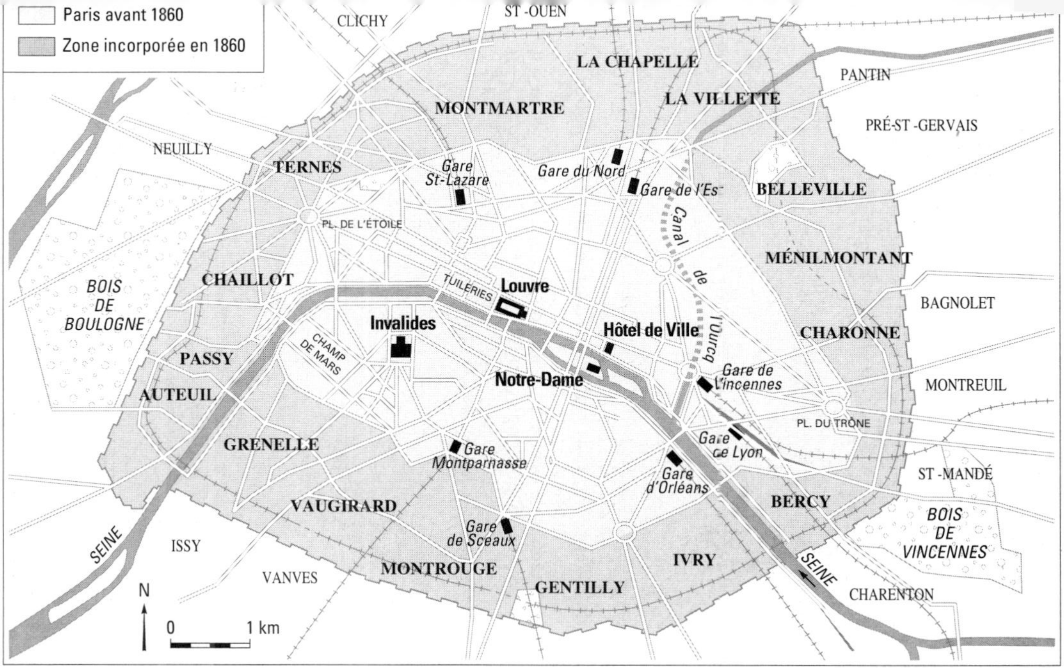

Pierre COGNY, *Le Naturalisme,* P.U.F., 1953.
René DUMESNIL, *Guy de Maupassant,* Tallandier, 1947.
René DUMESNIL, *Réalisme et Naturalisme,* Del Duca, 1962.
EUROPE, numéro spécial *Guy de Maupassant,* N° 47, avril-juin 1969.
Armand LANOUX, *Maupassant le Bel-Ami,* Fayard, 1967.
Édouard MAYNIAL, *La Vie et l'Œuvre de Guy de Maupassant,* Mercure de France, 1906.
Paul MORAND, *La Vie de Guy de Maupassant,* Flammarion, 1941.
Alain PAGÈS, *Le Naturalisme,* « Que sais-je ? », P.U.F., 1989.
Albert-Marie SCHMIDT, *Maupassant par lui-même,* Seuil, 1962.
Louis THOMAS, *La Maladie et la Mort de Maupassant,* Herbert, Bruges, 1906.
André-Marc VIAL, *Guy de Maupassant et l'art du roman,* Nizet, 1954.

FILMOGRAPHIE

L'Ami Maupassant, série de 6 téléfilms réalisés par Claude Santelli pour TF1, en 1986 (rediffusion en 1993).
Guy de Maupassant, film réalisé par Michel Drach en 1982, avec Claude Brasseur.
La filmographie de Maupassant est très abondante : le lecteur en trouvera le détail complet dans l'édition en 2 vol. publiée dans la coll. « Bouquins » chez Robert Laffont, en 1988, t. I, « Quid de Guy de Maupassant », pp. 259-269.

Imprimé en France par l'Imprimerie Hérissey à Évreux (Eure) - N° 96568
Dépôt légal N° 45708-03/2004 – Collection N° 10 – Édition N° 13
16/6230/3

Les conclusions que nous tirons sur les êtres ou les événements dépendent du point de vue où nous nous plaçons. Du point de vue géocentrique, on observe que c'est le soleil qui se lève, qui se couche et qui tourne autour de la terre. Or, ce n'est là qu'une apparence, et de la même façon ceux qui sont habitués à tirer des conclusions à partir des apparences, se trompent ; leur science, leur philosophie sont erronées, elles sont fondées sur une illusion identique : le soleil qui tournerait autour de la terre. Tandis que ceux qui adoptent le point de vue héliocentrique, qui savent se placer sur le soleil, afin de tout regarder depuis le soleil, ceux-là voient la vérité. Vous direz : « Mais nous savons tous que c'est la terre qui tourne autour du soleil. » Oui, théoriquement, mais en pratique vous faites le contraire ! Voilà pourquoi je vous répète : « Travaillez chaque jour à trouver le soleil en vous, c'est-à-dire la partie divine de vous-même. Et vivez là, regardez et agissez de là, vous serez dans la vérité. »

Qu'ils se disent croyants ou incroyants, la plupart des gens n'ont souvent pas plus de certitudes les uns que les autres, et voici une anecdote qui circulait il y a quelques années dans les pays communistes. De retour de leur voyage dans l'espace, des cosmonautes russes sont reçus en grande pompe au Kremlin, où Brejnev les félicite et les décore devant toute une assemblée. La cérémonie terminée, il les prend à part et leur demande : « Franchement, dites-moi, est-ce que vous avez vu Dieu là-haut ? – Oui, répondent les cosmonautes. – Ah, soupire Brejnev, évidemment, je m'en doutais. » Les mêmes cosmonautes sont reçus quelque temps après au Vatican par le pape. Là encore, grande cérémonie… À la fin quand tous se sont retirés, le pape prend les cosmonautes à part et leur dit : « Il y a quelque chose qui me préoccupe : au cours de votre voyage dans l'espace, est-ce que vous avez rencontré Dieu ? – Non, répondent-ils, nous ne L'avons pas rencontré. » Le pape a l'air un peu déçu, puis finit par murmurer : « Évidemment, je m'en doutais. »

D'où vient que depuis des milliards d'années l'univers continue à subsister ? C'est qu'il est régi par des lois qui assurent sa stabilité. Et l'être humain, qui est construit comme l'univers, ne peut également subsister, c'est-à-dire fonctionner comme un système organisé, que s'il accepte d'être lui aussi régi par des lois. Malheureusement, le monde entier est peuplé de gens qui s'imaginent pouvoir réussir avec n'importe quelle pensée, n'importe quel sentiment ou projet. Eh non, ils finissent très mal. Vous direz que ce n'est pas de leur faute, personne ne les a instruits. Dites plutôt que c'est eux qui ne cherchent pas à être instruits. Quand on cherche sincèrement, la lumière vient. Celui qui cherche un instructeur le trouvera, et cet instructeur-là lui dira que, s'il continue à se concentrer sur la satisfaction de ses ambitions ou ses désirs les plus personnels, il finira par se heurter à des forces qui le briseront. Personne n'a jamais pu s'opposer longtemps aux puissances qui gouvernent l'univers.

La question de la foi se présente d'une manière si compliquée qu'on ne peut pas tellement se fier aux gens quand ils disent qu'ils sont croyants ou qu'ils ne le sont pas. Certains prétendent avoir la foi, mais quand on les voit agir, on est stupéfait : ils se troublent, se découragent ou s'irritent pour rien ; ils sont égoïstes, intéressés, méchants, vindicatifs, etc. Tandis que d'autres, qui se disent incroyants, expriment des pensées et des sentiments d'une grande noblesse et se conduisent avec maîtrise, bonté, indulgence et abnégation. À la fin, on ne sait plus ce que signifie avoir la foi.

La vérité, c'est que les premiers adhèrent à des croyances religieuses mais n'ont pas véritablement la foi ; tandis que les seconds n'adhèrent peut-être à aucune de ces croyances, mais ils sentent qu'ils portent la loi divine inscrite en eux, même s'ils ne la nomment pas ainsi, et c'est cette loi qui inspire toute leur conduite.

Il ne suffit pas de se rendre auprès d'un Maître pour évoluer. Combien de gens bénéficient tous les jours de la lumière et de la chaleur du soleil sans se transformer ! Pourquoi ? Parce qu'ils sont fermés. Pour s'ouvrir, il faut la foi et l'amour. La foi et l'amour sont les clés qui ouvrent toutes les portes.

Le disciple véritable est donc celui qui a conscience d'avoir besoin d'un Maître pour le stimuler et l'inspirer dans la voie du bien. Et quand il a trouvé ce Maître, il ne doute pas de lui, il ne s'oppose pas à lui, il n'exige rien de lui. Souvent, le Maître ne lui a presque pas parlé, il ne s'est pas occupé de lui, mais le disciple sait que son Maître existe et il est heureux, il fait des progrès parce qu'il l'aime, il croit en lui, il est lié à lui. Même malheureux, pauvre, malade, mourant, il se sent consolé, réconforté seulement à la pensée que son Maître existe, car l'image qu'il a de lui dans sa tête, dans son cœur, est toute-puissante. C'est ce Maître intérieur qui lui ouvre toutes les portes.

La vie est la puissance des puissances : pour nous les humains, seul le soleil peut en donner une idée. De cette vie nous sentons deux manifestations : la lumière et la chaleur. Et combien de fois je vous ai expliqué que, s'ils voulaient s'ouvrir au soleil, les chrétiens comprendraient mieux ce qu'ils appellent le mystère de la Sainte Trinité, le mystère d'un seul Dieu en trois personnes : le Père, le Fils et le Saint-Esprit. Le Père représente la vie d'où procèdent le Fils et le Saint-Esprit, la lumière et la chaleur, c'est-à-dire la sagesse et l'amour. Mais que faire si les chrétiens ne veulent pas comprendre que seul le soleil peut justifier et leur rendre compréhensible ce qui fait le fondement de leur religion ? Et que faire encore si, quand je leur parle de méditation au lever du soleil, ils s'imaginent que je veux les ramener vers d'anciens cultes où on adorait le soleil comme une divinité ?

Sous prétexte qu'elles ne voient pas autour d'elles des exemples d'élévation spirituelle qu'elles pourraient imiter, beaucoup de personnes se sentent justifiées de ne faire aucun effort pour s'améliorer. Mais honnêtement, sont-elles vraiment si sûres que ces exemples n'existent pas ? Et en admettant même que ce soit le cas, est-il absolument indispensable de rencontrer des êtres en chair et en os ? Les livres ne peuvent-ils pas les aider ? Oui, des livres qui présentent la vie et le travail des sages, des saints, des Initiés et des grands Maîtres du passé. Tous ceux qui souhaitent trouver des modèles peuvent lire leur vie, non seulement pour voir ce qu'ils ont été et ce qu'ils ont fait, mais aussi pour se comparer à eux et mesurer les progrès qu'ils ont encore à faire. J'ajouterai même qu'il ne suffit pas de se comparer aux humains, si élevés soient-ils. Il faut aussi que nous apprenions à nous comparer aux étoiles, à l'immensité, à Dieu Lui-même. C'est ainsi que nous prendrons conscience de notre petitesse, de nos insuffisances, non pour être écrasés, mais pour sentir un élan formidable s'éveiller en nous, pour bondir, pour franchir les obstacles.

Après avoir été déçu par un ami, ou même un membre de sa famille, il arrive souvent qu'on se pose la question : « Mais comment savoir à qui on peut faire confiance ? » En réalité, ce n'est pas ainsi qu'il faut poser la question. L'être humain est fait de deux natures : une nature supérieure et une nature inférieure. Si quelqu'un vous a déçu, trompé, c'est que vous n'avez été ni lucide, ni clairvoyant : vous avez fait confiance à sa nature inférieure. Et pourquoi n'avez-vous pas été lucide et clairvoyant ?... Peut-être parce que la confiance que vous aviez mise en lui vous était aussi inspirée par votre nature inférieure. Qu'attendiez-vous de cette personne ? Qu'elle vous aide à devenir meilleur, plus sage, plus exigeant vis-à-vis de vous-même ?... N'attendiez-vous pas plutôt qu'elle satisfasse des désirs personnels, égoïstes ?... Eh oui, réfléchissez sincèrement.

Combien de gens ont un champ de conscience rétréci ! Ils ne s'intéressent à personne, ils n'aiment personne. Leur conscience ne s'éloigne même pas de quelques centimètres de leur crâne. Ils répètent : « Moi, moi, moi… »

Au contraire, la conscience de celui qui aime s'élargit : elle va à la rencontre de toutes sortes de personnes pour tourner autour d'elles, rester près d'elles, les toucher, les embrasser. On le voit : ceux qui ont de l'amour dans leur cœur ne restent pas immobiles, ils vont sans cesse vers les autres, ils s'occupent de leurs affaires… jusqu'à les importuner parfois et commettre des maladresses ! Pourquoi ? Parce que la conscience peut s'élargir sans s'éclairer, et l'amour qui élargit la conscience ne l'éclaire pas nécessairement. Les images de l'amour sont floues, elles ne donnent pas de précision sur la conduite à tenir. Donc, si vous voulez aider les êtres, sachez que l'amour ne suffit pas, il faut que la sagesse vienne aussi dire son mot.

Aimer ou haïr se manifeste le plus souvent comme un même besoin de dominer les autres. Oui, observez-vous. N'avez-vous pas tendance à vouloir accaparer l'être que vous aimez ?... Mais en réalité que gardez-vous ainsi ? Pouvez-vous empêcher les autres de rencontrer cet être ? Les occasions ne manquent pas, et si vous n'êtes pas raisonnable et compréhensif, vous souffrirez. Vous êtes comme le propriétaire d'un parc qui voudrait empêcher les fleurs de répandre leurs parfums alentour et les promeneurs de respirer ces parfums. En réalité, ce que vous gardez si jalousement, c'est le corps de l'être aimé, c'est-à-dire une enveloppe, une carapace... Son âme, elle, est libre. Et il en est de même pour ceux que vous n'aimez pas et que vous voulez brimer : que pouvez-vous réellement saisir ? Ce qui constitue l'essence d'un être, c'est-à-dire ses pensées, ses sentiments, ne peut pas être capturé. Pour un certain temps on arrive à s'emparer de son corps physique, mais non de l'être mystérieux qui l'habite.

Acceptez et utilisez tout ce que le monde extérieur vous offre de bon, mais ne comptez pas dessus. Fondez votre existence sur vos propres efforts, ne comptez sur rien d'autre. Car votre avenir véritable, c'est de parcourir toutes les régions de l'espace à travers les étoiles et les soleils, et vous ne pourrez emporter dans ce voyage que les richesses que vous aurez amassées au-dedans de vous.

Rien n'est plus important que d'apprendre sur quoi travailler et sur quoi compter. Tant que vous vous fiez aux conditions ou aux objets matériels, vous courez le risque d'être déçu, car à un moment ou à un autre les conditions changent, les objets vous échappent. Vous ne pouvez réellement compter que sur l'esprit en vous, qui est pure activité, effort constant. Utilisez tout le reste, si vous l'avez, et remerciez le Ciel de vous l'avoir donné, mais ne placez pas là vos raisons de vivre.

Il ne dépend que de nous de pouvoir sentir la présence divine dans tous les instants de notre vie quotidienne. Même quand nous mangeons, Dieu est là ; puisque c'est la nourriture qui nous apporte la vie, Dieu est présent dans la nourriture et nous devons considérer la nutrition comme un acte sacré. Bien sûr, certains religieux prétendront qu'on ne peut se nourrir de la vie divine qu'en prenant le pain et le vin de la communion. Mais si Dieu ne se trouvait pas tout aussi réellement dans les aliments qui sont notre nourriture quotidienne, c'est qu'il y aurait des lieux où Il ne serait pas. En réalité, Dieu est omniprésent, puisqu'Il est la vie, Il est présent partout. C'est à nous, par notre conscience, par nos pensées, par nos sentiments, de communier avec la vie divine.

L'alphabet hébraïque se compose de vingt-deux lettres, mais pour les kabbalistes ces vingt-deux lettres sont plus que des signes servant à former des mots : elles représentent les vingt-deux éléments du Verbe, les vingt-deux forces par lesquelles, comme il est dit dans le *Zohar*, Dieu a créé le monde. Apprendre la science du Verbe, c'est apprendre comment combiner dans les trois mondes les vingt-deux éléments qui le composent, afin qu'ils produisent l'harmonie dans nos pensées, nos sentiments et nos actes. Quand le désordre apparaît intérieurement, c'est que les « mots » sont mal placés, mal combinés. Acquérir cette science du Verbe, c'est-à-dire la science des correspondances qui existent entre les lettres et les forces, c'est évidemment une entreprise longue et difficile. Mais ceux qui la possèdent savent manier ces lettres, et ils peuvent établir un véritable lien entre la terre et le Ciel.

Ceux qui ont voulu enseigner la religion et la morale ont souvent mal fait leur travail : ils ont énoncé des règles sans vraiment en expliquer la raison, donnant ainsi aux humains l'impression de vouloir les brimer, les faire vivre dans les privations. Mais maintenant le moment est venu d'expliquer. Les gens ne sont pas tellement stupides et bornés, ils peuvent comprendre. En tout cas, cela ne sert plus à rien de vouloir imposer des règles sans en présenter l'utilité.

La Science initiatique nous explique que le renoncement n'est pas une privation. Renoncer à certaines facilités, à certains plaisirs n'a de sens que si c'est pour les remplacer par des acquisitions et des joies spirituelles. Dans la vie spirituelle, le renoncement ne s'accompagne pas d'une perte. Renoncer, c'est remplacer, transposer, déplacer un plaisir sur un plan supérieur. Il s'agit de la même activité, mais avec des éléments plus purs, plus subtils, un but plus désintéressé.

La pollution devient de nos jours un grand sujet de préoccupation. La terre, l'eau, l'air sont pollués, ce qui représente une menace pour la flore, la faune et aussi pour l'humanité. Mais comment ne pas voir que la pollution ne se limite pas seulement au plan physique ? S'il y avait des laboratoires équipés d'appareils assez perfectionnés, on pourrait vérifier que les humains eux-mêmes, par leurs pensées, leurs sentiments, leurs désirs, produisent certaines émanations fluidiques qui sont de véritables gaz asphyxiants. Mais on pourrait, c'est vrai aussi, faire la constatation inverse : que les émanations d'un être spirituel sont bénéfiques pour toutes les créatures, même pour les pierres, les plantes, les animaux. Puisqu'il est pur, désintéressé, plein d'amour, la présence d'un tel être agit favorablement sur ceux qui l'entourent ; tout comme la présence d'un criminel peut agir négativement. Même les esprits qui ont quitté la terre viennent auprès de lui pour se nourrir de ses émanations. Et c'est grâce à ces êtres évolués que l'atmosphère de la terre n'est pas encore devenue tout à fait irrespirable.

Par son comportement quelqu'un vous a vexé ou contrarié : si vous acceptez de vous abandonner à cet état, de fil en aiguille vous allez aussi vous souvenir de toutes les autres fois où cette personne vous a paru insupportable. Et vous ne vous arrêterez pas là : vous vous mettrez à penser à toutes les autres personnes qui vous sont désagréables, pour finir par avoir la sensation d'être noyé, étouffé, de ne plus pouvoir respirer. Ce n'est pas très intelligent d'en arriver là. Alors, que faire ? Eh bien, appelez votre intellect et demandez-lui si cette vexation ou cette contrariété vaut la peine que vous vous y arrêtiez. Si votre intellect est honnête, il sera souvent obligé de vous répondre : « Non. » Et c'est ainsi que peu à peu vous arriverez à disloquer cette matière lourde et obscure qui menaçait de vous étouffer.

Quand on parle de la vie, il faut avoir conscience qu'en elle est comprise la totalité des existences. C'est de cette vie totale, immense, que toutes les créatures se nourrissent, aussi peut-on dire qu'elles se nourrissent de la vie les unes des autres.

Quand vous êtes habité par des pensées et des sentiments égoïstes, injustes, malveillants, c'est comme une nourriture que vous prenez dans les régions inférieures de la vie. En les acceptant, non seulement vous les renforcez, mais comme ces pensées et ces sentiments émettent aussi des ondes qui se propagent, vous projetez donc des effluves malsains dont se nourriront d'autres personnes et même les entités infernales. Tandis que si vous vous efforcez d'entretenir en vous des pensées et des sentiments d'harmonie, de générosité, non seulement vous vous liez aux entités supérieures, mais cette nourriture divine ira nourrir des créatures lumineuses, et c'est ainsi que vous vivrez en elles : parce que vous les aurez nourries. Alors, soyez vigilant, en sachant que de vous seul dépend la nourriture que vous allez recevoir et celle que vous allez donner.

La tendance qu'ont les humains à rechercher la plupart de leurs satisfactions dans le plan physique, matériel, finit, sans qu'ils en prennent toujours conscience, par les rendre égoïstes, injustes, malhonnêtes, et même criminels. Pour obtenir une augmentation de salaire, un poste plus élevé, une part de marché plus importante ou une invitation mondaine, ils se lancent dans des intrigues et acceptent toutes sortes de compromissions. En admettant même qu'ils arrivent à leurs fins, qu'est-ce que ces succès peuvent vraiment leur apporter ? Et combien d'entre eux, une fois qu'ils ont obtenu ce qu'ils désiraient, se sentent encore plus insatisfaits ! Alors, ils ont fait du tort à d'autres, et eux-mêmes non seulement ne se sentent pas plus heureux, mais dans leur cœur, dans leur âme, ils ont perdu des éléments infiniment précieux. Alors, est-ce vraiment avantageux ?

Même si vous êtes absolument convaincu du bien-fondé de votre engagement spirituel, parfois vous vous sentez fatigué et vous commencez à douter. Vous vous demandez si les efforts que vous faites pour marcher dans la voie du bien, du dépassement de soi, en valent la peine, et vous êtes tenté de tout abandonner. Eh bien, c'est à ce moment-là que vous devez être attentif et vigilant, en sachant les déceptions qui vous attendent si vous retournez en arrière. Dites-vous : « Bon, en ce moment je suis un peu fatigué, je n'ai plus envie d'avancer, mais ça va bientôt passer ; en attendant, je ne dois pas lâcher prise. »

Regardez comme tout passe dans la vie : après le printemps vient l'été, puis l'automne, puis l'hiver, et de nouveau, après l'hiver, c'est le printemps. Alors pourquoi n'y aurait-il pas des cycles, des saisons en vous aussi ? Dites : « Bon, je vais laisser passer un peu cet hiver, et ça ira mieux après. » Voilà comment il faut raisonner, et surtout ne pas abandonner, car il est bien plus difficile ensuite de reprendre le chemin de la lumière.

Beaucoup de gens cherchent le bien comme d'autres cherchent la vérité… et ne la trouvent jamais, parce que la vérité est une maîtresse, une princesse exigeante, tandis qu'eux cherchent une servante qui leur facilitera la vie. Le bien aussi est un maître exigeant. Alors, si vous dites que vous cherchez le bien et que vous trouvez le mal, vous n'avez qu'à vous en prendre à vous-même : cela signifie qu'il vous manque un idéal supérieur. Quand les choix que vous faites vous amènent à des déceptions, des conflits, des échecs, demandez-vous pourquoi vous avez eu si peu de flair… Chacun porte en lui-même une sorte d'aimant qui est la synthèse de ses pensées, de ses sentiments, de ses désirs, et cet aimant attire les personnes et les situations qui sont en correspondance avec tous les éléments de sa vie psychique.

Ce qui fait la grandeur du sacrifice, c'est sa capacité d'opérer des transformations. Voilà un sujet sur lequel il vaut la peine de méditer ! Même la matière la plus vile peut être transformée. Je vous l'ai souvent montré en vous donnant l'exemple du bois mort dont on fait du feu. Pensez qu'en vous il existe du bois mort, de vieilles branches inutiles (des pensées, des sentiments, des désirs qui vous paralysent et s'opposent à votre évolution), que vous pouvez sacrifier pour produire de la chaleur et de la lumière. Pourquoi considérer toujours le sacrifice comme quelque chose de triste et de douloureux ? Au contraire, il faut voir dans le sacrifice quelque chose de joyeux : il nous apporte la chaleur, il nous apporte la lumière, et qu'y a-t-il de plus joyeux que la lumière ?

La vie est une combustion. Pour être vivant, il faut sans cesse entretenir le feu en soi. Cette combustion est un phénomène physique, mais elle est aussi une réalité psychique, spirituelle. Chaque jour nous avons en nous-même une matière à brûler pour produire la chaleur et la lumière.

Il est dit que Dieu a créé le monde « ex nihilo » : à partir de rien. Or, « rien » n'existe pas. « Rien » correspond à cette réalité que les kabbalistes appellent *Aïn Soph Aur* : lumière sans fin. Mais ce mot même de lumière peut nous induire en erreur, car pour nous la lumière est non seulement ce que nous voyons, mais ce qui nous permet de voir. Or, *Aïn Soph Aur*, telle que les kabbalistes la comprennent, est une lumière au-delà même de la lumière, une lumière d'une nature telle qu'elle peut être confondue avec les ténèbres ; c'est l'absolu, le Non-manifesté, l'absence apparente de tout mouvement.

Pour sortir de ces ténèbres et de cette immobilité apparentes, l'absolu s'est imposé des limites. Il a donc circonscrit un espace, puis, débordant des limites de cet espace, il a formé un premier réceptacle qu'il a rempli de ses émanations. Ce premier réceptacle, c'est *Kéther*, la première séphira. Et *Kéther* en débordant à son tour a engendré *_Ho_hmah*. Puis *_Ho_hmah* a engendré *Binah*, et ainsi de suite jusqu'à *Mal_houth*, la terre. Chaque séphira est une émanation de la précédente. À partir de *Kéther* on peut donc dire que toute la création n'est qu'un processus ininterrompu de condensation de la lumière divine.

Toutes les créatures qui peuplent l'univers ont reçu de l'Intelligence cosmique un son déterminé. C'est elle, l'Intelligence cosmique, qui les a accordées pour qu'elles puissent former une symphonie dans l'immensité. Malheureusement, sur la terre, ce que l'on entend, c'est une épouvantable cacophonie, parce que les humains ont quitté cet état d'innocence dans lequel Dieu les avait créés au commencement. Ils n'arrivent plus à vibrer à l'unisson de l'harmonie universelle parce que leur conscience est limitée, centrée sur leur personnalité, leur nature inférieure, qui leur inspire des réactions égoïstes, intéressées, passionnelles. Le jour où ils commenceront à sortir des limites de leur nature inférieure pour entrer dans l'immensité de leur nature supérieure, ils vibreront en accord avec l'univers entier. Grâce à cet accord ils recevront les meilleures influences, car ils auront rétabli le canal pour que les énergies célestes puissent circuler et venir les visiter.

Le soleil est l'image la plus parfaite de Dieu. Mais en dépit de cette perfection, il n'est qu'une forme, et il faut aller plus loin pour chercher Dieu au-delà de cette forme. Dieu doit être toujours cherché au-delà des formes. Alors, en regardant le soleil, efforcez-vous de sentir que vous êtes devant le meilleur représentant de Dieu sur la terre. Cette sensation contribuera à élever toutes les vibrations de votre être. Tous les éléments en vous seront exaltés, vous serez projeté dans les régions supérieures de l'espace, et même la notion de temps va s'abolir. Comme Dieu vous vivrez dans l'éternité.

Que savons-nous d'un être humain ? On peut décrire son corps physique, le toucher, mais l'entité qui a formé ce corps et qui l'habite, on ne peut ni la décrire, ni la toucher. La matière nous donne une certaine idée de la réalité, mais elle n'est pas la vraie réalité. C'est pourquoi, si vous voulez vraiment changer quelque chose en profondeur dans votre corps physique, ne vous occupez pas tellement de lui, car ce n'est pas lui la réalité, il n'est qu'une conséquence. La réalité, c'est le sentiment, la pensée, et au-delà encore l'esprit, qui à travers les pensées et les sentiments a le pouvoir de modeler le corps. Donc, c'est à eux que vous devez vous adresser pour qu'ils travaillent sur la matière de votre corps physique qui, peu à peu, obéira et se transformera.

Vous voulez que je vous donne une définition de la superstition ? Être superstitieux, c'est penser qu'on pourra moissonner là où on n'a pas semé. La vraie foi, au contraire, c'est de savoir qu'après avoir semé on récoltera, dans cette vie ou dans une autre, ou encore à travers ses enfants. Si vous semez de bonnes graines dans un sol fertile à l'époque favorable, elles germent et croissent. Peut-être quelques graines se perdront-elles, mais la majorité pousseront et donneront des fruits. Tant d'hommes et de femmes qui n'ont jamais travaillé dans le domaine intellectuel, affectif ou physique, espèrent moissonner et, quand ils constatent leur échec, ils crient à l'injustice ! Mais à qui la faute ? Ceux qui sèment et plantent ne sont jamais déçus. Quand on a la foi véritable, on n'est jamais déçu. Ceux qui sont déçus attendaient des récoltes impossibles.

C'est parce que les humains avancent dans la vie chacun avec des buts différents, des objectifs différents à atteindre, qu'ils ne cessent de se heurter et de se combattre. Le seul remède à tous ces antagonismes, c'est qu'ils aient le même idéal et qu'ils cheminent ensemble vers un point unique situé à l'infini. L'harmonie ne régnera parmi les humains que le jour où tous s'uniront dans l'idée de servir le Seigneur, d'aplanir ses chemins et de travailler pour l'idée d'une grande famille. Ainsi, tous se comprendront, se respecteront et s'apprécieront parce qu'ils auront cet idéal commun, parce qu'ils seront comme les rayons d'un même cercle qui convergent vers le centre. Le cercle est l'image d'un organisme parfait dont la tête est le centre, et dont les membres, les organes, représentent les rayons qui convergent vers ce centre.

Toutes les activités humaines sont l'expression du travail des deux principes masculin et féminin, qui se fusionnent pour créer la vie. Prenons le chant choral. Quand une chorale chante, et surtout si elle chante des chants mystiques, la fusion des deux principes – les voix masculines et féminines – se fait très haut dans le monde de l'âme et de l'esprit. Et cette fusion ne reste pas stérile ; non seulement elle produit la joie, la paix, la plénitude pour ceux qui chantent et pour ceux qui écoutent, mais il se dégage aussi des courants d'énergies qui traversent l'espace et vont purifier l'atmosphère de la terre.

Par le chant vous pouvez donc réaliser un travail de la plus haute magie blanche. Mais pour cela vous devez travailler à vous dégager des éléments qui vous retiennent dans les régions inférieures, afin de tendre vers cette pureté absolue qui exalte l'être entier. Vos voix produiront alors des courants d'énergies qui, en se fusionnant en haut, donneront naissance à des créatures célestes.

Qu'est-ce qu'une baguette magique ? Puisqu'elle est appelée « magique », vous vous imaginez qu'il s'agit d'un objet doté de pouvoirs surnaturels qu'il suffit de prendre en main en prononçant quelques formules mystérieuses pour commander aux esprits et réaliser des prodiges. Eh oui, c'est ce que vous avez lu dans les contes ! Mais en réalité une baguette magique, comme une formule magique, n'est qu'un signe extérieur, matériel, du lien intérieur, vivant, que le Mage doit établir entre le monde d'en haut et le monde d'en bas. C'est en lui-même d'abord qu'il doit créer ce lien vivant entre la terre et le ciel, car la vie est la puissance magique. Et ensuite, qu'il tienne concrètement ou non une baguette, c'est secondaire pour l'exercice de son pouvoir.

La lumière, cette substance impalpable et apparemment si faible, si inoffensive, est en fait la plus grande force qui existe dans l'univers. C'est elle que Dieu, au commencement, a appelée la première pour en faire la matière de la création. C'est grâce à elle que les mondes tournent dans l'espace et que vivent les pierres, les plantes, les animaux, les hommes.

Cette même idée est exprimée par saint Jean au début de son Évangile quand il écrit : « *Au commencement était le Verbe, et le Verbe était avec Dieu, et le Verbe était Dieu. Tout ce qui a été fait a été fait par lui, et rien de ce qui a été fait n'a été fait sans lui. En lui était la vie, et la vie était la lumière des hommes.* » Oui, tout ce qui a été fait provient de cette lumière originelle, le Verbe. C'est pourquoi la science de l'avenir sera celle de la lumière et des couleurs.

Seul ce que vous êtes capable de devenir peut vous prouver la présence de Dieu en vous, et donc son existence. Vous direz que non seulement on ne vous a jamais présenté la question ainsi, mais que les explications que vous avaient données les prêtres, les pasteurs, sur la Divinité, étaient tellement superficielles, puériles, ridicules même, que cela vous a empêché d'avoir la foi ou de la conserver. Mais qui vous obligeait à les accepter ? Pourquoi vous priver de quelque chose d'essentiel pour votre existence, sous prétexte qu'on n'a pas su comment vous parler de Dieu ? Pourquoi les humains ont-ils besoin qu'on leur parle de cette présence en eux et chez tous les êtres, de quelque chose, de quelqu'un d'infiniment vaste, lumineux, beau, puissant et plein d'amour avec qui ils doivent rester en contact pour donner un fondement et une orientation à leur existence ? Est-ce qu'ils ne peuvent pas le trouver eux-mêmes ?

Voulez-vous devenir plus vivant ? Voulez-vous que votre vie devienne plus intense dans ses vibrations, dans ses émanations ? Parmi les milliers de conseils que je peux vous donner, retenez-en au moins un. Prenez conscience de toute la vie qui existe autour de vous, et respectez-la comme une manifestation de la Divinité. Déjà, si les humains apprenaient à respecter cette vie chez les autres, ce serait un grand progrès. Or, comment se conduisent-ils ? Souvent ils ne se considèrent pas plus que des ombres ou des automates. Ils se bousculent, cherchent à se servir les uns des autres comme s'ils étaient des objets ou des instruments, et s'ils se gênent trop, c'est au premier qui arrivera à éliminer l'autre. Mais quelle vie espèrent-ils vivre avec une conduite pareille ? Essayez désormais de changer d'attitude, et devant chaque personne que vous rencontrez, dites-vous : « Voici une créature qui est, comme moi, le réceptacle de la vie divine. Alors, cette créature, je vais la respecter, la protéger. » C'est ainsi que vous deviendrez vous aussi plus vivant.

Lorsque vous attendez la visite de vos parents, de vos amis, vous faites votre possible pour rendre votre maison accueillante : vous nettoyez, vous mettez de l'ordre, vous placez des bouquets de fleurs. Et quand vos amis arrivent, vous leur offrez à manger et à boire ce que vous avez préparé de meilleur pour qu'ils se sentent heureux. Ce que vous faites ainsi avec vos amis, vous devez le faire dans le plan spirituel avec toutes les personnes que vous rencontrez, en leur préparant un accueil dans votre cœur et dans votre âme, avec des pensées lumineuses, des sentiments chaleureux. Quand les êtres humains arriveront à ne manifester les uns aux autres que ce qu'ils ont de meilleur, ce sera l'avènement de l'Âge d'Or sur la terre. Alors, pourquoi ne pas commencer dès aujourd'hui ?

De plus en plus de gens se détournent de la religion, mais en même temps ils adoptent des croyances hétéroclites auxquelles ils ne comprennent pas grand-chose. Mais la faute à qui ? Tout être humain vient au monde marqué d'une empreinte divine, et s'il n'en prend pas conscience ou s'il perd cette conscience, c'est que le clergé ne fait pas correctement son travail.

On dirait que l'Église n'a pas voulu voir où était la véritable grandeur de Jésus, cet homme qui est venu un jour révéler aux autres hommes qu'ils étaient tous d'essence divine, tous également fils et filles du même Père céleste. Au lieu de se donner tellement de mal pour démontrer et répéter que Jésus était « le Christ, fils unique de Dieu », il aurait été plus utile que l'Église explique aux humains ce qu'ils sont eux-mêmes. Oui, la clé de la religion, c'est que l'homme apprenne avant tout qui il est, lui. C'est à cette seule condition qu'il peut entreprendre un travail en profondeur. Jusque-là il ne fait que plaquer toutes sortes de théories et de croyances sur quelque chose qu'il ne connaît pas : lui-même.

Une relation étroite existe entre le sentiment et le geste. Quand vous éprouvez de la colère ou de l'amour, pourquoi ce sentiment se fraie-t-il le chemin jusque dans le plan physique ? Que vous le vouliez ou non, vous faites les gestes qui lui correspondent. Lorsque vous éprouvez de l'amour pour quelqu'un, vous êtes instinctivement poussé à le rencontrer, à lui faire des cadeaux, à l'embrasser. Et quand vous êtes furieux contre lui, vous devez faire beaucoup d'efforts pour ne pas exprimer votre colère en lui donnant quelques coups. Chaque sentiment se manifeste à travers des gestes déterminés, et le contraire est également vrai. Ayez l'air d'être émerveillé et vous finirez par l'être vraiment. Faites semblant d'être indigné, et vous le serez aussi. Comme les sentiments provoquent des gestes, les gestes aussi provoquent des sentiments. Voilà des lois dont il faut être conscient pour en tirer parti dans la vie quotidienne.

Chaque fois que vous avez l'occasion de faire quelque chose d'utile et de bon pour les autres, faites-le. Dites-vous : « Je veux faire le bien, je veux aider les autres, et tant pis si cela ne me rapporte rien, tant pis si je ne suis pas tellement récompensé ! » Quelles seront alors les conséquences ? Vous allez développer la bonté, la patience, la générosité, l'abnégation, et non seulement vous sentirez que vous vous épanouissez, mais à cause de votre rayonnement, vous serez un jour apprécié et aimé de tous.

Jamais une bonne pensée, un bon sentiment ne reste sans effets, car tout s'enregistre et laisse des traces. Bien sûr, il ne faut pas vous attendre à ce que tout le monde autour de vous s'aperçoive immédiatement de ce que vous portez de bon dans votre tête et dans votre cœur. Mais sachez qu'un jour ou l'autre, ce que vous aurez fait d'utile et de constructif en choisissant la bonne voie, vous apportera toutes les bénédictions. C'est une loi absolue.

La foi peut aider à la guérison, mais elle ne fait pas de miracles ou, en tout cas, pas dans le sens où on se l'imagine. Si Jésus guérissait les malades, c'est qu'il possédait une élévation spirituelle qui lui permettait de se projeter jusqu'au plan causal – le plan mental supérieur – pour y déclencher une force capable de s'opposer à la maladie. Alors, quand certaines personnes se mettent à soigner les malades par des formules magiques, des prières, des passes magnétiques ou l'imposition des mains, avec la conviction que la foi fait des miracles, elles peuvent en effet obtenir quelques résultats s'il ne s'agit pas de maladies graves, mais pas plus. Quelle que soit leur foi ou celle du malade, elle ne suffit pas. Pour pouvoir guérir comme Jésus, il faut non seulement posséder la force de l'esprit, mais aussi s'être longtemps exercé à travailler sur cet instrument de l'esprit qu'est la pensée. Mais combien en sont capables ? Là encore il ne suffit pas de croire à la puissance de la pensée, il faut posséder cette puissance et s'en être rendu maître.

L'idée de l'androgyne primitif, l'être parfait qui possède la double nature masculine et féminine, se retrouve d'une façon ou d'une autre dans la plupart des grandes traditions religieuses et philosophiques. Même le livre de la Genèse en porte la trace, puisque certains kabbalistes ont interprété l'épisode où Dieu tire Ève d'une côte d'Adam comme une mention de la séparation des sexes. Les alchimistes, eux aussi, voient dans le monde minéral cette polarité du masculin et du féminin qu'ils expriment par le symbole du Rébis, mot qui signifie : chose double. Le Rébis est une figure en forme d'œuf (et l'œuf est un symbole de la totalité), à l'intérieur de laquelle est représenté un corps à deux têtes : une tête d'homme surmontée du soleil (principe masculin) et une tête de femme surmontée de la lune (principe féminin). Toutes ces traditions reprennent l'idée que la création est le résultat de la polarisation de l'unité. Quant aux créatures humaines, chacune n'est aussi que la moitié d'un tout. C'est pourquoi les hommes et les femmes se sentent perpétuellement incomplets et ne peuvent vivre en repos jusqu'à ce qu'ils aient trouvé leur partie complémentaire.

Trop souvent les hommes et les femmes se lancent dans une aventure sentimentale sans se demander vraiment où elle va les mener.

Comprenez qu'une relation amoureuse n'a de sens que si vous pouvez construire avec votre partenaire quelque chose de solide et de durable. Cherchez à voir s'il existe entre vous une harmonie dans les trois plans : physique, affectif, mental, ou bien si vous cédez seulement à un caprice passager, à l'attrait du plaisir. Si vous n'avez pas d'affinités dans le domaine des émotions, des goûts et des idées, ne vous dites pas que cela n'a aucune importance et que les choses à la longue s'arrangeront. Pas du tout, au contraire ; au bout de quelque temps, une fois qu'on a épuisé la nouveauté de certains plaisirs, on s'aperçoit justement que les affinités psychiques, intellectuelles, sont extrêmement importantes, et si ces affinités n'existent pas, la discorde s'installe, et là où on croyait trouver la joie et l'épanouissement, on ne trouve que désillusions et tourments.

On est parfois stupéfait de voir l'abondance et la diversité des produits que les boutiques et les magasins peuvent présenter, alors qu'en réalité très peu de choses sont vraiment nécessaires pour vivre. Pour protéger le corps on porte des vêtements, et même si on aime les rubans et les dentelles, ils ne sont pas essentiels. Pour s'abriter on a besoin d'une maison avec des murs, un toit, des fenêtres ; les tableaux, les tapis, les bibelots peuvent venir ensuite ajouter une note d'esthétique, bien sûr, mais ils sont secondaires. Pour la nourriture aussi, très peu d'aliments sont vraiment indispensables ; s'il existe tellement de plats différents, c'est que cette variété est agréable au goût. Dans la prière dominicale, Jésus dit : *« Donne-nous aujourd'hui notre pain quotidien »*. Il n'a pas dit : donne-nous du beurre, du fromage, des saucisses, non, simplement le pain : il a mentionné l'essentiel.

Nous n'avons besoin que de très peu de choses pour vivre : le pain, l'eau, l'air, la lumière, la chaleur… En transposant ces éléments fondamentaux sur les plans spirituel et divin, nous trouverons tout ce dont nous avons besoin pour être intérieurement dans la plénitude.

Tout objet que vous recevez d'une personne est imprégné de ses émanations. Mais dès l'instant où elle vous le donne, vous, en le recevant, vous pouvez accroître la vie de cet objet ou le laisser mourir. Tout dépend de votre foi et de votre amour. Il faut que vous compreniez cela. Un objet, un être existe par lui-même, mais sa véritable existence ne se manifestera à vous que si, de votre côté, vous vous ouvrez à lui. Eh oui, pour qu'un être ou un objet existe vraiment, il faut être deux : lui et vous qui, par la conscience, la sensation que vous en avez, lui donnez aussi une vie, une présence plus forte.

Toute la création, la nature comme l'homme, obéit au principe de la hiérarchisation. Une des marques de cette hiérarchisation, c'est que plus on se rapproche du sommet, plus la matière est pure, subtile. Pour obtenir les particules de cette matière subtile, nous devons donc chercher à nous élever. Car il faut savoir que le Seigneur, qui nous a donné les moyens d'avoir prise sur les régions denses de la matière, nous a aussi donné les moyens d'atteindre ses régions subtiles. Et la prière est un de ces moyens. Par la prière, nous pouvons parvenir jusque dans le monde de la pure lumière, où le Seigneur a placé les plus grands trésors. À tous ces trésors, nous avons le droit de puiser : du moment que nous avons pu nous hisser jusque là-haut, tout est à notre disposition et nous avons le droit de nous servir.

Combien de fois vous avez pris la décision de vous améliorer, de changer de vie ! Mais voilà, vous retombez chaque fois dans les mêmes faiblesses, et évidemment cela vous chagrine. En réalité, le seul moyen de se corriger de ses défauts, c'est de travailler sur ses mauvaises habitudes, c'est-à-dire de mettre, au bon moment, d'autres empreintes, d'autres clichés. Pour cela il faut être très vigilant, sinon, entraîné par le courant de l'existence quotidienne, on oublie, et l'ancienne habitude, l'ancien cliché se manifeste toujours fidèlement.

Il est dit dans Écritures : « *Soyez vigilants, parce que le diable comme un lion qui rugit cherche qui il dévorera.* » Cette vigilance, justement, est le secret du changement. C'est pourquoi, désormais, vous devez apprendre à arrêter par moment le cours des pensées, des sentiments et des actes auxquels vous vous laissez aller automatiquement, et imprimer alors consciemment, profondément en vous les clichés de la nouvelle vie qui vient des régions célestes.

Lorsqu'on cherche la vérité par des voies extérieures on n'est jamais sûr de rien. Seule la voie intérieure rend le doute impossible. Là, même si on veut douter, on ne peut pas. Alors, vous voulez progresser sur le chemin de la vérité ? Vivez une vie intense, car c'est elle qui chaque jour vous fera des révélations. Vous direz : « Mais comment peut-on faire des découvertes au-dedans de soi ? En lisant, en étudiant, d'accord. Mais tout seul, en soi-même, peut-on vraiment découvrir quelque chose ? » Oui, grâce à la vie intense, c'est-à-dire la vraie vie spirituelle, vous trouverez les vérités essentielles concernant l'homme et l'univers. Jamais vous ne découvrirez ces vérités si elles n'ont pas leur source en vous, si vous ne les vivez pas. Bien sûr, un livre ou la rencontre d'un être très évolué peut vous mettre sur la voie, mais il faudra pourtant que vous fassiez vous-même les expériences.

On est obligé de le constater, toutes les religions ont tendance à devenir des institutions humaines qui n'ont plus grand-chose à voir avec leur véritable vocation : faire prendre conscience aux humains de leur origine divine. Une preuve ? L'obstination du clergé à persuader les fidèles de la supériorité de leur religion. C'est ainsi qu'on voit partout dans le monde des gens qui croient que leur religion est supérieure, comme ils croient que leur pays est supérieur. Ils s'enferment dans leur religion comme ils s'enferment dans les frontières de leur patrie, et d'ailleurs ce sont souvent les mêmes. Avec de telles convictions ils ne cessent de commettre des crimes et d'offenser le Seigneur, les chrétiens comme les autres ! Ce n'était pourtant pas l'exemple que leur avait donné Jésus. Mais ont-ils bien lu, par exemple, dans les Évangiles, comment Jésus se conduit avec les Samaritains et comment il les présente alors qu'aux yeux des Juifs ils ne passaient que pour des idolâtres ? Si les chrétiens s'étaient donné la peine de méditer ces épisodes des Évangiles et l'attitude de Jésus, ils auraient mieux compris que la foi véritable est un état de conscience qui dépasse les limites étroites d'une religion.

De plus en plus la radio, la télévision, les magazines diffusent des points de vue qu'ils présentent comme de grands progrès. Les humains, d'après eux, devraient chercher à satisfaire sans retenue leurs désirs et leurs envies, car il est très mauvais, paraît-il, de ne pas suivre la voix de la nature ou de s'opposer à elle.

Évidemment, il est agréable de se sentir ainsi poussé à la facilité. Pourtant, s'ils étaient lucides et honnêtes, les humains se rendraient compte que la voix qu'ils entendent en eux leur dit parfois tout à fait autre chose. Elle leur conseille d'être plus raisonnables, plus maîtres d'eux-mêmes et elle leur adresse aussi des reproches. Sans doute, cette voix s'exprime-t-elle plus rarement et plus doucement, mais elle est là, on ne peut pas le nier. Eh bien, c'est tout simplement qu'elle est, elle aussi, la voix de la nature, mais la voix de la nature supérieure, alors que l'autre est la voix de la nature inférieure. Car ces deux natures coexistent en l'homme, les deux cherchent également à se faire entendre, et c'est à lui d'apprendre à discerner leur voix.

Chaque jour nous avons à nous préoccuper de la question du contenant et du contenu, ou bien, dit d'une autre manière, de la forme et de la force, afin d'en faire la synthèse. Et faire la synthèse de la forme et de la force, qu'est-ce que cela signifie ?... Qu'il faut protéger la forme pour qu'elle ne soit pas brisée par les forces spirituelles, et en même temps maintenir le feu de l'esprit pour que la forme soit sans cesse animée. Celui qui se cramponne à des formes figées sera tôt ou tard balayé par les courants que l'esprit ne cesse d'envoyer dans le monde, car il va contre le sens de l'évolution. Toutes les philosophies, toutes les religions qui se sont figées dans leurs formes anciennes seront emportées par le déferlement des puissances du renouveau. Tout doit se renouveler. Il n'y a pas d'abri dans l'univers pour ceux qui ne veulent pas comprendre que les formes doivent sans cesse évoluer.

Pensez chaque jour à vous accorder avec l'Intelligence cosmique ; chaque jour efforcez-vous de vibrer à l'unisson avec elle, de vous fondre en elle, de vous ouvrir à son immensité, de vous laisser emporter par ses flots de lumière et de paix. C'est une des expériences les plus riches, les plus profondes que vous puissiez faire pour votre vie intérieure. Mais vous ne pouvez la réaliser que par l'amour, qui seul permet la véritable fusion.

Jésus disait : « *Tu aimeras le Seigneur, ton Dieu, de tout ton cœur, de toute ton âme, de toute ta force, de toute ta pensée.* » En réalité Dieu n'a pas besoin de notre amour, c'est nous qui avons besoin de L'aimer, car par notre amour nous nous rapprochons de Lui. Et moi je vous dis la même chose en vous demandant de vous accorder chaque jour avec l'Intelligence cosmique, d'agir selon sa volonté, même si vous ne savez pas encore bien ce qu'elle exige de vous. Car c'est cela l'amour. Quand on aime un être, on est toujours en accord avec lui, on lui fait confiance et on met toutes ses énergies à le satisfaire.

L'insistance avec laquelle la religion met l'accent sur la foi ne sert qu'à induire les fidèles en erreur. Il est tellement commode de penser : « Puisque c'est la foi qui sauve, ce n'est pas si grave de mal agir ; la vie est difficile, on est obligé de se débrouiller comme on peut, on n'est pas toujours honnête, ni serviable, ni généreux, mais on croit en Dieu et la foi nous sauvera ! » Eh bien, non, il existe des lois divines, et elles ne sont pas impressionnées par la foi de ceux qui ne se conduisent pas correctement, quelles que soient les raisons qu'ils inventent pour justifier leur conduite. Aucune loi divine ne tolère que la foi serve de prétexte aux humains pour minimiser ou excuser leurs fautes.

Il est inutile de chercher à transformer les êtres s'ils n'en éprouvent pas eux-mêmes le besoin. S'ils n'ont pas compris l'importance d'une philosophie et d'une discipline spirituelles, il ne faut pas insister. Leur attitude prouve seulement qu'ils sont très jeunes encore, et que pour comprendre ils ont besoin d'expériences et de leçons. Ils souffriront, bien sûr, on ne pourra pas leur éviter ces souffrances, car ce sont elles qui leur feront prendre conscience de la nécessité de changer de vie.

Quant à ceux qui ne sont pas satisfaits de leur existence prosaïque, terne, limitée, c'est tout un champ d'activités extraordinaires qui s'ouvre devant eux. Ces activités sont représentées symboliquement par ce que la mythologie grecque a appelé « les douze travaux d'Hercule ». Les douze travaux d'Hercule sont en relation avec les douze signes du zodiaque ; ils représentent les épreuves que doit affronter le disciple, les obstacles intérieurs qu'il doit vaincre afin de recevoir l'Initiation.

Beaucoup de gens qui réfléchissent à l'état des sociétés considèrent que, pour le bien des citoyens, il est indifférent qu'une société soit religieuse ou athée. Non, ils se trompent, parce qu'au bout d'un certain temps cette société sans Dieu dégénère. Comme elle n'a pas, au centre, un point spirituel solide autour duquel tourner, les humains cessent d'être de véritables créatures sociales : il se glisse en eux de la cupidité, du parti-pris, de l'injustice.

Quand une société vit avec la conscience de l'existence d'un monde supérieur, il y a beaucoup plus de possibilités d'établir des lois équitables qui concourent au bien-être de tous. Mais dès que l'intensité spirituelle baisse, les forces négatives, ne rencontrant plus d'obstacles, envahissent tous les domaines. Si tant de sociétés sont malades sur la terre, c'est parce que les humains ont laissé s'affaiblir en eux la conscience du divin.

Quelquefois, parce qu'elles sont exaspérées et que ça leur échappe, les personnes de votre entourage vous reprochent certains défauts. Mais d'une façon générale, les gens n'osent pas vous dire la vérité sur vous-même. Pourquoi ? Parce qu'ils craignent de perdre vos services ou de faire de vous leur ennemi. Derrière cette attitude aimable, délicate, il y a donc un intérêt. Et c'est ainsi que vous conservez vos défauts qui, avec le temps, ne font que s'aggraver.

Un véritable Maître spirituel, lui, se conduit différemment. Il n'a aucun intérêt, il n'a pas peur, il n'a rien à perdre : il a déjà tout gagné, puisqu'il connaît la vérité, et il vous montre donc vos imperfections, et surtout ce qui vous fait du mal, ce qui vous retient dans les régions inférieures… Tout ce qui vous rend malade et malheureux, il ose vous le dire. Pourquoi ? Parce qu'en réalité, c'est lui votre meilleur ami et qu'il veut vous donner les moyens de remédier à vos lacunes.

Vous êtes dans une région où l'on aperçoit une chaîne de montagnes. Vous vous mettez à la fenêtre, et là, à cette distance, vous vous émerveillez de ces sommets qui se découpent sur le ciel et qui, tout au long de l'année et même au cours d'une journée, vous apparaissent sous tellement d'éclairages différents et de couleurs changeantes… Maintenant, imaginez que vous soyez transporté sur la pente d'une de ces montagnes : de près, qu'allez-vous voir ? Des cailloux, des trous, quelques herbes sèches, du lichen qui s'accroche aux rochers. Alors, d'où avez-vous la vue la plus belle : de loin ou de près ?

Eh bien, c'est là une image pour faire comprendre comment il est préférable de regarder les êtres humains. Mieux vaut souvent, eux aussi, les regarder de loin et vous concentrer sur leur esprit comme sur un sommet qui se dresse là-bas, très haut, dans la pureté et la lumière. Ce sommet est l'image de leur être réel, de leur être divin auquel ils parviendront à s'identifier un jour.

Qu'est-ce qui fait que les pierres, les plantes, les animaux et les hommes n'en sont pas au même degré d'évolution ? La différence essentielle entre eux, c'est qu'ils n'ont pas le même degré de sensibilité. Car l'évolution est proportionnelle à la sensibilité, c'est-à-dire la faculté de percevoir et de réagir. Les plantes sont plus sensibles que les pierres, les animaux plus sensibles que les plantes et les hommes plus sensibles que les animaux. Mais la chaîne des êtres ne s'arrête pas là : au-delà des hommes il y a les anges, les archanges, les divinités… C'est toute une gradation de créatures de plus en plus sensibles, jusqu'à Dieu Lui-même. Dieu est omniscient et tout-puissant parce qu'Il possède la sensibilité absolue. Oui, voilà les véritables dimensions de la sensibilité, et le seul être véritablement sensible est donc Dieu Lui-même.

On dit « se sacrifier », comme s'il s'agissait d'abandonner, de perdre quelque chose. Quand on fait un sacrifice, on ne « se » sacrifie pas, on sacrifie quelque chose d'inutile, de nuisible, d'inférieur, pour obtenir quelque chose de grand, de puissant, de précieux. Si on ne sacrifie pas ce qui est inférieur en soi pour faire vivre ce qui est supérieur, on sacrifiera nécessairement ce qu'on possède de meilleur au profit des instincts les plus grossiers. Il est impossible d'échapper à cette loi : notre nature supérieure ne peut vivre que si nous lui sacrifions notre nature inférieure ; et ce qui est la vie pour l'une est la mort pour l'autre. Voilà comment il faut comprendre les paroles de Jésus : *« Celui qui voudra sauver sa vie la perdra, mais celui qui la perdra la trouvera. »* Comprendre ces paroles signifie aussi et surtout vouloir les réaliser.

La vie peut être comparée à un fleuve qui descend de la Source divine. En descendant il traverse ces régions que les chrétiens appellent les hiérarchies angéliques, et les kabbalistes les séphiroth. Mais la vie sortie de Dieu ne s'arrête pas là et, plus bas encore, elle comprend aussi ces régions que les chrétiens appellent « enfer » et les kabbalistes « kliphoth » (c'est-à-dire écorces) où vivent des créatures ténébreuses. Ces créatures reçoivent la vie de Dieu et se nourrissent aussi de la vie de Dieu. Mais quelle nourriture reçoivent-elles ? En tout cas pas celle que reçoivent en haut les entités angéliques, elles doivent se contenter des épluchures, des déchets que rejettent les créatures qui sont au-dessus d'elles. Bien sûr, ce n'est pas fameux, mais dans ces épluchures il reste encore quelques particules de cette vie venue de très haut. Car il faut sans cesse le répéter : aucune vie ne peut exister en dehors de Dieu.

Gardez votre foi dans le bien. C'est ainsi que vous apprendrez à supporter les épreuves, à travailler sur elles et à en recevoir des bénédictions. Vous deviendrez semblable à la vallée profonde au milieu des montagnes : toutes les eaux qui se précipitent du sommet viennent l'arroser, elles la transforment en une terre fertile où poussent les meilleurs arbres fruitiers. La souffrance place l'homme dans l'obligation de descendre en lui-même. Toutes les autres issues étant coupées, il est obligé de convoquer les puissances de l'âme et de l'esprit ; et quand il y arrive, au lieu de faire entendre des gémissements et des cris de révolte, il exhale un parfum délicieux.

Vous ne pouvez alimenter votre vie intérieure qu'en prenant conscience de toutes les existences qui vous entourent. Alors, quand vous allez dans la nature, pensez à vous adresser aux esprits qui l'habitent ainsi qu'aux Anges des quatre éléments. Dites-leur : « Soyez bénis, Anges de la terre, de l'eau, de l'air et du feu. Ô vous, fidèles serviteurs de Dieu, soyez bénis. Et vous, enfants de la nature, esprits qui peuplez les grottes, les forêts, les montagnes, les mers, les lacs, les rivières, les vents, les nuages, le soleil, vous aussi soyez bénis. » Alors, de tous les côtés, des foules d'entités arrivent et se pressent pour vous écouter, elles se disent entre elles qu'il y a enfin quelqu'un qui reconnaît leur existence et qui les bénit. Elles se réjouissent, elles dansent, elles chantent, et vous recevez, vous aussi en retour, quelque chose qui vous rend plus vivant et plus fort.

Pour la majorité de ceux qui décident un jour de marcher sur cette voie, la spiritualité reste une aspiration vague sans base solide. Ils s'y aventurent sans aucune préparation, en pensant qu'il suffit d'en avoir le désir pour que toutes leurs difficultés intérieures soient surmontées, que le monde invisible se révèle à eux et que les anges viennent les servir. Eh non, malheureusement non ! Celui qui veut vraiment avancer sur le chemin spirituel commence par comprendre qu'il devra se préparer pendant des années et des années, et alors peut-être un jour, d'un seul coup, il arrivera au but. C'est la préparation qui est longue dans le domaine spirituel. Mais très peu ont la patience de se préparer et ils s'imaginent vivre la vie spirituelle tout en continuant à entretenir dans leur for intérieur n'importe quelle préoccupation… De temps en temps, bien sûr, ils méditent un peu, soi-disant, et ça leur suffit ; à eux, oui, peut-être, mais en réalité cela ne suffit pas. Pour progresser intérieurement il y a des conditions préalables à remplir.

L'Initiation est un travail de mémoire. L'activité du disciple d'une École initiatique n'a de sens que s'il commence par chercher à se souvenir du monde lumineux d'où il est descendu et vers lequel il doit retourner un jour. Grâce aux vérités et aux bonnes influences qu'il reçoit et avec l'aide des entités lumineuses du monde invisible, il retrouve en lui les traces de ce Paradis perdu et c'est pour lui la plus grande bénédiction.

Mais il a aussi à se souvenir de toutes les souffrances qu'il a endurées, et même de toutes les fautes qu'il a commises, de toutes les dettes qu'il a contractées, car il lui faudra retrouver un jour tous les êtres qu'il a lésés afin de se réconcilier avec eux et de réparer ses torts pour liquider son karma. C'est cette tâche qui attend le disciple, c'est cette tâche qui nous attend tous. Seul celui qui est arrivé à corriger toutes les erreurs qu'il a commises et à réparer le mal qu'il a fait, est admis définitivement dans l'assemblée des fils de Dieu.

L'histoire a montré de quelle façon des chrétiens soi-disant remplis d'amour pour Dieu et même de charité envers les humains, ont persécuté, emprisonné et brûlé les êtres les plus nobles et les plus purs ; alors que d'autres personnes, qui n'avaient peut-être pas tellement d'amour, faisaient preuve de tolérance, de respect, d'humanité. Pourquoi ? Parce qu'elles étaient intelligentes. Vous direz : « Mais les gens qui ont un intellect développé ont aussi un sens critique développé, et ils manquent généralement d'indulgence, ils peuvent être méchants et même cruels. » Eh bien, c'est que la véritable intelligence leur fait défaut, et l'intellect justement n'est pas la véritable intelligence. En réalité, plus on élargit son champ de vision, plus on comprend les êtres et les choses, et plus on devient indulgent.

Combien de personnes sont venues se plaindre à moi en disant : « Mais pourquoi je suis dans cet état ? Pourquoi je ne peux pas m'en sortir ? » Et à certains, il m'est arrivé de répondre : « C'est très simple, la cause, c'est votre trop grande foi. » Et comme ils me regardent avec étonnement, je leur explique : « Vous croyez trop en votre intelligence, en vos raisonnements, en vos calculs, c'est cela qui vous perd. » Eh oui, si les humains doutaient un peu plus d'eux-mêmes, ils feraient certainement preuve d'un meilleur discernement et ils n'iraient pas se mettre dans des situations impossibles. Pour réussir, il faut avoir de l'assurance, mais quelquefois aussi il est bon de douter.

Dans le livre du prophète Jérémie, Dieu dit : *« Je mettrai ma loi au-dedans d'eux, je l'écrirai dans leur cœur... Celui-ci n'enseignera plus son prochain, celui-là son frère... Car tous me connaîtront. »* Et si Dieu a écrit sa loi dans le cœur des hommes, cela signifie que chacun possède en lui-même la lumière dont il a besoin pour comprendre ce qui est bon, juste, vrai, et le réaliser.

Évidemment, il ne serait pas raisonnable de laisser les humains livrés à eux-mêmes : la plupart d'entre eux ne sont pas encore prêts à déchiffrer dans leur cœur l'écriture divine. Pour pouvoir lire correctement cette loi que Dieu a écrite dans son cœur, chacun doit commencer par introduire en lui-même l'ordre, l'harmonie, la pureté, sinon il ne lira que des fantasmagories et des désirs obscurs. Voilà ce que devrait être le rôle des religions : préparer les humains à découvrir la loi de Dieu inscrite en eux, afin qu'en déchiffrant cette loi ils se libèrent de toutes les forces obscures qui les habitent et qui ne cessent de les asservir. Mais les religions ont-elles vraiment pour préoccupation de libérer l'homme ?

À la source d'une rivière, sur la montagne, l'eau jaillit pure et cristalline. Au fur et à mesure qu'elle descend, elle reçoit les saletés des régions qu'elle traverse, et quand elle arrive à la mer elle est saturée d'impuretés. Mais bientôt, chauffée par les rayons du soleil, elle se transforme en vapeur et reprend le chemin du ciel, jusqu'au jour où elle retombera sous forme de pluie ou de neige.

Ce voyage de l'eau peut avoir une interprétation symbolique. La destinée humaine est à l'image de ces voyages perpétuels que fait l'eau entre la terre et le ciel. Comme les gouttes d'eau, les âmes descendent sur la terre, chacune dans un lieu déterminé ; de là, elles ont tout un chemin à parcourir, jusqu'au moment où, fatiguées, usées par tous les travaux de la vie, elles retourneront là d'où elles sont venues… pour redescendre à nouveau, un jour, dans un autre lieu. Cela s'appelle la réincarnation.

Chaque épreuve que vous rencontrez doit servir à votre évolution. C'est pourquoi ne vous révoltez pas en pensant que vous pouvez être victime d'une injustice de la part du destin, ou même du Seigneur ! Quelqu'un dit : « Je ne méritais pas ça ! » Comment peut-il savoir ce qu'il mérite ? Il ne se connaît pas, il ne connaît ni son passé, ni son présent, et à plus forte raison son avenir, alors comment peut-il se prononcer ? Même lorsque dans un procès les juges condamnent un innocent – l'histoire est remplie d'erreurs judiciaires ! – derrière cette injustice, en réalité il y a une justice. Cela a même pu arriver avec des saints, des Initiés, des grands Maîtres : certains ont été emprisonnés, brûlés, crucifiés... En apparence, c'était injuste ; mais en réalité ces épreuves étaient justifiées, et ils devaient les accepter soit pour payer une dette, soit pour comprendre certaines vérités qu'ils n'auraient pas comprises sans cela, soit pour devenir plus forts. La pensée d'une injustice divine empêche les humains d'évoluer. Il faut maintenant qu'ils se disent que leurs épreuves sont justes, et ils feront un grand pas en avant.

Une médecine qui se limite à intervenir là où le mal s'est déclaré, n'est pas basée sur de bons principes, car le reste de l'organisme, qui souffre peut-être aussi de quelques dysfonctionnements, reste avec ces dysfonctionnements. La médecine, la vraie, doit toucher l'être tout entier, le purifier, le mettre en harmonie avec l'univers afin que chaque organe, chaque point du corps bénéficie de cette amélioration. L'apparition de troubles dans un point de l'organisme doit être l'occasion de se pencher sur l'ensemble pour tout remettre en état. Si vous tenez compte de cette recommandation ce ne sont pas seulement vos malaises actuels qui disparaîtront, mais aussi d'autres troubles qui sont encore cachés quelque part et qui attendent le moment de se manifester. Que le cardiologue s'occupe du cœur, le pneumologue des poumons, et que le chirurgien enlève des tumeurs, etc., c'est très bien. Mais même quand ils ne sont plus vraiment malades les humains ne sont pas non plus vraiment en bonne santé, parce que c'est morceau par morceau qu'on remet leur corps en état. La médecine du futur apprendra à travailler différemment ; et une petite anomalie sera l'occasion de rétablir l'organisme entier.

Combien de gens s'imaginent affirmer leur liberté en disant qu'ils n'ont que faire de Dieu et de la religion ! Pratiquer une religion, d'après eux, c'est accepter de se limiter, et ils sont fiers de refuser les limites. Bon, d'accord, ils rejettent la religion, mais ils croient aux plaisirs, au pouvoir, à l'argent, à la gloire, à la popularité… Est-ce cela qu'ils appellent être libre ? Ils pensent qu'ils seront asservis par Dieu, c'est-à-dire par la lumière, l'amour, la vie, et ils essaient de s'en libérer au moyen de ce qui va le plus sûrement les réduire en esclavage ! Sans le savoir, ils sont en train de se fermer toutes les portes du Ciel, et puis un jour, inexorablement, celles de la terre finiront par se fermer aussi. Que faire pour aider ces pauvres naïfs ?

L'être humain est comme l'arbre : comme l'arbre sa mission sur la terre est de donner des fruits. Et que sont ces fruits ? Des pensées, des sentiments et des actes beaux, nobles, grands. Faire le bien, c'est être capable de donner de bons fruits, aussi faut-il toujours surveiller dans quel état intérieur on rencontre les autres.

Si vous rendez visite à vos parents, à vos amis sans vous préoccuper des effets que vous allez produire sur eux par vos gestes, votre regard, vos paroles, vous les rendez malades : ils ont une indigestion ou sont empoisonnés… Agir ainsi prouve que vous n'avez pas encore compris la science du bien. Et ne vous étonnez pas ensuite si votre vie est solitaire et triste… Pourquoi n'avez-vous pas appris à donner des fruits ? Quand on donne quelque chose de bon, on n'est jamais seul. Donnez donc un fruit, c'est-à-dire un travail, un sacrifice, une pensée, un regard, un sourire…

En déclarant que Jésus était né d'une vierge par l'opération du Saint-Esprit, la religion chrétienne a considérablement compliqué et obscurci la question de la sexualité. Et le mot « pureté » lui-même n'a pu être alors compris que d'une manière très étroite, avec toutes sortes de conséquences catastrophiques non seulement pour les fidèles mais aussi pour les membres du clergé eux-mêmes. Tous ces religieux et religieuses dans les couvents, comment pouvaient-ils s'épanouir puisque la pureté qu'on leur enseignait n'était qu'une ennemie de la vie ? Mais voilà que la vie se défend. Et si on s'efforce de brimer l'énergie sexuelle au lieu de comprendre pourquoi et comment la canaliser, évidemment un jour il se produit des phénomènes analogues à la rupture d'un barrage. Il ne faut donc pas s'étonner que cette « rupture » ait parfois provoqué des débordements et entraîné des hommes et des femmes dans des comportements insensés, criminels.

Pour faire régner la paix dans le monde on a vu se former des projets de Pan-Europe, de Pan-Asie, de Pan-Amérique ou de Pan-Afrique… Bien sûr, cela représente de grands progrès, mais rien ne sera vraiment résolu de cette façon, car au lieu que ce soit un pays qui se jette contre un autre, ce pourra être un continent contre un autre continent… L'Asie contre Europe, est-ce que ce serait mieux ? Il n'y a que la « Pan-Terre » qui peut résoudre tous les problèmes… La Pan-Terre, c'est-à-dire toute la terre réunie en une seule famille.

Oui, la seule solution aux problèmes de l'humanité est la fraternité universelle : que tous les peuples s'unissent, qu'ils se tendent la main. Un jour, de tous les côtés, on entendra s'élever des cris pour que cette fraternité enfin se réalise, et ce sera le plus beau jour de l'histoire humaine.

La somptuosité des églises, l'éclat des offices religieux, la beauté des prières et des chants éveillent certaines émotions dans les âmes. Mais cela ne suffit pas. Les humains ont besoin de quelque chose de plus précis que des émotions, car les émotions sont passagères, elles ne donnent pas un fondement solide à leur vie psychique. C'est pourquoi les croyants finissent par douter ; tout en continuant à croire qu'ils croient, en réalité ils doutent. Pour croire vraiment, ils ont besoin de savoir, de comprendre. L'époque où on enseignait aux fidèles que le critère de la vraie foi est d'accepter des vérités qu'on ne comprend pas, est révolue : ils ne veulent plus entendre parler des « mystères de la foi ».

Il faut maintenant leur faire comprendre que la religion comme la morale sont fondées sur des lois aussi réelles et vérifiables que celles du monde physique. Car, de même que l'univers créé par Dieu est régi par des lois, l'être humain créé par Dieu possède un organisme physique et un organisme psychique régis également par des lois.

Parvenir à fabriquer la pierre philosophale qui transforme tous les métaux en or, tel est le but des alchimistes. Mais celui qui veut devenir un véritable alchimiste doit être plus qu'un bon chimiste. Le chimiste n'a besoin, pour réussir son expérience, que de savoir manipuler des substances matérielles ; mais l'alchimiste doit aller plus loin, et pour réussir il lui faut introduire d'autres éléments dans son travail. Certains alchimistes qui connaissaient parfaitement la formule de fabrication de la pierre philosophale ne sont jamais parvenus à rien, bien qu'ils en aient soigneusement préparé tous les composants. Car préparer la pierre philosophale est moins un processus physique qu'un processus psychique et spirituel, et celui qui veut l'obtenir doit étudier les vertus et les réaliser en lui-même ; ce n'est qu'à cette condition que la matière lui obéira et qu'il deviendra un véritable alchimiste.

De nombreux croyants portent sur eux des signes de leur appartenance religieuse. Le chrétien porte une croix. Par cette croix, il veut affirmer sa foi, s'assurer la protection du Ciel ou favoriser son évolution. En réalité une simple croix n'a jamais sauvé quelqu'un de ses maladies ou de ses péchés. S'il ne fait aucun travail en profondeur sur ses pensées et ses sentiments, ce n'est pas une croix qui va le transformer ou le protéger.

La croix est un symbole cosmique qu'il faut étudier et considérer avec le plus grand respect. Il est bon de porter sur soi une croix, mais à condition d'en comprendre le sens, sinon le symbole travaille contre la personne qui le porte. Devant une croix tous les êtres évolués ressentent un frisson sacré, mais avant de la porter ils tâchent d'en approfondir le sens, sinon à quoi bon ? Celui qui porte une croix sans faire aucun effort pour la comprendre et la vivifier en lui-même, non seulement n'en reçoit aucun bienfait, mais marche vers la souffrance et la mort.

Tout ce qui existe dans le ciel et sur la terre, mais aussi dans les entrailles de la terre, tout ce qui existe dans les différents règnes de la nature, existe également en nous. C'est ce qui explique que, depuis l'origine, l'homme soit toujours poussé à étudier et à comprendre le monde qui l'entoure : même inconsciemment, c'est lui-même qu'il veut ainsi étudier et comprendre.

Malheureusement, tant qu'il ne connaît pas les causes profondes de cette tendance, l'homme se contentera de regarder à l'extérieur de lui, d'observer, de noter, d'enregistrer, sans jamais comprendre l'essentiel. Toutes ces investigations entreprises par les scientifiques pour saisir toujours mieux les richesses prodigieuses de la nature, c'est magnifique, mais les Initiés sont allés beaucoup plus loin en poussant ces investigations en eux-mêmes, étendant ainsi à l'infini les limites de leur conscience, et c'est sur ce chemin que nous devons les suivre.

La meilleure des choses peut devenir nocive si on ne sait pas comment l'utiliser, et c'est particulièrement vérifiable dans le domaine spirituel. Quelqu'un vient se plaindre à moi : « Je pratique l'Enseignement, j'observe ses prescriptions, mais je me sens nerveux, déséquilibré. » Je lui réponds : « Alors, pour moi, c'est la preuve que vous vous trompez en disant que vous suivez bien l'Enseignement. Vous devez probablement laisser libre cours à quelque chose de pernicieux en vous, comme l'orgueil, ou le manque de maîtrise dans l'imagination... Peut-être aussi forcez-vous les choses en voulant obtenir trop vite de grands résultats spirituels... Tout cela n'est pas conforme à l'Enseignement. Donc, ne l'accusez pas, c'est vous qui ne vous y prenez pas comme il faut. »

Un enseignement spirituel est conçu pour équilibrer les êtres, les aider à se renforcer, à s'épanouir. Si vous êtes la proie de certains troubles, il faut chercher en vous quelles sont les lois que vous êtes en train de transgresser. L'Enseignement bien compris, bien appliqué, ne peut qu'harmoniser toute votre vie.

Il est écrit dans la *Genèse* que Jacob, en route pour le pays des fils de l'Orient, passa la nuit dans un lieu où il eut un songe : il vit, appuyée sur la terre, une échelle dont le sommet touchait le ciel, et sur cette échelle des anges montaient et descendaient.

L'échelle de Jacob est le symbole des hiérarchies angéliques qui font le lien entre l'homme et Dieu. Cette idée de hiérarchie est très importante pour une bonne compréhension de la vie spirituelle. Car s'imaginer, comme le font certains, que l'homme peut s'adresser directement au Seigneur, est tout simplement la preuve de la plus grande ignorance. Sur la terre il est impossible de rencontrer un personnage important si on ne passe pas par des intermédiaires ; mais le Seigneur, on ira directement Le toucher sans la moindre difficulté ! Eh bien, non. Ce n'est pas que le Seigneur soit hautain ou orgueilleux, Il ne refuse pas que les créatures entrent en contact avec Lui, mais sa présence est d'une puissance telle qu'aucun être humain ne peut Le toucher. Pour nous approcher de Dieu, nous devons passer par les hiérarchies angéliques, car ce sont elles qui font le lien entre Lui et nous.

« Savoir, vouloir, oser, se taire. » En formulant ce précepte que l'on peut considérer comme la quintessence de la connaissance initiatique, le sage qui l'a donné n'a pas précisé ce qu'il fallait savoir, vouloir, oser et taire. Il a laissé le champ libre à la pensée et à la réflexion. C'est à nous de découvrir combien ses applications sont vastes ; et une de ces applications est la question du sacrifice.

Il faut « savoir » ce que représente le processus du sacrifice, et ce qu'on doit sacrifier. Il faut « vouloir » faire ce sacrifice, puis « oser », c'est-à-dire malgré les difficultés s'engager hardiment dans cette voie en ayant conscience que non seulement on ne perdra rien, mais qu'au contraire on gagnera quelque chose de précieux. Et enfin « se taire », car il vaut mieux ne pas étaler les richesses que l'on a acquises grâce à ses sacrifices. Tout en faisant bénéficier les humains de ses richesses, il vaut mieux mettre un voile dessus, sinon on risque de produire chez certains des réactions d'incompréhension et d'hostilité. Il est plus facile d'aider les gens s'ils ne savent pas combien vous êtes riche, intérieurement riche.

Dans le plan physique, un malfaiteur, un criminel peut se nourrir des aliments les plus succulents et les servir à des invités. Mais il n'en est pas de même dans le plan psychique. Dans le plan psychique chacun ne peut manger ou donner à manger qu'une nourriture qui lui ressemble, car elle est en correspondance exacte avec ce qu'il est, lui, dans son cœur, son intellect, son âme et son esprit. Eh oui, dans le plan psychique, dans le plan spirituel il en est ainsi : nous ne pouvons attirer que ce qui est en affinité avec nous et nous ne pouvons donner que ce qui émane de nous. Et suivant la qualité de cette nourriture nous nous renforçons, nous nous enrichissons… ou bien nous périclitons et nous contribuons aussi à l'affaiblissement et à l'obscurcissement des êtres qui nous entourent.

16 Juin

Dans son *Épître aux Hébreux*, saint Paul écrit : « *En Lui nous vivons, nous nous mouvons et avons notre existence.* » Et si même les chrétiens ne sentent pas cette réalité, c'est simplement parce qu'ils ne savent pas s'ouvrir. Ils sont plongés dans l'eau et ils continuent d'avoir soif. Ils sont plongés en Dieu, mais ils ne voient pas, ils ne sentent pas qu'Il leur donne la vie, ils sont fermés. S'ils faisaient en eux une petite ouverture, l'océan divin déferlerait dans leur cœur, dans leur âme, et les inonderait de ses bénédictions. Mais ils ne s'ouvrent pas, ils n'ont pas compris la puissance de l'échange et ils restent secs, pauvres et seuls.

Faire des échanges, c'est s'arrêter sur les moindres manifestations des vies qui nous entourent, les regarder, les écouter, les respecter, les aimer, parce que ce monde qui est à l'extérieur de nous est aussi en nous : les rivières, les montagnes, le soleil, les étoiles… Nous avons un lien avec toute la nature, et c'est ce lien que nous devons approfondir.

Il est bénéfique d'aller marcher dans la nature, de se promener près des cascades et des rivières, de boire l'eau des sources, de se baigner dans les lacs et les mers. Mais en réalité l'eau ne pourra pas vous apporter grand-chose tant que vous ne saurez pas comment entrer en contact réellement avec elle, lui parler, vous lier à elle.

Pour entrer en contact avec l'eau, la première condition est de l'approcher avec respect, en sachant qu'en elle vivent des entités belles et pures qui ne seront bien disposées envers vous que si vous avez pour elles considération et amour. Par exemple, si vous voulez vous baigner, et particulièrement vous baigner dans un lac, soyez attentif, ne le faites pas dans n'importe quelle disposition d'esprit. Demandez l'autorisation des entités de l'eau ; car en vous baignant, c'est comme si vous vous débarrassiez de vos impuretés dans leur demeure, et vous devez être conscient que vous pouvez les indisposer. Soyez donc très vigilant.

Les visages des humains ne cessent de porter les traces des désordres, des troubles et des souffrances dans lesquels ils sont plongés. Pourquoi ? Parce qu'ils ont des conceptions trop limitées auxquelles ils s'accrochent, et alors leur existence est faite de mesquineries, de divisions, de discussions, de vexations inspirées par leur nature inférieure. C'est leur nature inférieure qui est à l'origine de tous ces tourments qu'on voit inscrits sur leur visage, mais au lieu de la museler, ils la laissent s'exprimer, ils l'écoutent, ils obéissent à ses suggestions. Quand comprendront-ils qu'elle leur apporte la mort et que pour être vivants ils doivent la sacrifier ?

Sacrifier sa nature inférieure, c'est exactement comme apporter du bois pour alimenter le feu. Oui, chaque fois que vous refusez de vous laisser influencer par votre nature inférieure, qui ne cesse de vous pousser aux affrontements, à la colère, à la révolte, à la vengeance, vous alimentez en vous le feu de l'esprit, vous devenez plus vivant, et cette vie finit même par apparaître comme une lumière sur votre visage.

Il est important, bien sûr, que les croyants aient des lieux de culte pour se réunir et prier. Mais un temple, une synagogue, une mosquée n'est qu'un bâtiment, donc une forme. Et la forme a pour vocation d'abriter un principe : la religion, cette conscience du lien qui existe entre l'homme et Dieu. Celui qui s'arrête sur la forme a besoin d'aller dans un temple pour y prier et être entendu de Dieu. Mais celui qui se dirige d'après le principe, sait qu'il existe d'autres formes de temples : toute la nature, avec les montagnes, les océans, les forêts, est un temple où il peut prier. La nature, cependant, n'est pas encore le meilleur temple. Il existe un temple supérieur encore à la nature : l'homme lui-même, et c'est ce temple qu'il doit purifier pour que le Seigneur vienne y faire sa demeure. C'est le sens des paroles de l'Écriture : *« Vous êtes les temples du Dieu vivant. »*

Les humains voient le monde d'après leurs désirs ou leurs craintes, c'est chez eux une tendance instinctive : toute leur vie psychique n'est faite que de subjectivité, d'imagination. Mais comme tous les instincts, celui-là aussi doit être éduqué. Puisque les choses et les êtres deviennent en nous ce que nous croyons qu'ils sont, il y a là tout un travail à faire. D'abord, être vigilant pour ne pas devenir sa propre victime en transformant en mal ce qui est simplement neutre ou même bon ; mais aussi s'efforcer de transformer ce qui est négatif et nuisible en quelque chose de bénéfique.

Puisque la pensée a des pouvoirs, il faut utiliser ces pouvoirs pour maîtriser tous ces états négatifs auxquels on se laisse naturellement aller et qui empoisonnent la vie quotidienne.

La santé est une des principales préoccupations des humains, mais en même temps on est obligé de constater qu'ils ne font pas grand-chose pour la conserver. Ils ont beau dire : « Je veux la santé. Je cherche la santé », eh non, on dirait même que, inconsciemment, ils font tout pour se rendre malades. S'ils cherchaient la santé, s'ils aimaient vraiment la santé, ils seraient bien portants, car rien ne résiste à l'amour. C'est lui qui nous dit ce que nous devons faire pour obtenir ce que nous désirons. Alors, à tous ceux qui cherchent la santé, je dis : d'abord, aimez-la, la santé ! Et cet amour vous inspirera les meilleures décisions pour l'obtenir.

« Puisque j'ai été trompé, je n'aurai plus confiance en personne ». Combien de fois on a entendu prononcer cette phrase ! Mais pourquoi le fait d'avoir été trompé amène les gens à perdre totalement confiance ? Eh bien, tout simplement parce que, dans la majorité des cas, la confiance qu'ils font aux autres n'est pas fondée sur un respect, une estime, une affection véritables, mais sur l'espoir de tirer d'eux quelque profit. C'est une sorte de commerce fondé sur le calcul : ils voient surtout les avantages égoïstes qu'ils ont à retirer de cette confiance. Quand ils s'aperçoivent soudain qu'ils ont été trompés, c'est fini, ils perdent toute confiance, mais en perdant la confiance ils perdent aussi l'amour, car évidemment on ne peut pas aimer les êtres si on n'a pas confiance en eux. Autant dire qu'on perd tout ce qui fait la beauté et le sens de la vie.

Le catholicisme s'est lui-même présenté comme la seule religion universelle. Mais, en réalité, la seule religion qui puisse à juste titre se prétendre universelle, est une religion inspirée par le soleil. Car le soleil est universel. « Et le Seigneur, direz-vous, n'est-Il pas universel ? » Évidemment, le Seigneur est universel. Mais pour nos simples consciences humaines Il est tellement insaisissable, tellement inaccessible ! Sous prétexte qu'on ne doit reconnaître que Dieu seul, beaucoup refusent d'accepter une religion solaire, une philosophie qui présente le soleil comme le symbole de la Divinité. Mais étant donné qu'ils ne sont pas capables d'aller jusqu'à Dieu, ils restent dans le vide : sous prétexte de ne louer et glorifier que le Seigneur, ils ne ressentent et ne comprennent rien. Est-ce intelligent ? Pourquoi ne pas voir que le soleil est celui qui peut, mieux que tout, nous rapprocher du Seigneur en nous donnant une image de sa lumière, de son amour, de sa puissance ? Tant qu'on rejettera le soleil, on restera dans les ténèbres, dans le froid et dans la faiblesse.

Chaque chose, chaque être devient identique à celui qui le mange. C'est une loi. Cette idée se vérifie particulièrement avec le feu. Quand un arbre est la proie des flammes, on peut dire que le feu mange l'arbre, et en le mangeant il le transforme, il le rend semblable à lui. L'arbre devient feu parce que le feu le mange. De la même façon, dans notre vie intérieure, si nous offrons tout notre être au feu de l'amour divin afin qu'il vienne s'emparer de nous et nous dévorer, il nous rendra semblable à lui.

Nous possédons intérieurement suffisamment de matériaux pour nourrir le feu divin pendant l'éternité. Et en regardant le feu brûler, en essayant de comprendre comment les flammes travaillent sur l'arbre pour le transformer en lumière et en chaleur, nous deviendrons, nous aussi, des arbres de lumière.

À un moment ou un autre de leur existence la plupart des humains ont tendance à se révolter contre leurs parents, leur milieu familial, et ils profitent de la première occasion pour couper les liens avec eux, en pensant qu'ils vont trouver mieux ailleurs. On peut ne pas s'entendre avec son milieu familial et il n'est pas interdit de le quitter. Mais chacun sur la terre doit savoir que si la destinée l'a fait s'incarner dans cette famille-là et non dans telle autre, c'est qu'il y a une raison. Il y a là quelque chose à apprendre, à comprendre, certaines expériences à faire pour évoluer.

Il existe dans l'univers une justice, une intelligence absolue qui détermine exactement d'après leurs mérites dans quelles conditions les humains doivent s'incarner, à quelle époque, dans quel pays, dans quelle famille... Et il est inutile de se plaindre, ça ne changera rien. Ils doivent accepter cette situation et travailler, afin de mériter de meilleures conditions d'existence pour la prochaine incarnation.

Vous apercevez un homme, une femme : vous ne savez pas pourquoi, mais vous êtes tout de suite charmé, touché, et vous essayez de l'approcher. C'est tout à fait naturel, car l'attraction que l'on éprouve pour un être est quelque chose d'incontrôlable. Seulement voilà, il faut savoir que ces formes de sympathie immédiate ne signifient pas que vous avez vraiment trouvé l'amour. Sauf de très rares exceptions, le choix de la personne avec qui vous pourrez vraiment construire quelque chose d'harmonieux et de stable nécessite beaucoup de temps et de réflexion. Et alors, en attendant, que faire ?

Pour vous préparer à goûter un jour le véritable amour, vous devez commencer par rétablir le lien avec le monde divin, car c'est ce lien qui donne le véritable goût aux choses, et même à l'amour. Quand vous avez renoué ce lien, vous vous sentez traversé par un flot d'énergies supérieures. Seule la présence de ces énergies divines peut donner un goût exquis à l'amour, comme si vous communiiez avec toute la nature, avec tout l'univers.

Suffisamment de religions existent de par le monde, la question est seulement de savoir comment travailler. Voilà de quoi il faut s'occuper. C'est pourquoi l'Enseignement de la Fraternité Blanche Universelle apporte des méthodes, c'est-à-dire une attitude à prendre, un programme à réaliser. Nous n'avons pas maintenant à discuter sur des vérités essentielles qui sont connues depuis des milliers d'années ; nous devons seulement trouver la meilleure façon de les appliquer afin qu'elles soient toujours vivantes. Dans la véritable religion, toutes les activités humaines doivent être prises en considération : celles qui concernent notre vie physique, respirer, manger, marcher, dormir, etc., aussi bien que celles qui concernent notre âme et notre esprit. Et si nous mettons l'accent sur les méthodes de travail, c'est pour qu'aucun domaine ne soit considéré en dehors de la religion, car l'être humain est une unité.

Pourquoi la justice humaine est-elle tellement imparfaite ? Parce qu'elle ne peut se prononcer que sur les fautes commises dans le plan physique, matériel. Quand un homme a empiété sur le terrain du voisin, ou qu'il ne l'a pas payé exactement, ou qu'il lui a donné quelques coups et dit des injures, toutes les lois sont contre lui et il est condamné. Mais si, par ses écrits, ses paroles ou son exemple, il a fait perdre la foi, l'espérance et l'amour à des milliers de personnes, s'il les a incitées à la débauche, à la violence, là, dans la majorité des cas, la justice humaine le laisse tranquille. Chacun est libre d'exprimer ses pensées et ses désirs, même les plus scabreux, sans se préoccuper des conséquences que cela peut avoir sur la destinée de certains êtres plus faibles, plus influençables. Des bijoux volés, des vitres cassées, ah ça, oui, c'est important, mais des âmes et des esprits plongés dans le doute, la révolte et le désarroi, ce n'est pas grave. Et c'est ainsi que souvent les plus grands criminels se promènent en liberté.

Le Royaume de Dieu, la fraternité universelle, ces sujets que je ne cesse de vous présenter comme un idéal, beaucoup, je le sais, n'y voient qu'une utopie. Dans les circonstances actuelles cet idéal est impossible à réaliser. Non, ce n'est pas impossible. C'est difficile, parce que les humains ne sont pas tellement prêts à abandonner la satisfaction de leurs désirs égoïstes pour se consacrer à la réalisation d'un idéal divin, mais ce n'est pas impossible : il suffirait qu'au lieu de toujours prendre pour référence l'ordre terrestre, ils étudient l'ordre céleste afin de réaliser en bas les modèles d'en haut.

Lorsque les chrétiens commenceront à prendre au sérieux les paroles de Jésus dans le *« Notre Père » : « Que ta volonté soit faite sur la terre comme au ciel »*, déjà ce sera un grand progrès. Depuis deux mille ans ils marmonnent cette prière tout en continuant à obéir seulement à la volonté humaine, égoïste et mal éclairée. Ce n'est pas le Royaume de Dieu qui est irréalisable, ce sont les humains, à commencer par les chrétiens, qui ne font pas assez d'efforts pour le réaliser.

Tous ceux qui revendiquent leur liberté en s'imaginant qu'ils peuvent ne respecter aucune loi, se ferment les portes du monde divin, et un jour ce sont les portes de la terre qui se fermeront aussi devant eux. Quelqu'un dira : « Mais moi, je ne m'incline ni devant Dieu, ni devant les hommes, et les portes ne me sont pas fermées, je suis reçu partout. » C'est parce que tu es aveugle, mon ami ; tu ne vois pas que les portes d'en haut te sont déjà fermées, et alors celles d'en bas se fermeront aussi. Cela prendra quelque temps, bien sûr, car les conséquences n'apparaissent pas tout de suite. Il y a d'abord comme un décret qui est voté en haut, mais avant qu'il soit appliqué aussi en bas, il s'écoule toujours un certain temps.

Avec leurs théories sur la liberté, les humains qui n'acceptent aucune autorité morale ni spirituelle se ferment à tout ce qui pourrait les aider, et ils partent à la dérive sans boussole ni protection ; ils ne voient pas les dangers physiques et psychiques qui les menacent ; et ils s'entraînent les uns les autres jusqu'à la catastrophe.

L'amour est un des domaines où les humains se sentent le plus démunis. Combien d'hommes et de femmes se plaignent d'être privés d'amour ! Mais pourquoi ? En réalité, ils sont plongés dedans, car l'amour est répandu partout dans l'univers. C'est une énergie cosmique d'une abondance et d'une diversité inouïes, et il ne tient qu'à nous de capter cette abondance. Il existe des plantes qui n'ont pas besoin pour vivre d'enfoncer leurs racines dans le sol ; elles puisent l'eau et la nourriture dans l'atmosphère, car elles possèdent une organisation différente, supérieure aux autres. Eh bien, comme ces plantes, les humains possèdent des centres spirituels grâce auxquels ils peuvent puiser l'amour dans l'atmosphère et dans le soleil. Mais ils l'ignorent et c'est dommage, car ils ne les développent pas et ils restent pauvres et malheureux. Qu'ils étudient donc la pensée de tous ces Initiés et ces grands Maîtres qui ont travaillé à éveiller en eux-mêmes ces centres supérieurs, les chakras, et qui arrivent à puiser cette énergie de l'amour répandue partout dans la nature ; alors, eux aussi ils seront heureux, comblés, ils vivront dans la plénitude.

Vous ne rencontrerez jamais personne qui soit là exactement préparé pour répondre à vos besoins. Et s'il vous faut des amis, des conseillers, apprenez au moins à les choisir. Les humains sont comme ils sont, il n'est pas sage d'attendre d'eux plus qu'ils ne peuvent vous donner, et encore moins sage de leur reprocher de ne pas vous le donner.

Il y a des personnes à qui vous pouvez confier n'importe quel travail, il sera fait ; d'autres à qui vous pouvez laisser sans crainte votre maison et même votre porte-monnaie, ils n'y toucheront pas ; d'autres avec qui vous pouvez partager vos préoccupations et même vos secrets les plus intimes, ils ne les trahiront jamais. Seulement voilà, c'est à vous de savoir ce que vous pouvez confier à chacun.

Il faut le reconnaître : pour la créature humaine, Dieu est inconcevable ; mais comme dans sa bonté, dans sa générosité, Il veut se révéler à elle, Il a mis partout dans la création des signes qui lui permettront de Le retrouver. Seulement, ces signes, les humains ne les cherchent pas et même s'ils les ont devant leurs yeux, ils ne les déchiffrent pas. Le résultat, c'est que la Divinité à laquelle croient les chrétiens reste pour eux une abstraction. Et comme les humains ne peuvent pas vivre dans les abstractions, ils ont multiplié les statues, les médailles, les croix, les images saintes… toutes sortes de représentations concrètes, matérielles de la Divinité, au point que cela devient puéril, ridicule. Il faut donc qu'ils apprennent à trouver ces signes que le Créateur a laissés dans la création. Et parmi ces signes, le plus éclatant est le soleil.

4 Juillet

« Considérer tous les humains comme nos frères, c'est tellement difficile ! » se plaignent certains. Bien sûr, c'est difficile, c'est même la chose la plus difficile au monde. Mais c'est aussi celle qui devient la plus nécessaire. Les progrès des sciences et des techniques ont donné aux humains des moyens de plus en plus efficaces pour agir, se manifester, se rencontrer, et comme leur nombre ne cesse d'augmenter, s'ils ne font pas l'effort de maîtriser leurs tendances égoïstes, agressives et leurs besoins de domination, l'existence va devenir impossible.

Pour le moment, ils n'ont pas encore bien compris : émerveillés par les moyens mis à leur disposition, ils en profitent sans se demander si ce qu'ils estiment utile et bénéfique pour eux l'est également pour les autres : ils en usent et en abusent, c'est toujours à qui sera le premier ici ou là, et ils deviennent cruels, inhumains. Mais cela ne pourra pas durer longtemps, ce sont les conditions qu'ils ont eux-mêmes créées qui vont obliger les humains à développer des sentiments plus fraternels.

Esaü, affamé, cédant son droit d'aînesse à son frère Jacob en échange d'une assiette de lentilles, vous connaissez certainement cet épisode de l'*Ancien Testament*. C'est évidemment un récit symbolique qu'il faut interpréter.

Esaü représente l'être humain prêt à sacrifier ce qui lui donne un très grand prix aux yeux de son Père céleste, en échange de plaisirs immédiats. Car la faim est synonyme de tous les appétits, de toutes les convoitises. Combien d'autres faims que la faim physique réclament d'être assouvies et font perdre aux humains leur droit d'aînesse, c'est-à-dire leur dignité de fils de Dieu ! Chaque fois qu'un être cède à un instinct, et pas seulement la gourmandise, mais la sensualité, la colère, la jalousie, l'ambition, la haine, il vend son droit d'aînesse, sa royauté intérieure pour un plat de lentilles, et il s'appauvrit, il se soumet, il devient esclave. En échange de quelque chose qui n'en vaut pas la peine, il abandonne un bien extrêmement précieux en lui : la vie divine.

Quand on est jeune, il est naturel d'avoir des ambitions, de faire des projets, d'aspirer au bonheur… Mais attention, c'est là aussi qu'il faut être vigilant. La vie est une aventure très sérieuse et les jeunes doivent savoir que pour affronter les problèmes qu'elle va fatalement leur poser, il est nécessaire qu'ils travaillent à développer des qualités morales, à nourrir un haut idéal, afin de mieux assumer plus tard leurs responsabilités.

Celui qui croit pouvoir échapper à ses obligations pour mener une existence plus facile, plus agréable, ne connaît pas les lois sévères qui régissent la destinée : au lieu des facilités qu'il recherche, il trouvera des difficultés plus grandes encore, et il devra redoubler d'efforts pour les surmonter. Inversement, celui qui accepte les difficultés, qui se prépare à les affronter en ne reniant jamais son idéal, se renforce et s'épanouit, car il sent s'éveiller peu à peu en lui une lumière et des énergies insoupçonnées.

Quand vous priez, demandez avant tout au Ciel de vous donner la lumière. Car seule la lumière vous permettra de vous orienter, d'éviter les pièges et d'avoir la force de mener vos entreprises jusqu'au bout. Il ne suffit pas d'être rempli de bonnes intentions et de prier : « Seigneur, fais que je réussisse. » Vous devez d'abord savoir où vous mettez les pieds et vous demander si vous êtes bien armé pour ces entreprises. Combien de croyants ont fini par dire : « Puisque le Seigneur ne m'a pas soutenu alors que je me mettais à son service, c'est fini, je ne crois plus en Lui, j'abandonne. » En réalité, le Seigneur les soutient, seulement Il ne peut rien faire pour ceux qui ne réfléchissent pas avant d'agir. Et réfléchir, c'est commencer par douter un peu de ses capacités à y voir toujours clair et à bien juger. Sans le doute préalable, la foi peut conduire au désastre… et même à la perte de la foi, justement. Tant que vous n'aurez pas compris cela, vos meilleurs projets tomberont à l'eau.

Par son âme et son esprit, l'être humain est d'essence divine et il se manifeste comme tel en haut dans les mondes supérieurs. Mais il doit aussi donner à son âme et à son esprit les possibilités de se connaître et de se manifester en bas, à travers la matière du corps physique. C'est cette coexistence, dans un même individu, de l'esprit et de la matière, et les relations qu'ils entretiennent l'un avec l'autre qui font de l'existence humaine quelque chose de tellement complexe et mystérieux, symbolisé par l'image du serpent qui avale sa queue. La tête représente le Moi d'en haut, l'esprit ; et la queue, le moi d'en bas, la matière. La tête avale la queue, cela veut dire que l'esprit travaille sur la matière pour pouvoir se manifester à travers elle. L'esprit qui est en haut, omniscient, tout-puissant, doit pouvoir se regarder en bas à travers la matière comme dans un miroir. Voilà le but de l'Initiation : rendre la matière capable de renvoyer à l'esprit sa propre image.

La formation du corps d'un enfant dans le sein de la mère n'est pas un processus purement physique, physiologique. L'âme de l'enfant en train de former son corps physique appelle à elle dans l'au-delà sa famille invisible, qui est très nombreuse, pour qu'elle l'aide dans cette construction. De tous les côtés arrivent non seulement des grands-parents, des arrière-grands-parents, mais même de très lointains ancêtres qui se mettent à l'ouvrage. Le corps d'un enfant est donc le reflet, la synthèse de générations d'êtres échelonnés sur des siècles et des millénaires, et c'est pourquoi il est conditionné par l'atavisme, l'hérédité, une hérédité qui peut être saine ou maladive. Étant donné ce poids des générations, il est très difficile d'échapper à l'atavisme, à l'influence d'une famille. Seul le disciple d'une École initiatique, qui est instruit de la toute-puissance de l'esprit sur la matière, arrive peu à peu à se libérer du poids de l'hérédité.

Que cherchent généralement les disciples d'un Maître ? Un homme omniscient, tout-puissant, qui leur facilite la vie et résolve tous leurs problèmes. Eh bien, qu'ils se détrompent, un Maître n'est pas là pour ça. Un Maître est là pour les instruire et les pousser à se perfectionner. Et plus un Maître est grand, plus son enseignement est rigoureux. C'est une loi qui se vérifie dans tous les domaines. L'enseignement d'un musicien ou d'un savant de génie n'est accessible que pour un petit nombre de personnes, c'est pourquoi ils n'acceptent que très peu d'élèves. Vous direz qu'un Maître spirituel n'est ni un musicien, ni un savant, et que son amour, sa bonté, sa générosité enveloppent toutes les créatures. Oui, c'est vrai, mais cet amour, cette bonté, cette générosité ne le pousseront pas à faire pour vous tous les miracles que vous attendez ; bien au contraire, il sera exigeant, sévère même, pour vous stimuler sans cesse sur le chemin du perfectionnement.

Moïse était venu pour enseigner aux hommes la justice. Puis Jésus est venu pour leur enseigner l'amour, le pardon. Il a dit : « *Si quelqu'un te frappe sur la joue droite, présente-lui aussi l'autre.* » Tendre l'autre joue pour se faire battre, puis pardonner, c'est un grand progrès par rapport à la loi du talion « œil pour œil, dent pour dent », mais il y a encore mieux à faire.

Si quelqu'un vient vous attaquer, il n'est pas interdit de vous montrer plus fort que lui. Et comment ? Vous le soulevez du sol et vous lui dites : « Veux-tu que je te projette par terre ? » Ainsi, vous lui montrez votre force, mais vous ne le projetez pas, vous le reposez doucement. Alors il commence à vous respecter. N'est-ce pas mieux ? Il faut être plus fort que ses ennemis. Si par un geste, un regard ou une phrase pleins de lumière, vous les immobilisez, ils battent en retraite. Quand on ne peut pas triompher dans le plan physique, qu'on tâche au moins de triompher dans le plan mental, c'est beaucoup mieux que de se laisser massacrer par des gens malhonnêtes, injustes et méchants.

La vie quotidienne est faite d'une suite d'actes que la majorité des humains ont l'habitude de considérer comme très ordinaires. Mais ce qu'ils ne savent pas, c'est que ces actes qui sont absolument nécessaires pour subsister, on peut les transposer dans le plan spirituel et atteindre ainsi les degrés supérieurs de la vie.

Prenons l'exemple de la nutrition. Ce qui est essentiel dans la nourriture, ce ne sont pas les aliments eux-mêmes, mais les énergies qu'ils contiennent, la quintessence emprisonnée en eux, car c'est là qu'est la vie. La matière de l'aliment n'est qu'un support. À travers cette matière, c'est la quintessence que nous devons chercher à atteindre, afin de nourrir aussi nos corps subtils. Considérer que nous mangeons pour nourrir seulement notre corps physique est une erreur ; nous mangeons pour nourrir aussi notre cœur, notre intellect, notre âme et notre esprit.

De nos jours, de plus en plus d'hommes et de femmes entendent mener leur existence comme bon leur semble et, concernant leur vie amoureuse, leur vie sexuelle, ils n'acceptent aucune règle. Ils s'imaginent que les prescriptions qui ont été données par les sages et les Initiés, ont pour but de les empêcher de vivre. Ils ne comprennent pas que cette maîtrise, ce contrôle des instincts que conseillent les sages, n'ont pas d'autre but que de les inciter à chercher de meilleures manifestations de l'amour, à lui donner des formes plus belles, plus riches.

Tant qu'ils ne voudront pas s'instruire et faire des efforts, leurs expériences de l'amour ne seront pour eux que des occasions de gaspiller leurs énergies les plus subtiles et même de perdre le goût de vivre. Ils veulent vivre et ils s'empêchent de vivre. Ils continuent à célébrer l'amour, à chanter l'amour, cet amour qui est, disent-ils, la chose la plus importante au monde, mais ils s'arrangent pour abîmer leur vie à travers leur amour. Quand comprendront-ils qu'aimer, c'est protéger, enrichir et embellir la vie en soi-même et chez les autres ?

L'Église enseigne que le baptême est une purification par l'eau, destinée à laver l'homme du péché originel et à le faire admettre dans la communauté chrétienne. Et il n'y a évidemment rien à dire contre le sacrement du baptême, à condition d'en comprendre véritablement le sens. Baptiser un enfant ou un adulte fait de lui un chrétien, c'est entendu. Mais celui qui n'a pas reçu le baptême chrétien n'est pas pour autant une âme en perdition, égarée dans les ténèbres. Et celui qui l'a reçu ne doit pas s'imaginer que cela suffit pour faire son salut : c'est à lui de travailler ensuite toute sa vie pour conserver, amplifier les effets du baptême.

On vous baptise, on vous lave du péché originel – admettons – c'est bien, mais ce que le prêtre a déposé en vous au moment du baptême, c'est toute la vie que vous devez vous efforcer de le maintenir. Si vous ne travaillez pas chaque jour, consciemment, de tout votre cœur, de toute votre âme, à vous laver, à vous purifier, le baptême ne sert plus à grand-chose. C'est vous qui devez chaque jour contribuer à votre salut.

Toutes les sciences doivent être mises au service de la seule science qui mérite vraiment d'être étudiée : celle de l'être humain. Or, malheureusement, elle est abandonnée pour le moment au profit de la physique, la chimie, l'astronomie, la biologie, etc. Vous direz : « Oui, mais il y a l'anatomie, la physiologie : ce n'est pas rien ! » Bien sûr, mais ce n'est pas encore tout l'être humain.

Un changement de point de vue est nécessaire. C'est l'être humain dans sa totalité qu'il faut prendre désormais comme centre d'intérêt, l'être humain avec la Divinité qui vit au-dedans de lui. Toutes les autres sciences doivent contribuer à cette étude et ne pas être considérées indépendamment. Car, en réalité, l'homme est un résumé de tout ce qui existe et toutes les sciences se retrouvent en lui. Quand les scientifiques, les philosophes accepteront ce point de vue, la conception entière de l'existence sera transformée ; car ce n'est plus ce qui est extérieur à l'homme, ce qui est matériel, figé, mort, qu'on mettra à la première place, mais la vie, tous les aspects subtils de la vie.

Le besoin de croire, non seulement en quelque chose mais en quelqu'un, se manifeste chez les humains de toutes les manières possibles. Et quand ils ne veulent ou ne peuvent pas croire en Dieu, ils sont poussés à diviniser l'homme ou la femme qu'ils aiment, ou un monarque, un chef d'État, un artiste, un philosophe, un savant, un sportif… Vous dites que c'est exagéré, qu'ils ne vont pas jusqu'à les diviniser. Ah bon ! alors, mettre tous ses espoirs dans un être, et selon le cas faire dépendre de lui sa joie, son bonheur, la solution de tous ses problèmes matériels, le sens de sa vie, cela s'appelle comment ?… jusqu'au jour où, bien sûr, ils découvrent qu'ils se sont nourris d'illusions.

Maintenant, est-ce si mauvais de vivre avec des illusions sur les humains ? Oh non, car les illusions, c'est souvent ce qui permet de vivre ! Avant que nous soyons capables de comprendre, de sentir que Dieu, le Créateur de tous les mondes, est le seul à qui nous puissions nous fier absolument, nous faisons des expériences heureuses ou malheureuses, grâce auxquelles nous nous instruisons.

Cherchez chaque jour à rétablir le contact avec la Source divine afin d'alimenter votre propre source, celle qui coule en vous.

Faites-la descendre d'abord dans votre cœur, par l'amour. Quoi qu'il arrive, quelles que soient les amertumes, les déceptions, les épreuves, ne cessez jamais d'aimer, car c'est ainsi que votre cœur se purifie. Faites-la ensuite descendre dans votre intellect, comme lumière. Grâce à cette lumière, vous éviterez les pièges et les obstacles, vous discernerez la voie à suivre, et c'est avec assurance que vous avancerez sur cette voie. Lorsqu'elle pénétrera dans votre âme, la Source divine la dilatera jusqu'aux confins de l'univers : vous porterez toutes les créatures en vous, et vous vous confondrez avec l'immensité.

Enfin, quand vous serez parvenu à faire couler la source dans votre cœur, dans votre intellect et dans votre âme, elle rejoindra la Source primordiale qui est votre esprit, qui est Dieu Lui-même, et c'est ainsi que vous vivrez véritablement la vie divine qui est toute-puissance.

Il est bon que les jeunes gens qui font des études acquièrent le plus possible de connaissances. Mais leurs préoccupations ne doivent pas s'arrêter là. Ces connaissances, ils doivent ensuite se demander au service de qui ou de quoi ils vont les mettre. Combien parmi eux prennent conscience de leur responsabilité et se disent : « Voyons, avec tout ce que j'ai appris, il faut que je me rende utile, que j'aide les autres ; il n'est pas bon que je sois le seul à en profiter » ? Est-ce toujours dans un but désintéressé que les médecins ont choisi leur métier ? Et les avocats, les chimistes, les ingénieurs, les économistes, les journalistes, se préoccupent-ils sincèrement de mettre leurs connaissances au service des autres ? Pas toujours.

Les études par elles-mêmes ne rendent pas les êtres meilleurs. Au contraire, souvent elles font d'eux de véritables dangers publics ! En revanche, des connaissances dans les mains de ceux qui ont travaillé sur leur caractère et qui sont décidés à les utiliser pour le bien de tous, voilà une source de bénédictions.

Toutes les créatures ont un langage, mais seul l'être humain possède la parole, et pour que cette parole devienne réellement riche, significative, elle doit devenir l'expression du Verbe divin. Si vous avez cet idéal, la première règle pour y parvenir, c'est de décider de ne plus vous laisser aller à des médisances, des calomnies ou même des paroles en l'air. Apprenez à maîtriser votre langue en vous disant : « Si je me laisse aller, je ne posséderai jamais la véritable puissance du Verbe. Il faut donc que je fasse attention. » Pendant une journée, qu'est-ce qu'on ne dit pas ! On lance des paroles, comme ça, à la légère, en pensant que si on s'est trompé ou si on est allé trop loin, il suffira de quelques mots pour réparer. Non, on ne connaît pas l'itinéraire d'une parole, les régions qu'elle traverse et, si elle est fausse ou mauvaise, les dégâts qu'elle peut faire. Et qu'on ne s'imagine pas qu'il suffit de réparer le tort causé par des paroles en s'excusant ou en payant des « dommages et intérêts ». Devant les humains, peut-être, c'est réparé ; mais devant les lois cosmiques, ce n'est pas réparé.

Il ne faut pas rejeter l'héritage que nous ont légué les grands esprits du passé, il faut au contraire le méditer, s'en imprégner. Mais cela ne signifie pas que nous devons nous conformer dans tous les détails à leur philosophie. Ce qu'il faut conserver, ce sont les principes, car ils sont éternels. Quant aux formes, qui suivent la loi de la vie, elles peuvent, et même elles doivent changer, évoluer. C'est la mauvaise compréhension de cette loi qui produit beaucoup de malentendus. Certains, voulant rejeter des formes qu'ils trouvent dépassées, rejettent aussi les principes. Et d'autres conservent les vieilles formes parce qu'ils les confondent avec les principes. Le résultat, c'est que ceux qui rejettent les principes n'ont plus de boussole pour s'orienter et ceux qui s'accrochent aux formes se sclérosent. Vous direz : « Mais quels sont ces principes qu'il faut conserver ? » Tous ceux qui mettent l'accent sur la primauté de l'esprit, c'est-à-dire la bonté, la générosité, l'amour, la pureté, le sacrifice… Peu importent les formes dans lesquelles vous les appliquez : là, vous êtes libre !

Même si on est obligé de constater combien les connaissances que possède l'être humain sont limitées, en réalité dans les profondeurs de sa conscience, il est à son insu le dépositaire de tout le savoir de l'univers. Ce savoir enfoui très profondément en lui reste là, immobile, inerte, parce que les bonnes conditions pour apparaître et se manifester ne lui sont pas données. Vous direz : « Mais comment cela se fait-il ? » Oh ! c'est une très longue histoire. Depuis qu'il a quitté le sein de l'Éternel pour descendre dans la matière, l'être humain a parcouru tout un chemin dans le temps et dans l'espace. Ça n'a été souvent pour lui qu'aventures et péripéties dramatiques, au cours desquelles il a fait des expériences, acquis de nouvelles connaissances, mais il a aussi beaucoup perdu de sa lumière et de son savoir originels. Ou, plus exactement, ce savoir a été peu à peu recouvert par une accumulation de couches opaques. Pour rentrer en possession de ce savoir il a besoin de certaines conditions, et ces conditions, seul un enseignement initiatique peut lui permettre de les trouver.

L'intelligence de l'homme dépend de l'état où se trouvent les cellules de tous ses organes : le foie, l'estomac, les intestins... Si ces cellules ne font pas correctement leur travail, sa capacité de penser, de juger en sera affectée : il aura beau lire et étudier, dans toutes ses réflexions se projetteront des teintes sombres et des déformations venant du mauvais fonctionnement de ses organes. Même chez ceux qui sont considérés comme de grands penseurs, de grands philosophes, combien d'erreurs ont pour origine les insuffisances des cellules de certains organes qui entravent l'activité mentale ! Toutes ces insuffisances du foie, de l'estomac, des intestins, du pancréas… produisent quelque part dans le cerveau une limite que l'homme ne peut pas franchir. Alors, comment remédier à ces insuffisances ? En faisant des exercices. Oui, les exercices préconisés par un enseignement spirituel, ne serait-ce que les conseils concernant la respiration ou bien la nutrition, n'ont pas d'autre but que d'améliorer l'état de nos cellules afin d'élargir et d'améliorer notre compréhension.

La plupart des humains cherchent leur pâture dans tout ce qui n'est pas essentiel. Ils passent leur existence dans des occupations qui n'apportent rien à leur âme et à leur esprit. Vous me direz, bien sûr, que l'âme et l'esprit ne peuvent pas tellement participer aux activités banales de l'existence quotidienne, ni dans celles qu'on doit exercer pour gagner sa vie. D'abord, ce n'est pas sûr… et puis, que font les gens quand ils rentrent du travail ou qu'ils ont du temps libre ? Quelles sont leurs occupations, leurs conversations, leurs activités, leurs distractions ? Ils ne font peut-être rien de répréhensible, mais ils perdent leur temps et leurs forces dans des futilités. Le jour où ils apprendront à construire en eux-mêmes quelque chose de solide, de stable autour de ce centre qu'est leur esprit, toutes leurs activités, leurs distractions même, contribueront à alimenter la vie en eux. L'esprit qui habite en l'homme ne rejette pas le foie, les intestins ou les pieds sous prétexte qu'ils ne sont pas des organes ou des membres aussi nobles que lui. Tout est à sa place et l'esprit s'en sert, mais il reste au centre. Et c'est parce qu'il reste au centre que l'homme est vivant.

Quelqu'un dit : « Avant de m'engager dans la vie spirituelle, je veux qu'on me donne des preuves irréfutables de l'existence de Dieu et des entités invisibles, de l'immortalité de l'esprit et de la vie après la mort. » Oh là là ! il devra attendre longtemps, très longtemps... toute sa vie même ! Et comme, en attendant, il ne fera rien, il va stagner : il empêchera ses meilleures qualités de se développer et il sera malheureux. Vous direz qu'il est normal de vouloir comprendre et voir avant de s'engager ! Oui. Mais dans ce cas précis vous êtes comme celui qui, se trouvant dans l'obscurité, ne voudrait pas appuyer sur le bouton électrique avant qu'on lui ait expliqué comment fonctionne toute l'installation. Ou comme un autre qui, avant de monter dans une voiture, demanderait qu'on démonte le moteur et qu'on lui expose en détail le fonctionnement de toutes les pièces qui le composent. N'est-il pas plus raisonnable de commencer par appuyer sur le bouton électrique ou monter dans la voiture ? On aura ensuite tout le temps pour comprendre comment ça fonctionne. Eh bien, il en est de même pour la vie spirituelle : on comprend en travaillant.

Même au milieu des tribulations, vous devez vous efforcer de rester inébranlable, parce que les tribulations sont des accidents superficiels, elles ne touchent pas l'essentiel en vous. Regardez la mer : quelles que soient les vagues qui agitent sa surface, un peu plus en profondeur le calme règne, il ne reste rien de cette agitation.

Mais quand je dis qu'il faut rester inébranlable, cela ne signifie pas devenir insensible, impassible. Non, on peut se sentir broyé, anéanti, mais, même là, conserver encore la conscience que cette souffrance a un sens et qu'elle pourra être, un jour, utilisée pour le bien. Alors, quand vous souffrez, ne priez pas le Seigneur de vous ôter cette souffrance. Comme elle ne vous a pas été donnée pour rien, Il ne vous l'ôtera pas, Il attendra que vous ayez appris ce que vous devez en apprendre.

Si l'Intelligence cosmique a décidé que les humains passeraient de l'enfance à l'âge adulte, et ensuite à la vieillesse, c'est qu'il y a une raison. L'adulte doit se dégager des faiblesses de l'enfance, mais une fois qu'il y est parvenu, il faut qu'il retrouve les qualités de l'enfant. Ce n'est qu'à cette condition qu'il entrera dans le Royaume de Dieu. Alors, quel que soit votre âge, et le savoir, l'expérience que vous avez acquis, vous devez retrouver votre cœur d'enfant, simple, spontané, ouvert, confiant. Alors, même si vous êtes un vieillard, vous entrerez dans le Royaume de Dieu. Vous vous présenterez comme un enfant, vous serez accueilli, et derrière, le vieillard suivra. Oui, le vieillard pourra se faufiler… à cause de l'enfant !

Mettez-vous au travail avec conviction, sans vous préoccuper du temps qu'il vous faudra pour réaliser votre idéal divin. Vous avez les clés, vous avez les pouvoirs. Toutes ces voix intérieures qui vous encouragent : « Lève-toi, marche vers la lumière ! » représentent un capital déjà amassé dans le passé par votre travail. Oui, déjà ce besoin que vous ressentez d'avancer sur le chemin de la perfection est le résultat des efforts que vous avez faits dans le passé. Et qu'arrive-t-il quand vous réalisez un progrès, aussi minime soit-il, dans le plan spirituel ? Des forces dispersées, inorganisées, qui somnolent en vous depuis des millénaires s'éveillent et répondent à votre appel. Ainsi, d'un seul coup, vous vous apercevez que vous étiez habité par toute une armée qui attendait d'être mobilisée. Au moment où vous remportez un succès, vous découvrez en vous la présence de forces insoupçonnées.

Comment pouvait-on parler de Dieu, cet Être qui dépasse tout entendement, à des peuples primitifs qui n'avaient aucune notion de la vie inté rieure ? Il fallait utiliser un langage qu'ils puissent comprendre, donc donner à ce Dieu des traits de caractère humains, en insistant, bien sûr, sur sa puissance, sur sa grandeur. C'est ainsi que les religions ont fait de Lui un roi, avec les traits caractéristiques des rois qui régnaient sur la terre : autoritaire, coléreux, jaloux, vindicatif à l'égard de ceux qui ne s'inclinent pas devant Lui, et distribuant des récompenses à ses courtisans. Mais vraiment, quel exemple ! Il y a des rois sur la terre qui occupent plus raisonnablement et utilement leur temps. De nos jours les humains, du moins beaucoup d'entre eux, ont acquis une connaissance de la vie psychique ainsi qu'une conscience morale dont les siècles précédents n'avaient aucune idée. Alors, ne faut-il pas leur présenter une autre image de Dieu ?

Combien d'hommes et de femmes associent amour et bonheur ! Mais combien aussi finissent par reconnaître que ce bonheur n'a été que de courte durée ! Pourquoi ? Parce qu'ils ne savaient pas comment conserver leur amour. Vous ne trouverez vraiment le bonheur dans l'amour que le jour où vous comprendrez qu'il ne réside pas dans la possession physique des êtres. L'amour véritable, vous ne pourrez le goûter que dans ce quelque chose de subtil qui, à travers un être, vous lie à tout l'univers, à la beauté des fleurs, des forêts, des sources, du soleil, des constellations. Ne vous dépêchez pas de supprimer la distance physique qui vous sépare de celui ou celle que vous aimez ; sinon vous perdrez peu à peu tout ce monde subtil ; il ne vous restera que le côté prosaïque, matériel, et ce n'est pas là que vous trouverez le bonheur.

Au cœur de notre vie intérieure, au centre de nos préoccupations, nous devons mettre ce principe universel qui est à l'origine de toutes les religions : le soleil, et nous pénétrer de l'exemple qu'il nous donne chaque jour. Éclairer, chauffer et vivifier toutes les créatures sans exception, voilà la religion solaire. Avant même que les humains apparaissent sur la terre, le soleil était là, et depuis toujours il leur dit : « Élargissez votre conscience, libérez-vous de vos conceptions tellement étroites, faites comme moi : éclairez, chauffez, vivifiez, embrassez le monde entier grâce à votre intelligence et à votre amour. »

La seule véritable religion est la religion solaire qui nous enseigne comment devenir lumineux, chaleureux, vivifiant, c'est-à-dire comment travailler pour posséder intérieurement la sagesse qui éclaire et résout les problèmes, l'amour désintéressé qui embellit, encourage et console, la vie subtile, spirituelle qui rend actif, dynamique et audacieux, afin de réaliser sur la terre le Royaume de Dieu et sa Justice. Personne ne peut combattre cette religion ; celui qui essaie de s'opposer à elle ne fait qu'amoindrir et obscurcir la vie en lui-même.

« *Que ta volonté soit faite sur la terre comme au ciel* », demande Jésus dans le « *Notre Père* ». Pourquoi ? Parce qu'il est dans la prédestination de la terre de devenir le reflet du Ciel. Pour le moment, bien sûr, il s'en faut encore de beaucoup pour que cette demande soit réalisée. La terre, c'est-à-dire le monde des humains, ne vibre pas en harmonie, en accord avec le Ciel. Quand les humains deviendront conscients de la tâche pour laquelle ils se sont incarnés, ils commenceront à travailler sur la terre, « leur » terre, c'est-à-dire eux-mêmes. Ils feront vibrer tout leur être à l'unisson avec le monde divin, afin de refléter cet ordre, cette beauté, cette lumière qui sont en haut. Et comme l'état de la terre, notre planète, est lié à l'évolution des humains, elle aussi va évoluer, elle aussi deviendra subtile, vibrante, lumineuse, et il s'ensuivra de grandes transformations dans les règnes minéral, végétal et animal. Tout changera à cause de la vie des humains, simplement parce qu'ils auront compris le travail qu'ils doivent faire sur eux-mêmes pour vivre en harmonie avec le monde divin.

Sympathies et antipathies sont des mouvements instinctifs qu'il est impossible d'éviter, mais ce n'est pas une raison pour s'y abandonner sans contrôle. Il ne s'agit évidemment pas de les combattre, mais seulement d'apprendre à les utiliser.

Quand quelqu'un vous est sympathique, pensez à lui pour vous réjouir et prendre courage. Oui, quelqu'un de sympathique agit favorablement sur vous, profitez donc des bonnes dispositions dans lesquelles il vous met. Vous direz : « Et avec quelqu'un d'antipathique, que faire ? » Eh bien, là, exercez-vous, dites-vous : « À nous deux, maintenant, il faut surmonter ça ! Car, qui me dit que cette personne, que je trouve déplaisante à première vue, n'est pas quelqu'un avec qui, si je fais des efforts, je pourrai travailler ?… Et même si elle est réellement aussi déplaisante qu'elle en a l'air, je dois surmonter les sentiments négatifs qu'elle m'inspire, car ces sentiments négatifs m'empoisonnent, et je ne peux pas accepter d'être empoisonné. »

Tellement de gens vivent dans le trouble et la confusion ! Ils ne sont sûrs de rien, ils ont la sensation d'avoir été jetés dans le monde comme dans un engrenage dont ils ne connaissent pas le fonctionnement. Pourquoi ? Parce qu'on ne leur a jamais appris que leur existence, comme celle de l'univers entier, est régie par des lois. Ils ne sont donc pas capables de déblayer le chemin devant eux pour avancer en sécurité et envisager l'avenir avec confiance. On ne peut pas construire un bon avenir avec un mauvais présent, car il n'y a pas de rupture entre les deux. Tant qu'on n'aura pas appris à poser le présent sur des bases stables – la connaissance des lois de la nature, qui sont aussi les lois morales – évidemment on peut tout craindre de l'avenir. Comment ne pas avoir peur quand on ne sait pas où on va, quand on n'a aucune certitude ? Seul celui qui connaît les lois et les respecte peut avoir confiance en l'avenir.

Même si un Maître s'efforce d'être le plus disponible possible, il arrive toujours un moment où les disciples doivent retourner chez eux pour s'occuper de leur famille, reprendre leur travail. Et certains se plaignent : « On ne comprend pas : auprès du Maître tout était facile, mais quand on est loin, les complications recommencent. » Pourquoi cela ? C'est simple à comprendre. Si le disciple rencontre des difficultés quand il est loin de son Maître, c'est qu'il ne devait pas s'éloigner, il ne devait pas abandonner son Maître. Le quitter physiquement, évidemment, c'est nécessaire. Mais c'est dans sa conscience que le disciple ne doit pas abandonner son Maître. Or voilà que dans sa tête, le premier venu qui passe par là prend la place du Maître ; et le Maître qui est congédié, bien sûr, ne peut plus rien faire. Il n'y a donc rien d'étonnant à ce que les choses deviennent soudain si difficiles : le Maître n'est plus là. Sans s'en rendre compte, le disciple a trouvé quelqu'un ou quelque chose d'autre pour le remplacer.

Pourquoi Jésus avait-il besoin de la foi de ceux qui lui demandaient la guérison ? Parce que la foi est une condition préalable : elle ouvre en l'homme des portes et des fenêtres pour laisser entrer des courants de forces qui viennent d'ailleurs, et ces forces qui pénètrent en lui harmonisent, purifient, régénèrent la matière de son être. Jésus était un réceptacle de l'énergie divine, et c'est cette énergie qu'il communiquait à l'homme ou la femme qui venait lui demander son aide. On peut donc dire que celui qui s'approchait de Jésus pour chercher la guérison mettait en marche un processus. Ensuite, grâce à sa foi il ouvrait une porte. Enfin, la puissance de Jésus pénétrait en lui. Alors, vous voyez, les miracles de Jésus ou ce que l'on appelle ainsi (car en réalité, il n'y a pas de miracles au sens où la plupart des gens l'entendent) supposaient que trois conditions soient remplies.

Autant que vous le pouvez, efforcez-vous de vous élever très haut en vous-même et de rester là le plus longtemps possible. S'élever et rester sur les hauteurs signifie ne jamais cesser d'être noble, juste et généreux. Les hauteurs dont je vous parle, c'est la grandeur et la lumière qui sont en vous, et cette grandeur et cette lumière vous enseignent qu'il faut savoir descendre pour aider vos frères humains.

Tout en vivant et en travaillant sur la terre parmi les humains, c'est intérieurement qu'il faut éviter de descendre, c'est-à-dire de se laisser aller à ses tendances inférieures ou de participer à des entreprises égoïstes, malhonnêtes. Pour vous élever, n'imitez jamais ces gens hautains, inaccessibles et durs qui ne veulent pas s'abaisser à tendre la main. Prenez plutôt l'exemple du soleil : il descend jusqu'à nous, il nous chauffe, nous éclaire, nous envoie ses messages, son âme, son amour, il nous donne sa vie, mais lui-même reste éternellement dans les hauteurs.

La conception que les humains se font de l'amour est encore tellement limitée ! Ils tombent amoureux d'un homme ou d'une femme, ils aiment leurs parents, leurs enfants, leurs amis qu'ils ont là, près d'eux. Mais ce n'est pas encore cela, l'amour. Manifester l'amour, c'est apprendre à projeter des rayons de votre cœur et de votre âme sur le monde entier, comme le fait le soleil.

Tous les soleils se bombardent de rayons à travers l'espace… Bien sûr, comme la terre que nous habitons, nous sommes encore loin de pouvoir manifester un tel amour. La terre est obscure, elle ne sait pas rayonner, elle ne sait pas encore combattre avec la lumière : aussi la guerre qui existe sur la terre est-elle terrible. Mais regardez la guerre que lui fait le soleil : elle a pour résultats des fruits, des fleurs, toute une abondance de vie… Nous ne savons pas encore nous battre comme le soleil, c'est pourquoi il faut aller voir le matin comment il utilise ses armes, comment il les lance, comment avec ses canons, ses obus, ses fusées, il vivifie tout l'univers.

Combien de gens s'imaginent que les pensées sont des sortes d'abstractions qui n'ont aucune existence réelle ! Eh bien, c'est une erreur. Les pensées sont des entités vivantes. Certaines meurent assez vite, alors que d'autres subsistent très longtemps, cela dépend toujours de la puissance psychique de celui qui les a formées. Ainsi, il en est même qui peuvent se maintenir pendant des siècles. Ces entités sont de toutes sortes, bénéfiques ou maléfiques. Alors, soyez prudent, attentif, efforcez-vous de rester lié au monde divin. Celui qui laisse son âme, son intellect, son cœur ouverts à tous les vagabonds de l'espace, sera leur victime. Inversement, celui qui sait comment se préparer intérieurement, ne peut attirer que des influences bénéfiques qui viendront l'accompagner pour l'aider dans son travail, l'inspirer et le réjouir sans arrêt.

Même quand ils ont une famille, des voisins, des relations, beaucoup de gens se plaignent de la solitude. Quelle ingratitude ! Même s'ils étaient seuls, physiquement seuls, ils devraient sentir qu'ils ont en réalité une famille immense, leur famille spirituelle. Mais leur conscience est tellement limitée, obscurcie, qu'ils ne le sentent pas. Et c'est le cas de millions d'êtres dans le monde. Ils se sentent seuls, et pourtant !... Le seul véritable remède à la solitude est dans l'élargissement de la conscience : comprendre que même si vous n'aviez plus ni père, ni mère, ni frère, ni sœur, ni aucune famille par le sang, ni personne dans votre entourage avec qui vous puissiez communiquer, ce ne serait pas encore une raison pour vous croire seul. Il faut que vous sachiez, que vous compreniez que nous sommes tous frères et sœurs, fils et filles du même Père, l'Esprit cosmique, et de la même Mère, la Nature universelle, et vous ne vous sentirez plus jamais abandonné ni malheureux.

L'inspiration n'est pas un état qui concerne uniquement les créateurs, les artistes : chacun de nous dans sa vie, même s'il ne s'agit que de la vie quotidienne, a besoin d'être inspiré, c'est-à-dire de recevoir la visite de l'esprit. Mais l'inspiration vient et repart. Lorsqu'elle nous quitte, nous sommes comme l'arbre en hiver. Mais nous ne devons pas nous inquiéter, car, comme pour l'arbre, elle reviendra quand les conditions sont réunies, au printemps. Il dépend donc de nous de créer dans notre âme les conditions du printemps. Et comment ? Par l'amour. C'est l'amour qui crée le printemps en l'homme, mais pas n'importe quelle sorte d'amour : l'amour spirituel. L'esprit n'accepte pas d'être dirigé, ainsi qu'il est dit dans les *Évangiles* : *« Le vent souffle où il veut et tu en entends la voix, mais tu ne sais ni d'où il vient, ni où il va… »* Par l'amour nous créons les conditions de sa venue.

Montagnes et vallées ont leurs correspondances dans la vie intérieure. Les vallées représentent la fertilité, donc l'abondance, la générosité, la bonté. C'est dans les vallées et non sur les sommets qu'il y a des arbres, des jardins, des fruits, des fleurs, des villes peuplées d'êtres humains. Sur les hauts sommets on trouve le roc, la glace, la stérilité. Vous vous sentez solitaire ? Eh bien, ne restez pas sur le sommet où votre intellect vous a entraîné. Descendez dans la vallée où règne l'abondance, où le cœur se manifeste, où coulent les eaux de l'amour. Le savoir que vous avez acquis sur les sommets doit fondre pour former des ruisseaux, des rivières, et fertiliser les vallées. Car il y a un temps pour monter et un temps pour descendre : il y a un temps pour vous élever sur la montagne par votre intellect et un temps pour descendre dans la vallée par votre cœur.

La vie quotidienne, c'est vrai, ne manque pas de présenter à chacun de vous des occasions d'inquiétude, de tristesse, de découragement. Mais il faut réagir. Au lieu de rester à ne rien faire, sauf vous gaver de pilules et importuner les autres, sans penser qu'ils rencontrent eux aussi les mêmes difficultés, efforcez-vous de travailler avec votre imagination. Imaginez-vous entouré de lumière, envoyant votre amour à travers le monde entier, surmontant obstacles et difficultés… Peu à peu, les images que vous formerez deviendront vivantes, elles agiront sur votre conscience, elles vous transformeront en même temps qu'elles travailleront à attirer de l'univers les éléments appropriés pour les introduire en vous. Au début, les effets de cet exercice ne se feront pas sentir très longtemps et vous devrez souvent le reprendre. Mais un jour, le résultat sera là, définitivement, vous ne pourrez pas en douter : vous sentirez au-dessus de vous une entité vivante qui vous protège, vous instruit, vous purifie, vous éclaire et, dans les cas difficiles, vous apporte le soutien dont vous avez besoin.

Sous prétexte de ne pas influencer leurs enfants, il y a des parents qui ont décidé de ne leur donner aucune éducation religieuse. « Nous voulons les laisser libres, disent-ils, c'est eux qui choisiront plus tard. » Eh bien, voilà un très mauvais raisonnement. Évidemment, il y a certaines formes d'éducation religieuse qui briment les esprits, qui rendent les êtres étroits, qui les conduisent à l'intolérance et même au fanatisme, et il faut s'en méfier. Mais enlève-t-on la liberté à des enfants si on leur fait prendre conscience de la réalité du monde de l'âme et de l'esprit ? Non, et des enfants qui ont reçu une éducation spirituelle sont mieux armés pour l'existence que ceux qui n'en ont pas reçu. Ils rencontreront les mêmes difficultés, les mêmes obstacles que tous les autres, mais parce qu'ils auront appris à entrer en contact avec le monde divin, dans des conditions où les autres faiblissent, se découragent ou prennent des chemins tortueux, eux au contraire progresseront, s'amélioreront et deviendront pour leur entourage un soutien, une lumière.

Pourquoi vous limiter aux rencontres que vous faites dans le plan physique avec des êtres humains ? Il y a d'autres êtres à rencontrer dans l'univers et avec qui entrer en relation. Chaque jour vous avez la possibilité non seulement de vous lier aux entités lumineuses qui peuplent l'univers mais de les attirer à vous. Alors, adressez-vous à elles : « Venez, venez, amis célestes, installez-vous en moi comme dans votre demeure. » Vous pouvez dire encore : « Seigneur Dieu, Mère divine, Sainte Trinité, tous les Anges et Archanges, serviteurs de Dieu, serviteurs de la lumière, tout mon être vous appartient, disposez de moi pour la gloire de Dieu, pour son Royaume et sa Justice sur la terre. » Savoir prononcer ces paroles, c'est cela la vraie consécration. Si vous n'apprenez pas à inviter les esprits célestes, ne vous étonnez pas ensuite si ce sont d'autres entités, pas du tout célestes, celles-là, qui viennent s'installer en vous, et sans attendre votre invitation ! C'est à vous qu'il appartient de décider par qui vous voulez être « occupé ».

Une extrême disparité existe parmi les humains, et pourtant tous les êtres, aussi grossiers et matérialistes soient-ils, ont été créés dans les mêmes ateliers que les plus grands génies ou les plus grands Initiés. Cette différence vient seulement de ce que le moment n'est pas encore venu pour eux de manifester les mêmes dons, les mêmes vertus. Mais un jour ce temps viendra pour eux aussi ; ils se rendront compte que les activités et les biens matériels ne sont nécessaires que comme un support, un récipient, une enveloppe pour soutenir, abriter, contenir la vie de l'esprit, sa lumière, son immensité, son éternité. Ils comprendront que ce qu'ils considéraient comme l'essentiel n'était en réalité qu'une enveloppe, une écorce, et alors leur regard changera. Oui, simplement leur regard : ils cesseront de regarder le contenant, les récipients, pour s'intéresser au contenu, et ce sera pour eux le commencement de la vraie vie.

Le découragement est un des états les plus négatifs que puisse ressentir un être humain, car il le prive de la plus grande partie de ses énergies. Pourtant vous devez savoir que, même dans les pires moments, ce découragement contient les éléments qui, si vous savez comment les saisir et les utiliser, vont vous servir à reprendre courage. Le découragement vous prive de vos énergies, mais lui-même est un état qui possède des forces formidables. La preuve : du moment qu'il est capable de démolir tout un royaume – vous-même, avec toutes les richesses et les possibilités entassées dans votre corps, votre cœur, votre intellect, votre âme, votre esprit – c'est qu'il est vraiment très puissant ! Alors, pourquoi ne pas essayer de s'emparer de cette puissance pour l'orienter dans un sens positif ?

Efforcez-vous de prendre conscience de toutes les possibilités qui sont au-dedans de vous. Même quand vous vous croyez complètement exténué, à bout, en réalité il vous reste encore des ressources formidables qui vous aideront à continuer votre route.

Tous les problèmes que les humains cherchent à résoudre ont leur solution dans le grand Livre de la nature. C'est ainsi que les abeilles et les papillons nous donnent la solution au problème de l'amour. Comment les humains comprennent-ils généralement l'amour ? À la manière des chenilles qui mangent les feuilles des plantes. Mais la chenille devient un jour un papillon, et le papillon ne mange plus les feuilles, il visite les fleurs sans les abîmer pour se nourrir de leur nectar. L'abeille aussi se nourrit du nectar des fleurs, puis elle se met au travail pour faire le miel qui est la meilleure des nourritures. Comme le papillon, l'Initié aime visiter les fleurs, c'est-à-dire toutes les créatures humaines, et son amour ne les abîme pas, car il ne prend d'elles qu'une minuscule goutte de quintessence et, comme l'abeille, il fabrique dans ses laboratoires le miel qui servira de nourriture au monde entier. Vous voyez, toutes les solutions sont dans la nature : c'est là qu'il faut aller les chercher.

Parler de l'ère du Verseau et se réjouir de sa venue prochaine ne suffit pas. Il faut se préparer à recevoir les nouveaux courants que cette constellation est déjà en train de projeter à travers l'espace.

Le Verseau apporte une révolution dans les techniques, et aussi dans les conceptions du psychisme humain. Mais la révolution la plus importante concerne l'idée de fraternité universelle. L'ère du Verseau doit apprendre aux humains à ne plus travailler seulement chacun pour soi, pour sa famille ou pour son pays, mais pour toute la terre. Cette nouvelle philosophie repose évidemment sur une science. Ceux qui sont prêts à embrasser cet idéal d'universalité doivent apprendre à s'élever par la pensée afin de toucher le monde divin. Car c'est en touchant le monde divin qu'on ouvre les sources de la lumière, de l'amour et de la paix qui un jour inonderont la terre entière.

Jésus disait : « *Si vous ne devenez pas comme des enfants, vous n'entrerez pas dans le Royaume de Dieu* ». Comment comprendre ces paroles ?

Tous ceux qui sont amenés à établir des comparaisons entre l'homme et l'animal soulignent avec quelle rapidité le petit animal se développe et acquiert son autonomie. Alors que les enfants des hommes !... Cette lenteur dans leur développement est évidemment due à l'extrême richesse de la nature humaine. Tant d'éléments doivent se mettre en place physiquement et psychiquement afin que les enfants puissent entrer en possession de toutes leurs facultés ! Jusqu'à ce qu'ils y parviennent, ils ont besoin de l'aide et de la protection de leurs parents. Mais l'évolution d'un être humain ne s'arrête pas au moment où son père et sa mère ont fini de remplir leur rôle, car l'homme est aussi une entité spirituelle qui doit progresser encore et encore. C'est pourquoi dans le plan spirituel, les humains seront toujours des enfants qui ont besoin de parents. Celui qui veut être un enfant, au sens où l'entendait Jésus, doit donc acquérir un grand savoir, et il devient d'autant plus éclairé qu'il ouvre son cœur à ses Parents spirituels et se laisse guider par eux.

Certains arbres nous impressionnent par leur masse imposante, mais cette matière n'est en réalité qu'une condensation d'énergies. Oui, car l'arbre est une créature vivante qui sait attirer et accumuler l'énergie solaire. Si on le brûle, on constate qu'il est fait d'un peu de terre, d'eau en plus grande quantité, d'air un peu plus encore, mais c'est le feu, la lumière qui entre pour la plus grande part dans sa constitution.

Et l'homme est construit à l'image de l'arbre : lui aussi est fait de feu, de lumière, il possède la même quintessence que le soleil. Pourquoi nous égarer en nous répétant que nous sommes de la poussière et que nous retournerons à la poussière ? Les Initiés, au contraire, nous disent : « Vous êtes faits de lumière, vous pouvez vous nourrir de lumière, et vous retournerez à la lumière. » Oui, l'homme est identique à l'arbre, et s'il connaissait les lois avec lesquelles la nature travaille, il pourrait lui aussi fixer et conserver cette force cosmique, cette énergie du feu céleste, c'est-à-dire toutes ces formes de l'esprit que sont la sagesse et l'amour.

En créant l'homme à son image, Dieu a déposé en lui toutes les possibilités d'atteindre la perfection. Et ces possibilités sont d'abord dans son esprit. C'est pourquoi il doit s'habituer à mettre chaque jour sa pensée au travail, se concentrer, méditer, prier, se lier au monde divin afin de donner de plus en plus à son esprit des conditions pour se manifester.

Mais combien de personnes essaient vraiment d'explorer et d'exploiter le monde de la pensée ? Tellement peu ! La majorité des humains passent leur temps à chercher ailleurs, au-dehors. Mais au-dehors on ne peut que trouver des moyens d'agir sur la matière. Pour se transformer intérieurement, pour agir sur son âme et sur son esprit, pour atteindre cette image de Dieu, on ne trouve des moyens qu'au-dedans de soi, dans la pensée. Le disciple d'une École initiatique doit donc commencer par s'étudier, par explorer son être intérieur afin de réveiller toutes les possibilités déposées en lui par le Créateur.

L'être humain est capable de se faire tuer pour conquérir sa liberté. Mais de quelle liberté s'agit-il ? C'est seulement lorsqu'il arrive à rétablir la véritable hiérarchie en lui-même que l'homme peut prétendre être libre. À ce moment-là il est le roi, il reprend sa place sur le trône et tout lui obéit : sentiments, pensées, instincts, désirs. Pour la majorité des gens, la liberté, c'est ouvrir toutes les portes ou les fenêtres, et sortir en disant : « Je suis libre », alors qu'ils portent en eux-mêmes toutes les prisons. Non, celui qui donne la première place aux désirs, aux caprices, aux passions, est un esclave, et il serait mieux inspiré d'aller s'enfermer quelque part, car avec cette liberté-là il ne peut que nuire aux autres et à lui-même. La liberté est le privilège de l'esprit, et donc, seul l'homme en qui gouverne l'esprit, c'est-à-dire la lumière, tout ce qui est grand, juste, noble, peut prétendre à juste titre être libre.

La pureté est la condition de notre épanouissement, la condition de notre santé, de notre force, de notre beauté, de notre intelligence, de notre joie, de notre amour. Pourquoi ? Parce que les impuretés constituent toujours un obstacle à la circulation des énergies, que ces énergies soient physiques ou spirituelles.

Il est donc important pour l'homme de se débarrasser de ses impuretés, et si les exercices de purification ont une si grande place dans la Science initiatique, ce n'est évidemment pas sans raison. Cette purification, nous devons l'entreprendre non seulement par des moyens physiques (le jeûne, les exercices respiratoires, les ablutions, etc.), mais aussi par des moyens spirituels : la concentration, la méditation, la prière, afin d'introduire en nous une substance qui désagrège et rejette les éléments nocifs. Et cette substance, c'est la lumière.

Les humains portent leur corps, ils vivent avec lui, ils le soignent, ils le nourrissent, ils le lavent, l'habillent, le maquillent même… Mais se sont-ils jamais préoccupés de déchiffrer ce que veut leur dire ce corps avec ses membres et ses organes ? Certains, peut-être, mais si peu nombreux ! Eh bien, dans ce corps qui ne fonctionne que parce qu'il est animé par un esprit, ils doivent lire une leçon : comment Dieu et la Nature ont pensé les choses en mettant leur corps sous l'autorité de leur esprit. Ensuite, qu'ils s'inspirent de cette leçon pour la conduite de leur existence, c'est-à-dire qu'ils mettent tout ce qui est matériel et éphémère au service de l'essentiel… Les choses matérielles et éphémères auront toujours un rôle à jouer dans notre vie, elles peuvent même être très utiles, mais à condition que nous ayons appris à les mettre au service de l'essentiel : l'esprit.

Pour le chrétien qui veut devenir l'instrument de la volonté divine, il n'y a qu'une chose à faire : se conformer aux enseignements de Jésus dans les *Évangiles*. Ce qu'il a dit est simple et clair. Prenez seulement les versets : « *Tu aimeras le Seigneur, ton Dieu, de tout ton cœur, de toute ton âme, de toute ta force et de tout ton esprit, et tu aimeras ton prochain comme toi-même.* » Alors, celui qui travaille sincèrement à mettre le Seigneur au centre de sa vie et qui apprend à se conduire avec honnêteté, bonté, indulgence envers son prochain peut prétendre devenir un jour l'instrument de la volonté divine. Jusque-là, il vit dans l'illusion. Tant qu'il ne s'est pas purifié, tant qu'il n'a pas mis de l'ordre en lui-même, ce n'est pas de la volonté divine qu'il devient l'instrument, mais de toutes les entités maléfiques qui cherchent à pénétrer chez les humains.

Rien n'échappe à la loi de l'effort, c'est-à-dire la loi du temps. Ce travail sur nous-mêmes que nous avons à réaliser est une affaire de siècles, de millénaires, et tant que nous prendrons comme mesure le temps d'une vie humaine, nous ferons de mauvais calculs.

C'est toujours le temps en définitive qui se prononce, qui nous dit si nous marchons ou non sur la bonne voie, mais il ne faut pas être pressé. Celui qui est pressé rencontre fatalement des échecs qui le découragent, il abandonne son travail. Or, la pire chose qui puisse arriver à un être humain, c'est de perdre le goût pour ce travail qu'il doit faire chaque jour, patiemment, sur lui-même. Il révèle ainsi qu'il ignore la valeur des richesses qu'il possède ; toutes ces pierres précieuses que Dieu a déposées en lui sous forme de qualités et de vertus, il les laisse stagner dans leur gangue. Jamais, sous aucun prétexte, il ne faut abandonner ce travail. Il faut continuer sans se préoccuper d'en voir rapidement les résultats.

Les Initiés de l'Antiquité ne pouvaient évidemment pas avoir les mêmes connaissances que les biologistes contemporains concernant l'anatomie et la physiologie. Mais leurs pratiques de la méditation, du dédoublement, leur avaient permis de découvrir qu'au-delà des organes (estomac, poumons, cœur, cerveau, etc.), qui lui permettent de vivre dans le plan physique, l'homme possède des centres subtils grâce auxquels il peut entrer en contact avec le monde spirituel et ramener de ces explorations des certitudes absolues. Il faudrait donc maintenant que les scientifiques se décident à explorer cette capacité que possède l'être humain d'entrer en relation avec le monde des réalités invisibles, et que pour cela ils acceptent d'étudier sérieusement les expériences des Maîtres spirituels, des mystiques. Car contrairement à ce que beaucoup ont cru et continuent à croire, le mystique n'est pas celui qui se lance dans des élucubrations qui ne le mèneront à rien, sauf à perdre la raison. Dans ses recherches, le vrai mystique marche sur le chemin de l'équilibre, de la beauté, de la lumière et des plus hautes révélations.

Faites de temps à autre un retour sur vous-même. Dites-vous : « Évidemment, je me crois toujours irréprochable, mais où en est la preuve ? Mon intellect est-il clair, limpide, lucide ? Mon cœur est-il plein d'amour envers le Créateur et les créatures ? Ma volonté est-elle si puissante que personne ne puisse m'arrêter dans la réalisation de mon idéal ? » Si vous êtes sincère, vous serez obligé d'admettre que votre intellect ne comprend pas grand-chose, que votre cœur est agité de passions contradictoires, et que votre volonté est tiraillée dans tous les sens. Alors, tirez vous-même la conclusion : vous n'êtes pas dans le vrai.

Il y a des critères, mais peu de gens veulent les connaître pour pouvoir se juger. Un homme a gâché sa vie, il est malheureux, malade, aigri, privé d'amis, d'argent, mais ça ne fait rien, sa philosophie est impeccable, il est dans le vrai ! Qui le dit ? Lui-même, évidemment. Eh bien, ce n'est pas lui qui doit se prononcer, ce sont les circonstances, les événements. Ceux qui voient qu'ils sont sans cesse plongés dans des problèmes insolubles doivent conclure qu'il y a quelque chose en eux à redresser.

Une foi qui ne s'exprime pas par une attitude et des gestes appropriés est presque inutile, et même nuisible, car elle entretient l'homme dans l'illusion. La foi n'a vraiment sa raison d'être que si elle est soutenue par la volonté de mettre ses actes en harmonie avec elle. Un médecin vous prescrit un traitement : puisqu'il vous le prescrit, vous croyez à son efficacité, mais si vous vous montrez négligent et oubliez de prendre les médicaments, vous resterez malade. Alors que si vous les prenez, grâce à votre conviction ils agiront deux fois, trois fois, dix fois plus… La foi ne fait pas tout, elle donne des possibilités, elle déblaie le chemin pour qu'on puisse passer. Mais si on n'a pas la volonté ou la force de marcher, on restera tout simplement devant le passage ouvert.

Au lieu de vous poser des questions sur l'avenir en vous tourmentant : que va-t-il m'arriver ? quels dangers me menacent ?... ou en faisant des rêves qui ne pourront pas se réaliser, apprenez à le créer vous-même. Oui, votre avenir, vous pouvez le préparer dès aujourd'hui. Par la pensée, par l'imagination, vous avez la possibilité de choisir la meilleure orientation et de demander au Ciel les conditions et les qualités qui vous permettront de vous manifester un jour comme un être de paix, de bonté, de lumière. Dans cette existence, déjà, vous aurez la possibilité de voir certains résultats du travail que vous avez entrepris. Mais sachez que vous préparez surtout vos prochaines incarnations. Car c'est une réalité absolue : vous reviendrez un jour sur cette terre, et ce que vous serez, les situations que vous rencontrerez dépendent de vous, de la façon dont vous préparez dès maintenant votre existence future. La compréhension de cette vérité est fondamentale pour votre avenir.

« J'ai perdu mes illusions ! » Ces mots, j'ai si souvent entendu des gens les prononcer ! Ils croyaient à la justice, à l'honnêteté, à l'amitié, à l'amour ; puis ils ont été déçus, et ces déceptions ont fait tellement de ravages en eux qu'en réalité ce n'est pas seulement leurs illusions qu'ils ont fini par perdre : ils ont aussi perdu toute confiance dans les êtres. Eh oui, c'est ainsi que beaucoup confondent illusions et confiance. Les illusions, il est souvent utile de les perdre ; mais perdre confiance dans la vie et dans les êtres, comment faire comprendre aux humains que c'est cela, la perte véritable ? S'assombrir, se rétrécir, se ratatiner, ne plus avoir d'élan pour rien, y a-t-il une plus grande perte ? Envers et contre tout, il faut savoir garder confiance.

31 Août

De nombreuses traditions représentent l'univers comme une montagne au sommet de laquelle la Divinité a sa demeure, inaccessible et inviolée. Les Grecs plaçaient les dieux au sommet du Mont Olympe ; Moïse a parlé avec Dieu sur le Mont Horeb… Les Initiés se sont toujours servis de ce symbole du sommet, même dans les contrées où il n'y avait pas de haute montagne.

La quête du sommet est la démarche la plus importante, la plus remplie de signification que l'être humain puisse entreprendre. Cela veut dire qu'il est conscient que les puissances, les vertus accumulées en lui par le Créateur peuvent l'amener au-delà de toutes les réalisations terrestres. Dans la Kabbale, l'Arbre séphirotique* peut être identifié à une montagne dont le sommet est la séphira *Kéther* : la toute-puissance, l'omniscience, l'amour divin. Pour parvenir jusqu'à ce sommet, de grandes qualités sont nécessaires : la ténacité, la volonté, la stabilité, l'intelligence, l'audace, et surtout un désir irrésistible de lumière et de pureté ; et ces qualités sont représentées par les autres séphiroth, depuis *Malhouth* jusqu'à *Hohmah*.

* Voir note et schéma, p. 374-376.

Pourquoi l'homme est faible, pourquoi l'homme est malheureux ? Parce qu'il veut tout chercher, même Dieu, en dehors de lui. Or, Dieu est en nous, nous ne pouvons pas nous séparer de Lui ; tout au plus pouvons-nous mettre entre Lui et nous des écrans obscurs, des couches opaques, mais Il est là, présent, Il existe. Rien n'est plus réel ni plus véridique que l'existence de Dieu. Qu'on ne puisse pas la démontrer est justement un argument en sa faveur. Si Dieu était tel que nous le souhaitons, pour que nous puissions Le voir, Le toucher, c'est qu'Il serait extraordinairement limité ; Il ne serait donc plus Dieu… Qu'il nous suffise de sentir son existence, sans vouloir en avoir des preuves par les moyens tellement réduits, insuffisants, qui sont les nôtres.

Pourquoi tant d'hommes et de femmes qui s'adoraient finissent par être fatigués les uns des autres et se quittent ? Parce qu'ils n'ont pas su rester vivants. S'ils s'étaient occupés d'entretenir la vie en eux, de l'embellir, de la rendre poétique, ils continueraient à se plaire et à s'aimer. Car inconsciemment, c'est la vie que tous cherchent, les hommes et les femmes ; ils ne cherchent même que cela. Et la vie est toujours liée à l'amour. Lorsque vous aimez un être, vous essayez de donner telle ou telle explication à votre amour, alors qu'en réalité il n'y a pas d'explication : si vous l'aimez, c'est à cause de la vie qui émane de lui sous forme de beauté, ou de bonté, ou de pureté, ou d'intelligence, ou de paix, etc.

L'ennui qui habite tellement de gens sur la terre et qui les pousse dans des voies sans issue, vient de ce qu'ils ne savent pas renouveler la vie en eux : ils se rencontrent, et après quelques moments d'effervescence, ils commencent à s'ennuyer. Alors, si vous voulez être aimé et ne pas ennuyer les autres, soyez vivant.

Pourquoi constate-t-on tellement de suicides et de morts accidentelles parmi les adolescents ? Le passage de l'enfance à l'adolescence est marqué par de grands changements physiques, physiologiques, mais aussi psychiques ; et comme les adolescents ne savent pas canaliser leurs énergies, au moment où la vie commence à se manifester le plus puissamment en eux, ils sont en danger de mort. Et c'est là que les parents ont de grandes responsabilités. En se souvenant de leurs propres expériences d'adolescents, des années à l'avance ils devraient penser à cette période de crise que leurs enfants vont fatalement traverser, afin d'être en mesure de leur donner, déjà, les éléments pour la surmonter. Or, que se passe-t-il ? Le moment venu, complètement dépassés par les événements, les parents laissent les choses aller en se disant qu'après une période difficile, tout finira bien par s'arranger. Ils font exactement comme les animaux qui, eux aussi, après une certaine période, lâchent leurs petits dans la nature : ils survivront ou ils ne survivront pas, on verra bien. Et en effet : on voit ce qu'on voit !

Dieu est la vie, Lui seul donne la vie, personne d'autre n'a ce pouvoir. Lorsque le blé est transformé en hostie, le prêtre, par sa bénédiction, a pour mission d'envelopper l'hostie d'un fluide de nature spirituelle afin qu'elle soit mieux reçue par l'âme et l'esprit de celui qui la prendra. Mais même s'il n'y avait pas de prêtre pour donner sa bénédiction, le fidèle, avec la conscience que Dieu a mis sa vie dans cette hostie, est capable d'ouvrir en lui-même une porte par laquelle tous les courants du Ciel commencent à pénétrer. Ce n'est pas l'hostie qui a ce pouvoir ; c'est l'homme, par sa façon de la considérer, qui lui donne des pouvoirs. Alors, ne soyez pas étonné si je vous dis qu'en sachant adopter une attitude de respect, de reconnaissance et d'amour envers la nourriture que vous prenez chaque jour, vous accomplissez un acte sacré qui nourrit non seulement votre corps physique, mais aussi vos corps subtils, jusqu'à votre âme et votre esprit.

Les humains se limitent généralement à un usage plutôt prosaïque des nombres : ils leur servent à compter, à calculer. Et tellement de choses peuvent être comptées ! Mais les nombres sont également des réalités vivantes et, si nous savons méditer sur eux ils nous aideront dans notre travail spirituel.

Prenons par exemple le 4. Ce nombre a son expression géométrique dans le carré, ou le cube, qui symbolise ce qui est fermement établi sur la terre, dans la matière. « La Nouvelle Jérusalem qui descend du ciel », décrite par saint Jean, est un cube. Mais le cube est aussi la figure de la limite, de l'enfermement, de l'emprisonnement. Or l'enfermement provoque la souffrance : l'homme emprisonné souffre. Mais s'il sait comment comprendre cette souffrance et la surmonter, il se purifie. On peut donc dire que le nombre 4 est celui de l'enfermement dans le plan physique, de la souffrance dans le plan psychique, de la pureté dans le plan spirituel. Et celui qui s'est purifié est libre, il sort de la prison.

Qu'on parle de « religions révélées », c'est très bien, pourquoi pas ? Dieu se révèle à tous ceux qui sont capables de s'élever intérieurement très haut pour recevoir sa vie, sa lumière, son amour. Mais il ne faut pas s'imaginer que Dieu Lui-même est descendu un jour s'incarner sur la terre, ou qu'Il s'est adressé à tel ou tel être humain dans l'histoire pour faire connaître à travers Lui des vérités qui doivent être présentées de façon inchangée à travers les siècles. Aucune religion ne peut exprimer l'immensité, l'infini de Dieu. À chaque époque correspond donc une forme de religion, je dis bien une forme, non une religion, et c'est pourquoi il n'est pas besoin que quelqu'un apporte maintenant une religion nouvelle. Il faut seulement développer, approfondir des enseignements, dont les principes sont très anciens, afin de les adapter à notre époque.

Nous avons reçu la vie et nous vivons… Nous utilisons la vie, nous puisons en elle pour satisfaire nos désirs, nos besoins, nos caprices ; et nous croyons ainsi nous épanouir, alors qu'en réalité nous nous affaiblissons. Et Dieu qui nous avait donné la vie pour que nous soyons forts, beaux, puissants, lumineux, dans la plénitude, n'aperçoit que des malheureux, chétifs, ternes, rabougris.

Alors, s'il y a une chose à comprendre, c'est que la seule science qu'il vaut la peine d'étudier est la science de la vie. Tous les autres sujets que vous aborderez, toutes les autres activités que vous entreprendrez ne vous apporteront vraiment quelque chose que si vous avez d'abord compris cette réalité essentielle : la vie. La considération que vous avez pour cette vie divine que vous avez reçue déterminera la qualité de votre conduite et de vos activités.

Pour interpréter le symbole du cercle – circonférence et point central – il ne faut pas étudier ces deux éléments immobiles mais en mouvement. Le point rayonne et ce mouvement est rectiligne, c'est celui de l'électricité, du principe masculin. À l'opposé, le mouvement de la circonférence est celui de la dilatation, du magnétisme, du principe féminin. Les rayons qui partent du point central se projettent, poussent, donnent, tandis que le cercle, la circonférence, attire, prend, reçoit, absorbe.

La ligne droite et la ligne courbe, l'électricité et le magnétisme, sont deux expressions complémentaires de la vie qui existent aussi en nous. Dans l'activité de l'intellect et de l'esprit, on retrouve le mouvement rectiligne des rayons qui jaillissent du centre ; dans celle du cœur et de l'âme, on retrouve le mouvement de la circonférence qui se déploie en ondes, englobant tout ce qui se trouve sur son passage. L'intellect et l'esprit s'expriment par la sagesse ; le cœur et l'âme s'expriment par l'amour. Et les deux sont indispensables : l'amour doit chercher le point central, la sagesse, sinon il s'éparpille ; et la sagesse doit s'entourer d'un cercle, sinon elle reste seule comme un roi sans royaume. En méditant la figure du cercle et du point central, nous comprendrons la nécessité de développer harmonieusement en nous la sagesse et l'amour.

Ce n'est pas parce que le mal est puissant qu'on doit le subir sans rien faire. Non, il faut réagir. Mais pour triompher de lui, il est déconseillé de l'affronter sur son propre terrain, car là il est presque invincible, et on sera terrassé. Pour triompher du mal il faut s'élever au-dessus de lui, gagner les régions supérieures de la conscience et de là-haut projeter sur lui le feu et la foudre : il s'enfuira !

L'homme possède au-dedans de lui une forteresse formidablement équipée pour résister aux agressions du mal. Cette forteresse, c'est la lumière de son âme et de son esprit. Braquez cette lumière sur le mal, il se dispersera. Pourquoi rester sans rien faire ? Quand l'homme se laisse aller, les ténèbres se réjouissent et disent : « Mais c'est merveilleux, il y a de quoi se mettre sous la dent ! » C'est ainsi que certains se laissent dévorer par les esprits ténébreux. Quand les ténèbres s'approchent, un vrai disciple se défend, il monte dans sa forteresse, il projette la lumière et cette lumière chasse les ténèbres.

Schématiquement on peut dire que l'être humain est fait d'un principe matériel, le corps physique, et d'un principe subtil, l'esprit. Mais, comme le révèle l'histoire des religions, les humains ont très rarement su quelle place ils devaient accorder respectivement à l'un et à l'autre. Pour certains, seul comptait l'esprit, et ils négligeaient tellement leur corps qu'ils dépérissaient. Mais alors, si le corps est à ce point méprisable et que seul compte l'esprit, pourquoi l'homme descend-il sur la terre ? Le Seigneur devrait le garder là-haut, dans les régions éthérées de l'espace. S'il descend s'incarner sur la terre, c'est qu'avec son corps il a un travail à y faire.

La mission de l'esprit est de prendre un corps physique et de descendre travailler sur la terre en l'imprégnant de ses qualités, afin qu'elle se transforme en un magnifique jardin où le Seigneur et ses anges viendront se promener. Quand Jésus disait : « *Que ta volonté soit faite sur la terre comme au ciel* », lui aussi priait pour que les splendeurs de l'esprit s'incarnent dans la matière.

Celui qui décide de suivre un enseignement spirituel ne doit chercher rien d'autre que des méthodes pour s'améliorer. Ceux qui s'imaginent qu'un enseignement spirituel leur révélera les secrets de l'élixir de longue vie ou de la panacée universelle, et qu'alors ils vivront à l'abri de la maladie, de la vieillesse et de la mort, se font de dangereuses illusions. Même un saint, même un Initié, malgré ses connaissances, sa lumière, sa puissance, n'échappe ni aux atteintes de la maladie ni à celles de la vieillesse. Ce n'est pas parce qu'on est dans la lumière qu'on est à l'abri des maux physiques. La lumière est une chose, la santé et la longévité en sont une autre. La lumière est même d'accord pour vous enlever de la terre et vous emmener en haut dans la région qui est la sienne. À celui qui s'accroche désespérément à la terre, elle dit : « Mais pourquoi t'acharnes-tu à rester si longtemps dans cet endroit obscur ? Viens ici vivre avec moi. » Et en attendant, il faut travailler avec tous les moyens que nous donne un enseignement spirituel.

Quelles que soient les idées qui circulent actuellement de par le monde, ne coupez jamais le lien avec Dieu. Au contraire, cherchez-Le, pensez à Lui, aimez-Le, invoquez-Le ; vous recevrez ainsi des énergies extraordinairement puissantes qui vous mettront à l'abri du mal. Peut-être de temps en temps serez-vous un peu malmené, parce que vous n'êtes pas encore arrivé à créer ce lien puissant avec Lui, mais le jour où vous y parviendrez, quelles que soient les épreuves que vous rencontrerez et les souffrances qu'on voudra vous infliger, vous sentirez qu'il existe un lieu en vous qui ne peut être atteint. À quoi cela sert-il de parler de la Toute-puissance de Dieu si on ne fait rien pour l'expérimenter en soi-même ? On souffre, on se plaint, et on ne fait rien. Et parce qu'on ne fait rien on croit que Dieu ne peut rien faire non plus. Mais concentrez-vous sur le Seigneur, aimez-Le, pensez à Lui et grâce à cet amour tout va s'ordonner, s'harmoniser en vous et vous vous sentirez plus fort.

Observez-vous pour découvrir quelles sont vos habitudes mentales et tâchez de corriger rapidement celles qui vous apparaissent comme les plus préjudiciables à votre évolution. Si vous ne faites rien, avec le temps vous deviendrez peu à peu complètement prisonnier. Et ne dites pas : « Oh ! le moment venu, je me corrigerai, je redresserai la situation. » Non, ne vous faites pas d'illusions, car dès le moment où vous voudrez reprendre la bonne direction, ces tendances se manifesteront encore plus puissamment. C'est le jour où on veut prendre une nouvelle orientation qu'on se rend compte combien on est ligoté. Tant qu'on n'est pas conscient d'être esclave, on ne se sent pas entravé ; mais le jour où on en prend conscience et où l'on décide de se libérer, c'est là qu'on mesure la gravité de la situation. Alors faites attention, ne vous laissez jamais aller en vous disant que, le moment venu, vous arriverez à vous ressaisir. Bien sûr, si vous le voulez vraiment, vous y arriverez, mais avec combien plus d'efforts et de peines !

14 Septembre

Le travail spirituel est avant tout un travail avec la lumière.

Il est écrit dans la *Genèse* qu'au commencement du monde, Dieu créa la lumière. Mais cette lumière n'était pas la lumière physique que nous connaissons et qui n'est apparue que le quatrième jour avec la création du soleil et des étoiles. La lumière que Dieu a appelée au commencement, lorsqu'Il a dit : « *Que la lumière soit !* » c'est la lumière cosmique, cette substance dont Il a fait la matière de la création. Celui qui médite sur cette lumière en s'efforçant de s'en imprégner peut atteindre l'essence même de Dieu.

Quand vous mangez, quand vous faites des exercices de respiration, quand vous priez, méditez, chantez, ou quand vous assistez au lever du soleil, sachez que vous pouvez absorber cette quintessence divine. Puisqu'elle est la matière même de la création, grâce au travail de la pensée vous arriverez toujours à en extraire au moins quelques atomes, quelques particules.

Les connaissances livresques sont des matériaux, des richesses, pourquoi ne pas les acquérir ? Mais méfiez-vous des conclusions qu'ont pu tirer les savants et les philosophes à partir de tous ces matériaux qu'ils avaient à leur disposition. Quand, après des années d'études et de recherches, ils vous disent qu'ils en sont arrivés à la conclusion que l'univers est l'œuvre du hasard, qu'il n'existe aucun ordre dans la création, que l'âme, la religion sont des inventions à rejeter, que l'existence est absurde, que la terre est un champ de bataille où chacun doit lutter bec et ongles pour ne pas être dévoré par son voisin, etc., écoutez-les par curiosité, si vous voulez, mais ne vous laissez pas influencer. D'ailleurs, combien de fois au cours des siècles, les conclusions des savants et des philosophes ont varié ! Alors, pourquoi aller fonder sa vie sur des bases aussi instables ? Toutes les connaissances que vous pouvez acquérir doivent vous amener vers Dieu, vers la compréhension du sens de la vie. Méfiez-vous de toutes les autres conclusions.

16 Septembre

L'amour et la sagesse sont les deux fondements de la vie psychique. Comme la chaleur l'amour dilate la conscience, et comme la lumière la sagesse l'éclaire. Sur l'écran de votre conscience, une image peut être grande mais floue, ou bien précise mais toute petite. C'est parce que, dans le premier cas, vous n'avez pas su travailler avec la sagesse ; et dans le deuxième cas, vous n'avez pas su travailler avec l'amour. Sagesse et amour doivent être mis en œuvre ensemble pour que notre conscience soit en même temps vaste et éclairée.

Avoir la foi, c'est faire chaque jour des expériences qui nous permettent de sentir la réalité du monde divin. Car la foi se nourrit, elle aussi. Elle se nourrit au fur et à mesure que nous prenons conscience des richesses que Dieu a déposées dans tout ce qui nous entoure : la terre, l'eau, l'air, la lumière, et que nous faisons des efforts pour travailler avec elles. À quoi cela sert-il de réciter qu'on « croit en Dieu, créateur du ciel et de la terre », si on ne fait rien pour que ce ciel et cette terre nous aident à renforcer notre foi en Lui ? On est inconscient, négligent, superficiel, on coupe le lien avec la Source de la vie, et puis on dit : « Rien n'a de sens, il n'y a pas de Dieu. » En réalité, si vous appreniez déjà à vous nourrir consciemment, à respirer consciemment, ce sens vous apparaîtrait et vous ressentiriez la présence divine. Quand vous aurez fait certaines expériences, vous serez obligé de sentir la présence en vous et autour de vous de cet Être sublime, créateur de l'univers.

Ne rien faire n'a jamais été la meilleure façon de se reposer. La meilleure façon de se reposer, c'est de changer d'activité. Et le travail spirituel, justement, est par nature très différent de tout ce que vous avez l'habitude de faire. Ce n'est pas comme d'aller chaque jour sur un chantier, à l'usine ou au bureau pour gagner – quelquefois péniblement – votre vie. Dans le travail spirituel, il s'agit de développer cette part divine de vous-même qui est brimée, étouffée dans la vie ordinaire par toutes sortes d'occupations et de soucis. Et donc, voilà le meilleur repos : apprendre à introduire en vous l'ordre et l'harmonie, permettre à votre nature divine de s'épanouir dans la lumière et l'amour, afin de devenir un jour un facteur bénéfique pour le monde entier.

Les humains s'épuisent à rechercher le pouvoir, le succès, le prestige, l'argent. Ils font de la vie un moyen d'obtenir tout ce qu'ils désirent, alors qu'au contraire ils devraient la considérer comme un but et employer toutes leurs facultés à la renforcer, à l'éclairer, à la purifier. Quand l'homme entretient la vie en lui, son intellect comprend, son cœur aime et se réjouit, sa volonté crée et se renforce. Sinon, son intellect s'assombrit, son cœur se refroidit et sa volonté chancelle. Sans la vie, il n'y a même plus de science possible, plus d'art, plus de philosophie. La science de la vie est la clé de toutes les réalisations. Augmentez la vie en vous, nettoyez la source pour que l'eau coule plus librement, et alors vous pourrez remplir des réservoirs et envoyer cette vie jusqu'à l'intellect qui s'éclairera, au cœur qui s'ouvrira aux dimensions de l'univers, et à la volonté qui deviendra créatrice, infatigable.

Les religions ont pour vocation essentielle de faire retourner les humains à cet état de paix, de joie et de lumière qu'ils goûtaient au commencement quand ils étaient encore dans le sein de l'Éternel. Elles s'intéressent beaucoup moins à l'origine de la création, c'est-à-dire à la sortie du centre. Moïse, par exemple, n'a pas écrit plus d'une page pour dire comment Dieu a créé le monde et pourquoi Adam et Ève ont été chassés du Paradis. Des philosophes, des théologiens, de grands Initiés se sont évidemment penchés sur cette question, mais dans l'ensemble ils considèrent qu'il n'est pas tellement utile d'occuper les humains avec ce sujet. Tous ont davantage le souci de trouver comment les persuader de retourner vers le lieu de leur origine et de leur donner des méthodes pour y parvenir. Les humains ont quitté le Paradis, ils se sont éloignés de la Source divine, on le sait, il n'est pas utile d'insister là-dessus ; l'important maintenant pour eux, c'est de retrouver le chemin de leur vraie patrie, la patrie céleste.

La première des lois morales est très simple et vous pouvez déjà l'observer dans l'agriculture : on récolte ce que l'on a semé. Donc, si vous faites le bien, vous en récolterez un jour les fruits.

Vous direz que dans le monde on ne voit pas toujours les fruits du bien. C'est parce qu'on ne fait pas les observations sur un laps de temps suffisamment long. Les lois cosmiques ne sont pas aussi pressées que nous ; elles obéissent à un autre temps, c'est pourquoi les récompenses nous paraissent souvent un peu retardées… et les punitions aussi, d'ailleurs ! Si vous vous impatientez, si vous vous révoltez parce que vous estimez ne pas avoir reçu les récompenses que vous méritez, vous compliquez la situation. Pourquoi souffrir et vous tourmenter ? Tôt ou tard ces récompenses viendront, c'est sûr. Alors ne perdez pas votre temps à les attendre, ainsi vous serez libre, dégagé. Si vous vous révoltez, c'est que vous ne possédez pas le vrai savoir. Pour chaque bonne action que vous avez faite, les cadeaux sont déjà en route, alors ayez confiance !

Observez-vous et vous constaterez que vous avez toujours tendance à vous identifier à votre corps physique : vous faites comme si ses besoins, ses satisfactions ou ses insatisfactions étaient vos besoins, vos satisfactions, vos insatisfactions. Votre corps physique n'est rien de plus pour vous qu'un véhicule. C'est parce que les humains se confondent avec ce qu'ils ne sont pas, qu'ils ont tellement de peine à se trouver et qu'ils périclitent. Le corps physique est périssable, et si c'est à lui que vous vous identifiez, vous périssez avec lui. Tandis que si vous vous identifiez à votre esprit qui est immortel, vous devenez une étincelle, une flamme, vous vous dégagez des pesanteurs terrestres et vous parvenez à vaincre toutes les difficultés.

Les humains se font beaucoup de mal en acceptant de s'identifier à la matière qui est corruptible, éphémère, au lieu de s'identifier à l'esprit qui est inaltérable et éternel. Le corps physique n'est que l'instrument qui nous a été donné pour que nous puissions vivre sur la terre, et notre esprit, qui le quitte au moment de la mort, continue sa route dans l'immensité.

Quand les chrétiens récitent la Prière dominicale : « *Notre Père, qui es aux cieux, que ton nom soit sanctifié...* » comprennent-ils ce que signifie sanctifier le nom de Dieu ?

La sanctification est liée au monde de la pensée. C'est dans nos pensées tout d'abord que nous devons sanctifier le nom de Dieu. Le nom représente, résume, contient l'entité qui le porte. Donc, quand nous prononçons le nom de Dieu, nous L'appelons, nous Lui permettons de s'introduire en nous, nous Le rendons présent.

D'après la Kabbale, le Nom de Dieu est multiple, il est composé de 72 noms dont la connaissance demande une étude très longue et très difficile. Celui qui connaît ces 72 noms est tellement imprégné de la sainteté et de la lumière de Dieu que, rien qu'en les prononçant, il est capable de L'attirer, de Le faire descendre dans chaque chose, de sanctifier les objets, toutes les créatures, toutes les existences. Les Initiés ne se contentent pas de réciter : « *Que ton nom soit sanctifié* » ! mais ils le sanctifient réellement en eux-mêmes.

Pour pouvoir façonner le métal, il faut préalablement le plonger dans le feu. Cette loi est valable aussi pour le plan psychique. Si vous voulez modifier les formes de votre être intérieur, cherchez à vous approcher de la région du feu, de l'esprit, qui fera fondre la matière de vos désirs, de vos sentiments, de vos pensées, et ensuite par la méditation, la prière, vous pourrez donner à cette matière de nouvelles expressions, plus belles, plus spirituelles. Si vous refusez d'entreprendre ce travail, ce sont les souffrances qui viendront vous brûler et vous fondre, car l'Intelligence cosmique n'accepte pas que l'être humain reste là à stagner, et vous ferez des expérience douloureuses. Alors, n'attendez pas, décidez-vous à connaître la puissance du feu céleste, à le sentir, à le posséder. Tâchez de comprendre sa nature, comment il vient jusqu'à nous pour nous embraser et nous communiquer ses propriétés. Il faut arriver à l'absorber, pour que les vieilles formes déjà durcies en nous fondent à sa chaleur et puissent être remodelées.

Par sa vie personnelle chaque individu doit préparer les conditions pour la vie collective, la vie cosmique, universelle. Une fois qu'il s'est occupé de son propre développement, il doit se demander comment il peut entrer comme membre de la collectivité en la faisant bénéficier de ses capacités, de ses talents. En adoptant cette attitude il ne perd rien de ses acquisitions ; au contraire, c'est à ce moment-là qu'il devient réellement riche et puissant.

On répète partout que l'union fait la force. Pourquoi ne comprendre cela que dans le plan physique ? C'est l'union des hommes et des femmes dans le travail pour une fraternité universelle qui fait la force. Et avec cette force ils pourront transformer le monde. Jamais le monde ne se transformera tant que chacun se contentera de se développer et de s'enrichir dans son coin. Tous doivent s'unir dans le but unique de créer une formidable puissance pour la réalisation du Royaume de Dieu sur la terre.

Quand les hommes et les femmes cherchent la plénitude dans l'amour, évidemment ils ne se trompent pas. Mais alors pourquoi, la plupart du temps, ne la trouvent-ils pas ? Pourquoi après un moment d'exaltation, de béatitude, rencontrent-ils déceptions et amertumes ? Parce qu'ils coupent leur amour de la vie universelle. Pour s'aimer ils ne pensent qu'à se séparer de tous, et même du Ciel, de toutes ces entités intelligentes qui entretiennent et distribuent les énergies de l'amour à travers l'univers. Un amour où ne participent pas les forces du Ciel porte déjà en lui les germes de sa propre destruction. Qu'ils s'efforcent à travers leur amour d'entrer dans l'harmonie cosmique, de se lier à l'Âme universelle en rendant grâce et gloire au Ciel, et ils trouveront cette plénitude qu'ils cherchent.

Nous sommes sur la terre, mais notre véritable patrie est le Ciel, le monde divin, et les connaissances que nous devons acquérir pour vivre notre vie terrestre et notre vie céleste sont évidemment différentes. Le savoir officiel que nous recevons dans les écoles et les universités, nous donne toutes les possibilités matérielles : une situation, de l'argent, du prestige. Mais ce savoir ne nous transforme pas, et nous restons les mêmes avec nos incertitudes et nos faiblesses. Tandis que le savoir initiatique ne nous donne peut-être ni situation, ni prestige, mais il nous transforme et en nous transformant nous ouvre un accès au monde divin. Comme les humains sont plus intéressés par ce qui leur apportera des avantages matériels, c'est le savoir officiel qu'ils recherchent. Malheureusement ce savoir ne dure pas ; on ne peut pas le transporter dans l'autre monde, on ne l'acquiert que pour une incarnation. Et qu'est-ce qu'une incarnation ? Un rêve, un rêve éphémère. Tandis que le savoir initiatique qui nous transforme et nous donne le sens de la vie, s'imprime en nous pour l'éternité.

La foi est le résultat d'efforts répétés jour après jour ; elle est quelque chose de vivant que nous ne devons jamais séparer de notre vie quotidienne. Voilà ce qu'il faut comprendre pour pouvoir déchiffrer le sens des paroles de Jésus : *« Si vous aviez de la foi comme un grain de sénevé, vous diriez à cette montagne : Transporte-toi d'ici là, et elle se transporterait... »*

Nous pouvons transporter une montagne, oui, mais à condition de ne pas nous attaquer à elle en pensant que nous allons la transporter en une seule fois. On peut transporter une montagne, mais en déplaçant une pierre après l'autre. Chaque pierre déplacée, c'est-à-dire chaque succès, aussi minime soit-il, augmente notre foi, car nous nous sentons plus solides, plus forts, plus maîtres des situations. En jetant un regard en arrière nous mesurons le chemin parcouru. Et alors, il se peut que déjà, à la moitié du travail entrepris, notre foi se soit tellement renforcée que nous pourrons transporter tout le reste d'un seul coup.

L'homme sera toujours poussé à chercher les moyens de repousser la vieillesse et la mort. C'est très bien, car il a un travail à accomplir sur la terre, et une longue vie lui donne de plus grandes possibilités. Mais la vie appartient à Dieu, et à Dieu seul ; quoi que l'homme fasse, il n'arrivera jamais à vaincre la maladie et la mort, la maladie et la mort physiques. Alors, à un moment ou à un autre, il doit comprendre que son désir d'immortalité ne peut être comblé que par la pratique spirituelle. La vie spirituelle est la véritable panacée qui le guérira de tous ses maux.

Sur l'Arbre séphirotique, la panacée universelle est liée à la séphira *Tiphéreth*, la séphira du soleil. Et cela doit être compris non seulement du point de vue physique, mais aussi et surtout du point de vue spirituel. Si l'Archange du soleil a pour nom Mikhaël (c'est-à-dire « Qui est comme Dieu »), c'est parce que la vie qui vient du soleil est pour les habitants de la terre l'expression la plus puissante, la plus éloquente de la vie divine. En nous liant au soleil, nous faisons de tout notre être le réceptacle de la vie divine.

Pensez à la vie, comment elle jaillit, comment elle coule, comment elle abreuve l'univers et toutes les créatures, comment elle vous traverse… C'est cette sensation, cette compréhension de la vie qui vous fera entrer véritablement en relation avec Dieu, votre Créateur, votre Père. Jusque-là vous ne pourrez avoir de Lui que des conceptions erronées, parce que superficielles.

Cherchez Dieu en vous, dans cette vie qu'Il vous a donnée. Ne vous contentez pas de ce que d'autres ont dit au sujet de son existence ou de sa non-existence. Sinon, vous allez passer votre temps à peser le pour et le contre, à vous poser des questions… Un jour vous croirez, un autre vous douterez… et de cette façon, vous n'arriverez à rien. Apprenez à sentir la vie qui jaillit et coule en vous et vous ne poserez plus de questions sur l'existence de Dieu.

1 Octobre

On ne peut pas reprocher aux parents de souhaiter pour leurs enfants le bien-être et le succès ; ils sont évidemment poussés par leur amour. Mais cet amour n'est pas toujours éclairé, car il n'envisage pas la véritable évolution des enfants. Bien sûr, les parents n'ont pas à souhaiter que leurs enfants souffrent pour évoluer, ce n'est pas à eux de se préoccuper de cela. Leur désir doit être seulement que ces enfants deviennent des bienfaiteurs de l'humanité, et c'est au Ciel de décider par quelles expériences il les fera passer pour y parvenir. Peut-être leur enverra-t-il des maladies, des ennemis, des opprobres, mais peu importe. Si les parents savent comment conseiller et soutenir leurs enfants à travers les épreuves au lieu de vouloir à tout prix les leur épargner, ces enfants iront très loin, tellement loin qu'il ne restera plus trace un jour de ces épreuves. Les parents aiment leurs enfants ; mais des enfants à qui, par amour, on épargne toutes les difficultés deviennent des êtres faibles, insignifiants, c'est tout.

2 Octobre

Quelqu'un dit : « Je veux sauver mon âme », et pour cela il se croit justifié de s'éloigner des autres. Eh bien, cet ignorant doit d'abord apprendre qu'il est impossible de se sauver seul. Pourquoi ? D'abord, parce que seul on n'est jamais créateur. Déjà seulement pour avoir un enfant on est obligé de sortir de la solitude, car la solitude est un état stérile, pour trouver quelqu'un d'autre qui s'appelle une femme… ou un homme. Celui qui veut rester seul non seulement ne se sauvera pas, mais il récoltera la stérilité, une abondance de stérilité ! Pour se sauver, pour entrer dans la lumière du Seigneur, on doit s'unir à tous les êtres sur la terre qui pensent à Lui, qui demandent son Royaume, et qui sont décidés à travailler pour sa venue.

Chaque jour vous faites de nouvelles rencontres et, instinctivement, vous éprouvez de la sympathie pour certaines personnes et de l'antipathie pour d'autres. C'est naturel. Mais les premières impressions de plaisir ou de déplaisir, de sympathie ou d'antipathie ne sont pas de bons critères pour juger les gens. C'est pourquoi, lorsque vous souhaitez établir des relations durables avec un être pour en faire votre ami, votre associé dans le travail, ou même fonder une famille, tâchez de raisonner et de bien étudier la question. Car il se peut que cette personne qui vous est si sympathique soit en réalité une créature malfaisante qui vous trompera, vous fera souffrir. Et en même temps vous serez passé à côté d'autres personnes, peut-être moins sympathiques au premier abord, mais qui étaient justes, honnêtes, bonnes, et avec qui vous auriez pu établir des relation durables. Donc, dans vos rencontres avec les êtres, faites appel à la réflexion et à la sagesse qui voient beaucoup plus loin que les impressions du moment.

Étudions les différents éléments qui composent le signe de Mercure ☿. En haut, le croissant de lune, symbole du principe féminin, qui se présente comme une coupe, un réceptacle. Au-dessous, le Soleil, symbole du principe masculin. Et encore au-dessous, le signe + qui est celui de la Terre, mais également celui de l'addition en arithmétique. Dans cette représentation de Mercure on peut voir les quatre éléments : deux éléments masculins et deux éléments féminins. Les deux éléments féminins sont la Lune (l'eau) et la Terre ; et les deux éléments masculins sont le Soleil (le feu) et Mercure lui-même auquel est associé l'élément air.

Le Soleil et la Lune donnent donc naissance à l'enfant Mercure, qui n'est autre que la pierre philosophale, cette substance capable de transformer tous les métaux vils (symbolisés par la Terre) en or. Mais plus important encore, la pierre philosophale est le symbole de la transformation de l'homme lui-même. Et c'est cela la véritable alchimie.

La foi est inscrite profondément en nous, c'est Dieu Lui-même qui l'y a inscrite par sa présence en voulant que nous soyons éternellement liés à Lui ; il faut simplement la libérer pour qu'elle se manifeste. Quand un Maître, un Initié, nous dit : « Ne coupez pas le lien avec Dieu », ce n'est là qu'une façon de s'exprimer. En réalité, nous ne pouvons pas couper le lien qui nous unit au Créateur, parce que nous sommes de même nature que Lui. Ce qui peut être coupé, c'est quelque chose dans notre conscience qui se trouve, à un moment donné, limitée ou assombrie. Mais notre Moi véritable n'est jamais loin de Dieu, car Dieu est en nous comme nous sommes en Lui.

Vous demanderez : « Mais puisque nous sommes de même nature que Lui, d'où vient que nous puissions nous sentir différents du Créateur ? » Parce qu'en descendant dans la matière, nous avons laissé trop d'éléments opaques, obscurs, s'interposer entre notre étincelle divine et notre conscience ordinaire. Nous avons pour tâche principale de faire disparaître tous ces éléments obscurs, et c'est cela le véritable sens de la purification.

Au lieu d'attendre indéfiniment que les autres vous rendent service, qu'ils vous donnent des marques de confiance, de respect, d'amitié, d'amour, et surtout au lieu de vous chagriner si cela n'arrive pas, commencez, vous, à leur manifester tous ces bons sentiments. Quoi qu'il arrive ensuite, c'est toujours vous qui y gagnerez. Car même si malgré vos efforts les humains ne répondent pas à votre attente, ces efforts déclenchent quelque chose dans le monde invisible et des entités lumineuses viennent vous aider. Alors, chaque fois que vous en avez l'occasion, efforcez-vous de réconforter, d'encourager, d'éclairer les êtres, et vous constaterez qu'une puissance supérieure vous apportera son soutien. Si vous avez besoin d'amour et de lumière, tâchez d'en donner d'abord à ceux qui en ont encore plus besoin que vous, et c'est Dieu Lui-même qui viendra vous aimer et vous éclairer.

Pour comprendre comment les lois cosmiques travaillent, il faut pouvoir observer les êtres et les événements sur une longue durée. L'organisme physique ou psychique de celui qui ne se conduit pas raisonnablement est comme la charpente en bois d'une maison que des vers sont en train de ronger : ils ne la détruisent pas du jour au lendemain, mais des années après, d'un seul coup, la maison s'effondre. Et ce qui se passe pour l'être humain se vérifie aussi pour des pays entiers. Ce n'est qu'un siècle ou deux après, souvent, qu'on peut comprendre comment une nation est peu à peu tombée en décadence. Ceux qui étaient en train de vivre cette décadence ne s'en rendaient pas compte, ils se laissaient aller, inconscients du mal qui avait commencé à s'insinuer… Quand on se contente d'observer les êtres et les événements dans le présent ou sur un laps de temps limité, il est impossible de voir comment les lois travaillent. Pour se prononcer correctement, il faut raisonner sur une longue durée.

« *Entrez par la porte étroite,* disait Jésus, *car large est la porte et spacieux le chemin qui mènent à la perdition.* » Cette porte étroite qui permet d'accéder au Royaume de Dieu, c'est la porte de l'Initiation. L'Initiation est une ascèse qui apprend à l'homme comment travailler sur sa nature inférieure. On peut comparer cette ascèse au passage étroit par lequel se glisse le serpent lorsqu'il doit changer de peau. Le disciple est celui qui se prépare à passer par la porte étroite : là, il abandonne ses vieilles peaux, il s'arrache à ses corps inférieurs, les corps astral et mental, pour vivre dans ses corps supérieurs : les corps causal, bouddhique et atmique.* Chacun de vous est appelé à passer par cette porte étroite. Alors, au lieu de vous troubler et d'avoir peur à l'idée que vous allez devoir souffrir de privations, réjouissez-vous qu'il vous soit donné de devenir un être nouveau avec des pensées, des sentiments, un comportement dignes d'un fils de Dieu, d'une fille de Dieu.

* Voir note et schéma, p. 372 et 373.

Le Créateur n'a pas envoyé ses créatures dans le monde en les laissant pauvres, démunies, désarmées. Il leur a donné tous les moyens de subvenir à leurs besoins matériels, affectifs, intellectuels, spirituels. Mais au lieu de se débrouiller en apprenant à mobiliser toutes ces possibilités, les humains vont s'asseoir, s'agenouiller ou se prosterner quelque part pour méditer, prier, supplier… Évidemment, comme ils ne sont pas exaucés, ils finissent par mettre en doute le pouvoir de la pensée et de la prière. Et lorsqu'ils en arrivent à nier l'existence même de Dieu, ils se prennent pour de grands philosophes. Eh bien, la vérité c'est qu'ils sont des paresseux et des ignorants. S'ils savaient comment travailler, ils seraient émerveillés de découvrir tous les moyens que le Seigneur a mis à leur disposition.

Dans la Chine ancienne vivait un grand sage. Sa femme ne cessait de le tourmenter par ses récriminations : « Qu'est-ce que tu gagnes avec ta sagesse ? Nous avons tout juste de quoi vivre et j'use ma jeunesse dans les soucis du ménage. Je veux de beaux vêtements et des bijoux, je veux me distraire comme les femmes de mon âge. » Fatigué de ces scènes, le sage finit par lui dire : « Eh bien, si tu trouves un homme avec qui tu penses être plus heureuse, va avec lui, je ne te retiens pas. » Et c'est ce qu'elle finit par faire… Or, un jour le vieil empereur mourut. Il n'avait pas d'héritier, et après avoir cherché à travers tout le pays un homme digne de lui succéder, on finit par découvrir ce sage, que l'on fit empereur. Quand sa femme l'apprit, elle vint le voir et lui dit : « Je comprends maintenant combien j'ai été sotte et légère en ne sachant pas apprécier tes qualités. Mais j'étais jeune, pardonne-moi. Je veux revenir vivre avec toi. » Il l'écouta patiemment sans lui faire le moindre reproche, puis se tournant vers un serviteur, il demanda : « Apporte-moi une coupe de la liqueur la plus précieuse. » Lorsqu'il eut la coupe, il la vida par terre et dit à sa femme : « Si tu peux recueillir cette liqueur aussi pure qu'elle était avant, j'accepte de te reprendre. » Et la femme pleura, elle savait que c'était impossible.

Combien de personnes redoutent de vieillir parce qu'elles voient la vieillesse comme une période de déchéance ! La réalité, c'est que plus les humains avancent en âge, plus ils pourraient devenir lucides, lumineux et puissants. Si ce n'est pas ce que l'on observe la plupart du temps, c'est parce qu'ils ont tellement pris l'habitude de s'identifier à leur corps physique qu'ils subissent passivement tous ses accidents et ses vicissitudes. Pour le véritable spiritualiste qui a appris à se dégager des contraintes du plan physique pour s'identifier à l'esprit, c'est le contraire qui se produit : sa pensée devient de plus en plus vivante et créatrice.

L'esprit est tout-puissant, l'esprit est immortel, l'esprit est omniscient, et en s'identifiant à lui, l'homme échappe aux contraintes de la matière. Le corps est obligé de subir ses lois, mais l'esprit, lui, s'en affranchit. C'est pourquoi l'âge n'est pas un inconvénient pour un homme de l'esprit ; au contraire, sa pensée se libère et devient plus active dans les plans subtils.

12 Octobre

Chacun trouve normal d'être apprécié et reconnu pour ce qu'il a fait de bon, et s'il se voit négligé ou critiqué, il est déçu, chagriné. Eh bien, voilà une faiblesse dont le disciple doit se débarrasser. Du moment qu'il est conscient que son activité est bénéfique, désintéressée, lumineuse, il doit avoir confiance dans les lois cosmiques en sachant qu'un jour ou l'autre il recevra l'estime et la place qu'il mérite.

S'il y a une chose à laquelle vous devez croire, c'est à l'existence de lois dans l'univers. Vous prononcez un mot, vous faites un geste, vous avez un désir, une pensée : aussitôt ils sont enregistrés, classés, et ils produisent des résultats. C'est sur ces lois qu'il faut compter, car tout peut changer autour de vous, sauf ces lois : un jour elles vous enverront exactement ce que vous méritez, d'après la façon dont vous aurez travaillé.

13 Octobre

Il est dangereux, pour l'équilibre psychique, de rester longtemps sous l'emprise de pensées, d'émotions et de sentiments négatifs. Évidemment, l'existence ne réserve pas que de bonnes surprises et, à un moment ou à un autre, personne ne peut éviter d'éprouver des déceptions, des chagrins, de l'irritation. Mais quand cela arrive, tâchez de tout faire pour vous arracher vite à cet état, sinon vous finirez par être complètement ligoté, submergé. Profitez du laps de temps où il est encore facile de vous dégager. Mais vous ne vous dégagerez pas en restant là à vous débattre, car vous n'êtes pas de taille à lutter. Se débattre dans l'obscurité n'a jamais fait jaillir la lumière : il faut sortir de là. Donc, pour que le mécontentement, la jalousie, la rancune, la colère ne finissent pas par avoir le dessus et vous détruire, essayez tout de suite d'appeler à vous des pensées et des sentiments qui vous projetteront dans la lumière, l'amour, la paix : c'est ainsi que vous serez sauvé.

L’être humain comme la nature est une création de Dieu. Alors, quelle absurdité de la part des créatures de ne pas reconnaître qu’elles ont un Créateur ! Comment peut-on refuser de reconnaître une évidence aussi simple : que la création et les créatures ont nécessairement un Créateur ? Quand un crime a été commis, on commence par se demander qui en est l’auteur. La plupart du temps, il est déjà loin, il n’est pas resté à côté de son « œuvre », et pourtant personne ne doute que cette œuvre ait un auteur ! De même, quand on trouve un tableau et qu’on ne sait à quel peintre l’attribuer parce qu’il ne porte pas de signature, on ne dit pas que ce tableau n’a pas d’auteur, on dit seulement qu’il est d’un auteur « anonyme ». On a beau ignorer qui est l’auteur, on n’aura jamais l’idée de mettre son existence en doute. Alors, pourquoi pour cette œuvre grandiose, sublime, qu’est la création, certains prétendent-ils qu’elle n’a pas d’auteur, qu’elle est le fait du hasard ? Qu’ils disent plutôt, s’ils veulent, que c’est un créateur anonyme (il y a eu suffisamment de créatures pour s’occuper de Lui donner un nom !), mais nier cet auteur est la plus grande aberration.

« Ce que vous lierez sur la terre, sera lié dans le ciel, et ce que vous délierez sur la terre, sera délié dans le ciel. » Comment comprendre ces paroles de Jésus ? Que ce soit consciemment ou inconsciemment, tout ce que nous faisons en bas dans le plan physique a des répercussions en haut, dans les plans subtils, parce que tout se tient. Si vous limitez quelqu'un dans le plan physique, il se sent aussi limité dans les plans astral et mental*, et de même si vous le libérez. Une mère qui est obligée de laisser un moment son enfant seul dans sa petite voiture, l'attache pour qu'il ne tombe pas. L'enfant est attaché dans le plan physique, mais il est attaché aussi dans le plan astral, il ne se sent pas libre, il pleure, il crie. Quand la mère revient, elle libère son enfant dans le plan physique, mais elle le libère aussi dans le plan astral, et il se réjouit. Vous enfermez quelqu'un dans un cachot, en le privant de nourriture : dans le plan astral et dans le plan mental aussi il se sent limité, il souffre. En réalité, il y a toutes sortes de façons de lier les êtres ou de les délier de leurs entraves : les gestes, les paroles, les regards…

* Voir note et schéma, p. 372 et 373.

Vous priez, vous méditez, mais savez-vous vraiment en quoi consiste le travail de la pensée ?... En nous, autour de nous existe une matière subtile mais inorganisée, une matière qui n'a pas encore reçu de formes. C'est sur cette matière que notre pensée a des pouvoirs, et c'est donc à nous de la prendre comme une sorte de pâte à modeler et de travailler sur elle afin de devenir des créateurs dans le monde de la beauté, de l'harmonie et de la lumière. Ce que l'homme fabrique, édifie dans le plan matériel est important, bien sûr ; mais infiniment plus importantes sont ses créations psychiques, et c'est sur ces créations, qui sont des entités vivantes, qu'il est jugé par le Ciel. La majorité des humains, qui ne maîtrisent pas leur pensée, peuplent l'espace d'entités maléfiques qui vont partout propager la discorde et le chaos. Le disciple, au contraire, conscient des pouvoirs de la pensée, tâche de ne produire que des entités qui portent la paix et la lumière dans le monde entier.

Vous cherchez l'amour ? C'est pourquoi vous ne le trouvez pas. Vous direz : « Mais j'ai besoin d'amour, alors comment je vais le trouver si je ne le cherche pas ? » Si vous voulez vraiment trouver l'amour, aimez, et cessez de le chercher. Vous verrez, c'est lui qui vous poursuivra, et même si vous voulez vous en défaire, vous n'y arriverez pas : vous le chasserez par la porte et il reviendra par la fenêtre ! Oui, dès que vous ne cherchez plus l'amour, parce que vous vous êtes décidé à aimer, il se présente. Mais plus vous le cherchez, plus il s'éloigne. C'est comme si vous poursuiviez votre ombre : elle fuit devant vous, vous ne pouvez pas la rattraper. En cherchant l'amour des autres, vous vous concentrez sur quelque chose d'extérieur à vous ; vous vous éloignez donc du trésor que vous possédez en vous-même et vous finissez par le perdre. C'est ainsi. Alors, au lieu de chercher l'amour, donnez-le, renouvelez-le sans cesse en vous et vous vous sentirez toujours habité par sa présence : il sera tout le temps là à vous sourire, à vous regarder gentiment.

C'est au moment où vous avez des soucis, des chagrins, que soudain vous pensez au Seigneur ; et vous vous demandez même pourquoi Il ne vient pas vous aider. Vous voudriez que le Seigneur se rende compte qu'il y a là un pauvre malheureux qui souffre et qu'Il se présente en personne pour vous consoler et vous sortir de ce pétrin. En réalité, le Seigneur ne cesse de vous aider, c'est vous qui ne savez pas recevoir cette aide.

Le Seigneur est comme le soleil. Le soleil est très puissant, il fait tourner les planètes et les vivifie, mais si vous n'ouvrez pas vos rideaux, il ne peut pas entrer dans votre chambre. Vous laissez les rideaux tirés et vous dites : « Entre, entre, mon cher soleil, je t'invite. » Et le soleil répond : « Mais je ne peux pas. – Pourquoi ? – À cause des rideaux que tu as tirés, écarte-les. » Eh oui, il suffit d'un simple rideau. Alors, celui qui a compris écartera les rideaux, le soleil entrera et la lumière l'inondera. Le Seigneur est tout-puissant, mais quand il s'agit d'écarter un rideau, c'est à nous de le faire, pour qu'Il puisse entrer et nous aider.

Vous avez tout à votre disposition : des explications, des conseils, des méthodes, et pourtant combien encore parmi vous se sentent indécis, faibles, abandonnés ! Pourquoi ? Parce que vous manquez de confiance en ce que vous possédez et au lieu de faire des exercices, de travailler pour faire jaillir l'étincelle, vous restez dans le froid et l'obscurité. Vous avez le silex, mais vous ne frappez pas. Alors, décidez-vous enfin, frappez la pierre une fois, deux fois, trois fois, cent fois, et le feu finira par jaillir. Même si vous possédez toutes les connaissances, elles ne vous serviront à rien tant que vous ne vous exercerez pas à les mettre en pratique. Il est indispensable qu'avec la volonté (le fer) vous travailliez sur les connaissances (le silex). Quand vous aurez appris à allumer le feu en vous, vous n'aurez plus à affronter les ténèbres et le froid, vous ne vous sentirez plus seul. Grâce à l'ardeur dont vous serez embrasé, vous aurez la sensation de pouvoir allumer le monde entier… jusqu'aux étoiles !

Jésus a eu l'audace de mettre l'amour du prochain à la première place. Et aimer son prochain signifie d'abord respecter cette vie que l'homme a reçue de Dieu. Voilà une règle que les chrétiens doivent méditer, car par leur comportement après deux mille ans de christianisme, la plupart révèlent qu'ils ne l'ont pas encore comprise et encore moins appliquée. Rejeter un être humain, le mépriser, l'humilier, c'est déclarer qu'il n'est pas une créature de Dieu, or personne n'a le droit de déclarer une chose pareille, personne n'a le droit de se mettre entre un être humain et son Père céleste. Si quelqu'un applique sa volonté à se retrancher lui-même de l'amour divin, évidemment il est libre, mais personne ne peut le retrancher, personne n'a le droit de le retrancher. Tous sont accueillis dans la maison du Père. Même les enfants égarés sont accueillis quand ils désirent sincèrement revenir, et leur Père céleste fête leur retour. Avez-vous lu la parabole du fils prodigue ?

Il existe des hommes et des femmes dont le talent nous stupéfie : ils possèdent un don. Et qu'est-ce qu'un don ? C'est une entité qui s'est installée chez un être pour se manifester à travers lui. Bien sûr, nos contemporains, qui se veulent rationnels, n'admettront jamais cette idée que les talents, les capacités sont des entités qui habitent les humains. Mais alors, comment expliquer qu'il leur arrive de les perdre ? Justement, parce que c'est un hôte qui a bien voulu s'installer chez eux ; mais comme ils lui ont créé des conditions insupportables, cet être-là a fini par s'en aller. C'est arrivé avec beaucoup qui, au lieu de garder précieusement le trésor qu'ils possédaient, l'ont dilapidé par une vie d'aventures déraisonnables, de malhonnêtetés et d'intrigues. Ils s'imaginaient que leur talent était quelque chose d'acquis pour toujours. Eh non, malheureusement non.

Alors, si vous ne voulez pas perdre vos dons, si vous voulez les amplifier ou en acquérir d'autres, vous devez préparer pour les entités célestes des conditions convenables : la paix, l'harmonie, la lumière.

Suivre un enseignement spirituel suppose bien sûr qu'on aille s'instruire par la lecture, par l'audition de cours ou de conférences, afin d'avoir une idée claire du chemin sur lequel on s'engage. Mais des lectures, des cours, des conférences ne suffiront pas, car ils nourriront seulement l'intellect. Or, l'intellect reste à la surface des choses, il ne touche pas l'essentiel.

Si vous suivez un enseignement spirituel, ce n'est pas uniquement pour vous instruire, mais aussi pour vous lier au Ciel, pour vivre des émotions, des états de conscience d'un ordre supérieur qui vous permettront de découvrir d'autres régions en vous. C'est pourquoi vous devez entreprendre un travail intérieur où le cœur, l'âme et l'esprit ont la plus grande part. L'intellect ne doit servir qu'à vous montrer le meilleur chemin à prendre, à vous donner des raisons de le prendre, pas plus ; tout le reste du travail doit être fait par le cœur, l'âme et l'esprit.

Efforcez-vous de prendre conscience des liens qui vous unissent non seulement aux membres de votre famille mais aussi à toute la société. Et quelle est la nature de ces liens ? Chaque fois que vous progressez, les richesses et les lumières que vous recevez se reflètent sur toutes ces personnes auxquelles vous êtes lié. À cause de votre avancement, elles avancent aussi. Peut-être ne s'en aperçoivent-elles pas, mais le Ciel voit qu'elles progressent à cause de vous. Et il en est de même si vous commencez à vous assombrir, à péricliter : votre famille et la société, qui sont liées à vous, subissent à cause de vous des influences négatives. C'est ainsi que l'on entraîne les êtres vers le Ciel ou vers l'Enfer. Eh oui, chacun est responsable. Alors, voulez-vous être utile, aider toute l'humanité, même les animaux, les plantes, les pierres ? Chaque jour efforcez-vous de rendre votre vie plus pure, plus riche, plus lumineuse, car subtilement, imperceptiblement, vous entraînez toute la création vers les hauteurs. Et le monde invisible, qui voit que vous attirez des bénédictions sur tous les êtres, vient vous récompenser.

24 Octobre

La vie quotidienne est comme un courant qui vous emporte sans que vous ayez toujours le temps et la possibilité de réfléchir pour voir où il vous entraîne ; c'est pourquoi vous vous laissez sans cesse accaparer par toutes sortes d'engagements et d'activités. Sur le moment, elles vous paraissent utiles, raisonnables, mais après quelque temps vous vous apercevez que vous avez perdu beaucoup de temps et d'énergie pour peu de résultats. Cela ne veut pas dire que vous ne devez vous intéresser à rien en dehors de la vie spirituelle. En réalité toute activité peut être bénéfique, mais à condition d'être bien accroché à un haut idéal, à une philosophie divine. Si vous vous suspendez à une corde solide et bien accrochée, vous pouvez vous balancer dans toutes les directions. Mais si le nœud n'est pas solide ou que la corde soit usée, vous allez tomber et vous casser les reins. Donc, on en revient toujours à l'importance du lien, du lien avec le Ciel ; tant que vous gardez ce lien, chacune de vos activités peut vous apporter quelque chose de bon.

Évidemment, n'importe qui peut se prétendre artiste. Mais le véritable artiste est un être qui est capable d'entrer intérieurement en relation avec le monde divin et de maintenir ce lien. Qu'il soit peintre, sculpteur, architecte, danseur, musicien, poète, seul ce lien avec le monde divin introduira dans son travail de création cet élément d'éternité qui donne son prix à une œuvre d'art.

Pour devenir de véritables créateurs, les artistes doivent, avant de se mettre au travail, se recueillir, méditer, et demander la bénédiction du Ciel, car le Ciel seul peut leur apporter cette lumière qui éclaire l'imagination. L'effort qu'ils font pour s'élever, pour se déplacer, leur donne la révélation de la vraie beauté ainsi que la possibilité de l'exprimer et de la transmettre. Si, lorsqu'il est inspiré, l'homme peut réaliser des chefs-d'œuvre, c'est parce que tout son être est imprégné de cette lumière spirituelle qu'il a reçue. Seul l'esprit en lui est capable de produire des créations immortelles.

26 Octobre

On sait qu'un enfant qui a été abandonné à lui-même, qui n'a pas eu à côté de lui des adultes pour lui apprendre à se tenir droit et à parler, se comporte comme un animal : il continue à marcher à quatre pattes, à émettre des sons inarticulés, et il est très difficile, impossible même parfois de l'éduquer. Ceci pour vous faire comprendre que, aussi élevé que soit l'esprit qui habite un corps, un enfant ou un adolescent a besoin auprès de lui d'adultes capables d'éveiller cet esprit. Un enfant peut manifester plus tard des qualités intellectuelles ou morales supérieures à celles de ses parents et des adultes qui l'ont éduqué ; et un disciple peut devenir supérieur à son Maître. Mais de même que l'enfant a besoin de parents et d'éducateurs, les plus grands des fils de Dieu, les plus grands Initiés ont toujours eu besoin de parents, d'éducateurs pour être éveillés au monde spirituel.

Combien de croyants s'imaginent que, pour plaire à Dieu, il suffit d'avoir toujours son nom à la bouche et de faire des cérémonies où ils Lui adressent des prières et chantent ses louanges ! Après ça, ils peuvent mal agir, ce n'est pas grave, Dieu est un Père clément et miséricordieux, Il leur pardonnera facilement toutes leurs fautes. Mais dites-moi s'il y a seulement beaucoup de parents qui accepteraient une situation pareille ! Quels sont les parents qui, pourvu que leurs enfants leur chantent qu'ils sont les plus grands, les plus sages, les plus forts, admettraient qu'ils se conduisent n'importe comment ?

Dieu est clément et miséricordieux, mais cela signifie seulement qu'Il n'exige pas de nous que nous remportions toujours des victoires sur nous-mêmes. Ce qu'Il exige, c'est que nous ayons une idée claire de la direction que nous devons prendre, que nous fassions des efforts pour marcher sur le bon chemin et que nous réparions nos erreurs quand nous en avons commis.

Le sceau de Salomon est une figure formée de deux triangles équilatéraux entrecroisés ✡. Le triangle avec la pointe en haut représente l'être humain qui, par son travail spirituel, s'efforce de tendre vers le monde divin ; et le triangle avec la pointe en bas représente la descente du monde divin qui cherche à le pénétrer de sa lumière. La circulation des énergies d'un monde à l'autre est indiquée par le fait que non seulement les deux triangles s'entrecroisent mais qu'ils communiquent. L'unité est la vérité de la création : grâce aux relations qu'ils entretiennent l'un avec l'autre, le haut et le bas, le supérieur et l'inférieur, la matière et l'esprit doivent devenir un, car dans cette fusion, l'un ne cesse de s'enrichir de l'autre. Ce qui est inférieur est absorbé par ce qui est supérieur, en même temps qu'il en devient aussi le réceptacle matériel.

Si on étudiait bien la question, on constaterait que, souvent, l'inconscient a une grande part dans les découvertes des scientifiques. Beaucoup, au début, ne savent même pas très bien ce qu'ils cherchent : ils sont seulement animés par la certitude qu'en allant dans telle direction ils trouveront quelque chose. Et la constance, l'intensité de leurs efforts arrivent parfois à les mettre dans des états proches du dédoublement, ils sont projetés dans des régions inconnues qu'ils ne soupçonnaient même pas. C'est pourquoi, tout à coup, au moment où ils s'y attendent le moins, la solution leur apparaît. Pour d'autres, cela peut se produire pendant le sommeil.

L'âme des hommes voyage et, à leur insu, elle entre en contact avec d'autres mondes. Et même si, au nom de l'objectivité et de la rationalité, c'est une idée que les scientifiques n'acceptent pas, eux aussi ont une âme qui voyage, qui fait des rencontres et qui revient en ramenant des révélations. Si vous les interrogez, ils vous diront qu'ils ont fait ces découvertes par hasard. Non, il n'y a pas de « par hasard » ; des conditions préalables les ont amenés à tomber sur ce « hasard ».

Le bois que l'on utilise pour faire un feu est du bois que l'on dit mort : des branches ternes, noires, tordues, sans aucune beauté. Mais une fois enflammées, quelle lumière, quelle splendeur ! Ces branches qui auraient pu rester quelque part abandonnées, inutiles, le feu les transforme en lumière, en chaleur, en énergie.

Vous direz : « Oui, c'est entendu, nous avons vu cela. Mais en quoi ces branches mortes nous concernent-elles ? » Elles vous concernent parce que, symboliquement, elles existent aussi en vous. En vous aussi, vous avez accumulé des tas de bois mort qui n'attendent que d'être brûlés… Toutes les tendances égoïstes, passionnelles, toutes les manifestations de la nature inférieure sont comme du bois mort. Faites-les brûler au feu de l'esprit, au feu de l'amour divin, et elles aussi produiront lumière, chaleur et vie.

Au moment où vous décidez d'embrasser une religion, une philosophie spiritualiste, et d'en appliquer les principes, vous rencontrez non seulement des difficultés avec vous-même à cause de tous les efforts à faire, mais aussi des difficultés avec les autres qui ne comprennent pas nécessairement les changements qui se sont produits en vous. Eh bien, sachez que ce sont ces difficultés, la manière dont vous les résolvez, qui révéleront la qualité de votre engagement spirituel. Si par votre comportement excessif, fanatique, vous mettez quelqu'un dans la situation de devenir agressif et de s'enfoncer dans son matérialisme parce que vous voulez trop lui montrer votre spiritualité, vous êtes responsable. Tâchez plutôt de vous montrer compréhensif, patient, non seulement vous arriverez à lui faire accepter votre nouvelle vie, mais peut-être aussi le persuaderez-vous de suivre votre exemple.

Imaginez que vous soyez sur une plage au bord de l'océan. Là, avec un petit bâton vous remuez l'eau en faisant des cercles : peu à peu des brindilles, des morceaux de papier, des bouchons commencent à tourner… Et si vous persévériez, ce seraient bientôt de petits bateaux, puis de gros bateaux… le monde entier qui se mettrait à tourner aussi ! L'océan éthérique dans lequel nous sommes plongés est pareil à l'océan liquide, et par la pensée, à condition de s'exercer et d'être persévérant, on pourrait remuer le monde entier.

Efforcez-vous donc de comprendre les quelques règles sur lesquelles est basée la vie spirituelle, afin de devenir des conducteurs du monde divin, des ouvriers dans le champ du Seigneur. Par la pensée, ne cessez pas d'entretenir ce mouvement intérieur jusqu'à ce que toutes les particules de votre être soient mobilisées pour la réalisation de ce travail lumineux que vous avez entrepris, non seulement sur vous-même, mais sur toutes les créatures de la terre, et plus loin encore, dans l'univers entier.

« Oh, il n'a plus que quelques heures à vivre », dit trop souvent l'entourage d'un mourant avec la conviction que, dans la situation irrémédiable où il se trouve, plus rien n'a tellement d'importance. Eh bien, au contraire, les moments qui précèdent la mort sont très importants, car l'incarnation suivante dépend beaucoup de ces derniers moments. L'état de conscience du mourant à cette heure-là agit dans l'autre monde jusqu'à son incarnation prochaine.

Vous avez pu observer que l'état dans lequel vous vous endormez le soir agit sur vous pendant la nuit et influence votre réveil le lendemain. Si vous vous endormez dans un mauvais état, bien que vous ayez vécu une bonne journée, le lendemain vous vous réveillerez mal disposé. Et au contraire, si vous vous endormez avec de bonnes pensées et de bons sentiments, alors même que votre journée n'a pas été fameuse, ce dernier moment va tout réparer, éclaircir, et vous vous réveillerez le lendemain dans de meilleures dispositions. Eh bien, ce sont les mêmes lois qui agissent d'une existence à l'autre.

Physiquement, matériellement il peut arriver que vous soyez dépossédé d'objets qui vous appartiennent. Mais dans la vie intérieure vous ne pouvez perdre que ce qui ne vous appartient pas, c'est-à-dire ce qui ne fait pas encore partie de vous. Ce que vous possédez réellement, il vous est impossible de le perdre. Quelqu'un dit : « J'avais la foi et maintenant je l'ai perdue »… ou « J'étais dans la lumière, et maintenant je suis dans l'obscurité »… ou encore « J'aimais, mais l'amour m'a quitté. » C'est que ni la foi, ni la lumière, ni l'amour ne lui ont jamais vraiment appartenu. Celui qui aspire profondément à la foi, à la lumière et à l'amour, doit devenir lui-même la foi, la lumière et l'amour.

Jésus disait : *« Je suis la lumière du monde. »* Il n'a pas dit que la lumière était en lui ou avec lui, mais qu'il était la lumière. Il s'identifiait à la lumière. Il y a dans cette formule toute une science à méditer.

C'est parce qu'ils n'ont pas su découvrir tous les mystères de l'être humain que les exégètes ne peuvent pas déchiffrer correctement les livres sacrés. Bien sûr, s'ils m'entendent, ils vont protester et riposter. Mais moi je n'ai pas le temps de discuter, je sais seulement que s'il y a des livres sacrés, c'est parce qu'il a existé des êtres capables de traduire les réalités spirituelles qu'ils découvraient en eux-mêmes et dans l'univers.

Les humains sont étranges : ils sont capables d'accorder une grande importance à des choses insignifiantes, mais ils restent inconscients de ce qui les rend tellement précieux, irremplaçables, uniques. Et que le Créateur les ait faits à son image, qu'ils contiennent toutes les merveilles du ciel et de la terre, cela ne suscite pas tellement leur intérêt. Seuls des livres ont de la valeur. Quel raisonnement ! Les livres, même les livres sacrés, sont œuvre humaine. Tandis que l'être humain est œuvre divine.

Le doute arrête le mouvement, il paralyse. Observez ce que vous ressentez quand vous vous mettez à douter, par exemple, de la fidélité d'un ami : vous ne savez plus comment interpréter ses gestes et ses paroles, tout chez lui commence à vous paraître suspect, c'est comme quelque chose qui est en train de se défaire dans votre tête et dans votre cœur. Vous direz que quelquefois le doute se justifie, car les amis ne se montrent pas toujours fidèles. Oui, bien sûr, mais si j'ai pris cet exemple, c'est parce que vous avez tous certainement fait cette expérience et qu'elle peut vous aider à comprendre ce qui se produit au moment où vous laissez s'infiltrer en vous des doutes sur ce qui doit être essentiel pour vous : les fondements de votre existence, son sens, et l'orientation à prendre. Là aussi, peu à peu, tout se défait.

L'échange est la loi de la vie ; l'échange, cela veut dire recevoir et donner. La connaissance de cette loi nous permet d'avoir une meilleure compréhension des processus de la vie spirituelle, comme la communion par exemple. Car communier, c'est faire des échanges.

Lorsque le fidèle reçoit l'hostie de la main du prêtre, cette hostie peut lui apporter les plus grandes bénédictions. Mais si en retour le fidèle ne donne pas à l'hostie amour et respect, ce n'est pas une communion, mais un vol, un acte malhonnête. Et pour communier avec Dieu, il faut souhaiter aussi Lui apporter quelque chose. Non pas que Dieu ait besoin de ce que nous Lui donnerons, Il est tellement riche ! Mais c'est nous qui, en essayant de Lui donner quelque chose de nous-même, éveillerons en nous certains centres spirituels, grâce auxquels nous recevrons encore d'autres bénédictions.

Qu'est-ce qu'un Maître spirituel ? Un être qui est parvenu à tout contrôler en lui, aussi bien dans le plan physique (son corps) que dans les plans astral (son cœur) et mental (son intellect)*. C'est parce qu'il est capable d'exercer cette maîtrise sur lui-même que lui sont donnés des pouvoirs sur les forces de la nature. Les *Évangiles* rapportent que, Jésus et ses disciples traversant sur une barque le lac de Tibériade, il y eut une forte tempête qui était sur le point de les faire chavirer. Alors « *Jésus menaça le vent et dit à la mer : Silence ! Calme-toi.* » Et les *Évangiles* ajoutent que les disciples se disaient entre eux : « *Qui est celui-ci à qui même le vent et la mer obéissent ?* » Eh bien, justement, le vent et la mer (c'est-à-dire l'air et l'eau) obéissent à celui qui possède la maîtrise de ses pensées et de ses sentiments.

* Voir note et schéma, p. 372 et 373.

Chaque jour vous vous servez d'un miroir pour y vérifier des détails de votre apparence physique : votre visage, votre coiffure, vos vêtements... Mais il peut aussi vous révéler bien d'autres choses. Mettez-vous devant un miroir et touchez votre sourcil droit avec votre main gauche ; dans votre reflet vous verrez votre main droite toucher votre sourcil gauche. Le miroir est un objet très intéressant parce qu'il nous aide à comprendre certains aspects du monde invisible. Par rapport au plan physique, dans le plan astral* les objets sont vus inversés, comme dans un miroir. Les chiffres, les dates, tout est à l'envers ; tel fait de l'avenir se présente comme passé, et inversement. C'est pourquoi le plan astral est le monde des illusions. Pour connaître la vérité, il faut donc aller encore au-delà, dans le plan mental supérieur ou plan causal*. Et c'est ce que nous révèle un enseignement spirituel. Donc, celui qui parvient à résoudre la question du miroir, résoudra les plus grands problèmes de la vie psychique.

* Voir note et schéma, p. 372 et 373.

La vraie mission d'un spiritualiste est de travailler à réaliser le Ciel sur la terre, dans la matière. C'est-à-dire faire descendre la lumière dans son corps physique, afin de la faire rayonner à travers lui. Dans leurs méditations, dans leurs prières, tous ceux qui souhaitent réellement le bien de l'humanité doivent demander que la lumière, l'esprit, la puissance divine descendent sur eux, que toutes leurs cellules en soient imprégnées… Quand ils auront ainsi travaillé pendant des années, ils sentiront un jour que le Ciel est en eux, que la lumière est en eux, que l'amour est en eux, et il leur sera alors beaucoup plus facile d'aider les êtres, de les entraîner vers le bien, et de leur apporter la paix et la joie.

Sous la forme de mythes, toutes les religions révèlent d'une certaine façon l'origine divine de l'homme. Mais à un moment ou à un autre de l'histoire, il s'est glissé chez certains la conviction que telles races ou telles catégories d'êtres étaient inférieures, et ils ont commencé à les exclure ou à les opprimer.

Si Jésus a été tellement exceptionnel, c'est qu'il est venu affirmer que, quelles que soient leur race, leur culture, leur appartenance sociale, devant Dieu tous les êtres humains sont par essence égaux. Les inégalités qu'on voit se manifester ne sont que superficielles et passagères : leurs qualités physiques, intellectuelles, morales, spirituelles, les événements de leur existence, tout ce qui fait que, dans un domaine ou dans un autre, les uns semblent privilégiés et les autres non, correspond seulement à un moment de l'évolution. Les humains sont frères et sœurs par la vie, la vie divine qui coule en eux et qui les fait aussi frères et sœurs de toute la création.

11 Novembre

Les facultés intellectuelles, les connaissances, voilà ce que généralement on considère et apprécie d'abord chez les autres. Leur caractère, leur comportement, cela vient bien après. Évidemment, quand quelqu'un de désagréable les fait souffrir, les gens se plaignent : « Comme il a mauvais caractère ! » « Quel caractère épouvantable ! » ou bien : « C'est un faible, il n'a pas de caractère ! » Là, tout à coup, ils peuvent oublier que ce quelqu'un est docteur de quatre ou cinq universités, qu'il a écrit une trentaine de livres, etc., ils s'arrêtent sur son caractère. Il faut qu'ils soient eux-mêmes piqués, mordus, malmenés ou déçus pour comprendre combien cette question du caractère est importante. Jusque-là, ils mettaient au-dessus de tout les facultés intellectuelles. Eh bien, il est temps pour chacun d'entre vous de redonner la première place au caractère, non seulement quand il s'agit des autres mais aussi pour soi-même. Vous devez donc travailler chaque jour sans relâche afin d'éveiller les forces et les qualités que le Créateur a déposées dans votre cœur, dans votre âme et dans votre esprit.

On a vu des hommes entraîner par leur conviction des foules entières : même si les idées qu'ils défendaient étaient ordinaires, quelconques, ou même criminelles, la force de leur conviction finissait par entraîner les plus réticents… Car la conviction est une des plus grandes puissances qui existent : elle produit des ravages et des destructions si elle est orientée vers le mal, mais elle peut aussi transformer le monde quand elle émane d'une idée divine et qu'elle travaille pour le bien.

La conviction du spiritualiste est fondée sur une connaissance des lois divines et sur les expériences déjà vécues dans ses incarnations passées ou dans son incarnation actuelle. Quand le spiritualiste a acquis cette connaissance et qu'il l'expérimente, il est animé d'une conviction inébranlable qui le rend tout-puissant. Tant qu'il ne possède pas cette conviction, c'est que son savoir n'est pas complet.

L'imagination n'est pas seulement cette faculté que possède l'être humain de se représenter des objets, des êtres, des événements. Elle est aussi comme un appareil qui lui permet de voyager dans l'univers pour visiter des régions encore inconnues de lui ; et ces voyages peuvent l'amener aussi bien dans l'enfer que dans le Ciel.

Pour un Initié l'imagination est comparable à un ballon-sonde lancé dans l'espace où il enregistre les splendeurs du Ciel pour venir ensuite les communiquer à sa conscience. C'est ainsi encore que de nombreux créateurs, peintres, sculpteurs, poètes, musiciens ont trouvé leur inspiration : ils visitaient en esprit les régions sublimes, et ils en rapportaient des visions, des impressions qu'ils essayaient de traduire ensuite à travers leur art. Et vous aussi, même si vous n'avez pas d'œuvres d'art à créer, tâchez d'amener plus souvent votre imagination vers les régions célestes et laissez-la contempler ces mondes de beauté qui laisseront sur elle une empreinte ineffaçable.

De nos jours l'occultisme est à la mode : de plus en plus de gens cherchent les secrets qui leur permettront de devenir des mages puissants. Ils pensent les trouver dans des rituels, des talismans, des formules magiques et, sans rien connaître des réalités du monde invisible, ils se lancent dans l'évocation des esprits. Les pauvres malheureux ! Ce qu'ils vont trouver, c'est le déséquilibre psychique, et même physique, car ce ne sont pas les esprits lumineux qui vont répondre à leurs invocations, mais les entités des niveaux les plus bas qui en profiteront pour les dépouiller. Oui, voilà la vérité, l'implacable vérité. Et pourquoi ? Parce que pour attirer les esprits lumineux, il n'y a qu'une seule méthode : progresser chaque jour davantage dans la voie spirituelle. Les entités célestes ne donnent leur aide et leurs bénédictions aux humains qu'en proportion de ce qu'ils sont eux-mêmes capables de réaliser. D'autres entités, bien sûr, peuvent finir par leur accorder ce qu'ils leur demandent, mais ils devront le payer très cher.

La croyance que Dieu a voulu, il y a deux mille ans, manifester son amour aux humains en envoyant sur la terre « son fils unique » a peut-être aidé pendant une période certains d'entre eux à évoluer, mais maintenant il faut abandonner une énormité pareille. Car ce n'est pas une bonne compréhension de l'amour de Dieu qui est immense, inépuisable, infini. Dieu a eu beaucoup de fils et de filles, Il en a et Il en aura encore beaucoup. Depuis des millions d'années, Il envoie ces êtres exceptionnels sur la terre pour y éclairer leurs frères et leurs sœurs, et Il continuera à en envoyer d'autres encore. Il n'a que faire de ces chrétiens qui Lui interdisent d'envoyer qui que ce soit d'autre après Jésus, ou qui racontent qu'avant la venue de Jésus les humains étaient privés de la vraie lumière. Comme si le salut des humains devait dépendre de l'époque où ils ont vécu : avant Jésus, après Jésus ! L'Église peut bien s'obstiner à fixer un commencement et un terme à la révélation divine, le Seigneur, Lui, n'est pas impressionné par ces décrets, Il continue à ne pas en tenir compte, Il est au-delà.

L'accent qui est mis, à notre époque, sur le développement de l'intellect a pour conséquence d'amener les humains à se montrer critiques, intolérants, agressifs. Mais oui, c'est cela la caractéristique de l'intellect : il dissèque, il sépare, il pousse à l'individualisme et à l'affrontement. C'est pourquoi, malgré tous les progrès qui ont été réalisés grâce au développement de l'intellect, les humains ne sont pas heureux. Pour être heureux ils doivent chercher à développer un autre principe en eux-mêmes : leur âme.

L'âme ne peut s'épanouir que dans la vie fraternelle où, semblables à des abeilles réunies pour préparer le miel, tous travaillent à accomplir la volonté de Dieu afin de faire descendre son Royaume sur la terre. Lorsqu'ils auront compris les ravages produits par le développement de l'intellect au détriment de facultés qui lui sont supérieures, peut-être les humains se décideront-ils à mettre l'accent sur les échanges fraternels et c'est là qu'ils trouveront le bonheur.

La spiritualité a pour fondement les lois qui régissent la vie psychique de l'homme. Aussi les scientifiques doivent-ils reconnaître son territoire en comprenant qu'il existe une science de la vie spirituelle, puisque la vie spirituelle repose sur des lois. Je les invite donc tous à élargir leur champ d'investigation : ils découvriront peu à peu que leurs propres découvertes ne font que souligner la véracité de l'Enseignement des Initiés. Tant qu'ils opposeront le monde physique au monde spirituel, tant qu'ils les sépareront, quels que soient les progrès des sciences, ces progrès les laisseront insatisfaits car ils restent extérieurs à eux. Bien sûr, ils leur procurent les moyens d'agir sur la matière, mais on peut avoir tous les moyens d'agir sur la matière et se sentir dans le vide : les découvertes scientifiques et techniques ne nourrissent pas l'âme et l'esprit.

Le travail spirituel est certainement une entreprise de longue haleine dont les résultats sont lents à apparaître, mais celui qui se lance dans ce travail se lie chaque jour au monde des principes, il découvre un sens, et c'est ce sens qui lui donne la plénitude.

Parce que notre présent est le résultat de notre passé, nous n'avons presque aucun pouvoir sur lui, et ce que nous vivons actuellement n'est que sa conséquence, sa suite logique. Non seulement les actes, mais aussi les pensées, les sentiments, les désirs que nous avons eus dans nos incarnations antérieures ont déclenché dans l'univers des forces et des puissances de même nature qui ont déterminé nos qualités, nos faiblesses ainsi que les événements de notre existence actuelle. Au cours de cette incarnation il est donc presque impossible de changer ce qui a été ainsi déterminé par notre vie passée. La seule chose qui soit en notre pouvoir, c'est de préparer l'avenir. Et préparer l'avenir, c'est ce que les Initiés enseignent aux disciples qui viennent étudier dans leurs écoles.

Pensez chaque jour que vous pouvez rendre gloire à Dieu par la parole, le regard, les gestes… tout ce que vous faites, car c'est ainsi que vous entrez en contact avec la Source de la vie.

L'essentiel, c'est la conscience que vous mettrez dans cet exercice. Même si ce n'est que quelques secondes, faites-le avec le sentiment d'accomplir un acte sacré. C'est l'intensité qui compte, pas la durée. Ne vous est-il jamais arrivé de vous sentir soudain inexplicablement heureux, parce qu'une pensée, un sentiment vous a traversé et a tout changé en vous ? Cela n'a duré que le temps d'un éclair, mais le reste de la journée en est ensuite illuminé. Alors, combien plus puissante peut être la pensée qu'un jour vous arriverez à glorifier Dieu sur la terre comme les anges le glorifient dans le Ciel !

Relever les fautes, les faiblesses et les ridicules de leur prochain est une activité tellement appréciée par la majorité des gens que certains en ont fait leur métier. Être tellement lucide et perspicace, quelle preuve de supériorité ! Eh bien, s'ils étaient tellement lucides et perspicaces, ils prendraient conscience que cette habitude de souligner les faiblesses et les lacunes des autres, les appauvrit. Quand on garde son attention fixée sur des comportements défectueux, stupides ou risibles, c'est comme si on se nourrissait de saletés et il y a quelque chose en soi qui périclite.

Si vous voulez savoir pourquoi les Initiés sont tellement riches, je vous dirai que c'est parce qu'ils s'occupent de tout ce qui est le plus beau chez les humains : leur âme et leur esprit, auxquels ils veulent donner la possibilité de se manifester. Même s'ils voient les erreurs et les crimes des humains, ils continuent à porter leur intérêt à ce qu'il y a de meilleur en eux. C'est ainsi qu'ils les aident, et c'est ainsi qu'ils s'enrichissent eux aussi.

L'idée que c'est Dieu qui peut se rapprocher ou s'éloigner de vous entrave votre développement spirituel. Vous vous dites : « J'ai mal agi, je me sens abandonné de Dieu, je vais attendre qu'Il me pardonne et me visite à nouveau. » Eh bien, vous pouvez attendre des siècles… C'est à vous de commencer immédiatement le travail. Si vous attendez que les changements viennent du Seigneur, si vous vous contentez de L'appeler au secours de son enfant égaré, ce ne sont là que des illusions qui contribuent à prolonger vos malaises intérieurs. Puisque c'est vous qui êtes la cause de ces malaises, réparez vos erreurs. C'est cela le vrai repentir qui vous ramènera auprès de Lui. Dire que Dieu nous pardonne est une illusion, nous ne sommes pardonnés que si nous réparons. Il faut se dégager de beaucoup de fausses notions entretenues par la religion elle-même et travailler à s'élever en toutes circonstances au-dessus des nuages, afin de retrouver la Divinité qui est en nous.

L'égalité qui figure dans la devise de la République française ne représente pas l'égalité naturelle qui n'existe pas, mais l'égalité devant la loi. Mais, même là, l'égalité est-elle réalisable ? Non, car devant la loi les citoyens ne sont pas tous également armés, ils ne sont pas pourvus de moyens et de possibilités identiques. Une forte amende à payer pour excès de vitesse en voiture, par exemple, ne représente pas la même chose pour un milliardaire et pour celui qui a tout juste de quoi vivre. La véritable égalité est irréalisable et elle devra toujours être complétée par la fraternité.

Les humains sont donc seulement égaux en dignité. Et cette dignité ne peut être comprise et ressentie que dans la mesure où ils sont capables de se considérer comme fils de Dieu et frères les uns des autres. Non seulement les plus privilégiés doivent sentir qu'ils sont frères des plus démunis, mais les plus démunis doivent sentir aussi qu'il existe en eux quelque chose qui les rend égaux aux plus grands sages, aux plus grands génies.

Maintenant que se diffusent de plus en plus des livres de magie, beaucoup de gens qui les lisent se mettent à voir de la magie noire partout et c'est à elle qu'ils attribuent les difficultés qu'ils peuvent rencontrer dans leur vie quotidienne. Un accident, une maladie, des difficultés dans le travail ?… et les voilà qui commencent à imaginer qu'il y a quelqu'un, là, qui est jaloux, qui leur en veut et qui leur fait de la magie noire. Qu'est-ce qu'on ne vient pas me raconter à ce sujet ! Et moi je vois surtout qu'il suffit de quelques regards, paroles, gestes, et de quelques coïncidences tout à fait insignifiantes, pour mettre en marche l'imagination de quelqu'un, et c'est lui qui fait le reste. Eh oui, il interprète, il se lance dans des élucubrations extraordinaires : c'est donc lui qui se persécute tout seul en ne trouvant pas intérieurement la bonne attitude.

24 Novembre

Certains penseurs ont essayé de définir Dieu en disant qu'Il est un cercle dont le centre est partout et la circonférence nulle part… Si ce centre est partout, comprenez d'abord et surtout qu'Il est en vous et que vous avez donc sans cesse la possibilité de Le rencontrer, de Lui parler, de L'écouter. C'est Lui qui a voulu s'infuser dans les créatures, Il fait partie de vous, vous ne pouvez pas Le perdre. Si vous Le perdez, c'est que vous n'aviez pas encore suffisamment pris conscience que vous Le possédiez.

Si tellement de gens reconnaissent qu'ils ne croient plus en Dieu, c'est seulement qu'ils s'étaient contentés d'accepter ce qu'on leur avait dit à son sujet, et ce qu'on leur avait dit était resté extérieur à eux : des paroles. Or, les paroles, même les plus véridiques, les plus profondes, sont toujours quelque chose d'extérieur, il peut donc arriver qu'elles perdent un jour leur sens. C'est l'homme seul qui peut véritablement leur donner et leur conserver un sens, et pour cela il doit les assimiler, les faire siennes.

Vous avez à fournir un effort : vous vous demandez si vous y arriverez. Vous hésitez un peu, puis vous vous décidez, et voilà que vous réussissez : vous soulevez ce poids… vous déplacez cet obstacle… Cela prouve que vous êtes capable de tels efforts et, en prenant conscience de vos possibilités, vous sentez augmenter votre force et votre foi. La foi est donc liée à l'assurance que l'on acquiert en remportant des victoires. Cette loi se vérifie encore plus dans le plan spirituel. D'effort en effort, toutes les capacités encore inemployées sortent au grand jour et se manifestent. Mais il faut être raisonnable et commencer modestement en réalisant d'abord de petites choses. Combien ont été arrêtés dans leur évolution pour n'avoir pas su commencer modestement !

Au cours de l'histoire, non seulement la religion a produit toutes sortes d'atrocités, mais ceux qui les commettaient étaient persuadés d'avoir fait leur devoir. Emprisonner, massacrer, dévaster, brûler des « hérétiques », des « infidèles », sans aucune considération d'humanité, c'était cela, manifester leur foi. Et même, certains étaient persuadés qu'ils agissaient ainsi par amour du prochain : en les condamnant au bûcher ils leur épargnaient les flammes de l'Enfer, la damnation éternelle. C'est extraordinaire les aberrations que le fanatisme a pu produire dans la tête de certains ! Et Dieu, évidemment, les récompenserait. Mais Lui avaient-ils d'abord demandé s'Il était d'accord pour qu'ils massacrent ses créatures ? C'est la première question que devraient se poser tous ceux qui, encore à notre époque, se proclament « les combattants de la foi » et s'imaginent être les instruments de la volonté divine : Dieu les a-t-Il envoyés sur la terre pour massacrer leurs semblables en son nom ?

Savoir vivre fraternellement avec les personnes qui nous entourent, c'est une richesse, car chacun avec son visage, ses yeux, sa voix, sa pensée, apporte quelque chose de vivant, de chaleureux, dont tous peuvent se nourrir. Si vous saviez comment recevoir ces bénédictions, vous attireriez tellement d'amour de la part de tous que vous vous sentiriez comblés. Qui vous en empêche ? Vous direz : « Mais ça va être la révolution dans les couples. Qui va accepter que la personne dont il partage la vie reçoive l'amour d'un autre homme ou d'une autre femme ? » Vous me comprenez mal, il ne s'agit pas de l'amour d'une femme ou d'un homme, mais de l'amour de tous les êtres humains. Que peut-on reprocher là ? Il n'y a pas de jalousie à avoir, car chacun recevra cet amour. Mais les gens ne savent pas vivre avec l'amour, ils ne savent pas être heureux avec l'amour, ils s'isolent à deux dans un petit trou, et ils croient la question résolue. Non, ils ne savent pas ce qu'est la vraie vie parce qu'ils ne savent pas ce qu'est le véritable amour. La vraie vie, c'est la vie fraternelle, la vie universelle, en communion avec tous les êtres.

Du matin au soir, et même parfois pendant la nuit, l'enfant nouveau-né réclame toute l'attention et les soins de sa mère. Mais avant de s'occuper de son enfant, la mère doit d'abord, par la pensée, aller auprès de Dieu afin de se mettre en contact avec la vie céleste. Car le véritable amour maternel ne se limite pas à veiller au bien-être physique d'un enfant : l'allaiter, l'habiller, le laver, le coucher… La mère doit mettre dans tout ce qu'elle fait pour lui des éléments spirituels. Si elle se contente d'avoir pour son enfant des préoccupations ordinaires, elle fera de lui un être ordinaire, parce qu'elle ne lui aura pas apporté quelque chose de la présence divine. Pour pouvoir véritablement nourrir et éduquer son enfant, il faut qu'elle aille auprès de Dieu en disant : « Seigneur, je viens vers Toi afin que Tu me donnes pour mon enfant la lumière, l'amour, la santé et la beauté du Ciel. » C'est ainsi qu'elle pourra rayonner auprès de son enfant les particules pures et lumineuses qui feront de lui un être exceptionnel.

La médecine fait beaucoup de progrès, c'est vrai, mais ce n'est pas une raison pour se montrer insouciant, imprudent. Si les humains ne s'instruisent pas dans la science de la vie, la médecine malgré tous ses progrès restera impuissante. Pendant qu'elle s'efforcera de guérir certaines maladies, les désordres que, par leur vie déraisonnable, ils continueront à produire dans leur organisme en feront apparaître de nouvelles. Vous percez une balle de caoutchouc : il se forme un creux. Vous essayez d'y remédier, mais le creux va se former ailleurs.

Donc, je peux vous dire que, même si la médecine a fait d'immenses progrès et continue à en faire de plus grands encore, cela ne donnera pas aux humains la faculté de vivre selon leur bon plaisir, sans tenir compte des règles. Et aucun psychologue, aucun psychiatre ou psychanalyste n'arrivera non plus à redonner l'équilibre à quelqu'un qui croit pouvoir transgresser impunément les lois des mondes moral et spirituel.

Même si de nos jours le progrès technique a fait considérablement reculer l'usage du bois pour le chauffage et la cuisson des aliments, vous savez tous comment on allume un feu. On commence par placer un peu de papier, puis au-dessus, des brindilles sèches, et au-dessus encore du bois plus gros. Enfin, avec une allumette, on met le feu au papier, le papier le communique aux brindilles, et les brindilles enflamment les branches.

Maintenant, prenons l'être humain avec ses différents corps : physique, astral, mental, causal.* Le feu de l'allumette correspond au plan causal, le monde de l'esprit qui est à l'origine de tous les phénomènes. L'allumette enflamme le papier (le plan mental, l'intellect), qui enflamme les brindilles (le plan astral, le cœur), qui enflamment le gros bois (le plan physique). Tout commence donc en haut avec l'esprit, puis de corps en corps le feu finit par atteindre le plan physique. Aucune véritable réalisation n'est possible dans le plan physique tant qu'on n'a pas commencé par travailler avec l'esprit qui, d'en haut, donne l'impulsion.

* Voir note et schéma, p. 372 et 373.

Il y a des gens qui, quelles que soient les déceptions rencontrées, s'obstinent à rester crédules. Ils se rendent compte qu'ils ont été trompés, mais on dirait qu'ils oublient, et ils se laissent de nouveau embarquer… Pourquoi ? On dirait que l'expérience ne leur sert à rien, comme s'il n'y avait aucune continuité dans leur vie psychique, comme si la leçon qu'ils ont reçue ne leur était d'aucune utilité pour le futur. Après chaque aventure malheureuse, ils pleurent, ils se lamentent, ils jurent que plus jamais on ne les y reprendra. Mais comme les situations ne se présentent jamais de la même manière, ils ne se méfient pas : ils pensent que la prochaine fois ce sera différent, qu'enfin ils trouveront ce qu'ils souhaitent, et ils se laissent de nouveau attraper. Et d'autres, parce qu'ils ont été déçus une seule fois, n'ont plus jamais confiance en personne. Ce qui n'est pas mieux ! Alors, que dire ? Seulement ceci : quelles que soient les personnes, et à quelque degré d'évolution intérieure qu'elles se trouvent, leur tâche est d'utiliser leurs expériences pour s'instruire et se perfectionner.

Beaucoup de gens se posent des questions concernant les guérisons « miraculeuses » qui se produisent parfois à Lourdes... Évidemment, la foi a dans ces guérisons une part très importante. Mais il est certain aussi que, dans cette atmosphère de ferveur, au milieu des chants et des prières de toute une foule, des personnes peuvent être intérieurement soulevées et transportées très haut, jusqu'au plan causal* qui est le plan mental supérieur. Et c'est cela qui fait le miracle : la personne est intérieurement arrachée à son état de conscience ordinaire et projetée jusqu'à un sommet ; et lorsqu'elle touche ce sommet, il se déclenche dans tout son être de puissants courants d'énergie pure qui descendent directement jusqu'au plan physique pour tout rétablir.

* Voir note et schéma, p. 372 et 373.

Tous les humains sont faits de la même quintessence divine. La différence entre eux, c'est que certains ont appris à travailler sur cette quintessence pour la développer, alors que d'autres la laissent dormir. C'est cette quintessence que l'on appelle l'image de Dieu.

Si nous nous comparons à Jésus, évidemment entre lui et nous la distance est immense. Mais si nous n'étions pas de la même quintessence que lui, il n'aurait pas dit : *« Celui qui croit en moi fera les œuvres que je fais et il en fera même de plus grandes. »* Pour pouvoir agir comme Jésus, il faut être de la même nature que lui. Le plomb ne peut pas faire ce que fait l'or, car il n'est pas de même nature. Quant à nous, on peut dire que nous renfermons un atome d'or, mais entouré de toute une gangue de matières viles. Et notre travail est de transformer ces matières viles en or. C'est cela le véritable sens du travail alchimique.

Étant donné la conception que vous vous faites d'une École initiatique, vous pensez que je dois vous entretenir d'alchimie, d'astrologie, de magie, de Kabbale. Eh bien, non. Je ne vous présenterai jamais d'autres sujets que ceux qui concernent la vie : comment la purifier, la renouveler, la sublimer. Si ces sujets ne vous plaisent pas, vous pouvez aller chercher ailleurs ce qui vous intéresse, mais de moi vous entendrez toujours parler de la vie, de la vie divine.

C'est en apprenant à vivre cette nouvelle vie, en apprenant à la respirer, la manger, la boire et la rayonner, que toutes les autres sciences se découvriront un jour à vous. Dans les moindres actes de la vie quotidienne vous pouvez voir des correspondances avec l'astrologie, l'alchimie, la magie, la Kabbale. Dans la respiration vous retrouvez l'astrologie ; dans la nutrition, l'alchimie ; dans la parole et le geste, la magie ; et dans la pensée, la Kabbale. Apprenez donc comment manger, respirer, agir, parler, penser, et vous posséderez les bases de ces quatre sciences sacrées.

Comment ne pas être tenté par ce qui est agréable, plaisant ?… Mais voilà que le plaisir n'est pas un guide sûr, et quand on se laisse gouverner par ce qui est agréable, la suite est le plus souvent désagréable.

Il est tout d'abord agréable de faire des festins dans un restaurant, mais quand on a mangé on doit payer, et là c'est un peu moins agréable. Et il en est de même dans la vie : d'une façon ou d'une autre, tout se paie. Dans les plans astral et mental comme dans le plan physique, il y a des marchés, des magasins, des vitrines, tout est étalé devant vous et vous pouvez vous servir ; mais une fois que vous vous êtes servi, il faut payer. Et c'est là justement, devant la pensée du paiement, qu'on doit réfléchir et faire preuve de prudence en se disant : « Cela ne vaut peut-être pas la peine, ce sera trop cher, le plaisir est passager, il n'en restera bientôt aucune trace et il me faudra des années pour payer mes dettes. »

Seul l'esprit est immortel. Donc, seul l'homme qui s'identifie à l'esprit peut connaître qu'il est immortel. Il prend conscience de lui-même comme d'une entité libre et lumineuse, différente de son corps : il voyage dans l'espace, il va, il vient, il sent que son corps n'est qu'un vêtement, et parfois même un vêtement usé. Comment comprendre les mystères de l'univers si on s'identifie à sa carapace ?... Quel est l'automobiliste qui s'identifie avec la voiture qu'il conduit ? Il ne dit pas : « La voiture, c'est moi », car il sait qu'elle ne fait que le transporter. Et quel est le cavalier qui s'identifie avec le cheval qu'il monte ?...

Quand Jésus disait : *« Mon Père et moi nous sommes un »*, il s'identifiait à son père, mais pas à n'importe quel père. « Mon Père », c'est cet Être éternel, tout-puissant, l'Esprit cosmique. Alors, pourquoi ne pas imiter Jésus et s'identifier au Père céleste, à l'esprit ?

Vous voudriez vous corriger de certaines faiblesses, vous voudriez arriver à dominer certaines tendances instinctives ? Vous n'y arriverez que si vous développez en vous l'amour pour un haut idéal. Qu'est-ce qu'un haut idéal ? Une aspiration à la beauté, la beauté spirituelle qui est faite de pureté, de lumière, d'harmonie. Vous contemplez cette beauté, et naturellement, spontanément, vous vous dégagez de tout ce qui est malsain, obscur, chaotique. Cet amour pour la beauté vous protège, comme un vêtement que vous ne voudriez pas salir. Quand vous portez des vêtements neufs, ou que vous aimez particulièrement, vous ne vous lancez pas dans des activités qui vous exposent à les déchirer, à les tacher ; instinctivement vous faites attention à vos gestes, aux endroits où vous vous asseyez. Eh bien, voilà : si vous vous décidez à cultiver en vous le goût pour le monde de la beauté et le désir de vous en rapprocher, vous sentirez peu à peu se tisser autour de vous comme un vêtement subtil que vous voudrez protéger, et ainsi, vous serez vous-même protégé.

Que savent les mères des possibilités que leur donne la parole pour l'éducation de leurs enfants ? Même lorsqu'un enfant n'est pas en âge de comprendre ce qu'on lui dit, sa mère peut lui parler, même s'il est endormi ; car pour commencer à parler à un enfant, il n'est pas nécessaire qu'il soit capable de comprendre. Alors, que la mère prenne l'habitude de parler à son enfant avec beaucoup d'amour, beaucoup de conviction ; qu'elle lui raconte ce qu'elle souhaite le voir devenir plus tard… Puisque la parole est une force agissante, dans le subconscient de ce petit enfant des entités qui ont tout écouté, tout enregistré commencent à se mettre au travail : dans son cerveau, dans son cœur, dans toutes les cellules et les organes de son corps, elles déclenchent les processus, accumulent les éléments qui lui permettront plus tard de manifester les dons, les qualités que sa mère souhaitait pour lui. Sachant cela, chacun a aussi la possibilité d'utiliser la parole pour apporter quelque chose de bon à toutes les créatures qu'il souhaite aider, même si elles n'en sont pas conscientes.

C'est une tendance naturelle chez les humains que de se montrer devant les autres pour être reconnus, appréciés. Combien passent leur temps dans les réceptions et les intrigues ! Ils gaspillent leur vie à essayer d'épater la galerie sans penser que d'ici quelques années tout sera oublié.

Le véritable sens de la vie, c'est de travailler avec la lumière, pour la lumière, sans s'occuper de plaire ou de déplaire aux autres. Et alors, un jour, même si vous ne le voulez pas, c'est eux qui vous chercheront pour vous manifester leur respect et leur admiration. Lorsque votre pensée reste liée à la lumière et à l'amour divins, tous ceux qui vous rencontrent trouvent nécessairement auprès de vous le réconfort et la paix, et ils vous recherchent, vous apprécient. Tandis que si vous abandonnez le Seigneur, vous ne pouvez plus renouveler vos richesses intérieures, et alors, quand vous serez devenu pauvre et vide, qui aura envie de vous fréquenter ?

La synthèse et l'analyse sont deux modes de la connaissance. D'une façon générale, la science a choisi la méthode de l'analyse : séparer, couper, disséquer… Bien sûr, il est nécessaire de temps à autre de se concentrer sur tel ou tel point de détail, mais la synthèse est la seule méthode vraiment utile et riche, parce que seule la synthèse vivifie ; avec l'analyse, on se limite, on se rétrécit. Oui, et on peut même dire que l'analyse conduit à la mort, alors que la synthèse tend vers la vie… Une preuve : que fait la mère pour former son enfant ? Elle rassemble des milliards d'éléments, et l'enfant, c'est cette synthèse vivante qui respire, qui bouge, qui mange, qui parle. Plus tard, quand a sonné l'heure de l'analyse, chaque particule du corps s'en va rejoindre la région d'où elle est venue : la terre, l'eau, l'air, le feu… Exactement comme les lettres retournent dans les casiers du typographe. Donc, celui qui s'acharne à analyser, à disloquer, à démonter les choses et les êtres, marche vers la mort, la mort spirituelle.

Dans tout ce que vous entreprenez, et à plus forte raison dans le travail spirituel, vous devez avant tout chercher à avoir une orientation constante. Car ce qui vous détruit, c'est l'indécision : ne jamais bien savoir dans quel sens aller, et une fois une direction prise, vous demander si c'est la bonne et s'il ne vaudrait pas mieux revenir en arrière. Commencez donc par bien réfléchir et quand vous sentez que vous avez trouvé la bonne voie, tâchez de vous y tenir fermement, quoi qu'il arrive. Sur ce chemin, il vous arrivera bien sûr de faire quelques chutes parce que vous êtes encore faible, mais le Ciel vous enverra de l'aide, ne vous découragez pas. Même si vos fenêtres se salissent, dites-vous que la pluie demain les lavera et leur rendra leur transparence. Il en est ainsi tout le long de la vie du disciple. Il tombe, il se relève… il se salit, il se lave… mais il doit garder courage en sachant que le Ciel est toujours là pour le soutenir dans ses efforts.

Vous attendez l'amour d'un homme ou d'une femme ? Vous pouvez l'obtenir ; mais si dans cet amour c'est la sensualité qui domine, il ne durera pas. Pourquoi ? Parce que le Créateur n'a pas accordé longue vie aux sentiments inspirés par les instincts. Si c'est sur eux que vous comptez, il faut vous attendre à des déceptions, et vous allez souffrir. Mais dites-vous bien alors que c'est votre moi inférieur qui souffre. Votre Moi supérieur, lui, applaudit en espérant que cette expérience vous servira de leçon et vous apprendra à ne compter que sur les manifestations de votre nature divine.

L'existence, c'est vrai, présente toutes sortes de tentations, et pour la majorité des gens, c'est normal d'être tenté et de succomber ; c'est presque pour cela, d'après eux, qu'ils sont descendus sur la terre : pour se précipiter vers tout ce qui les attire. Mais le disciple d'un enseignement initiatique a une autre vision des choses : il sait qu'il n'est pas venu sur la terre pour chercher le plaisir, mais pour faire un travail sur lui-même ; et s'il succombe, il regrette, parce qu'il sent qu'il s'est affaibli, avili. Alors, pour éviter ces regrets, ces souffrances, avant de se lancer dans une entreprise, il se dit : « En faisant ceci ou cela, je satisferai mes désirs, bien sûr, mais quelles seront les répercussions de ma conduite sur moi-même et sur mon entourage ? » Et il réfléchit… Celui qui ne se pose pas ces questions est ensuite étonné de voir arriver des situations ou des problèmes auxquels il ne s'attendait pas. Eh bien, justement, il ne doit pas s'étonner : ce qui lui arrive était à prévoir. Les conséquences sont toujours prévisibles.

Dans vos relations avec les autres, la question où il est le plus nécessaire d'y voir clair est celle des deux natures, supérieure et inférieure, qui constituent l'être humain.

Quand vous rencontrez quelqu'un, ne vous imaginez pas que vous serez très renseigné sur lui en apprenant sa position sociale ou sa profession. Et vous n'en saurez pas tellement plus si on vous dit qu'il est marié ou non, qu'il a des enfants ou qu'il n'en a pas. Ces précisions ne vous donnent aucune garantie sur sa moralité et la manière dont il va se conduire. La nature inférieure en l'homme n'a pas d'autre préoccupation que de chercher le domaine où elle sera le plus à l'aise pour manifester ses besoins de domination, assouvir ses convoitises et satisfaire ses ambitions ; et ces conditions, elle peut aussi bien les trouver dans les activités d'un évêque, d'un ministre, d'un homme d'affaires ou d'un ouvrier, etc. Quelle que soit leur place dans la société, tous ceux qui n'ont pas travaillé à maîtriser leur nature inférieure ne peuvent que se conduire comme des êtres malfaisants.

Les humains aiment l'argent, parce qu'instinctivement ils sentent qu'il représente toutes les possibilités que leur donne la vie. Seulement, ils font une confusion : ils prennent l'or, symbole de la vie, l'or qui vient du soleil, pour la vie elle-même. De même que la vie donne tout, l'or (ou disons l'argent, puisque c'est le mot le plus couramment utilisé), donne tout aussi, et c'est pourquoi ils lui accordent une importance qu'ils ne sont plus capables de donner à la vie. Car ils ont perdu la vie. Ils tremblent à l'idée qu'on puisse leur dérober leur argent, et ils prennent des précautions inouïes pour le mettre à l'abri. Regardez les banques : elles sont devenues de véritables forteresses, rien n'est mieux surveillé et protégé que les coffres-forts. Mais pourquoi les humains ne tremblent-ils pas autant à l'idée de perdre leur vie, cette quintessence de Lui-même que Dieu a introduite en eux et qui fait d'eux ses fils et ses filles ? Et puisqu'ils sont ses fils et ses filles, toutes les richesses de l'univers leur appartiennent aussi. N'est-il pas plus souhaitable de travailler à renforcer, à intensifier la vie plutôt que de la perdre à la poursuite de quelques bricoles ?…

De même que les pierres précieuses ne perdent jamais de leur valeur, de même rien ne saurait diminuer la valeur des qualités et des vertus que nous portons en nous. Et dès le moment où nous travaillons à les développer, quoi qu'il arrive : erreurs, échecs, déceptions, souffrances, rien d'autre ne doit nous préoccuper. Le moindre doute trahit notre méconnaissance des vraies valeurs. Vous réclamez des résultats… Mais en réalité, ne les avez-vous pas déjà, ces résultats, puisque vous savez que tout ce qui est bon est éternel ? Vous dites : « Oh, ça me dépasse. » Oui, je comprends, mais si vous n'arrivez pas à tout saisir aujourd'hui, ce n'est pas grave ; vous y arriverez plus tard, dans un an, dans dix ans, dans vingt ans, dans une autre incarnation… Toutes ces vérités, vous les comprendrez nécessairement un jour. Si vous les abandonnez en prétextant qu'elles vous dépassent, là, évidemment, vous n'arriverez à rien. Pour pouvoir comprendre un jour, il faut au moins commencer à travailler aujourd'hui.

17 Décembre

À quoi bon prêcher l'amour du prochain si on n'explique pas aux humains ce qu'ils doivent aimer chez les autres ? Quand on voit la manière dont se conduisent tellement de gens dans la vie de tous les jours, on ne peut pas les aimer, c'est même inutile d'essayer. Voici quelqu'un qui se montre égoïste, méchant, odieux, et on vient vous dire qu'il faut l'aimer... C'est impossible ! Et c'est même tellement impossible que non seulement vous n'y arriverez pas, mais qu'en faisant des efforts pour aimer ce monstre, vous allez le détester encore plus. Pour parvenir à l'aimer, il faut pouvoir se projeter au-delà des apparences en se concentrant sur l'étincelle divine qui l'habite et qui peut se manifester un jour. Seulement voilà : nous ne pouvons voir la Divinité chez les autres que pour autant que nous avons appris à la faire vivre en nous.

À Nicodème, docteur d'Israël, qui était venu le voir de nuit pour l'interroger, Jésus répondit : *« En vérité, en vérité, je te le dis : Si un homme ne naît d'eau et d'esprit, il ne peut entrer dans le Royaume de Dieu. »* Ce verset présente des correspondances avec celui du début de la *Genèse* : *« Et l'esprit de Dieu se mouvait au-dessus des eaux. »* Dans les deux cas, c'est le même phénomène qui est évoqué, la naissance : naissance de l'univers et naissance spirituelle de l'homme. Dans l'une comme dans l'autre on retrouve les mêmes éléments : le feu (l'esprit) et l'eau (la matière). De même que l'univers est né du feu et de l'eau, pour entrer dans cet état de conscience supérieur appelé le Royaume de Dieu, l'homme doit naître lui aussi du feu et de l'eau ; car transposés dans le plan spirituel, le feu représente la sagesse, et l'eau représente l'amour.

Les besoins supérieurs qui se manifestent en l'homme sont l'expression de la Divinité. C'est par leurs aspirations élevées, ainsi que leurs activités bénéfiques pour les autres que les humains témoignent de la présence de Dieu. Au fur et à mesure que leur conscience s'élargit, des perceptions d'un autre ordre viennent les visiter, comme si c'était une autre vie, celle de cet Être sublime, qui s'infusait en eux, et ils sont de plus en plus habités par sa présence. En intensifiant cette présence, ils se confondent peu à peu avec elle jusqu'à devenir un jour semblables à la Divinité.

Les livres sacrés de toutes les religions sont des ouvrages très précieux, ce n'est pas moi qui dirai le contraire ; mais un être humain est encore plus précieux, parce qu'il est vivant et qu'il porte en lui tout l'univers. Vous croyez qu'il n'y aurait plus moyen de trouver la vérité une fois que les livres sacrés auraient disparu ? Pas du tout. On pourrait les rétablir à nouveau, parce que leur origine est en haut, dans le zodiaque, dans les étoiles, et aussi dans l'être humain. Mais au lieu de comprendre cela, les théologiens sont fixés sur des textes : ils annotent, ils comparent, ils commentent. Mais qu'ils sortent un peu de ces textes, qu'ils aillent regarder ailleurs, plus haut, plus loin, dans la vie, et ils comprendront mieux !

Étudions le symbole du cavalier et de son cheval. Le cavalier représente l'esprit de l'homme et le cheval son corps physique. Chacun de nous est donc tout à la fois le cheval et le cavalier. Et comme le cavalier doit s'occuper de son cheval, chaque être humain doit s'occuper de son corps. Connaître l'état de son cheval, savoir si les troubles ou les faiblesses proviennent de lui ou du cavalier, exige beaucoup de discernement.

Vous êtes fatigué ? Demandez-vous si cette fatigue est physique ou psychique… Vous avez bien mangé, et pourtant vous avez encore faim. Mais qui a faim, votre corps ou vous ?… Ou bien vous n'avez pas faim alors que vous n'avez rien mangé et que sûrement votre corps aurait besoin de nourriture… Cette contradiction peut aussi se produire dans le domaine sexuel : votre corps ne veut plus rien, mais vous demandez encore ; ou inversement, vous ne voudriez plus rien, mais c'est votre corps qui réclame. Parfois, malgré des coups d'éperon, votre monture vous entraîne sur des chemins où vous ne voudriez pas vous aventurer. Ou bien c'est le cheval qui trouve le moyen de sauver son maître, car il a flairé un danger que le cavalier n'avait pas senti. Oui, voilà un vaste champ de réflexion !

Quand vous vous sentez découragé, inquiet ou chagriné, allumez une bougie, liez-vous à travers elle à tout ce qui est feu dans l'univers. Car de même qu'une goutte d'eau peut nous lier à tout l'océan, la seule flamme d'une bougie suffit pour nous lier au soleil, au feu cosmique, au Saint-Esprit dont la lumière est le vêtement. Quand vous allumez une bougie, regardez la flamme jusqu'à sentir que vous vous fondez en elle et que vous devenez vous-même une flamme.

Pensez que le soleil est un feu, que Dieu est un feu, que le Saint-Esprit est un feu, que tout ce qui nous entoure est du feu : cette pensée vous redonnera chaque fois le courage et la paix. Si vous apprenez à aimer cette flamme, à lui parler, peu à peu elle deviendra votre amie et vous prendrez l'habitude d'aller auprès d'elle puiser le réconfort, la joie, l'inspiration.

La tâche d'un Maître spirituel est de donner aux êtres les meilleures conditions pour manifester les qualités enfouies en eux, on ne sait à quelle profondeur. Il se peut qu'on ait des surprises… et de bonnes surprises, pourquoi toujours des mauvaises ?… Mais un Initié n'est ni naïf, ni crédule, et quand il fait confiance aux gens, ce n'est pas parce qu'il imagine que ce qui est égoïste en eux va devenir généreux, ou que ce qui est faible va devenir fort, etc. Non, ça, il sait que ce n'est pas possible. La nature inférieure, on pourrait même dire la nature animale en l'homme, restera toujours ce qu'elle est. Mais au-delà de cette nature qui se manifeste avec égoïsme, faiblesse, dureté, ruse, etc., il existe une autre nature, divine, qui est capable des manifestations les plus nobles. L'Initié la connaît et c'est à elle qu'il s'adresse, c'est à elle qu'il lance des signaux et qu'il donne les moyens de s'exprimer.

Dans notre Fraternité, nous vivons les jours des grandes fêtes religieuses chrétiennes, Noël, Pâques… aussi simplement que les autres jours : nous prions, nous méditons, nous chantons. Et même si nous pensons plus spécialement à la naissance, à la mort ou à la résurrection du Christ, nous ne faisons rien d'exceptionnel. Maintenant, si certains trouvent que cela ne leur suffit pas, ils sont libres d'aller célébrer ces fêtes dans leurs églises ou dans leurs temples. Que chacun choisisse les formes qu'il veut donner à son sentiment religieux, et qu'il laisse les autres agir de même.

Le fait de n'avoir ni les mêmes croyances ni les mêmes rites, ne doit pas être pour les humains une raison de s'affronter. Il n'est pas sage d'empoisonner la vie des autres sous prétexte qu'on se réclame de tel ou tel fondateur de religion. Plutôt que de déclencher sans cesse des désordres et des bagarres, que tous s'embrassent, s'entraident et fraternisent. C'est ainsi qu'ils se montreront les fidèles de la seule vraie religion, la religion universelle de lumière et d'amour dont le soleil est le modèle.

Pourquoi fête-t-on Noël au début de l'hiver ? La réponse se trouve dans le livre de la Nature. Toute vie commence par une semence, une graine enfouie dans l'obscurité de la terre ou les entrailles d'une femme. Et l'hiver est cette saison où, dans les graines mises en terre, se fait un long travail de germination qui aboutira au printemps à l'éclosion d'une multitude d'existences nouvelles. Un travail identique se fait dans le psychisme de chaque être : dans cette terre noire qu'est sa nature inférieure, la semence du Moi divin, le Christ, doit commencer à germer. C'est cet événement que les chrétiens célèbrent la nuit de Noël… Oui, justement, la nuit, à minuit, au moment de la plus grande obscurité a lieu une naissance. C'est pourquoi malgré le froid et l'obscurité Noël est aussi la fête de la lumière.

C'est en tant que principe cosmique que « le Fils », la deuxième personne de la Sainte Trinité, est appelé le « fils unique » de Dieu. À ce principe cosmique on a donné le nom de Christ. Et par son travail, c'est à ce principe cosmique que Jésus s'est identifié.

Ce n'est pas parce qu'on emploie les mêmes mots, « père » et « fils », qu'on doit confondre des réalités humaines avec des réalités cosmiques. Dieu le Père est le principe créateur de tout ce qui existe, et son Fils, que les chrétiens ont appelé le Christ, est sa première émanation. C'est ce principe christique qui doit descendre dans chaque âme humaine par la puissance de l'Esprit Saint afin que chacun devienne un vrai fils ou une vraie fille de Dieu.

Jésus a été le conducteur du Christ, il a été la voix du Christ, il a servi le Christ, il s'est identifié au Christ, mais il n'est pas le Christ. En tant que principe cosmique, le Christ peut s'incarner dans un être humain qui s'est préparé à le recevoir ; mais à lui tout seul, un être humain, aussi exceptionnel soit-il, ne peut être l'unique incarnation de Dieu, cela n'a pas de sens.

27 Décembre

Supposez que vous ayez deux diapasons accordés à la même longueur d'onde : si vous faites vibrer l'un deux, l'autre, sans que vous le touchiez, se met également à vibrer. On dit qu'il y a résonance. C'est une loi physique, mais c'est aussi une loi du monde spirituel que nous devons connaître, car c'est par elle que nous pourrons nous ajuster au modèle divin dont nous sommes le reflet. Ainsi, lorsque vous faites vibrer votre esprit, l'Esprit cosmique vous répond. Et lorsque vous faites vibrer votre âme, l'Âme universelle vous répond… Mais cela peut aussi être l'inverse : l'Esprit cosmique ou l'Âme universelle vibre, et comme votre esprit, votre âme sont en accord avec eux, ils entrent aussi en vibration et reçoivent leurs messages. Ou encore l'Intelligence cosmique est en train de diffuser certaines idées, et votre intellect qui est là, accordé avec elle, les reçoit. Voilà comment vous devenez réellement un fils de Dieu, une fille de Dieu : en sachant comment, par votre esprit, votre âme, votre intellect, votre cœur et votre volonté, vous pouvez toucher les puissances correspondantes dans l'univers.

Plutôt que de se laisser affaiblir et terrasser, les humains doivent apprendre à mettre tous leurs défauts et leurs faiblesses au travail afin de les rendre utiles. Certains diront : « Mais les défauts, il faut les combattre, il faut les anéantir ! » Essayez, vous verrez si c'est facile : c'est vous qui serez anéanti, massacré. Pour triompher de ses défauts, il faut trouver une autre méthode que la lutte et la bagarre. Qu'il s'agisse de la gourmandise, de la sensualité, de la cupidité, de la vanité, vous devez apprendre à les mobiliser afin qu'elles vous stimulent pour avancer dans la direction spirituelle que vous avez choisi de prendre. Toutes ces tendances inférieures que vous considérez comme des faiblesses sont en réalité des forces. Vous sentez bien toutes les énergies qu'elles représentent. Si vous êtes seul pour travailler, vous n'irez pas loin. Si vous chassez tous vos ennemis, si vous supprimez tout ce qui vous résiste, qui travaillera pour vous, qui vous servira ?…

« *Quand tu pries,* disait Jésus, *entre dans ta chambre, ferme ta porte et prie ton Père qui est là dans le lieu secret.* » Comment interpréter cette chambre secrète ? Ce n'est évidemment pas un lieu physique avec quatre murs, mais un état de conscience. Quand vous parvenez à créer en vous le silence et la paix, quand vous éprouvez le besoin d'exprimer votre amour pour le Seigneur, vous êtes déjà dans cette chambre secrète. Pour un moment, au moins, vous avez pu atteindre ces régions de l'âme et de l'esprit que vous portez en vous de toute éternité.

Pourquoi la majorité des humains ont si difficilement accès à cette chambre secrète ? Parce que de la même façon qu'ils ignorent ce qui se passe dans leur subconscient, ils ignorent aussi ce qui se passe en haut dans le ciel, leur ciel, leur esprit, leur conscience divine. Qu'ils cherchent donc dans cette direction et ils trouveront la chambre secrète, cet état de grande concentration, de paix, de silence, où tout le reste s'éteint, où il n'existe plus rien que votre prière, votre parole intérieure qui parcourt l'espace.

Pour amuser le public, dans combien de pays les cabarets, les théâtres, la radio, la télévision, présentent les dirigeants de façon ridicule et grotesque ! « Beaucoup le méritent », direz-vous. C'est possible. Mais même s'ils le méritent, ce n'est pas de cette façon que vous allez les pousser à s'améliorer. Au contraire. En les exposant continuellement aux critiques et au manque de respect des citoyens, on crée les conditions pour qu'ils commettent des erreurs et prennent de mauvaises décisions.

Alors, si vous voulez vraiment aider votre pays, au lieu de pester continuellement contre celui qui est à la tête, envoyez-lui de la lumière afin qu'il soit toujours bien inspiré. Vous ne pouvez pas aider tout votre pays, car il est immense, mais il suffit d'aider un homme, un seulement, c'est plus facile, et c'est lui qui fera du bien à tous, parce que beaucoup de choses dépendent de lui. S'il réussit à faire voter de bonnes lois en faveur de la santé publique, du logement, de l'instruction, du travail, tous bénéficieront du fait qu'un seul était bien inspiré.

Pourquoi devons-nous former une fraternité ? Pour pouvoir tous ensemble, collectivement, demander le Royaume de Dieu. Bien sûr, chacun peut le demander seul, de son côté ; mais seul on n'est pas capable de produire des effets aussi puissants, ou alors il faut connaître d'autres lois. Celui que les conditions de l'existence obligent à rester isolé physiquement doit prendre conscience que, de là où il se trouve, il peut par la pensée rejoindre toute cette collectivité d'êtres dispersés dans le monde qui ne cessent de travailler dans le même sens, pour le Royaume de Dieu. On ne peut pas toujours être avec les autres, c'est entendu, mais il ne faut jamais oublier de se lier à eux par la pensée.

Note : Sans rejeter la division corps – âme – esprit adoptée traditionnellement en Occident, Omraam Mikhaël Aïvanhov a surtout utilisé la division en six – ou sept – corps, inspirée de la philosophie hindoue. (Le corps éthérique, souvent mentionné, fait partie du corps physique. Voir à ce sujet le chapitre VI de « La vie psychique : éléments et structures »).

Les trois activités fondamentales par lesquelles se caractérise l'homme sont la pensée (qui a pour instrument l'intellect), le sentiment (qui a pour instrument le cœur) et l'action (qui a pour instrument le corps physique). Ne croyez pas que seul le corps physique soit fait de matière : le cœur et l'intellect aussi sont des instruments matériels, seulement leur matière est plus subtile que celle du corps physique.

Une longue tradition ésotérique enseigne que le support, le véhicule du sentiment est le corps astral et celui de l'intellect le corps mental. Mais cette trinité : corps physique, corps astral, corps mental constitue notre nature humaine imparfaite. Ces mêmes facultés de la pensée, du sentiment et de l'action se retrouvent en nous à un niveau supérieur, et là, leurs véhicules sont les corps causal, bouddhique et atmique qui forment notre Moi divin. Les trois grands cercles concentriques indiquent les relations qui existent entre les corps inférieurs et supérieurs.

NATURE SUPÉRIEURE

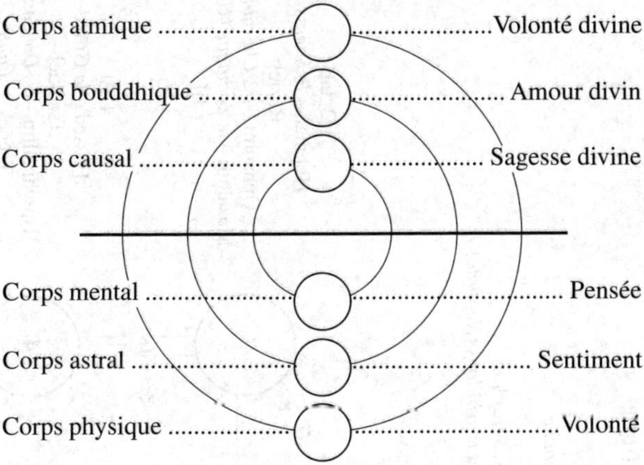

NATURE INFÉRIEURE

Le corps physique qui représente la force, la volonté, la puissance dans le plan matériel est lié au corps atmique qui représente la force, la puissance et la volonté divines.

Le corps astral qui représente les sentiments et les désirs égoïstes et personnels, est lié au corps bouddhique qui représente l'amour divin.

Le corps mental qui représente les pensées ordinaires et intéressées est lié au corps causal qui représente la sagesse divine.

Omraam Mikhaël Aïvanhov

« La vie psychique : éléments et structures » - *N° 222, Chap. III, Collection Izvor.*

Arbre séphirotique

1 Ehiéh
Kéther – *la Couronne*
Métatron
Hayoth haKodesch – *les Séraphins*
Reschith haGalgalim – *les premiers tourbillons (Neptune)*
♆

3 Jéhovah
Binah – *l'Intelligence*
Tsaphkiel
Aralim – *les Trônes*
Chabtaï – *Saturne*
♄

2 Iah
Hohmah – *la Sagesse*
Raziel
Ophanim – *les Chérubins*
Mazaloth – *le Zodiaque (Uranus)*
♅

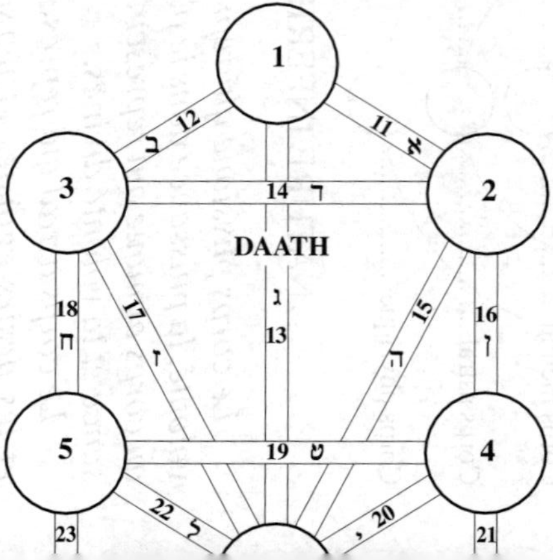

5 Elohim Guibor
Guébourah – *la Force*
Kamaël
Séraphim – *les Puissances*
Madim – *Mars*
♂

4 El
Hessed – *la Grâce*
Tsadkiel
Haschmalim – *les Dominations*
Tsédek – *Jupiter*
♃

8 Elohim Tsébaoth
Hod – *la Gloire*
Raphaël
Bneï-Elohim – *les Archanges*
Kohave – *Mercure*
☿

9 Chadaï-El-Haï
Iésod – *le Fondement*
Gabriel
Kéroubim – *les Anges*
Lévana – *Lune*
☽

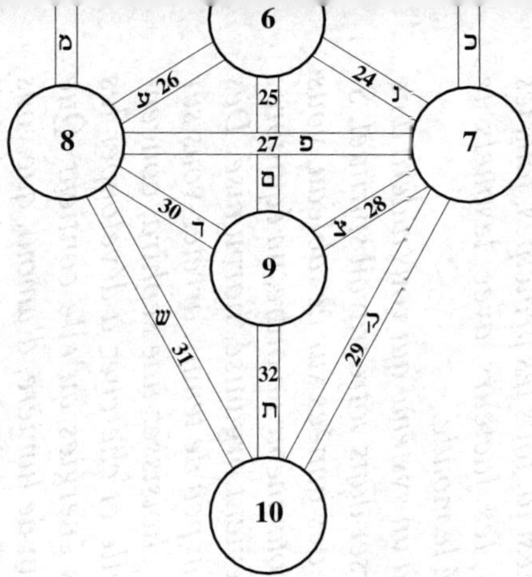

7 Jéhovah Tsébaoth
Netsah – *la Victoire*
Haniel
Elohim – *les Principautés*
Noga – *Vénus*
♀

6 Eloha vaDaath
Tiphéreth – *la Beauté*
Mikhaël
Malahim – *les Vertus*
Chémesch – *Soleil*
☉

10 Adonaï-Méleh
Malhouth – *le Royaume*
Sandalfon
Ischim – *les Hommes parfaits*
Olam Iésodoth – *Terre*
♁

Note:

L'Arbre de Vie est un schéma symbolique qui résume toute la Science initiatique, les doctrines de tous les Initiés. On peut le comparer à une graine, à une semence : plantez-la, elle fera apparaître devant vous toute la création avec la multitude des créatures. Ce schéma peut devenir un instrument magique, un pantacle parmi les plus puissants. Tout est là, tous les principes, tous les éléments, tous les facteurs avec lesquels le Seigneur a créé le monde.

Vous avez là un système qui vous aidera à ne pas vous disperser dans votre travail spirituel. Si vous travaillez des années sur ce tableau, vous introduisez en vous-même un ordre, un équilibre ; tout en vous devient organisé, harmonisé. Dès que vous avez un peu de temps, arrêtez-vous sur l'Arbre de Vie, choisissez une séphira, concentrez-vous sur elle et cherchez à développer les qualités ou les énergies qu'elle contient. Que vous ayez besoin de lumière, d'amour, que vous ayez besoin de force, de protection, de générosité, de justice ou de vie… adressez-vous à l'Arbre de Vie : il est là à la disposition des fils et des filles de Dieu qui ont besoin de se nourrir de la vie divine.

Omraam Mikhaël Aïvanhov

LES FRUITS DE L'ARBRE DE VIE

Tome 32 – Œuvres Complètes

INDEX

A

Acquisitions spirituelles
- nécessité d'une préparation, 27 mai.

Âge d'Or
- le jour où les êtres se donneront mutuellement le meilleur d'eux-mêmes, 1 mai.

Aide du Seigneur
- pour la recevoir il faut écarter nos « rideaux », 18 oct.

Alchimie, astrologie, magie, Kabbale
- se découvrent à celui qui cherche à vivre la vie divine, 4 déc.

Âme humaine
- ne peut jamais être dominée, 8 avril

Amis
- intérieurs, les installer en soi pour toujours, 20 mars.

Amour
- comment se préparer à le goûter, 26 juin.
- condition pour qu'il soit durable, 12 déc. et 7 mai.
- doit devenir la vraie monnaie d'échange, 14 fév.
- énergie qui descend du Ciel et qui doit retourner au Ciel, 12 janv.
- l'exemple de l'abeille et du papillon, 16 août.
- pour Dieu, nous protège du mal, 12 sept.
- pour l'attirer il faut être vivant, 2 sept.
- pour le trouver, il ne faut pas le chercher, 17 oct.
- qui apporte la plénitude, 26 sept.
- son but : embellir la vie en soi-même et chez les autres, 13 juil.
- une énergie répandue partout dans l'univers, 1 juil.
- une guerre dont l'arme est la lumière, 6 août.

Amour divin
- est un feu qui nous rend semblable à lui, 24 juin.

Amour du prochain
- respecter en lui la vie qu'il a reçue de Dieu, 20 oct.

Amour et sagesse
- fondements de la vie psychique, 16 sept.

Amour et sexualité
- définition, 29 mars.

Amour, foi et espérance
- formule pour les développer, 18 mars.

Amour maternel
- mettre l'enfant en contact avec la vie divine, 28 nov.

Amour universel
- nous apporte la vraie vie, 27 nov.

Androgyne primitif
- son symbolisme, 6 mai.

Anges des quatre éléments
- prière à leur adresser, 26 mai.

Arbre
- analogie avec l'homme : l'un et l'autre sont faits de lumière, 19 août.

Artiste
- doit chercher l'inspiration dans le monde divin, 25 oct.

Athéisme
- ses effets négatifs dans une société, 19 mai.

Attitude
- son pouvoir magique, 27 janv.

Aura
- substance de la parole magique, 8 janv.

Avenir
- le préparer, 29 août.

Avoir la foi
- difficulté de savoir ce que cela signifie, 2 avril.

B

Baguette magique
- symbole du lien vivant entre la terre et le ciel, 27 avril.

Baptême
- travailler toute sa vie à en amplifier les effets, 14 juil.

Besoins
- le Créateur a mis en nous tous les moyens d'y subvenir, 9 oct.

Besoins spirituels
- raisons pour leur donner la première place, 8 mars.

Bien
- comme la vie, il finit toujours par triompher, 15 mars.
- existe et finit toujours par triompher, 19 fév.
- pourquoi et comment le faire, 6 mars.

Bonheur
- comment le trouver dans l'amour, 29 juil.

C

Capacités intellectuelles
- influencées par l'état de nos cellules, 22 juil.

Caractère
- plus important que les facultés intellectuelles, 11 nov.

« Celui qui voudra sauver sa vie la perdra »
- commentaire, 23 mai.

Centres subtils
- nous permettent d'entrer en contact avec le monde spirituel, 26 août.

« Ce que vous lierez sur la terre sera lié dans le ciel »
- commentaire, 15 oct.

Cercle
- circonférence et point central ; leur symbolisme, 8 sept.

« Chambre secrète »
- explication de la parabole, 29 déc.

Cheval et cavalier
- leur symbolisme, 21 déc.

Christianisme
- nécessité de repenser ses fondements, 23 fév.

Collectivité spirituelle
- utilité pour notre évolution, 23 janv.

Commencer modestement
- condition du succès, 25 nov.

Comparaison
- facteur d'évolution, 5 avril.

Conditions matérielles
- les utiliser mais ne pas compter dessus, 9 avril.

Confiance
- en la perdant, on perd aussi l'amour, 22 juin.
- savoir en qui la placer, 2 juil.
- un des fondements de la vie en société, 22 mars.

Confiance en l'avenir
- fondée sur la connaissance des lois, 2 août.

Connaissances
- doivent être mises au service des autres, 18 juil.
- doivent servir à nous amener vers Dieu, 15 sept.
- ne sont utiles que si elles sont mises en pratique, 19 oct.

Conscience
- ne peut être apaisée que si on répare ses fautes, 17 janv. et 8 fév.
- s'élargit par l'amour et s'éclaire par la sagesse, 7 avril.

Conscience divine et conscience humaine
- leur fusion, 25 janv.

Conte chinois
- le sage devenu empereur, et sa femme, 10 oct.

Contrariétés
- une méthode pour les vaincre, 14 avril.

Conviction
- une des plus grandes puissances qui existent, 12 nov.

Corps physique
- doit servir à la manifestation de l'esprit, 10 sept.
- son fonctionnement est une leçon pour nous, 23 août.
- véhicule de l'esprit, 22 sept.

Créateur
- nier son existence est une absurdité, 14 oct.

Création
- processus ininterrompu de condensation de la lumière, 20 avril.

Créer
- est une activité du plan mental, 19 mars.

Critique
- finit par appauvrir ceux qui l'exercent, 20 nov.
- le propre de ceux qui ne savent pas travailler, 5 mars.

Croix
- un symbole à comprendre et à vivifier, 10 juin.

Croyants et incroyants
- ont aussi peu de certitudes les uns que les autres (anecdote), 31 mars.

D

Daath
- la mémoire cosmique, 30 janv.

Déceptions
- ne doivent pas nous faire perdre confiance, 19 janv.

Découragement
- comment l'utiliser, 15 août.

Derniers moments
- leur importance pour la prochaine incarnation, 2 nov.

Développement individuel
- doit servir au bien de la collectivité, 25 sept.

Dieu
- c'est par la vie que nous pouvons nous convaincre de son existence, 30 sept.
- goûter sa présence est plus convaincant que toutes les explications, 29 avril.
- l'impossibilité de démontrer son existence est un argument en sa faveur, 1 sept.
- Le trouver de telle sorte qu'on ne puisse jamais Le perdre, 24 nov.
- manifestations de sa présence en nous, 7 fév.
- nous sommes de même nature que Lui, 5 oct.
- présent dans toutes les manifestations de la vie, 10 avril.
- qu'Il soit invisible n'est pas la preuve qu'Il n'existe pas, 1 mars.
- son image a nécessairement évolué au cours des siècles, 28 juil.

Difficultés
- matière brute sur laquelle nous devons travailler, 14 mars.

Dirigeants
- la meilleure conduite à leur égard, 30 déc.

Disciple
- comment il doit considérer son Maître, 3 avril.

- ses responsabilités vis-à-vis de son entourage, 31 oct.

Discipline spirituelle
- ne peut être acceptée que par celui qui en ressent le besoin, 18 mai.

Divinité
- nous ne la voyons chez les autres que pour autant que nous avons appris à la faire vivre en nous, 17 déc.

Donner
- avant de recevoir, 6 oct.

Doute
- ses effets paralysants, 5 nov.
- son utilité, 30 mai.

E

Eau
- comment entrer en relation avec elle, 17 juin.

Échelle de Jacob
- hiérarchies angéliques qui font le lien entre l'homme et Dieu, 13 juin.

Éducation
- faire germer les graines déposées en chacun par le Créateur, 9 fév.

Éducation spirituelle
- son utilité pour les enfants, 12 août.

Efforts
- ne se justifient que soutenus par un haut idéal, 20 janv.

Égalité
- notion qui doit être complétée par celle de fraternité, 22 nov.

Émanations
- leurs effets maléfiques ou bénéfiques, 13 avril.

Engagement spirituel
- ne jamais y renoncer, malgré d'inévitables découragements, 17 avril.

« En Lui nous vivons »
- commentaire, 16 juin.

Ennemis
- les vaincre par la lumière, 11 juil.
- souvent plus utiles pour nous que nos amis, 16 janv.

Enseignement spirituel
- cause de troubles si on ne sait pas comment le pratiquer, 12 juin.
- concerne le cœur, l'âme et l'esprit, plus que l'intellect, 22 oct.
- n'y chercher que les moyens de se perfectionner, 11 sept.

« Entrez par la porte étroite »
- commentaire, 8 oct.

Ère du Verseau
- se préparer à bénéficier de ses courants, 17 août.

Esprit
- centre autour duquel organiser toutes nos activités, 23 juil.
- est à l'origine des véritables changements, 23 avril.

Esprits lumineux
- les inviter à prendre possession de nous, 13 août.

États intérieurs
- sont comme des lieux où nous vivons et où nous faisons vivre les autres, 9 mars.

États négatifs
- s'en dégager le plus rapidement possible, 13 oct.
- une méthode pour les surmonter, 11 août.

Être humain
- contient toutes les merveilles du Ciel et de la terre, 4 nov.
- est le véritable temple du Seigneur, 19 juin.

Êtres humains
- pour les apprécier, se concentrer sur leur esprit, 21 mai.

Évolution
- apprendre à distinguer l'essentiel de l'accessoire, 14 août.
- prendre les êtres supérieurs pour modèles, 5 janv.
- réaliser la synthèse de la forme et de la force, 15 mai.
- se mesure au degré de sensibilité, 22 mai.

Excès et plaisirs
- se paient d'une façon ou d'une autre, 21 janv.

Expériences
- heureuses ou malheureuses, elles nous servent à évoluer, 1 déc.

F

Faiblesses
- sont en réalité des forces que nous pouvons mobiliser, 28 déc.

Faire le bien
- apprendre à donner des fruits, 5 juin.
- sans rien attendre, 4 mai.

Famille
- accepter celle qui nous a été donnée, 25 juin.

Fanatisme
- produit d'une foi sans amour, 29 janv.
- ses aberrations, 26 nov.

Fautes
- notre foi ne suffit pas à les effacer, 17 mai.

Feu
- savoir aussi l'allumer en soi-même, 30 nov.

Feu de l'esprit
- lui donner nos branches mortes à brûler, 30 oct.

- remodèle nos formes psychiques, 24 sept.

Flamme
- que nous devons entretenir en nous, 2 fév.

Flamme céleste
- à laquelle nous allumons notre esprit et notre âme. La Pâque orthodoxe, 27 mars.

Flamme de la bougie
- apprendre à travailler avec elle, 22 déc.

Foi
- porte ouverte pour les forces spirituelles, 4 août.
- se nourrit de la conscience des richesses déposées par Dieu dans la création, 17 sept.
- trouver les manifestations les plus convenables pour l'exprimer, 26 fév.

Force de l'esprit
- c'est elle qui fait des « miracles », 5 mai.

Fraternité
- notion apportée par le christianisme, 22 janv.
- sentiment que les conditions de la vie vont obliger les humains à développer, 4 juil.

Fraternité entre les êtres
- parce que la vie divine coule en eux tous, 10 nov.

Fraternité universelle
- seule solution aux problèmes de l'humanité, 7 juin.

G

Grâce divine
- ses manifestations, 3 mars.

Grandeur
- ne nous vient que de Dieu, 10 janv.

Guérisons miraculeuses
- leur explication, 2 déc.

H

Habitudes
- nécessité de travailler sur elles pour se transformer, 11 mai.

Habitudes mentales
- en prendre conscience pour les modifier, 13 sept.

Harmonie universelle
- par notre nature supérieure nous entrons en accord avec elle, 21 avril.

Haut idéal
- seul moyen de surmonter nos faiblesses, 7 déc.

Hérédité
- possibilité d'y échapper par la toute-puissance de l'esprit, 9 juil.

Héritage divin
- se réjouir à la pensée de le recevoir un jour, 7 janv.

I

Idéal commun
- seul moyen de créer l'entente parmi les humains, 25 avril.

Identification
- seul moyen pour posséder vraiment quelque chose, 3 nov.

« Il est plus facile à un chameau… »
- commentaire, 13 janv.

Illusions
- apprendre à les perdre, tout en gardant confiance, 30 août.
- leur utilité, car elles sont l'occasion d'expériences, 16 juil.
- peuvent être momentanément bénéfiques, 1 fév.

Image de Dieu
- nous avons la vocation de la manifester en plénitude, 11 janv.

Imagination
- comparable à un ballon-sonde, 13 nov.

Immortalité
- état de conscience qui s'acquiert par l'identification avec l'esprit, 6 déc.

Inconscient
- son rôle dans les découvertes scientifiques, 29 oct.

Indulgence
- est une forme de l'intelligence, 29 mai.

Initiation
- un travail de la mémoire, 28 mai.

Injustices
- ne sont qu'apparentes, 2 juin.

Inspiration
- créer par l'amour les conditions de sa venue, 9 août.

Intellect
- dégâts produits par son développement excessif, 16 nov.

Intelligence cosmique
- s'accorder chaque jour avec elle, 16 mai.

J

Jésus
- et le Christ, 26 déc.

Jésus sur la croix
- explication de ses dernières paroles, 25 mars.

Jeunesse
- savoir conserver la chaleur dans son cœur, 6 janv.

Jugement
- sur soi. Les critères, 27 août.

Justice humaine
- ses insuffisances, 28 juin.

L

Liberté
- mal comprise nous ferme les portes du ciel et de la terre, 30 juin.
- ne peut se trouver en dehors de Dieu, 4 juin.
- privilège de l'esprit, 21 août.

Lien avec le Ciel
- peut rendre toute activité bénéfique, 24 oct.

Livres sacrés
- leur origine est dans l'univers et dans l'être humain, 20 déc.

Loi de Dieu
- est inscrite dans notre cœur, 31 mai.

Loi de l'échange
- sa signification dans la vie spirituelle, 6 nov.

Loi de résonance
- son application dans la vie spirituelle, 27 déc.

Lois
- régissent l'homme et l'univers, 1 avril.

Lois cosmiques
- nous donneront un jour ce que nous méritons, 12 oct.
- on n'observe leurs effets que sur une longue durée, 7 oct.

Lumière
- arme la plus efficace contre le mal, 9 sept.
- c'est à cause d'elle que nous sommes appréciés, 9 déc.
- lui donner toujours la première place, 4 janv.
- substance de la création, 28 avril.

M

Magie noire
- éviter de la voir partout, 23 nov.

Maître spirituel
- donne aux êtres les conditions pour manifester leur nature divine, 23 déc.
- en nous disant la vérité sur nous-même, il est notre véritable ami, 20 mai.
- plus il est grand, plus son enseignement est exigeant, 10 juil.
- rester intérieurement auprès de lui, 3 août.

Maîtres spirituels
- intermédiaires au travers desquels Dieu s'est révélé, 4 mars.

Mal
- l'utiliser pour renforcer le bien. Le greffage, 10 fév.

Matière
- doit devenir le miroir de l'esprit, 8 juil.

Médecine
- doit prendre en compte l'organisme entier, 3 juin.

Mercure
- son symbolisme. La pierre philosophale, 4 oct.

Miroir
- symbole des phénomènes du plan astral, 8 nov.

Misères du monde
- occupent moins les humains que leurs petits problèmes personnels, 15 janv.

Miséricorde divine
- ses manifestations, 27 oct.

« Moi, c'est Lui »
- explication de cette formule, 18 janv.

Moi supérieur
- doit toujours inspirer notre conduite, 25 fév.

Monde physique et monde spirituel
- ne plus les opposer ni les séparer, 17 nov.

Monde psychique
- reflet du monde physique, 11 juin.

Mondes objectif et subjectif
- l'être humain a besoin de vivre dans les deux, 4 fév.

Montagnes et vallées
- symbole des activités de l'intellect et du cœur, 10 août.

N

Nature
- est la demeure de Dieu, 16 mars.

Nature inférieure
- cherche tous les moyens et les conditions de se manifester, 14 déc.
- la sacrifier pour devenir vivant, 18 juin.
- ne peut causer que des déceptions, 6 avril.
- ne peut être domptée qu'avec l'aide du Ciel, 3 fév.

Nature supérieure
- apprendre à discerner sa voix, 14 mai.

« Ne vous inquiétez pas du lendemain »
- commentaire, 1 janv.

Noël
- fête de la lumière, 25 déc.

Noël et Pâques
- deux pages du grand livre de la Nature, 26 mars.

Nombre 4
- son symbolisme, 5 sept.

« Notre Père »
- comment découvrir la richesse de cette prière, 31 janv.

Nourritures
- dans le plan spirituel nous ne pouvons donner que celles qui nous ressemblent, 15 juin.

Nouveauté
- dans l'approfondissement quotidien des mêmes vérités, 3 janv.

Nutrition
- peut toujours devenir une communion, 4 sept.
- sa dimension spirituelle, 12 juil.

O

Objets
- être attentif à la manière dont on les traite, 17 fév.

Occultisme
- ses dangers, 14 nov.

Océan cosmique
- milieu psychique dont nous prenons conscience par la purification, 13 mars.

« On ne met pas le vin nouveau dans de vieilles outres »
- commentaire, 26 janv.

On récolte ce qu'on a semé
- c'est une loi absolue, 21 sept.

Organisme
- doit servir de modèle pour toute forme d'organisation, 10 mars.

Orientation
- une fois prise, s'y tenir, 11 déc.

P

Pain et vin
- le rite de leur consécration remonte à Melkhitsédek, 24 mars.

Panacée universelle
- ses relations avec le soleil, 29 sept.

Parents
- ce qu'ils doivent souhaiter pour leurs enfants, 1 oct.
- leur responsabilité vis-à-vis de leurs enfants, 3 sept.

Parents et éducateurs
- doivent d'abord s'éduquer eux-mêmes, 18 fév.

- indispensables pour éveiller les êtres à la vie spirituelle, 26 oct.

Parole
- agit sur les êtres même à leur insu, 8 déc.

Parole humaine
- doit devenir l'expression du Verbe divin, 19 juil.

Pensée
- la mettre au travail pour découvrir en soi l'image de Dieu, 20 août.
- son mouvement peut entraîner le monde entier, 1 nov.

Pensées
- sont des entités vivantes, 7 août.

Pensées et sentiments
- nous attirons les situations qui leur correspondent, 18 avril.

Perce-neige
- nous donne l'exemple du courage devant les difficultés, 6 fév.

Père céleste et Mère divine
- sont nos deux parents, 28 fév.

Peur
- est vaincue par la lumière, 20 fév.

Pierre philosophale
- conditions spirituelles nécessaires à sa préparation, 9 juin.

Plaisir
- il est passager et coûte cher, 5 déc.

Plat de lentilles
- cédé par Esaü à Jacob. Son symbolisme, 5 juil.

Plénitude
- ne s'obtient qu'en se concentrant sur l'essentiel, 8 mai.

Poésie
- une manière de vivre, 13 fév.

Point de vue héliocentrique
- l'adopter pour trouver la vérité, 30 mars.

Présence
- comment la renforcer dans les êtres et les choses, 9 mai.

Présence de Dieu
- ses manifestations en l'homme, 19 déc.

Présent
- limites de notre pouvoir sur lui, 18 nov.

Prier
- demander la lumière avant tout, 7 juil.

Prière
- fondée sur une science concernant la structure de l'univers, 9 janv.

- moyen d'atteindre les régions de la pure lumière, 10 mai.

Prière et méditation
- leur donner toujours un but, 21 mars.

Principes et formes
- les premiers sont éternels, les secondes doivent évoluer, 20 juil.

Principes masculin et féminin
- leur manifestation dans le chant choral, 26 avril.

Problèmes
- tâcher de les résoudre au fur et à mesure qu'ils se présentent, 24 janv.

Progrès
- que nous faisons aident toute la création à progresser, 23 oct.

Projets
- doivent obéir aux critères de la sagesse et de l'amour, 23 mars.

Pureté
- condition de notre épanouissement, 22 août.

Q

Quatre catégories d'êtres humains
- proverbe arabe, 17 mars.

« Que ta volonté soit faite sur la terre comme au ciel »
- commentaire, 31 juil.

« Que ton nom soit sanctifié »
- commentaire, 23 sept.

R

Réincarnation
- voyage des âmes comparable à celui de l'eau, 1 juin.

Religion
- doit être fondée sur la connaissance de l'homme, 2 mai.
- doit évoluer avec le temps, 6 sept.
- doit prendre en compte toutes les activités humaines, 27 juin.
- suppose savoir et compréhension, 8 juin.

Religion solaire
- la seule qui permette de réaliser le Royaume de Dieu, 30 juil.

Religion universelle
- est la religion solaire, 24 déc.

Religions
- doivent sortir de leur cadre étroit. Exemple de Jésus, 13 mai.
- ont pour mission de ramener les humains dans leur patrie céleste, 20 sept.

- rappellent toutes à l'homme son origine divine, 28 mars.

Rendre gloire à Dieu
- à chaque instant de notre vie, 19 nov.

Renoncement
- mourir pour vivre, 21 fév.

Renoncer
- n'est pas se priver, mais remplacer, 12 avril.

Repentir
- n'est réel que si on cherche à réparer ses fautes, 21 nov.

Responsabilités
- se préparer très jeune à les assumer, 6 juil.

Révélation divine
- aucune limite ne peut lui être imposée, 15 nov.

Royaume de Dieu
- accessible seulement à celui qui retrouve son cœur d'enfant, 26 juil.
- les obstacles à sa réalisation, 29 juin.
- sa venue dépend d'un travail collectif, 31 déc.

S

Sacrifice
- produire en soi lumière et chaleur, 19 avril.

Santé
- pour l'obtenir il faut l'aimer, 21 juin.

Satisfactions
- ne pas les chercher dans le plan physique, 16 avril.

Savoir initiatique
- comparaison avec le savoir officiel, 27 sept.

Savoir universel
- seul un enseignement initiatique nous permet de le retrouver en nous, 21 juil.

« Savoir, vouloir, oser, se taire »
- une application de ce précepte, 14 juin.

Sceau de Salomon
- son symbolisme, 28 oct.

Science de l'homme
- toutes les sciences doivent être mises à son service, 15 juil.

Science de la vie
- la seule qu'il vaut la peine d'étudier, 7 sept.
- plus efficace pour la santé des humains que les progrès de la médecine, 29 nov.

Science du Verbe
- établit un lien entre la terre et le ciel, 11 avril.

Sens de la vie
- travailler pour le Royaume de Dieu, 27 fév.

Sentiments
- et gestes ; leur relation, 3 mai.

Sexualité
- comment cette question a été obscurcie par le christianisme, 6 juin.

« Si un homme ne naît d'eau et d'esprit »
- commentaire, 18 déc.

« Si vous aviez de la foi comme un grain de sénevé »
- commentaire, 28 sept.

« Si vous ne devenez pas comme des enfants »
- commentaire, 18 août.

Société
- ne se transforme pas par la violence mais par l'exemple, 12 fév.
- y vivre tout en gardant son haut idéal, 24 fév.

Soleil
- le contempler pour élever toutes les vibrations de notre être, 22 avril.
- nous apprend comment rester sur les hauteurs, 5 août.
- seule explication au mystère de la Sainte Trinité, 4 avril.
- signe le plus éclatant de Dieu dans l'univers, 3 juil.
- symbole de la religion universelle, 23 juin.

Solitude
- on y échappe par l'élargissement de la conscience, 8 août.
- un état stérile, 2 oct.

Sommeil
- donne des conditions pour s'instruire des vérités spirituelles, 7 mars.

Sommet
- son symbolisme, 31 août.

Souffrance
- à l'origine des plus grandes réalisations, 2 mars.
- apprendre les leçons qu'elle nous donne, 25 juil.
- oblige l'homme à descendre en lui-même, 25 mai.

Source divine
- maintenir le lien avec elle, 22 fév.
- rétablir le lien avec elle, 17 juil.

Spiritualiste
- son travail : faire descendre le Ciel sur la terre, 9 nov.

Spiritualité
- précautions à prendre pour la vivre harmonieusement, 16 fév.

Subjectivité
- doit être éduquée, 20 juin.

Succès
- chacun augmente nos forces, 27 juil.

Superstition
- croire qu'on moissonnera là où on n'a pas semé, 24 avril.

Sympathie et antipathie
- ne sont pas des guides sûrs, 3 oct.

Sympathies et antipathies
- comment les utiliser, 1 août.

Synthèse
- sa supériorité sur l'analyse, 10 déc.

T

Talent
- des entités à qui il faut donner des conditions favorables, 21 oct.

Tempête apaisée
- explication des pouvoirs de Jésus, 7 nov.

Temps
- dans le travail spirituel ne jamais le prendre en considération, 25 août.

Tentations
- réfléchir afin de ne pas y succomber, 13 déc.

Terre des Vivants
- où vivent Jésus et les grands Maîtres de l'humanité, 11 fév.

« Tout ce que vous voulez que les hommes fassent pour vous »
- commentaire, 5 fév.

Travail alchimique
- dégager en nous la quintessence divine, 3 déc.

Travail de la pensée
- donner forme à une matière subtile, 16 oct.

Travail spirituel
- capter la lumière, 14 sept.
- est le vrai repos, 18 sept.
- fondé sur la persévérance, 11 mars.

U

Unité de la création
- l'enfer comme le ciel est alimenté par la vie divine, 24 mai.

V

Valeurs
- les connaître fonde le travail spirituel, 16 déc.

Vérité
- ne se découvre que par la vie spirituelle, 12 mai.

Vie
- don de Dieu que nous devons faire fructifier, 15 fév.
- est ce que nous avons en commun avec Dieu et les créatures, 28 janv.
- est l'or véritable, 15 déc.
- la recevoir pour la transmettre, 14 janv.
- la respecter et la protéger chez toutes les créatures, 30 avril.
- ne doit pas être considérée comme un moyen mais comme un but, 19 sept.
- une nourriture pour toutes les créatures, 15 avril.

Vie divine
- est la vraie vie, 12 mars.

Vie spirituelle
- on comprend en travaillant, 24 juil.

Vieillesse
- période qui peut être très favorable pour l'activité de l'esprit, 11 oct.

Vivre avec amour
- ce que cela signifie, 2 janv.

Volonté
- doit soutenir la foi, 28 août.

Volonté divine
- comment devenir son instrument, 24 août.

Du même auteur :

Collection des « Œuvres Complètes »

Tome 1 – La deuxième naissance
Amour, Sagesse, Vérité
Tome 2 – L'alchimie spirituelle
Tome 3 – Les deux arbres du Paradis
Tome 4 – Le grain de sénevé
Tome 5 – Les puissances de la vie
Tome 6 – L'harmonie
Tome 7 – Les mystères de Iésod,
les fondements de la vie spirituelle
Tome 8 – Langage symbolique, langage de la nature
Tome 9 – « Au commencement était le Verbe »
commentaires des Évangiles
Tome 10 – Les splendeurs de Tiphéreth,
le soleil dans la pratique spirituelle
Tome 11 – La clef essentielle
pour résoudre les problèmes de l'existence
Tome 12 – Les lois de la morale cosmique
Tome 13 – La nouvelle terre
Méthodes, exercices, formules, prières
Tome 14 – L'amour et la sexualité *
Tome 15 – L'amour et la sexualité **
Tome 16 – Hrani Yoga
Le sens alchimique et magique de la nutrition
Tome 17 – « Connais-toi, toi-même » Jnani yoga *
Tome 18 – « Connais-toi, toi-même » Jnani yoga **
Tome 19 à 22 – Pensées Quotidiennes
Tome 23 – La nouvelle religion : solaire et universelle *
Tome 24 – La nouvelle religion : solaire et universelle **
Tome 25 – Le Verseau et l'avènement de l'Âge d'Or *
Tome 26 – Le Verseau et l'avènement de l'Âge d'Or **
Tome 27 – La pédagogie initiatique *
Tome 28 – La pédagogie initiatique **
Tome 29 – La pédagogie initiatique ***
Tome 30 – Vie et travail à l'École divine *
Tome 31 – Vie et travail à l'École divine **
Tome 32 – Les fruits de l'Arbre de Vie –

Du même auteur :

Collection Izvor

200 – Hommage au Maître Peter Deunov
201 – Vers une civilisation solaire
202 – L'homme à la conquête de sa destinée
203 – Une éducation qui commence avant la naissance
204 – Le yoga de la nutrition
205 – La force sexuelle ou le Dragon ailé
206 – Une philosophie de l'Universel
207 – Qu'est-ce qu'un Maître spirituel ?
208 – L'égrégore de la Colombe ou le règne de la paix
209 – Noël et Pâques dans la tradition initiatique
210 – L'arbre de la connaissance du bien et du mal
211 – La liberté, victoire de l'esprit
212 – La lumière, esprit vivant
213 – Nature humaine et nature divine
214 – La galvanoplastie spirituelle et l'avenir de l'humanité
215 – Le véritable enseignement du Christ
216 – Les secrets du livre de la nature
217 – Nouvelle lumière sur les Évangiles
218 – Le langage des figures géométriques
219 – Centres et corps subtils - *Aura, plexus solaire, centre hara...*
220 – Le zodiaque, clé de l'homme et de l'univers
221 – Le travail alchimique ou la quête de la perfection
222 – La vie psychique : éléments et structures
223 – Création artistique et création spirituelle
224 – Puissances de la pensée
225 – Harmonie et santé
226 – Le Livre de la Magie divine
227 – Règles d'or pour la vie quotidienne
228 – Regards sur l'invisible
229 – La voie du silence
230 – Approche de la Cité céleste - *Commentaires de l'Apocalypse*
231 – Les semences du bonheur
232 – Les révélations du feu et de l'eau
233 – Un avenir pour la jeunesse
234 – La vérité, fruit de la sagesse et de l'amour
235 – « En esprit et en vérité »
236 – De l'homme à Dieu - *Séphiroth et hiérarchies angéliques*
237 – La Balance cosmique - *Le nombre 2*
238 – La foi qui transporte les montagnes
239 – L'amour plus grand que la foi
240 – Qu'est-ce qu'un fils de Dieu ?
241 – La pierre philosophale - *des Évangiles aux traités alchimiques*

Du même auteur:

Conférences improvisées

Cassettes Audio

KC2001FR – La science de l'unité
KC2008FR – L'esprit et la matière
KC2009FR – Le monde des archétypes
KC2011FR – Le yoga de la nutrition
KC2014FR – Les deux natures de l'être humain
KC2019FR – Comment orienter la force sexuelle
KC2020FR – Un haut idéal pour la jeunesse
KC2510AN – The Laws of Reincarnation
(Coffret de 2 cassettes en anglais)

Disques compacts

CD5001FR – Le sens cosmique, mystique et historique de Noël
CD5002FR – L'importance de l'ambiance
CD5003FR – La science de l'éducation
CD5004FR – La prière
CD5005FR – La loi de l'enregistrement
CD5006FR – La véritable vie spirituelle
CD5007FR – L'aura
CD5008FR – La mission de l'art
CD5009AN – The Seed *(en anglais)*
CD5010FR – Déterminisme et indéterminisme
CD5011FR – La vraie beauté
CD5012FR – Introduction à l'astrologie initiatique *(triple CD)*
CD5013FR – L'Éternel Printemps
CD5014FR – La méditation *(triple CD)*
CD5015FR – Messages et conférence
CD5016AN – The Role of the Mother during Gestation
(en anglais – double CD)

Éditeur-Distributeur

Éditions PROSVETA S.A. - B.P. 12 – F - 83601 Fréjus CEDEX (France)
Tél. (33) 04 94 19 33 33 - Fax (33) 04 94 19 33 34
E-mail: international@prosveta.com
Site internet: http://www.prosveta.com

Distributeurs

ALLEMAGNE
PROSVETA Deutschland – Heerstrasse 55 – 78628 Rottweil
Tél. (49) 741-46551 – Fax. (49) 741-46552 – e-mail: prosveta.de@t-online.de

AUSTRALASIE
SURYOMA LTD - P.O. Box 2218 – Bowral – N.S.W. 2576 Australie
e-mail: info@suryoma.com – Tél. (61) 2 4872 3999 – Fax. (61) 2 4872 4022

AUTRICHE
HARMONIEQUELL VERSAND – A- 5302 Henndorf am Wallersee, Hof 37
Tél. / Fax. (43) 6214 7413 – e-mail: info@prosveta.at

BELGIQUE & LUXEMBOURG
PROSVETA BENELUX – Liersesteenweg 154 B-2547 Lint
Tel (32) 3/455 41 75 – Fax (32) 3/454 24 25 – e-mail: prosveta@skynet.be
N.V. MAKLU Somersstraat 13-15 – B-2000 Antwerpen
Tel. (32) 3/231 29 00 – Fax (32) 3/233 26 59
VANDER S.A. – Av. des Volontaires 321 – B-1150 Bruxelles
Tél. (32)(0)2 732 35 32 – Fax. (32) (0)2 732 42 74 – e-mail: g.i.a@wol.be

BULGARIE
SVETOGLED – Bd Saborny 16 A, appt 11 – 9000 Varna
e-mail: svetgled@revolta.com – Tél. / Fax. (359) 52 23 98 02

CANADA – ÉTATS-UNIS
PROSVETA Inc. – 3950, Albert Mines – North Hatley (Qc), J0B 2C0
Tél. (819) 564-8212 – Fax. (819) 564-1823
in Canada, call toll free: 1-800-854-8212
e-mail: prosveta@prosveta-canada.com / www.prosveta-canada.com

CHYPRE
THE SOLAR CIVILISATION BOOKSHOP – BOOKBINDING
73 D Kallipoleos Avenue - Lycavitos – P. O. Box 24947, 1355 – Nicosia
e-mail: cypapach@cytanet.com.cy – Tél. / Fax. 00357-22-377503

COLOMBIE
PROSVETA – Calle 149 N° 24 B - 20 – Bogotá
Tél. (57) 1 614 88 28 – Fax. (57) 1 633 58 03 – Mobile (57) 310 2 35 74 55
e-mail: kalagiya@tutopia.com

ESPAGNE
ASOCIACIÓN PROSVETA ESPAÑOLA – C/ Ausias March n° 23 Ático
SP-08010 Barcelona - Tél. (34) (93) 412 31 85 - Fax. (34) (93) 318 89 01
e-mail: aprosveta@prosveta.es

GRANDE-BRETAGNE – IRLANDE
PROSVETA – The Doves Nest, Duddleswell Uckfield, – East Sussex TN 22 3JJ
Tél. (44) (01825) 712988 - Fax. (44) (01825) 713386
e-mail: prosveta@pavilion.co.uk

GRÈCE
RAOMRON – D. RAGOUSSIS
3, rue A. Papamdreou – C.P. 16675 – Glifada - Athènes
Tél. / Fax.: (010) 9681127 – e-mail: raomron@hol.gr

HAÏTI

PROSVETA – DÉPÔT – B.P. 115, Jacmel, Haïti (W.I.)
Tél./ Fax. (509) 288-3319
e-mail: haiti@prosveta.com

ISRAËL

Zohar, P. B. 1046, Netanya 42110
e-mail: zohar7@012.net.il

ITALIE

PROSVETA Coop. a r.l. – Casella Postale 55 – 06068 Tavernelle (PG)
Tél. (39) 075-835 84 98 – Fax. (39) 075-835 97 12
e-mail: prosveta@tin.it

LIBAN

PROSVETA LIBAN – P.O. Box 90-995
Jdeidet-el-Metn, Beyrouth – Tél. (03) 448560
e-mail: prosveta_lb@terra.net.lb

NORVÈGE

PROSVETA NORDEN
Postboks 5101 – 1503 Moss
Tél. (47) 69 26 51 40 – Fax. (47) 69 25 06 76
e-mail: prosnor@online.no

PAYS-BAS

STICHTING PROSVETA NEDERLAND
Zeestraat 50 – 2042 LC Zandvoort
Tél. (31) 33 25 345 75 – Fax. (31) 33 25 803 20
e-mail: prosveta@worldonline.nl

PORTUGAL & BRÉSIL

EDIÇÕES PROSVETA
Rua Passos Manuel, n° 20 – 3e E, P 1150 – 260 Lisboa
Tél. (351) (21) 354 07 64 – Fax. (351) (21) 798 60 31
e-mail: prosvetapt@hotmail.com
PUBLICAÇÕES EUROPA-AMERICA Ltd
Est Lisboa-Sintra KM 14 – 2726 Mem Martins Codex

RÉPUBLIQUE TCHÈQUE

PROSVETA – Ant. Sovy 18, – Ceské Budejovice 370 05
Tél. / Fax. (420) 38-53 10 227 – e-mail: prosveta@iol.cz

ROUMANIE

ANTAR – Str. N. Constantinescu 10 - Bloc 16A - sc A - Apt. 9,
Sector 1 – 71253 Bucarest
Tél. 004021-231 28 78 - Tél./ Fax. 004021-231 37 19
e-mail: antared@pcnet.ro

RUSSIE

EDITIONS PROSVETA
143 964 Moskovskaya oblast, g. Reutov – 4, post/box 4
Tél./ Fax. (095) 525 18 17 – Tél. (095) 795 70 74
e-mail: prosveta@online.ru

SUISSE

PROSVETA Société Coopérative – CH - 1808 Les Monts-de-Corsier
Tél. (41) 21 921 92 18 – Fax. (41) 21 922 92 04
e-mail: prosveta@swissonline.ch

VENEZUELA

PROSVETA VENEZUELA C. A. – Calle Madrid
Edificio La Trinidad – Las Mercedes – Caracas D.F.
Tél. (58) 414 22 36 748 – e-mail: betty_mramirez@hotmail.com

L'association Fraternité Blanche Universelle
a pour but l'étude et l'application de l'Enseignement
du Maître Omraam Mikhaël Aïvanhov édité et diffusé
par les Éditions Prosveta
Pour tout renseignement sur l'Association, s'adresser à:
Secrétariat F.B.U.
2 rue du Belvédère de la Ronce
F - 92310 SÈVRES, FRANCE
Tel. (33) 01 45 34 08 85 – Fax (33) 01 46 23 09 26
E-mail: fbu@fbu.org – Site internet - http://www.fbu.org

Achevé d'imprimer par DUMAS-TITOULET Imprimeurs
42000 Saint-Etienne – France
N° d'imprimeur : 40760

Dépôt légal : juin 2004

Imprimé en France